DROEMER

Über den Autor:
Øistein Borge, Jahrgang 1958, kommt aus der Film- und Werbebranche, wo er als Regisseur, Texter und Creative Director gearbeitet hat. Er hat sowohl in Norwegen als auch im Ausland zahlreiche Auszeichnungen für seine Arbeit erhalten, darunter zwei goldene Löwen beim Werbefilmfestival in Cannes.

ØISTEIN
BORGE

KREUZSCHNITT

KRIMINALROMAN

Aus dem Norwegischen
von Andreas Brunstermann

DROEMER

Die norwegische Originalausgabe erschien 2016 unter dem Titel
»Den syvende demonen« bei Font Forlag, Oslo.

Besuchen Sie uns im Internet:
www.droemer.de

FSC
www.fsc.org
MIX
Papier aus verantwortungsvollen Quellen
FSC® C083411

Deutsche Erstausgabe September 2017
Droemer Taschenbuch

Title of the original Norwegian edition: Den syvende demonen
Published by agreement with Font Forlag

Ein Imprint der Verlagsgruppe
Droemer Knaur GmbH & Co. KG, München

Redaktion: Maria Koettnitz
Covergestaltung: NETWORK! Werbeagentur GmbH
Coverabbildung: Getty Images/Miroslav Boskov
Satz: Melina Miller
Druck und Bindung: CPI books GmbH, Leck
ISBN 978-3-426-30604-8

2 4 5 3

PROLOG

Frieden.

Wie an einem tropischen Strand – mit spielenden Kindern und sorglosen Eltern. In den Minuten, bevor die Flutwelle hereinbricht.

Oder wie in einem Volkswagen Polo, der an einem Oktobertag im Jahr 2013 eine Garage im Osloer Osten verlässt. Am Steuer sitzt eine Mutter. Auf dem Sitz neben ihr das Kind, ein zartes 12-jähriges Mädchen mit einer roten Schleife im blonden Haar.

Als der gelbe Wagen in den Teisenvei einbiegt, taucht ein flaschengrüner Volvo V 40 hinter ihm auf und folgt ihm hinunter zum Tvetenvei und weiter hinüber nach Helsfyr. Die Straßen sind fast leer um diese Tageszeit. Die beiden Fahrzeuge durchqueren ungehindert den Oslo-Tunnel Richtung Bærum. Sie folgen der E 18 bis Sandvika, wo sie die Autobahn verlassen und auf die nach Hønefoss führende E 16 wechseln. Das Mädchen mit der Schleife hat zum Geburtstag ein Smartphone mit Kopfhörern bekommen und singt inbrünstig einen Song mit, der, vermutet die Mutter, von der schwedischen Sängerin Laleh stammt. Sie fahren über den Hügel bei Sollihøgda und dann am Sundvollen Tagungshotel vorbei, wo genau in diesem Augenblick zwei führende weibliche Parteimitglieder die politische Agenda für die neue Regierung des Landes präsentieren. Das Mädchen denkt nicht so viel an die Zukunft Norwegens, dafür umso mehr an die neugeborene Cousine in Fagernes. Sie kann es kaum erwarten, das Baby zu sehen.

Auf dem Überholstreifen in Höhe der Gastwirtschaft Vik Veikro rast ein grüner Volvo mit hohem Tempo an Mutter und Tochter vorbei.

Der junge Fahrer treibt den Motor des Volvo im dritten Gang bis ans Äußerste, wechselt dann in den vierten und er-

reicht den höchsten Punkt der Hügelkuppe. Bei Rud überholt er zwei weitere Autos und kommt schließlich zu der fast drei Kilometer langen und schnurgeraden Strecke, die eine landwirtschaftlich genutzte Ebene namens Steinssletta durchschneidet. Am Ende der Strecke bremst der Fahrer ab und hält an einer Bushaltestelle an. Er lässt ein in Richtung Oslo fahrendes Motorrad passieren, und nachdem er in den Seitenspiegel geblickt hat, wendet er den Wagen. Wieder liegt die Ebene vor ihm. Er beachtet weder den wolkenlosen Himmel noch die bleiche Herbstsonne, welche die umliegenden Äcker erhellt. Er hat nur Augen für den winzigen gelben Fleck am anderen Ende der Ebene. Ein paar Mal holt er tief Luft, dann drückt er das Gaspedal bis zum Anschlag durch. Die Tachonadel bewegt sich über die 100 hinaus. Sein Herz hämmert wild unter dem Kapuzenpullover. Er spürt den Zweifel, den er schon erwartet hatte, weshalb er vier 20-Milligramm-Ritalin-Kapseln geschluckt hat, bevor er aus Oslo weggefahren ist, und jetzt ist er der Sendbote der Gerechtigkeit.

Als der Abstand zwischen ihm und dem gelben Wagen nur noch knapp hundert Meter beträgt, lenkt er den Volvo auf die entgegenkommende Spur.

Es dauert weniger als zwei Sekunden, um alles zu verändern.

1

Sainte-Maxime, Côte d'Azur
Mittwochabend, 23. April 2014

Axel Krogh war so gekleidet, wie es seiner gesellschaftlichen Stellung entsprach. Ein schwarzer seidener Morgenrock von Hermès über einem schneeweißen Hemd und einer dazu passenden Hose aus chinesischem Leinen. Der Alte stand vor den nach Süden weisenden Panoramafenstern und betrachtete sein Spiegelbild im Fensterglas. Der Widerschein seines blassen Gesichts hing wie ein Gespenst über den Lichtern der Stadt auf der anderen Seite der Bucht. Wie immer weckte der Anblick von Saint-Tropez widerstreitende Gefühle in Krogh.

Für ihn und andere Gutsituierte war es viele Jahre ein Ferienparadies gewesen, mittlerweile aber zu einer vulgären Bühne für Hedonisten verkommen.

Er hatte von Kindern reicher Eltern gehört, die Champagner für 3000 Euro pro Flasche kauften, um ihn dann wie Sprudelwasser auf sich und ihre Freunde zu spritzen, als hätten sie eine Etappe der Tour de France gewonnen. Die Brut russischer Oligarchen oder norwegischer Finanzmakler, Emporkömmlinge, stolzierte durch Straßen, in denen man früher neben kultivierten Persönlichkeiten wie Aristoteles Onassis, Brigitte Bardot oder dem Schah von Persien flanieren konnte.

Krogh hatte schon Mitte der neunziger Jahre vom demographischen Verfall Saint-Tropez' die Nase voll gehabt. Nachdem er ausreichende Mengen französischer Francs in die richtigen Taschen gesteckt hatte, war es ihm gelungen, sich eines der begehrtesten Baugrundstücke in den Hügeln westlich von Sainte-Maxime zu sichern, wo er sich eine fast tausend Quadratmeter große, modernistische Villa aus Glas und Schiefer bauen ließ. Vom Meer aus gesehen wirkte es, als schwebte das Haus völlig frei und gewichtslos über dem Boden. Nach Anbruch der Dunkelheit war es ein leuchtendes Raumschiff aus einer anderen Galaxie. Die Villa war sowohl eine Landmarke als auch ein provenzalisches Denkmal für den norwegischen Architekten Sverre Fehn geworden, einen Künstler, der sich nur selten dazu überreden ließ, Privathäuser zu entwerfen. *Maison Krogh* war weitaus mehr als ein Gebäude. Es war eine Vision. Die Erfüllung eines Traums. Eine Manifestation der Trennung Kroghs von Saint-Tropez.

Axel Krogh war ein durch und durch nüchterner Mann. Trotz seines beachtlichen Vermögens war die Villa an der Riviera das Einzige, das in seinen privaten Ausgaben als Extravaganz hätte gelten können. Zwar hatte er zweistellige Millionensummen für Kunst ausgegeben, betrachtete diese aber als Investition, genauso wie einen Wohnblock oder ein attraktives Grundstück. Im Schatten anderer, zu größeren Risiken bereiten Immobilieninvestoren hatte Krogh kleine Brötchen gebacken und erst Anfang der achtziger Jahre die einfache Formel gefunden, die sein Imperium begründete: kleine Einkaufszentren, in Südnorwegen gelegen, wo es eine zufriedenstellende Bevölkerungsdichte gibt, die Entfernungen zur nächsten großen oder mittelgroßen Stadt jedoch mehr als siebzig Kilometer betrugen. Viele der Zentren wurden in aufgegebenen Industriegebäuden untergebracht, wodurch die Investitionskosten auf ein Minimum beschränkt blieben. Jedes dieser Gebäude hatte Platz für zwanzig bis dreißig Geschäfte, und alle führten Dinge des täglichen Bedarfs, was bedeutete, dass die Menschen sie in regelmäßigen Abständen aufsuchten. Dieses Konzept hatte besser funktioniert, als Krogh je zu träumen gewagt hatte. Die Anzahl seiner Einkaufszentren hatte die vierzig bereits überschritten. Einzeln betrachtet warfen sie zwar keine astronomischen Summen ab, aber zusammengenommen waren sie eine Goldgrube.

In Geschäftskreisen galt Krogh als konservativ und altmodisch. Während er bei seinem Leisten geblieben war, hatten viele seiner Gleichgesinnten auf neue Branchen gesetzt: Offshore,

Medien, Telekommunikation, Aquakultur und alternative Energien. Einige von ihnen waren reicher geworden als er, weitaus mehr allerdings hatten zusehen müssen, wie ihr Vermögen sich auflöste, und grämten sich über ihren eigenen Übermut.

Die Krogh-Gruppe hingegen stand genauso fest und unerschütterlich da wie die Immobilien, die sie verwaltete.

Erst als er auf die neunzig zuging, hatte Krogh das Tagesgeschäft der Gesellschaft jüngeren Kräften überlassen. Er verbrachte nun große Teile des Jahres in Sainte-Maxime, wobei ihm die moderne Technologie erlaubte, die geschäftlichen Aktivitäten im Blick zu behalten. An jedem letzten Freitag im Monat nahm die Geschäftsführung der Krogh-Gruppe an dem massiven Tisch im französischen Esszimmer des Magnaten Platz. Niemals ließ Axel Krogh auch nur den geringsten Zweifel daran, wer das letzte Wort hatte.

Einen praktischen Nachteil allerdings hatte das Maison Krogh: Familie, Freunde und Geschäftspartner gaben einander die Klinke in die Hand. Ektoparasiten. Seine Tochter Ella und ihr Ehemann waren vor drei Tagen angekommen, und erst vor wenigen Stunden hatte Kroghs Teilhaber Erik Jacobsen nebst Gattin den anderen Gästeflügel in Beschlag genommen. Im Augenblick befanden sich die vier Gäste in einem der besseren Restaurants der Stadt, eine gesellschaftliche Verpflichtung, der Krogh sich entzogen hatte. Einerseits, weil er seinen Schwiegersohn nicht ausstehen konnte, und andererseits, weil alle vier den Blick erwartungsvoll auf den Inhaber der Krogh-Gruppe gerichtet hätten, sobald die Rechnung auf dem Tisch gelandet wäre.

Parasiten.

Das Telefon auf dem Schreibtisch klingelte. Der scharfe Laut durchschnitt die Stille im Haus, und Krogh wandte sich erstaunt um, als habe er vergessen, dass der Apparat hinter ihm überhaupt existierte. Es musste sich um ein Ortsgespräch handeln. Ella und Erik riefen stets auf seinem Handy an. Er ließ das Teufelswerk klingeln. Nach einer halben Minute war es still.

Krogh starrte das Telefon an, als betrachte er eine Kakerlake in der makellosen Umgebung seines Schreibtischs.

Dreißig Sekunden später begann es erneut zu klingeln. Krogh riss den drahtlosen Apparat aus der Halterung und blaffte ins Telefon:

»Oui?«

Die wohlklingende Stimme am anderen Ende der Leitung stellte sich als Pierre Vigny vor, Schichtleiter der Wachgesellschaft *La Sécurité nationale.*

Krogh durchforstete sein Gedächtnis.

»Adam Smith«, sagte er schließlich. Der Name des legendären Ökonomen fungierte für Eingeweihte als Codewort im Maison Krogh.

»Marktliberalismus«, erwiderte Vigny.

Grünes Licht.

»Es tut mir leid, Sie so spät noch zu stören, Monsieur Krogh«, fuhr Vigny fort. »Aber auf meinem Bildschirm sehe ich, dass einer der Sensoren an Ihrer Haustür außer Betrieb ist. Wir haben einen Wachmann in der Nähe und würden ihn gern vorbeischicken, um den Fehler zu beheben.«

Krogh seufzte.

»Kann das nicht bis morgen warten? Ich wollte gerade ins Bett.«

»Ich bitte nochmals um Entschuldigung für die Belästigung, Monsieur Krogh, aber die Versicherungsgesellschaft wird sich wie ein Bluthund auf uns stürzen, falls in so einer Situation etwas passieren sollte. Unser Vertreter kann in fünf Minuten bei Ihnen sein und braucht vermutlich noch weniger Zeit, um das Problem zu beheben.«

Krogh seufzte erneut, weniger diskret als beim ersten Mal.

»Sie haben fünf Minuten. Die Uhr läuft ab jetzt.«

»Herzlichen Dank, Monsieur. Und noch einen schönen Abend.«

Axel Krogh murmelte eine Erwiderung und beendete das Gespräch.

Es verstrichen knapp vier Minuten, bis an der Haustür geläutet wurde.

Auf dem kleinen Monitor an der Innenseite der Tür konnte er den Wachmann ausmachen, der die grün-weiße Uniform der Wachgesellschaft trug und eine eingeschaltete Taschenlampe in der Hand hielt. Das Bild auf dem Monitor flackerte ein paarmal kräftig auf. Vermutlich weil der Idiot die Kamera im Schein der Taschenlampe untersuchte.

Krogh fluchte leise auf Französisch und öffnete. Der Lichtkegel richtete sich auf ihn, er hörte ein leises *Bon soir* und hatte für einen Moment den absurden Eindruck, der Wachmann reiche ihm die Taschenlampe. Dann registrierte er gerade noch, dass das schwere Ende der Taschenlampe in Brusthöhe auf seinen Morgenrock traf, bevor der Schmerz blitzartig durch seinen Körper jagte und ihn von Kopf bis Fuß lähmte.

Es wurde dunkel.

2

Erik Jacobsen musterte Ella Krogh Sars, die ihm am Tisch im *L'Endroit* gegenübersaß. Zum weiß Gott wievielten Mal staunte er darüber, wie eine so perfekte Erscheinung innerlich derart hohl sein konnte. Es lag durchaus nicht an ihrem Intellekt, doch hinter dem hübschen Gesicht, dem formvollendeten, ausgesucht elegant gekleideten Körper herrschte Permafrost. Diese Frau besaß die Empathie eines Salzwasserkrokodils und ebenso dessen Appetit – allerdings auf Männer. Oder präziser ausgedrückt: auf Männer in einer gewissen Position. Deren finanzielle Möglichkeiten bedeuteten ihr wenig. Als einzige Tochter Axel Kroghs war Geld für Ella nur von untergeordneter Bedeutung. Es war der Promifaktor, der sie die perlweißen Zähne blecken und ihr das Wasser im Mund zusammenlaufen ließ. Sie hatte ihr Bett mit einem spanischen Tennisprofi, mit einem schwedischen Filmregisseur, mit einem norwegischen Talkshow-Host sowie mit unbekannt vielen weiteren Spielgefährten geteilt.

Kurzfristig waren sie jeweils gegeneinander ausgetauscht worden.

Einer von ihnen war Erik Jacobsen. Und um der Wahrheit gerecht zu werden: Er hatte sich mehr als einmal von ihr verschlingen lassen. Es hatte auf einem Firmenfest begonnen, der Urmutter aller außerehelichen Affären. In seiner Eigenschaft als neuer Konzernchef der Krogh-Gruppe hatte man Jacobsen die Tochter des Inhabers als Tischdame zugewiesen, und wie die meisten Männer hatte er sich blenden lassen. Nach mehreren zum Kaffee gereichten Cognacs hatte sie ihn auf die dichtbevölkerte Tanzfläche gezogen, wo der Druck ihres Unterleibs ausgereicht hatte, um seinen in akute Alarmbereitschaft zu versetzen. Drei Stunden später waren sie auf dem Wohnzimmerfußboden in Ellas Wohnung wie wilde Tiere übereinander hergefallen.

Ella wurde für Jacobsen gefährlich und zerstörerisch wie Heroin. Als sie dem Talkshow-Host einige Wochen nach diesem schicksalsträchtigen Fest den Laufpass gab, hatte sie ihren Spieleinsatz erhöht: um Erik Jacobsens Frau und zwei heranwachsende Kinder. Zu diesem Zeitpunkt war Erik nicht nur sprichwörtlich in ihr innerstes Wesen vorgedrungen, ohne allerdings an dem Gefallen zu finden, was er da vorfand. Schließlich stellte Ella ihm ein Ultimatum: Scheidung oder eine verschlossene Tür.

Jacobsen wählte Letzteres. Zur Strafe zeigte sie ihm fortan die kalte Schulter.

Ella verschwendete keine Zeit. Ihr nächstes Opfer zerrte sie zu allem Überfluss vor den Traualtar. Mikkel Sars war vier Jahre jünger als seine Gattin, sein Vermögen gleich null, doch mehrere Rollen in norwegischen Filmen und TV-Serien hatten ihn qualifiziert. Dass der Mann kaum in der Lage war, den britischen Premierminister namentlich zu benennen, schien Ellas Enthusiasmus nicht zu dämpfen. Ganz anders sah das Axel Krogh. Der Alte erwähnte den Bräutigam nicht einmal im Nebensatz, als er auf der Hochzeitsfeier seiner Tochter eine Rede hielt. Und Jacobsen wusste genau, dass Krogh einen Ehevertrag hatte aufsetzen lassen, der sich bis in eine Tiefe von tausend Metern als wasserdicht erweisen würde.

Erik Jacobsen fühlte sich in Ellas Gegenwart immer ein wenig unwohl. Nicht, weil seine physische Begierde immer noch loderte, sondern weil ihr als Alleinerbin nach dem Tod des Alten siebzig Prozent der Krogh-Gruppe zufallen würden. Zwar war Axel Krogh ungewöhnlich agil für sein Alter, aber der Tag, an dem Jacobsen es mit Ella als Mehrheitseignerin zu tun bekäme, lag nicht allzu weit in der Ferne.

Es war eine altbekannte Situation: Axel Krogh war ein durchtriebener Stratege und Geschäftsmann, aber auch ein einsamer alter Mann, der seine Tochter vergötterte. Jacobsen konnte nur darauf hoffen, dass Kroghs letzter Wille einen überschäumenden Reichtum für Ella zur Folge haben, ihr jedoch entscheidenden Einfluss auf die Leitung der Gesellschaft versagen würde.

»Was meinst du, Erik?«

Ella blickte ihn fragend an. Für einen winzigen, erschreckenden Augenblick war er nicht sicher, ob er vielleicht laut gedacht hatte.

»Wie bitte?«

»Wollen wir unsere Liebsten noch ins Nachtleben von Sainte-Maxime locken oder lieber den Abend mit einem Glas auf der heimischen Terrasse abrunden? Was ist mit dir, Cath? Lust auf eine kleine Samba?«

Diese Frage richtete sich an Cathrine Jacobsen. Wie üblich hatte Eriks Frau sich während des Essens sehr zurückgehalten.

»Danke, aber ich glaube, ich möchte den Abend nicht allzu sehr in die Länge ziehen«, sagte sie. »Reisen strengt mich immer etwas an.«

»Es sei dir verziehen«, erwiderte Jacobsen.

Ella lächelte ihn an. Ein Lächeln, das Jacobsen nur als ein *Gott, was hast du da bloß für eine langweilige Tusse geheiratet* interpretieren konnte. Dann lenkte sie ihren Blick auf Mikkel Sars, der sich dezent darum bemühte, ein Gähnen zu unterdrücken.

»Anscheinend zwecklos, einen jüngeren Mann zu heiraten. Möchtest du auch nach Hause und in deinem Bettchen schlafen, Mikkelschatz?«

»Bett klingt gut«, erwiderte Sars grinsend. »Schlafen muss ich aber nicht unbedingt.«

Die passende Antwort für einen untalentierten Schauspieler, dachte Jacobsen.

»Wenn alle satt und zufrieden sind, sollten wir vielleicht die Rechnung kommen lassen?«, sagte er laut.

Die Dunkelheit ließ nach. Seine Sinne kehrten langsam zurück. Leuchtende Blitze vor den Augen, in die Sand oder Staub geraten war. Der Geruch von Leinöl. Musik.

Musik?

Axel Krogh lauschte. Nach einer Weile erkannte er die Melodie und die sie begleitenden Worte der französischen Nationalhymne.

Auf, auf Kinder des Vaterlands!
Der Tag des Ruhmes, der ist da.
Gegen uns wurde der Tyrannei
Blutiges Banner erhoben.

Die Musik schien lauter zu werden. Krogh konnte allerdings nicht sagen, ob es an der Geräuschquelle lag oder an seinem wieder einsetzenden Hörvermögen.

Zu den Waffen, Bürger!
Formt Eure Schlachtreihen,
Marschieren wir, marschieren wir!
Bis unreines Blut
Unserer Äcker Furchen tränkt!

Jetzt wurde auch sein Blick schärfer, und er begriff, dass er bäuchlings auf dem Wohnzimmerfußboden lag. Seine Arme waren auf schmerzhafte Weise nach hinten auf den Rücken verdreht und an den Gelenken zusammengebunden. Er schaffte es nicht, zu …

Sein Gedanke wurde jäh unterbrochen, als zwei Füße in seinem Blickfeld erschienen. Weiche, schwarze Ledersportschuhe mit einem goldenen Logo an der Seite. Die Füße verschwanden wieder. Dann spürte er einen warmen Luftzug am Ohr, gefolgt von einer weichen, beinahe flüsternden Stimme.

»Bon retour, mon vieux.«

Er versuchte, den Kopf zu drehen, erhaschte aber nur einen kurzen Blick auf einen Arm und eine behandschuhte Hand.

»Was willst du?«

Krogh versuchte, seine Stimme ruhig klingen zu lassen. Irgendetwas sagte ihm, dass dies für die weiteren Schritte des anderen entscheidende Bedeutung haben könnte.

»Gefällt Ihnen die Musik, Monsieur?«

»Hast du es auf mein Geld abgesehen? Da drüben auf dem Schreibtisch liegt meine Geldbörse mit etwas Bargeld und drei Kreditkarten.«

Der andere lachte leise.

»Was für eine traurige Welt, in der wir leben. Nicht wahr, Monsieur? Alle scheinen nur von einer einzigen Sache besessen zu sein: Geld. Hat man keins, gehen die Leute davon aus, man sei minderbegabt. Hat das ganze Geld Sie glücklich gemacht, Monsieur? Und bitte lügen Sie mich nicht an.«

»Nein«, erwiderte Krogh, ohne zu zögern. Nicht zum ersten Mal hatte er über diese Frage nachgedacht.

»Hab ich's mir doch gedacht. Doch andererseits – ich vermute, Unglück lässt sich in einem Haus wie diesem besser ertragen als in irgendeiner Bruchbude in Marseille.«

»Bist du immer so philosophisch, wenn du andere Menschen ausraubst?«, fragte Krogh bissig.

Es dauerte fünf unheilverkündende Sekunden, bis die Antwort kam. Die Stimme klang jetzt einen Hauch brüchiger.

»Sie sollten nicht zu viel auf meine Bildung vertrauen, Monsieur. Sie könnten enttäuscht werden. Und außerdem – wer redet hier von Raub? Ich werde allenfalls ein kleines Souvenir mitnehmen, bevor ich mich zurückziehe.«

»Bedienen Sie sich«, sagte Krogh. Ganz unbewusst war er zur Höflichkeitsform übergegangen.

Wieder das leise Lachen. Er klingt jung, dachte Krogh. Wie spät war es? Vielleicht kurz vor elf? Ella und die anderen würden wohl nicht vor Mitternacht wieder da sein.

»Seien Sie unbesorgt, Monsieur. Ich weiß genau, was ich haben will.«

Im Hintergrund erstarben die letzten Töne der Marseillaise. Nur Kroghs keuchender Atem durchbrach noch die Stille.

»Das war es schon, Monsieur. Ich fürchte, dass das Ende der

stolzen Melodie Frankreichs auch das Ende unserer kleinen Unterhaltung bedeutet. Wie haben Sie sich ausgedrückt? ›Bedienen Sie sich?‹ Eine interessante Formulierung für einen geizigen Mann wie Sie, Monsieur. Ungeachtet dessen eine Aufforderung, der ich zu folgen gedenke.«

Krogh schaffte es nicht mehr, den Mund zu öffnen, bevor ihn das Klebeband zum Schweigen brachte. Erst in dieser Sekunde meldete sich die Angst, die eiskalte Erkenntnis, dass er das Opfer eines weitaus gefährlicheren Eindringlings als eines einfachen Einbrechers geworden war. Er spürte, dass der Mann irgendetwas mit seinem Rücken tat; ein plötzlicher Luftzug über der feuchten Haut. Zwei Stofffetzen segelten am Rande seines begrenzten Blickfelds zu Boden. Leinen und Seide. Weiß und schwarz. Gut und Böse. Eine Hand packte seinen Haarschopf, sein Kinn wurde jäh hochgerissen. Die Nackenwirbel knackten. Dann sah er von rechts die andere Hand kommen. Das Licht einer Halogen-Lampe an der Decke wurde von der glänzenden Klinge zurückgeworfen. Die Todesangst überkam Axel Krogh wie ein Axtschlag. Er spürte, wie sich seine Blase leerte.

Nicht auf diese Weise, bitte nicht. Lieber Gott, sei mir gnädig! Nicht auf diese Weise.

Sie einigten sich auf einen kleinen Spaziergang. Die Hügel, die zum Maison Krogh hinaufführten, waren nicht zu unterschätzen. Gleichwohl war die milde Abendluft den Ausdünstungen eines Wunderbaums an der Frontscheibe eines Taxis vorzuziehen. Arm in Arm bildete das Ehepaar Sars die Vorhut. Jacobsen konnte nicht umhin, die Hand des Schauspielers zu bemerken, die zärtlich über Ellas Rücken strich.

Verärgert stellte er fest, dass der Anblick ihn erregte. In den ersten Jahren mit Cathrine hatte er das Glück des ehelichen Bettes mit diversen Seitensprüngen kombiniert, ohne allzu viel über die Moral seines Doppelspiels nachzudenken. Doch umgekehrt proportional zum Lockruf der verbotenen Früchte war seine Lust auf Cathrine nach und nach verschwunden. Er hatte diverse Erklärungen für dieses Phänomen angeführt, Alter und Arbeitsstress die Schuld gegeben, und Cathrine hatte Verständnis geäußert. Sie hatte ihn getröstet und gesagt, dass so etwas ganz normal sei und natürlichen Schwankungen unterliege, besonders nach einigen Ehejahren. Jetzt waren sie seit über zwanzig Jahren verheiratet. Erik war fünfundzwanzig gewesen, als sie ihm das Jawort gegeben hatte, kurz nachdem beide mit dem Studium fertig geworden waren.

Der Gedanke, seine Ehe zu beenden, kam ihm völlig absurd vor. Cathrine war seine beste Freundin und eine erstklassige Verwalterin des Lebens, das sie sich sowohl durch gemeinsam erbrachte Anstrengungen als auch durch gemeinsam erlebte Freuden aufgebaut hatten – zwei wohlerzogene Kinder, ein schönes Zuhause, ein Ferienhaus am Meer und eines in den Bergen, ein Freundeskreis mit erfolgreichen Vertretern aus Wirtschaft und Geistesleben ... In seiner Seele herrschte kein Funken Zweifel – er und Cathrine würden zusammen alt werden, genauso wie es ihrer beider Eltern erlebt hatten.

Sie erreichten die Hügelspitze und spazierten gemütlich die letzten Meter zum Tor hinauf. Der Name der Residenz war in das schwarz lackierte schmiedeeiserne Gitter eingelassen. Ella gab einen sechsstelligen Code in das Zahlenfeld ein. Gerade als das Tor zur Seite glitt, flüsterte Mikkel Sars ihr etwas ins Ohr. Seine Bemerkung wurde mit einem lauten, fröhlichen Lachen quittiert, dem Ella einen saftigen Kuss auf seine Lippen folgen ließ. *Krönung der abendlichen Sondervorstellung,* dachte Jacobsen. Eine verkrampfte Demonstration von Verliebtheit und Lust, von Ella inszeniert und auf ihn gemünzt, der die männliche Hauptrolle abgelehnt hatte.

Sie überquerten den Vorplatz. In blassem Lichtschein lag der überdachte Haupteingang des Maison Krogh vor ihnen. Minimalistischer Stil und großzügige Ausmaße. Als sie sich der mit Schiefer bedeckten Treppe vor der Haustür näherten, drehte Ella sich um und breitete die Arme aus. Vielleicht war es diese melodramatische Geste, die sie und ihre Begleiter von der dunklen Gestalt ablenkte, die etwas weiter entfernt aus einer Seitentür des Ostflügels glitt. Sekunden später verschwand sie in den Schatten der dichten Vegetation des Gartens.

»Liebe Freunde«, verkündete Ella mit gespielter Feierlichkeit, »ihr seid vielleicht alle müde, aber kein magischer Abend wie dieser darf ohne ein Glas Champagner zu Ende gehen. Erik und Mikkel – ihr geht und macht Feuer im Kamin auf der Terrasse, während Cath und ich mal schauen, ob Papa ein paar edle Tropfen auf Eis liegen hat.«

Jacobsen wollte schon protestieren, besann sich aber. Die verdammte Vorstandssitzung fand erst in zwei Tagen statt. Heute Abend waren sie Gäste. Wenn sie unbedingt den Abend mit einer halben Stunde auf der Terrasse abrunden wollte, dann bitte sehr. Mit Mikkel Sars auf den Fersen umrundete er das Haus und näherte sich der Terrasse mit Aussicht auf die mondbeschienene Bucht von Saint-Tropez.

Noch bevor sie die Terrasse erreichten, hörten sie es. Später hätte Erik Jacobsen schwören können, dass Ellas Schrei bis hinüber nach Saint-Tropez zu vernehmen gewesen sein musste.

3

Kripo Hauptquartier, Oslo
Montagmorgen, 21. April 2014

Der Kaffee war wie immer ungenießbar. Aber die Tasse war hübsch. Weiß, mit abgeschrägtem Henkel und einem handgemalten roten Herz, worauf sie mit großen Buchstaben geschrieben hatte:

BESTER PAPA
DER WELT!

Die Formulierung war nicht besonders originell, aber das spielte keine Rolle, wichtig war nur, dass Anine diese Worte für ihn geschrieben hatte.

Er saß dort, wo er an jenem Tag gesessen hatte. Auf demselben Stuhl, vor demselben Schreibtisch, in demselben kleinen Büro, mit derselben Tasse vor sich. Und soweit er sich erinnerte, hatte er auch dieselben Sachen getragen.

Kripo-Ermittler Bogart Bull gab nichts auf Mode.

Sechs Monate und sechzehn Tage waren vergangen. Sie hatten an seine Tür geklopft, dann war Kripo-Chefin Eva Heiberg mit einem von Bulls Kollegen hereingekommen. Schon in diesem Moment hatte er begriffen, dass etwas nicht stimmte. Heiberg kam niemals zu ihm, er ging zu ihr. Mit einem für sie ungewöhnlichen Gesichtsausdruck hatte sie ihn angeblickt und sich geräuspert, dann war seine Welt eingestürzt.

Nur wenig konnte er sich an die Tage erinnern, die der Beisetzung vorausgegangen waren. Ein junger Mann vom Bestattungsunternehmen, mit professioneller Anteilnahme und Vorschlägen für die Einzelheiten der Zeremonie. Ein Pastor, der behutsam zu klären versuchte, was über die beiden gesagt werden sollte. Ein paar Blumenboten an der Tür im Prost Hallingsvei. Und der Keller im Rechtsmedizinischen Institut, das inzwischen die irreführende Bezeichnung »Volksgesundheitsinstitut« trug.

Einige Male war er dort im Zusammenhang mit seiner Arbeit gewesen. Hatte neben dem Pathologen gestanden und die bleichen kalten Körper betrachtet, die vom scharfen weißen Neonlicht erbarmungslos zur Schau gestellt wurden. Ihm unbekannte Menschen, die irgendjemand erschossen, erstochen, erwürgt oder erschlagen hatte.

An jenem Tag war der Keller eine andere Welt. Dieselben hellgrünen Wände, derselbe lackierte Betonfußboden, aber plötzlich war er ein Angehöriger. Bis zu jenem Augenblick hatte ihm eine innere Stimme zugeflüstert, dass es ein Missverständnis sein könnte. Es gab andere gelbe Polos. Es könnte eine andere Frida Bull mit kleiner Tochter geben. Vielleicht hatte die Verkehrspolizei das Autokennzeichen nicht genau überprüft. Die lodernde Flamme der vergeblichen Hoffnung.

Der Keller. Zwei sterile Stahltische, die Konturen zweier Körper unter weißem Tuch, der eine etwas kleiner als der andere. Der Pathologe hatte ihn mitleidsvoll angesehen, bevor er das eine Tuch behutsam beiseitezog und das Gesicht des größeren Körpers freilegte.

In den wenigen Sekunden, die das Gehirn benötigte, um die Wahrheit zu erkennen, hatte Bull regungslos dagestanden. Dann war er mit einem so durchdringenden Schluchzen zusammengebrochen, dass er glaubte, gleich dort auf dem Betonfußboden sterben zu müssen.

In den Wochen nach dem Begräbnis hatte er dort Trost gesucht, wo ihn ein Mann ohne Familie und mit wenigen Freunden finden konnte. In der Flasche. Früher war Alkohol für ihn eine Form der sozialen Entspannung gewesen. Ein Bier nach der Arbeit, ein Glas Wein mit Frida, nachdem Anine eingeschlafen war, ein oder zwei Drinks mit Kollegen am Abend, wenn sie beruflich in der Stadt unterwegs waren.

Doch nach der Beerdigung hatte er die betäubende Wirkung des Alkohols ganz bewusst gewählt. In den ersten Wochen hatte er ihm nach Feierabend und an den Wochenenden Gesellschaft geleistet. Nachts träumte Bogart Bull von einem gelben Wagen – oder dem, was einst ein gelber Wagen gewesen war, ein qualmendes Inferno aus zerschmettertem Stahl, zerbrochenem Glas, ausgelaufenem Öl und …

Nach einer Weile hatte er immer mehr getrunken, auch nachts, um die Alpträume auf Distanz zu halten. Im Büro fand er ständig neue Ausreden, um nicht an Besprechungen teilnehmen zu müssen. Er wusste genau, dass der Geruch und die glänzenden Augen ihn früher oder später verraten würden. Seine Arbeitsergebnisse waren nur noch blasse Schatten früherer Leistungen. Schließlich wurde er in Eva Heibergs Büro zitiert. Der Glanz des Parketts blendete ihn. Das auf schonende Weise überbrachte Urteil war deutlich: Sein Schreibtisch würde während der Beurlaubung auf ihn warten, vorausgesetzt, er stimmte einer Entziehungskur zu. Die Kosten sollten zu Lasten der Behörde gehen.

Bull hatte erwidert, sie solle zur Hölle fahren.

Eine weniger nachsichtige Chefin hätte ihm sofort gekündigt. Doch Heiberg schluckte die Beleidigung herunter, schickte Bull nach Hause und überlegte ein paar Minuten, bevor sie zum Telefonhörer griff.

Zwei Tage später stand Bulls Vater, der Kunstmaler Thomas Bull, vor der Tür seines Sohnes. Ein höchst überraschter und stark betrunkener Bogart ließ ihn ein. Sie hockten im Wohnzimmer und starrten einander an. Keiner sagte ein Wort. Thomas Bull sah die leeren Wodkaflaschen auf der Fensterbank hinter dem Sofa. Er sah das frisch Erbrochene auf dem Fußboden vor der Terrassentür. Er sah das Fotoalbum auf dem Tisch. Und er sah den grenzenlosen Schmerz im aufgedunsenen Gesicht seines Sohnes. Dann ergriff er das Wort.

»Sie waren so stolz auf dich, Bogart, besonders Anine. Frida und sie sind jetzt nicht mehr da, aber sie leben in denen weiter, die sie geliebt haben. In uns. Sie mich an, mein Junge! Sieh mich an und sag mir, dass du ihr Andenken beschmutzen willst, indem du dich selbst zugrunde richtest. In deinem eigenen Dreck, ohne Würde, ohne Arbeit, ohne Zukunft. Sag es mir, aber vergiss nicht, dass Anine und Frida dich auch hören werden.«

Bogart hob den Blick und sah seinen Vater fragend an, als hätte er ihn erst in diesem Moment wahrgenommen. Der Alte beugte sich vor und legte die Hand seines Sohnes in seine Hände. Die leise, intensive Stimme schien aus Bogarts eigenem Inneren zu kommen:

»Genau das hat er sich gewünscht, Bogart. Willst du dieses Schwein etwa gewinnen lassen?«

Er wurde in einer Klinik in Vestfold untergebracht. Während ehemalige Alkoholiker mit Therapeutenurkunde über Sucht und Abhängigkeit schwadronierten, bekam er langsam wieder einen klaren Kopf. Alkoholismus sei von einem Genfehler verursacht, es handele sich um eine Art Hirnschaden, wurde von fachlicher Seite behauptet. Bull explodierte und beleidigte den Therapeuten auf schärfste, gnadenlos in seiner Kritik an dem Mann und dessen eigenen Genen.

Die Ärzte ignorierten die Episode, vermutlich weil sie Bulls Vorgeschichte kannten. Sorgfältig vermied er die Gemeinschaftsräume an den Abenden, wies alle Kontaktversuche von Mitpatienten ab und begab sich auf lange Wanderungen durch die Wälder der Klinik. Abends las er, ein Foto seiner Tochter diente als Lesezeichen. Nach fünf langen Wochen durchschritt Bull die Pforten der Klinik in die andere Richtung. Noch immer galt er als Alkoholiker, allerdings mit dem zweifelhaften Vermerk »trocken«.

Die Alpträume mit dem gelben Wagen ließen langsam nach, wichen anderen Träumen, in denen meist Frida auftauchte. Einige waren sexuell gefärbt, und immer, wenn er aus ihnen erwachte, versuchte er im Halbschlaf wieder in Fridas Umarmung zu gleiten. Vergeblich. In einem anderen, häufig wiederkehrenden Traum streiften sie Hand in Hand durch eine surrealistische Stadtlandschaft – mit überfüllten Straßen und einer Architektur, die von einem Gaudí auf LSD zu stammen schien. Die Menschenmenge um sie herum nahm zu, das Gedränge verdichtete sich, bis er schließlich gezwungen war, Fridas Hand loszulassen, und seine Frau in der Menge verschwinden sah wie eine Schiffbrüchige auf offener See. Er hasste diese Träume fast ebenso sehr wie die Alpträume, weil sie nur eine grausame Deutung zuließen: Er hatte es nicht geschafft, sie zu beschützen.

Nach zwei Monaten war er zurück in seinem Job. Mit ein paar rühmlichen Ausnahmen teilten sich die Kollegen in zwei Gruppen: die übertrieben Freundlichen und Verständnisvollen und diejenigen, die ihm aus sicherer Distanz mitleidige Blicke zuwarfen. Er hätte mit dieser Entfremdung leben können. Viel schlimmer hingegen war, dass die wichtigen Fälle auf anderen Schreibtischen landeten; als hätte der Alkohol Bulls Sinne für immer stumpf gemacht. Er sprach Heiberg darauf an. Sie hörte ihm zu, hielt aber daran fest, dass er noch Zeit brauche – *wie ein Sportler nach einem Comeback,* lautete die zweifelhafte Metapher.

Bull war gänzlich anderer Meinung. Wenn es etwas gab, das er nicht brauchte, so war das Zeit. Er brauchte Herausforderungen. Aufgaben, die so interessant und kräftezehrend waren, dass keine Zeit mehr blieb, um an das Schreckliche zu denken.

In einer kurzen Phase des Beleidigtseins erwog er, seinen Job aufzugeben. Sich vielleicht als Privatdetektiv niederzulassen. Doch nach kurzer Selbstprüfung ließ er den Gedanken fallen. Privatdetektiv war ein einsamer Beruf, und Bull war einsam genug. Genau deswegen saß er jetzt immer noch an seinem Schreibtisch, sechs Monate und sechzehn Tage später, verwitwet und kinderlos. Aber Vater war er weiterhin. Man hört niemals auf, Vater zu sein.

Es klopfte an seiner Bürotür, und Miriam, eine der Sachbearbeiterinnen, schaute herein.

»Heiberg will mit dir sprechen«, sagte sie.

Ehemals Polizeipräsidentin in einem mittelgroßen Distrikt des Landes, war Eva Heiberg zu ihrem eigenen Erstaunen zur Kripo-Chefin in Oslo ernannt worden. Selbst jetzt noch, vierzehn Monate und viele lobende Worte später, überlegte sie manchmal, ob die Behörde andere Voraussetzungen als fachliche Qualifikation zugrunde gelegt hatte. Ihr Geschlecht zum Beispiel. In solchen Momenten half es, eine naturbegabte Pragmatikerin zu sein. Es war ihr egal.

Heiberg konnte Bull durchaus etwas abgewinnen. Der Mann hatte eine derart scharfe Zunge, dass manche nach einem Gespräch mit ihm wie blutüberströmt erschienen, doch nur selten oder nie sagte er etwas Unbedachtes. Außerdem war er integer. Er hatte sie als neue Chefin akzeptiert, ohne die geringste Missbilligung über ihre Ernennung und gleichzeitig auch ohne irgendein Anzeichen, sich bei ihr einschmeicheln zu wollen. Er war schlichtweg ein konzentrierter und tüchtiger Ermittler, der seine Arbeit erledigte, ohne nach Pfosten Ausschau zu halten, die er anpinkeln konnte, wenn er die Ergebnisse seiner Arbeit präsentiert hatte.

Heiberg konnte nicht umhin, festzustellen, dass die Tragödie vor anderthalb Jahren ihre Sympathien für ihn verstärkt hatte.

Fünf Jahre zuvor, als Bull dem Abschnitt für Gewaltverbrechen bei der Osloer Polizei angehört hatte, war er als Leiter einer Ermittlung tätig gewesen, die zur Festnahme von Richard Torp führte, einem 19-jährigen Jüngling aus besten Verhältnissen, der drei brutale Vergewaltigungen auf dem Gewissen hatte. Alle Opfer waren jünger als Torp, und eines der Mädchen hatte die Misshandlungen nur mit knapper Not überlebt. Nicht nur sein jugendliches Alter war die Ursache dafür, dass Torp sich in der Kategorie »wiederholt gewalttätige Sexualverbrecher« besonders hervorhob. Der junge Mann kam aus einer profilierten Familie aus dem Osloer Westen, die seit drei Generationen steinreich war, und dementsprechend bauschte sich der Prozess zu einem Skandal titanischen Ausmaßes auf, in dem ein pikantes Detail nach dem anderen ans Licht kam. Ein emotional vernachlässigter Bursche aus reichem Elternhaus, mit einem alleinerziehenden Vater, der seinen Sohn in gleichem Maß mit Statussymbolen wie knallharten körperlichen Züchtigungen bedacht hatte. Die Verteidigerin bemühte sich erfolgreich, die spezifischen sozialen Umstände, unter denen ihr Mandant herangewachsen war, und den daraus resultierenden Missbrauch von stimulierenden sowie sedierenden Rauschmitteln ins Feld zu führen. Richards Vater, der Reeder und Finanzmagnat Hermann Torp, wurde so nachhaltig von seinem hohen Ross gestoßen, dass nur noch ein paar silbergraue Haarsträhnen aus dem Dreck hervorlugten, als alles vorbei war.

Das Gerichtsurteil von sechs Jahren Haft läutete den Beginn von Richard Torps Alptraum ein. Im Gefängnis Ullersmo war das junge, hübsche Papasöhnchen mit seinen drei Vergewaltigungen auf dem Kerbholz eine Delikatesse. Im Laufe eines Tages avancierte Richard zur Knasthure Nummer eins, und als er nach dreieinhalb Jahren entlassen wurde, waren die psychischen Schäden nicht mehr zu heilen. Vor den Gefängnismauern gab es nichts und niemanden, der auf ihn wartete. Nachdem der Vater sorgfältig alle erbrechtlichen Ansprüche seines Sohnes beschnitten hatte, war er mit seinem Vermögen zu einem unbekannten Ort im Ausland aufgebrochen. Richards Mutter hatte schon Mitte der neunziger Jahre den Kampf gegen den Krebs verloren, lange bevor der Junge das schulpflichtige Alter erreicht hatte. Seine ehemaligen Kumpane wandten dem freigelassenen Freund den Rücken zu.

Richard Torp hatte nicht nur eine Strafe abgebüßt, er war für immer verurteilt.

Die Feuerwehrleute, die ihn in Steinssletta aus dem Wrack seines Leihwagens schnitten, hatten erschrocken feststellen müssen, dass der kaum noch intakte Körper immer noch einen Puls fühlen ließ. Die behelmten Hilfskräfte flüsterten einander zu, dass ein Volvo eben ein Volvo sei, sie selbst es aber vorgezogen hätten, zu sterben. Sechs Monate später war es ein Beatmungsgerät, das Richard Torp am Leben erhielt.

Am Tag nach dem Unglück war im Kripogebäude in der Brynsallee ein Einschreiben für Bull angekommen. Der Text war schmerzhaft kurz und präzise, wie eine Strophe in einem makabren Gedicht:

Du hast mein Leben zerstört.
Jetzt habe ich deins zerstört.
R. T.

So sieht grenzenlose Trauer aus, dachte Eva Heiberg und musterte die Gestalt im Sessel vor sich. Ein etwas mehr als mittelgroßer Mann Anfang vierzig. Blaugraue Augen, die in dem glattrasierten Gesicht merkwürdig alt wirkten. Das dunkle Haar war kurz geschnitten und zeigte graue Strähnen an den Schläfen. Die Nase war kräftig und gebogen wie bei einem Indianer, mit einer nicht zu übersehenden Narbe auf dem linken Nasenflügel. Bull saß zurückgelehnt im Sessel, abwartend, und hielt die Hände locker im Schoß gefaltet. Für einen kurzen Moment ließ Heiberg den Blick auf dem Ehering ruhen, den er immer noch an der rechten Hand trug.

»Sie schauen gut aus, Bogart«, sagte sie aufrichtig.

Er lächelte schwach, sagte aber nichts.

»Wie fühlen Sie sich?«

»Wie ein ausgemusterter Fußballspieler, der sich noch gut an die Zeiten erinnert, als er unbestritten einen Platz in der Mannschaft hatte.«

Heiberg wich seinem Blick nicht aus.

»Fußball gehört nicht zu meinen Interessengebieten, aber ich glaube, mal gehört zu haben, dass Spieler manchmal an andere Mannschaften ausgeliehen werden?«

»Die in der Regel in einer untergeordneten Liga spielen«, sagte Bull.

»Nicht in diesem Fall.«

Er richtete sich kaum merklich auf. Heiberg nahm ein Schreiben vom Tisch und hielt es sich vors Gesicht.

»Das hier kam vor ein paar Tagen von Europol in den Niederlanden. Nicht zu verwechseln mit Liverpool in England. Sie kennen die Organisation. Die Mitgliedsländer hatten eine Vorstandssitzung und haben sich die Köpfe heiß gedacht. Kurz gesagt geht es dabei um Folgendes: Offene Grenzen, freier Zuzug von Arbeitskräften sowie mehr Freizeit und geringere Reisekosten lassen die Menschen häufiger als früher umherziehen. Das wiederum führt dazu, dass eine immer größer werdende Zahl von Mordopfern in einem anderen Land beheimatet ist als dem, in dem der Mord begangen wurde. Beispielsweise werden jedes Jahr zwei bis drei norwegische Staatsbürger außerhalb des Landes getötet, aber innerhalb der EU-Grenzen. Länder wie Spanien, Deutschland oder Frankreich weisen vermutlich noch höhere Zahlen auf. In vielen dieser Fälle benötigt die nationale Kriminalpolizei Unterstützung durch Vertreter der Polizeibehörden im Heimatland des Mordopfers, und das auch in Form von physischer Anwesenheit während der Ermittlungen. Bis jetzt wurde diese Hilfe nach Bedarf und vorhandenen Kapazitäten auf improvisierte Art geleistet. Die hohen Herren im Vorstand von Europol möchten diese Verfahrensweise systematisieren. Dieser Plan mündet nun in eine Direktive, die besagt, dass jedes Mitgliedsland einen oder mehrere Ermittler zu diesem Zweck abkommandieren soll. Norwegen ist formal betrachtet nicht verpflichtet, an dieser Maßnahme teilzunehmen, aber der Justizminister hat uns zum Mitmachen angewiesen. Die Anzahl der Ermittler soll proportional zur aktuellen Einwohnerzahl jedes Landes bestimmt werden. In diesem Fall: ein erfahrener und dynamischer Polizeibeamter.«

Heiberg beendete ihren Monolog und betrachtete Bulls Gesichtsausdruck. Der war nicht allzu leicht zu deuten.

»Wenn ich Sie nicht missverstehe, betrachten Sie mich also als dynamisch?«

Heiberg beherrschte sich mühsam.

»Schon lange bevor ich meinen Fuß in dieses Gebäude gesetzt habe, hatte ich großen Respekt für Sie als Fachmann«, sagte sie langsam. »Jeder, dem es so ergangen ist wie Ihnen, wird für längere oder kürzere Zeit davon geprägt sein. Jetzt kommt es darauf an, ob Sie für anspruchsvolle Aufgaben bereit sind. Abgesehen von Ihren fachlichen Qualifikationen ist es außerdem von Vorteil, dass Sie gut Englisch sprechen. Wie ein Eingeborener, so hat sich jedenfalls Eriksen ausgedrückt.«

Heiberg machte eine Pause und trank einen Schluck ihres lauwarmen Kaffees. Dann sah sie ihn wieder an.

»Woran liegt das übrigens?«

»Woran liegt was?«

»Dass Sie Englisch wie ein Eingeborener sprechen.«

»Meine Mutter war Irin. Sie starb, als ich noch ganz klein war. Aber ich habe die meisten Sommerferien bei meinen Großeltern in der Nähe von Belfast verbracht.«

Heiberg nickte. Etwas an seinem Ausdruck gab ihr das Gefühl, dass er sich mit Freude an diese Besuche erinnerte.

»Und was soll ich Ihrer Meinung nach in den Zeiten tun, in denen da draußen mal gerade kein Bedarf nach mir besteht?«, sagte Bull. »Ist ja schon etwas morbid, am Schreibtisch zu sitzen und darauf zu hoffen, dass ein Landsmann irgendwo auf dem Kontinent ins Gras beißt.«

»Sie werden hier in der Abteilung operativ tätig sein, allerdings nicht als Ermittlungsleiter. Sinn und Zweck soll ja sein, dass Sie kurzfristig losgeschickt werden können, ohne dass wir im Rahmen eines laufenden Falls Änderungen an der Personalbesetzung vornehmen müssen. Oslo bleibt also Ihre Basis, aber Sie müssen natürlich mit einer gewissen Reisetätigkeit rechnen.«

»Gewiss. Da passt es ja gut, dass ich keine … Familie habe.«

Heibergs Kaffeetasse stoppte auf halbem Weg zum Mund.

Dann setzte sie sie langsam ab und beugte sich über den Schreibtisch.

»Hören Sie zu, Kriminalermittler Bull. Ich habe versucht, Ihnen in einer schwierigen Zeit den Rücken zu stärken. Das ist nicht immer leicht gewesen. Hier gibt es so einige, die meinen, Sie seien fertig; dass Sie zu einer Behörde mit weniger anspruchsvollem Mandat als dem unseren versetzt werden sollten oder dass man Ihnen alternativ ein hübsches Abschiedspaket schnürt. Das mindeste, was Sie als Ausgleich für meine Bemühungen tun könnten, ist, sich wie ein normaler Mensch zu benehmen. Mit anderen Worten: Hören Sie auf, in Zweifel zu ziehen, dass ich Sie tatsächlich für den richtigen Mann für so einen Job halte.«

»Und wenn ich ablehne?«

»Das betrachte ich als eine rein hypothetische Möglichkeit. Sie können ein paar Tage darüber nachdenken. Den Haag erwartet ein hohes Tempo bei der Implementierung dieses Projekts. Sollten Sie ablehnen, muss ich jemand anderen fragen.«

Heiberg warf einen Blick auf ihren Terminkalender.

»Sie haben vier Tage. Wir sehen uns am Freitag um neun wieder, hier in meinem Büro.«

4

Østre Gravlund Friedhof/Kripo-Hauptquartier Oslo
Freitagmorgen, 25. April 2014

In Norwegen gibt es Friedhöfe, die idyllischer gelegen sind als der Østre Gravlund, der halbwegs zwischen der E6 und dem verkehrsreichen Tvetenvei eingeklemmt ist. Zwar schützen die Bäume ein wenig vor Lärm und Wind, doch im Winter wird der Schnee von den Abgasen grau gefärbt, und die Besucher bewegen sich eilig zwischen rauhreifüberzogenen Grabsteinen und warmen Autos, die auf dem Parkplatz warten.

Bull kam immer zu Fuß. Und immer früh am Morgen, bevor er zur Arbeit ging. Das Reihenhaus im Prost Hallingsvei, der Friedhof und das Gebäude der Kripo bildeten auf der Karte ein Dreieck, dessen Ecken nur wenige Minuten Fußweg miteinander verband. Bulls heilige Dreieinigkeit – Haus, Grab, Büro.

Sechs Monate und zwanzig Tage. Bald kam der Mai. Der erste Frühling ohne sie. Der erste Frühling in einem zerstörten Leben, ein Leben, das sich vielleicht – aber nur vielleicht – irgendwann reparieren ließ. Zumindest so, dass es lebbar wurde. Wie immer, wenn Bull vor dem schwarzen, glatt polierten Grabstein stand, stellte er sich seinen eigenen Namen unter den beiden anderen in den Granit gemeißelt vor. Eines Tages würde es so sein. Der Gedanke war beruhigend, ja fast erheiternd.

Um diese Tageszeit waren nur selten andere Menschen auf dem Friedhof anzutreffen, ein Umstand, der es Bull erlaubte, laut zu seinen Liebsten zu sprechen. Er erzählte ihnen, dass er sich entschieden habe, den Job anzunehmen. Dass er sie deswegen nicht wie sonst jeden Tag besuchen könne, aber so oft vorbeischauen werde, wie es ihm möglich sei. Dass er Heiberg verdächtige, ihm die Aufgabe in erster Line angeboten zu haben, um sich des Problems Bull zu entledigen. Er erzählte ihnen, wie schrecklich er sie vermisse, aber dennoch hoffe, dass die neue Arbeit so sinnvoll sei, dass es sich wieder lohne, auf Erden allein herumzuwandeln.

Dann schaute er zum Himmel hinauf, schloss die Augen und lauschte. Er war sich nicht sicher, glaubte aber zu hören, dass sie seine Entscheidung begrüßten.

»Das freut mich zu hören, Bogart.«

Heiberg sah aufrichtig froh aus. Oder vielleicht ist sie erleichtert, dachte Bull. Erleichtert darüber, seine mögliche Weigerung nicht mit dem Bescheid kontern zu müssen, dass er in der Behörde Geschichte war. Doch streng genommen war das bedeutungslos. Die Entscheidung war gefallen, er hatte den Job übernommen. Jetzt lautete die Frage, wie lange es wohl dauern würde, bis das Schicksal ihn in die Ferne rief.

Es dauerte etwa fünf Sekunden.

»Wenn es nicht taktlos wäre, könnte ich vielleicht ›des einen Tod, des anderen Brot‹ sagen«, begann Heiberg. »Jedenfalls ist es Fakt, dass uns Ihr erster Fall schon vor diesem Treffen erreicht hat. Frankreich, genauer gesagt Sainte-Maxime, ein Küstenort auf der Strecke zwischen Nizza und Toulon. Waren Sie schon mal in der Gegend?«

Bull schüttelte den Kopf. Anfang der neunziger Jahre hatte er während einer Interrail-Tour große Teile Frankreichs verschlafen, ansonsten gab es da nichts. Frida und Annie hatten die griechischen Inseln vorgezogen.

»Übrigens ein ziemlich pikanter Fall, aus mehreren Gründen«, fuhr Heiberg ungeachtet Bulls mangelnder Frankophilie fort. »Sagt Ihnen der Name Axel Krogh etwas?«

»Nicht direkt.«

»Krogh war einer dieser Schattenmänner des norwegischen Wirtschaftslebens. Er rangierte ziemlich weit oben auf der Liste der Reichsten im Land, gab in den Medien allerdings ein unauffälliges Profil ab. Mittwochabend wurde er in seinem Haus in Sainte-Maxime ermordet aufgefunden. Wie gesagt ist die Sache aus mehreren Gründen etwas pikant. Jemand hat ihm die Kehle durchgeschnitten, und anscheinend wurde die Leiche auch geschändet, ohne dass Details aus dem Bericht hervorgehen. Wir reden hier mit anderen Worten also nicht von irgendeiner Straßenschlägerei mit Todesfolge. Kroghs Tochter hat ihn gefunden. Sie war da unten mit ihrem Ehemann und einem anderen Paar zu Besuch, Cathrine und Erik Jacobsen. Letzterer ist anscheinend so eine Art Stellvertreter im Kroghschen Imperium.«

Heiberg betrachtete Bull, während sie weiterredete. Sein Blick schien sich im Takt mit ihren Worten zu klären. Sein Nacken streckte sich. Eine winzige Drehung des Kopfes, als hörte er auf einem Ohr besser als auf dem anderen. Bin ich hier etwa Zeugin einer Auferstehung?, dachte sie. In der Klinik in Vestfold war er dem Alkoholnebel entstiegen. Hier und jetzt, in ihrem Büro, wurde womöglich der letzte Schleier weggezogen.

»Heiberg?«

»Was?«, erwiderte sie verwirrt und begriff, dass er ihr eine Frage gestellt hatte.

»Stehen in dem Bericht irgendwelche Erkenntnisse aus der Rechtsmedizin?«

»Wie beispielsweise?«

»Inwieweit die erwähnten Schändungen vor oder nach Eintreffen des Todes vorgenommen wurden.«

Sie musste auf ihren Computerbildschirm schauen.

»Nein, aber hier steht, dass der Mord geschehen sein muss, kurz bevor die Tochter ihn gefunden hat. Das war ein paar Minuten nach halb zwölf, am Mittwochabend. Die Leiche wurde zur Obduktion gebracht. Spielt das eine Rolle, das mit der Reihenfolge?«

Bull zögerte seine Antwort hinaus.

»Wenn das vor der Ermordung geschehen ist, kann das auf Sadismus oder ein krankes Hirn hinweisen«, sagte er. »Wurde es danach getan, können wir hier vermutlich von einer Symbolhandlung des Täters reden.«

Heiberg nickte stumm. Sadismus und Leichenschändung waren in dem Polizeidistrikt, aus dem sie kam, keine vordringlichen Probleme gewesen.

»Ein Sache ist allerdings bemerkenswert«, sagte sie und blickte weiter auf den Bildschirm.

Bull wartete auf die Fortsetzung.

»Obwohl laut Aussage der Tochter jede Menge wertvolle Kunst an den Wänden hing, ist nur ein einziges Bild aus Kroghs Arbeitszimmer verschwunden. Ein kleines Ölgemälde eines unbekannten Künstlers.«

5

Lyon, Bahnhof
Donnerstagvormittag, 29. März 1906

Henri Matisse warf einen ratlosen Blick auf seinen norwegischen Malerfreund. Wann hatte er zuletzt einen derart betrunkenen Menschen erlebt? Edvard Munch war sternhagelvoll, obwohl die Uhr noch nicht einmal zwölf geschlagen hatte. Wenn der Mann jetzt noch mehr in sich hineinschüttete, müsste Matisse erwägen, ihn auf seinem Stuhl festzubinden.

Er blickte umher. Gott sei Dank war der Speisewagen fast menschenleer. Die einzigen Gäste außer ihm und Munch waren zwei ältere Herren, die am entgegengesetzten Ende des Waggons saßen und Karten spielten. Gab es in dieser Welt tatsächlich ein zivilisiertes Kartenspiel, das zu zweit gespielt werden konnte?

Und wo blieben eigentlich André und die anderen? Die törichten Abenteurer hatten während des kurzen Aufenthalts in Lyon den Zug verlassen, um einen Blick auf die neu erbaute Basilika auf den Fourvière-Höhen zu werfen. Matisse sah auf seine Taschenuhr. Noch drei Minuten bis zur Abfahrt. *Mon dieu!* Der Gedanke, nun die ganze Strecke bis hinunter nach Rognac allein mit Munch verbringen zu müssen, war alles andere als erheiternd. Der Norweger war trübsinnig und sagte nicht viel, außer wenn er angesprochen wurde oder sein Glas aufgefüllt haben wollte.

Einige Jahre zuvor hatten die Gerüchte Paris im Eiltempo erreicht. Eine Frau und ein Revolverschuss in Munchs Sommerresidenz. Ob sie geschossen hatte oder ob Munch den Schuss abgegeben und sich dabei die Hand verletzt hatte, blieb ungeklärt. Eines allerdings war sicher: Matisse hatte nicht die Absicht, die Hauptperson des Dramas über die Geschehnisse auszufragen. Ein Mann durfte seine *crimes passionnels* durchaus für sich behalten. Matisse hatte selbst erfahren, dass die Wege der Liebe dornenreich sein konnten, insbesondere dann, wenn die beteiligte Frau sowohl hübsch als auch intelligent war.

Missmutig starrte Munch in sein leeres Absinthglas. Dann hob er den Kopf und richtete den verschleierten Blick auf seinen Begleiter.

»Was sagen Sie, mein lieber Matisse? Wollen wir uns noch eine kleine Erfrischung gönnen?«

Matisse lächelte tapfer. Am liebsten hätte er Munch vorgeschlagen, sich in sein Coupé zurückzuziehen und den Rausch auszuschlafen, doch da stieß seine Freimütigkeit auf eine Grenze. Er winkte den Kellner heran.

»Oui, Monsieur?«

»Dürften wir wohl noch um eine Runde bitten? Vielen Dank.«

Der Kellner sah Munch mit reserviertem Ausdruck an.

»Sie wissen schon, mon ami, *so* eine Runde«, sagte Matisse und ließ den Kellner einen kurzen Blick auf den Zehn-Franc-Schein werfen, den er in der Hand hielt.

»Aber natürlich, Monsieur.«

Der Kellner verbeugte sich, während der Schein diskret den Besitzer wechselte. Matisse missbilligte diese Art vulgärer Tricks, doch es galt, den Norweger bei Laune zu halten. Der diesjährige *Salon des Indépendants* war ein unerhörter Erfolg gewesen, nicht mehr und nicht weniger. Zum ersten Mal hatte das Publikum eine gemeinsame Ausstellung fauvistischer Künstler bestaunen können, und die Reaktion war überwältigend gewesen. Fast siebentausend Besucher, und Verkäufe, von denen keiner zu träumen gewagt hatte.

Der andere geistige Anführer des Fauvismus, André Derain, war milde ausgedrückt skeptisch gewesen angesichts der Idee, Munch für eine gemeinsame Ausstellung mit den anderen einzuladen. Die Idee sollte zu einem Triumphzug werden – dem endgültigen Durchbruch für die farbenfrohe moderne Kunst. Matisse hatte zwei Wochen benötigt, um den Kollegen zu überreden. Als der schließlich einwilligte, hatte Matisse sich hingesetzt und einen langen Brief an Munch geschrieben, der sich zu dieser Zeit in Deutschland aufhielt. Er hatte sein Ansinnen mit wohldosierten Schmeicheleien sowie mit der Versicherung gewürzt, dass Munchs Ausgaben allesamt gedeckt würden.

Zu seiner großen Freude – und Überraschung, wie er einräumen musste – hatte Munch das Angebot angenommen.

In gewisser Weise hatten sich Derains bange Vorahnungen bestätigt. Das Publikum hatte sich um die fünf Arbeiten des Norwegers geschart, und besonders »Roter wilder Wein« hatte Bewunderung und lautstarke Diskussionen ausgelöst. Matisse konnte ihnen nichts vorwerfen. Das Bild strahlte unterschwellig eine Dramatik aus. Eine regelrechte Machtdemonstration, was Motiv, Farben und Pinselführung betraf. Das Werk war von einem Genie ersonnen und ausgeführt worden, das Matisses Genialität vermutlich überragte.

Direkt nach der Ausstellung hatten sie Munch eine weitere Einladung überreicht. André Derain hatte vor kurzem von seinen Großeltern ein Haus in Cotignac geerbt, und sechs der Fauvisten planten daraufhin einen mehrwöchigen Aufenthalt unter der südfranzösischen Frühlingssonne, um »die freudigen Ereignisse zu verdauen«, wie Matisse es formuliert hatte. Und für die eine oder andere Flasche sowie eine Kostprobe der provenzalischen Küche sollte es auch wohl reichen. Ob Munch sich wohl vorstellen könnte, sie auch bei dieser Gelegenheit mit seiner Anwesenheit zu beehren? Ihm würde ein eigenes Haus zur Verfügung stehen, und das Licht in Cotignac böte nahezu optimale Arbeitsverhältnisse für einen gottbegnadeten Maler.

Munch, der seit seiner Ankunft in Paris kaum einen nüchternen Moment erlebt hatte, sagte auf der Stelle zu.

Hier also saßen sie nun, in einem Zug, der von Paris gen

Süden fuhr: Munch, mit stetig steigendem Alkoholspiegel, und Matisse, inständig in der Hoffnung, dass die anderen den Zug auch rechtzeitig erreichten. Die Trillerpfeife des Schaffners auf dem Bahnsteig war nicht zu überhören. *Merde!* Sekunden später setzte sich der Zug mit einem Ruck in Bewegung, und Matisse lehnte sich erschöpft zurück. Sechs Stunden als einsamer Cicerone für einen beinahe psychotischen Norweger. *Möge der Teufel Pétanque spielen mit Derains aufgeblähten Testikeln!* Im nächsten Augenblick wurde die Tür des Speisewagens geöffnet, und der Besitzer der Testikel kam zum Vorschein. André Derain richtete seinen langen Zeigefinger auf die beiden und grinste breit unter seinem buschigen Schnurrbart.

»Aha!«, rief er. »Hier sitzt man also und mästet sich am helllichten Tag. Aber verdammt, Henri, sieh zu und bestell noch eine Flasche!«

Da lächelte Edvard Munch.

Noch lange Zeit danach hatte Matisse die Reise als diejenige in Erinnerung, die er am liebsten vergessen wollte.

In Rognac mussten sie den Zug wechseln und teilten sich die Bürde. Georges, Kees, Raoul und er selbst schleppten das Gepäck, während André und der junge Santiago Munch hinter sich herzerrten. An der Endstation in Aix-en-Provence gelang es ihnen, den Norweger im einzig freien Zimmer, das die kleine Bahnhofspension anbieten konnte, ins Bett zu legen. Sie selbst blieben im Salon sitzen, um bis zum Anbruch des Morgens ein wenig zu schlummern. Die letzten Meilen in einem schwankenden Omnibus bis hinauf nach Cotignac wurden zu einem wahren Alptraum. Der Wagen musste in unregelmäßigen Abständen anhalten, teilweise wegen Hindernissen auf der Straße und teilweise, weil ein leichenblasser und zunehmend derangierter Munch an den Straßenrand flüchten musste, um sich zu erbrechen.

Erst am späten Nachmittag erreichten sie Les Arches. Der Besitz war ursprünglich ein Weingut gewesen, doch Derains

Großeltern hatten das Land schon seit 1891 verpachtet. Das Haupthaus verfügte über zwei Stockwerke mit vier Schlafzimmern und einem einfachen Bad oben, während die untere Etage aus Salon, Esszimmer, Rauchsalon sowie einer Küche mit Anrichte bestand. Draußen vor den Fenstern lag eine geräumige Terrasse, wo sich die Aussicht über den Ort Cotignac bis hinüber zu den Wäldern bei Saint-Bernard erstreckte. Les Arches war beileibe kein Palast, aber Matisse und seine Freunde waren auch keine Snobs.

Das Leben, die Freiheit und die Kunst. Was sonst noch könnte ein Mann begehren?, dachte Matisse, während er auf der Terrasse saß und beobachtete, wie das Abendrot die Baumwipfel im Westen erglühen ließ. Nach dem Mittagessen waren André und die restliche Truppe hinunter in die Stadt gegangen. Wenn Matisse nicht irrte, würde der Ausflug den Besuch einer nicht unerheblichen Anzahl von Weinschenken sowie das gründliche Studium der weiblichen Einwohner Cotignacs einschließen.

Edvard Munch hatte sich nach der Mahlzeit entschuldigt und in seine Gemächer in der alten Pförtnerwohnung zurückgezogen. Der Norweger hatte das Essen kaum angerührt, dafür aber ein paar Gläser des lokalen Rosé probiert. Nun lag er hoffentlich im Bett und schlief. Matisse war es durchaus gewohnt, dass seine Künstlerfreunde mehr als die meisten Menschen tranken, um Munch allerdings machte er sich ernsthaft Sorgen. Die nervöse und magere Gestalt hatte etwas Manisches. Der flackernde Blick, die irrationalen und fast paranoiden Reaktionen auf Bagatellen während einer Unterhaltung oder in anderen Situationen. Eine deutlich wahrnehmbare Schwermut und eine seltsame Schüchternheit, die im nächsten Augenblick in ein derart gegenteiliges, hemmungsloses Verhalten umschlagen konnten, dass sogar der frivole Derain blass wurde.

Munch war krank, und das hatte weit schlimmere Ursachen als sein übertriebener Alkoholkonsum. Konnte es Syphilis sein? Diese teuflische Krankheit hatte van Gogh befallen und dazu geführt, dass er sich ein Ohr abschnitt.

Edvard Munch schlief und träumte von der Sonne. Der Stern der Sterne wuchs langsam am Himmel heran, bis er so nahe gekommen war, dass Munch die flackernden Feuerzungen erkennen konnte. Dann stiegen sie aus der Erde empor, alle Geschöpfe des Herrn – fliegende, vierbeinige, Amphibien, Primaten, Meerestiere und Menschen, Myriaden von Leben in einem unaufhaltsamen Aufstieg, bis sie alle in das flammende Inferno hineingesogen wurden und verschwanden. Nach einer kleinen Ewigkeit versiegte der organische Strom, die Sonne zog sich langsam zurück und wurde zu einem weißen Punkt in der totalen Finsternis. Da begriff Munch, dass er allein auf der Erde war, und stieß ohnmächtig einen Schrei aus.

Er erwachte sitzend und schweißüberströmt in seinem Bett. Der Kopfschmerz war so überwältigend, dass ihm fast die Tränen kamen. Die Zunge, die er, wie er sich erinnerte, vor kurzem noch im Mund bewegen konnte, saß wie festgeklebt an seinem Gaumen. Vorsichtig ließ er sich zurück aufs Kissen sinken. Der Raum war ihm unbekannt. Ein Hospital? Nein, hier gab es zu viel Holz und Farben. Mit geschlossenen Augen versuchte er, die nahe Vergangenheit zu rekonstruieren. Langsam tröpfelte die Erinnerung herein. Matisse, Derain, van Dongen und die anderen …

Der Kopfschmerz ließ nach. Mit einiger Mühe bekam er die Füße auf den kalten Steinfußboden und blieb auf der Bettkante sitzen. Hinter den weißen Baumwollgardinen war es Tag. *Sonne.* Gott sei Dank. Die Schlafkammer war klein, aber hübsch eingerichtet. Über dem Kopfende des Bettes allerdings hing ein recht beängstigendes Gemälde, zwei Kähne inmitten einer Flut, die dieselbe Farbe wie verdorbene Erbsensuppe zeigte. Er beugte sich vor und spähte auf die Signatur: A. Derain.

Nun ja.

Munch versuchte, die Gedanken zu ordnen. Was jetzt? *Auf die Füße, Munch. Du bist noch nicht bereit für den Sarg.*

Die Beine zitterten, trugen ihn aber. Erst jetzt fiel ihm auf, dass er nackt war. Wie, zum Teufel, war das passiert? Konnten die anderen …

Seine Überlegungen wurden von einem Klopfen an der Tür unterbrochen. Munch blickte auf seinen Unterleib. Dann schnappte er sich die schmutzige Unterhose, die auf dem Stuhl neben dem Bett lag, stolperte beinahe über seine eigenen Füße und zog das Kleidungsstück über. Erneutes Klopfen an der Tür, gefolgt von einer fröhlichen Frauenstimme:

»Bonjour, Monsieur!«

Wo war denn nur seine Hose? Oben auf der Kommode. Er schlüpfte hinein, bekam sie zur Hälfte zugeknöpft und stapfte durchs Zimmer.

»Sind Sie da, Monsieur?«

»Einen Augenblick bitte, wenn Sie so freundlich sind.«

Er holte tief Luft und öffnete die Tür. Draußen stand ein hübsches junges Mädchen, kaum älter als achtzehn, in farbenfrohem Rock und weißer Bluse, die sich über einem ausladenden Busen spannte. Sie hatte einen Korb in der Hand, in dem Käse, Obst und Croissants lagen.

Das Mädchen starrte Munch mit offenem Mund an. Dann besann sie sich, senkte den Blick und reichte ihm den Korb.

»Monsieur Derain hat mich gebeten, Ihnen etwas zum Frühstück zu bringen.«

»Wie aufmerksam von ihm«, erwiderte Munch und nahm den Korb entgegen. »Und wer sind Sie, Mademoiselle?«

Das Mädchen hielt den Blick auf die Türschwelle gerichtet. Munch studierte die üppigen Hüften, deren Form ihr Rock nicht verbarg. Doch ja, es war noch Leben in ihm.

»Mein Name ist Blanche, Monsieur. Ich helfe hier im Haus, wenn Monsieur Derain zu Besuch in Les Arches ist.«

»Könnten Sie sich vorstellen, Modell für mich zu sitzen, Mademoiselle Blanche?«

Verwirrt blickte sie zu ihm auf.

»Monsieur …?«

»Ja, ich bin doch Maler, wissen Sie? Es würde mich überaus freuen, wenn Sie Modell für mich sitzen könnten.«

Blanches braune Augen wurden groß wie Kastanien. Dann schüttelte sie furchtsam den Kopf.

»Nein, Monsieur, das kann ich wohl nicht.«

»Und warum sollten Sie das nicht können, wenn ich fragen darf?«

»Papa würde das niemals zulassen, und ...«

»Und?«

»Nein ... das geht einfach nicht, Monsieur.«

»Dann scheren Sie sich doch zum Teufel!«, blaffte Munch.

Das Mädchen schnappte nach Luft und schlug die Hand vor den Mund. Dann drehte sie sich auf dem Absatz um und eilte in Richtung Haupthaus. Munch sah ihr nach, bis sie am Ende der Allee verschwunden war. Ein Gesäß, das der große Rodin geschaffen haben könnte, dachte er.

Er fand die anderen auf der Terrasse. Mit Ausnahme des Niederländers Kees van Dongen sahen alle unverschämt frisch und munter aus. Der massige Kopf von Georges Rouault war fast völlig in eine Wolke aus Tabakqualm eingehüllt, und Othon Friesz hatte sich schon über das erste Glas des Tages hergemacht. Einander gegenüber am Tisch saßen Matisse und Derain, Letzterer wie immer ausgesucht gut gekleidet. Ein kleines Lächeln erschien auf seinen Lippen, als er den norwegischen Gast kommen sah. Der Einzige, der am Tisch fehlte, war der Benjamin der Gruppe, der blutjunge Santiago Gaillard.

»Es freut uns, Sie wieder unter den Lebenden zu wissen«, sagte Derain. »Hat Ihnen das Frühstück geschmeckt?«

Munch suchte das Gesicht des Franzosen nach einer Spur von Ironie ab, fand aber nur aufrichtige Freundlichkeit.

»Es war ausgezeichnet, Derain. Vielen Dank.«

Das entsprach durchaus den Tatsachen, insbesondere was die Weinflasche betraf, die er auf dem Grund des Korbes gefunden hatte. Munch hatte gut die Hälfte des Inhalts in sich hineingegossen, bevor er es gewagt hatte, seine kleine *cabine* zu verlassen.

Friesz schob ihm einen Stuhl zu, und Munch setzte sich. Matisse wedelte mit einer zerknitterten Ausgabe von *Le Figaro.*

»Die Presse meldet, dass es gar nicht gut steht um Ihren formidablen Landsmann Henrik Ibsen, mein lieber Freund. Er liegt im Sterben, wie es heißt.«

Munch nickte betrübt. Der Dichter war schon lange krank. Ibsen war einer der wenigen Menschen, die Munch fast grenzenlos bewunderte.

»Kein Baum steht ewig«, erwiderte er.

»Das merke ich mir für meinen Grabstein«, ließ sich Rouault durch den Tabaksqualm hören. Er grinste.

»Wo ist der junge Gaillard?«, fragte Munch.

»Er begleitet Blanche in die Stadt hinunter, wo er die Zutaten für unser Abendessen beschaffen soll«, sagte Derain. »Der Junge wurde puterrot, als ich ihm vorschlug, ihr beim Tragen zu helfen, war aber nicht besonders schwer zu überreden.«

Pflichtschuldig ließ Munch ein Lächeln erkennen. Wenn er es jemandem aus dieser Gesellschaft gönnte, sich bei der reizenden Blanche einschmeicheln zu dürfen, dann war es wohl Santiago Gaillard. Der Junge war nur mäßig begabt, aber – wichtiger für Munch – ein ungewöhnlich höflicher junger Mann, bar jeder Wichtigtuerei und unreifer Gedanken. Er sprach Munch konsequent als *maître* an, und auch wenn Munch es nicht gern zugab, genoss er die Achtung des jungen Mannes.

Matisse nahm seine Hornbrille ab und sah Munch an.

»Wir haben eben mögliche Pläne für die nächsten Tage besprochen«, sagte er.

»Die meisten von uns werden vermutlich hier die Pinsel schwingen, aber auch ein paar Studien in freier Natur können nicht schaden. Für morgen haben wir an einen Ausflug zur Grotte in Sainte-Baume gedacht. Was meinen Sie, Munch?«

Was sollte er erwidern. Er hatte von diesem Ort noch nie

gehört. Warum dann nicht gleich mit der Ignoranz zu Kreuze kriechen?

»Und was befindet sich dort, vermutlich abgesehen von einer Ansammlung von …« – Munch suchte nach dem französischen Wort für Fledermaus – »… *chauves-souris?*«.

Friesz schlug sich auf die Schenkel und lachte schallend.

»Sie sind nicht nur ein hervorragender Maler, Munch, sondern auch ein großer Humorist!«

Matisse warf seinem jüngeren Kollegen einen tödlichen Blick zu.

»Und beides mehr, als man es bei dir konstatieren kann, Othon«, sagte er scharf.

Friesz' Grinsen gefror unmittelbar.

»Sainte-Baume ist ein beliebtes Ziel für Pilger«, erklärte Matisse. »Der Legende nach wurden Maria Magdalena und ihr Bruder Lazarus nach Christi Himmelfahrt aus dem Heiligen Land gewiesen. Angeführt von ein paar Jüngern, sollen sie in einem offenen Boot über das Mittelmeer nach Frankreich gesegelt sein mit dem edlen Ziel, die Provence zu christianisieren. Nach einer Weile sollen sie sich in die Grotte von Sainte-Baume zurückgezogen haben, wo die heilige Maria die letzten dreißig Jahre ihres Lebens verbrachte.«

»*Heilig?* Die Frau war doch nichts anderes als eine Hure«, schnaubte van Dongen.

»Obacht, Kees«, sagte Rouault und schwenkte die Pfeife. »Einige meinen tatsächlich, dass sie die Ehe mit dem Erlöser einging.«

»Nonsens«, brummte der Niederländer.

»Nach fast zweitausend Jahren ist wohl eine Theorie so gut wie die andere«, warf Derain ein. »Beide Seiten scheinen sich allerdings darüber einig zu sein, wie Jesus und Maria Magdalena einander kennengelernt haben.«

»Und wie soll sich das vollzogen haben?«, wollte der Atheist Friesz wissen.

»Mit einer gewissen Dramatik«, erwiderte Derain. »Gemäß

der Heiligen Schrift war Maria von bösen Kräften besessen, und Jesus trieb nicht weniger als sieben Dämonen aus ihrem Leib.«

»Vielleicht ausreichend, um eine Werbung des Mannes zu akzeptieren«, bemerkte Rouault.

»Teil der Geschichte ist übrigens, dass die Grotte schon lange vor Marias Zeit als ritueller Versammlungsort und heidnischer Opferplatz gedient haben soll«, fügte Derain hinzu.

Um den Tisch herum wurde es still. Munch warf einen langen Blick auf die zahlreichen Weinflaschen, die auf dem Büfett standen.

»Ich habe eine Idee«, sagte Matisse.

Die anderen sahen ihn an. Nur selten war aus seinem Mund Unsinn zu hören.

»Zufällig ist mir bekannt, dass Santiago Gaillard am Donnerstag zwanzig Jahre alt wird«, sagte Matisse. »Und daher sollten wir dem jungen Mann ein Geschenk zukommen lassen. Hier in Les Arches sind wir sieben, wenn wir Santiago mitrechnen. Wie wäre es, wenn jeder von uns einen Dämon malt und ihm das Bild zum Geburtstag überreicht?«

»Verzeihung?«, sagte van Dongen.

»Maria Magdalenas sieben Dämonen«, fuhr Matisse unangefochten fort. »Jeweils von einem der begabtesten Maler Europas erschaffen.«

»Soll er etwa sein eigenes Geburtstagsgeschenk malen?«, fragte Friesz skeptisch.

»Von diesem Teil des Plans wird er natürlich erst erfahren, wenn alle Bilder vorliegen. Santiago bekommt ganz einfach am Donnerstag eine Sammlung Dämonen überreicht – einschließlich seines eigenen. Ich schlage ein paar einfache Regeln für das Experiment vor: Die Bilder sollen dasselbe Format haben, vorzugsweise ein nicht zu großes, und die Bilder müssen innerhalb eines Tages gemalt werden.«

»Das gefällt mir«, sagte Derain.

»Es gibt langweiligere Motive als Dämonen«, stimmte Rouault zu.

Matisse ließ seinen Blick umherwandern und dann auf Munch ruhen.

»Was sagen Sie, Munch? Können Sie sich vorstellen, dabei zu sein und Gaillard eine ewige Erinnerung an seinen Geburtstag und unser Zusammensein hier unten zu schenken?«

Eigentlich hasste Munch jedwede Form von Gruppenarbeit, begriff aber, dass er die Rolle eines Gastes einnahm. Und in seiner Situation – was bedeutete da schon ein Dämon mehr oder weniger?

6

Nizza und Sainte-Maxime
Samstagnachmittag, 26. April 2014

Der Flughafenangestellte sah Bogart Bull an und breitete verzweifelt die Arme aus.

»*Sorry, Sir – the door is stuck.* Die Techniker sind schon unterwegs, um sie zu reparieren.«

Ebendies erklärte, wieso Bull genau in diesem Moment feststeckte, ganz vorn in der überhitzten Glasröhre, die vom Flugzeug in das Gebäude führte. Zurück auf seinen Sitz 2C zu kommen, konnte er vergessen. Der Weg dorthin war von ungeduldigen Feriengästen versperrt, die anscheinend noch zielstrebiger planten, in Frankreich einzufallen, als Hitler es 1940 getan hatte.

Bull hatte sich aus seinem Sakko geschält. Ein Lichtblick war das weiße Hemd, das seine Schweißringe hoffentlich weniger auffällig sein ließ. Nach ein paar langen Minuten öffnete sich die Tür, und das norwegische Heer konnte seinen Vormarsch fortsetzen. An den Wänden entlang der Transportbänder hingen Plakate mit nüchternen Schwarzweißfotografien französischer Prominenter, von Tennisspielern bis hin zu Opernsängerinnen, die von der französischen Tourismusbehörde vermutlich alle fürstlich entlohnt worden waren, um die Besucher in »ihrer« Provence willkommen zu heißen.

Am Gepäckband herrschten Zustände wie auf einer Pferderennbahn. Johlende Norweger drängten sich eng an das schwarze Rollband und hielten erwartungsvoll nach Koffern und Golfsäcken Ausschau, als nehme ihr Gepäck an einem prestigeträchtigen Rennen teil. Bulls abgewetzte Ledertasche durchbrach die Ziellinie als fünfte. Die Zöllner würdigten ihn nicht mal eines Blickes, als er die Schranke zur Ankunftshalle passierte.

In einem Wald aus Schildern und handgemalten Plakaten fand er seinen Namen. Der Fahrer trug einen Anzug, hieß Raoul und verbeugte sich so tief, als stünde der Justizminister vor ihm. Nur unter Vorbehalt durfte Bull seine Tasche selbst zu einer schwarzen Citroën-Limousine tragen, wo Raoul das Gepäck schließlich übernahm und Bull die rechte hintere Wagentür aufhielt. Gut, immerhin schien die kommende Stunde verlockender als die vergangene zu werden. Vielleicht ein kleines Nickerchen unterwegs? Bull gehörte zu denjenigen, die auch in einer Achterbahn schlafen konnten.

Kurz bevor der Wagen von der A 8 abfuhr, wurde Bull wieder wach.

Raoul bemerkte Leben auf dem Rücksitz des Citroën und konnte vermelden, dass noch etwa zwanzig Kilometer vor ihnen lagen. Laut Raouls Instruktionen sollte sich Bull zunächst im Hotel einrichten, wo ihn Hauptkommissar Jean Moulin von der Kriminalpolizei in Marseille um 17 Uhr zu einem ersten Briefing treffen würde. Nachdem er sich versichert hatte, dass Bull mit diesem Plan einverstanden war, kramte der Fahrer eine Thermoskanne mit heißem Kaffee hervor. Er bedauerte wortreich, dass leider weder Zucker noch Milch zur Verfügung stünden, und überließ Bull dann wieder seinen Gedanken.

Norwegische Fahrer konnten von Raoul noch so einiges lernen.

Eine gute Viertelstunde später fuhren sie vor dem Haupteingang des Les Palmiers vor, auf den ersten Blick ein Hotel nach Bulls Geschmack. Weder übermäßig groß noch prächtig, aber elegant genug, um gewisse Erwartungen an den Aufenthalt zu knüpfen. Nach Verabschiedung von Raoul und einem problemlosen Check-in trug ihn der Aufzug in die zweite Etage, wo ihn ein gemütliches Hotelzimmer mit Balkon und Aussicht auf die Bucht von Saint-Tropez erwartete. Ein paar größere Jachten lagen schaukelnd in der Brise. Am Heck eines der Boote kämpfte eine Schar Seevögel um die Reste der herrschaftlichen Mahlzeit, die ein großherziger Stuart in weißem Uniformhemd ihnen servierte. Im Hafen lagen zahlreiche kleinere Boote – die meisten allerdings mehr als dreißig Fuß lang –, dicht an dicht vertäut. Bull hatte nie begriffen, was man mit einem millionenschweren Boot anfangen sollte, wenn man es nicht an einem sonnigen Samstag wie diesem aufs Meer hinauslenkte, tröstete sich aber mit dem Gedanken, dass ihn diese Problematik persönlich nicht berührte.

Vielleicht eine Dusche? Und ein Kaffee. Das war schließlich gratis. Jedenfalls die Dusche.

Hauptkommissar Moulin hätte jeder Polizeidienststelle zur Ehre gereicht. Ein wacher und freundlicher Blick, ein fester Händedruck und ein Tweedanzug, der so gut saß, dass er wie maßgeschneidert wirkte. Das pechschwarze Haar auf seinem kräftigen Kopf war sorgfältig nach hinten gekämmt, und die ganze Gestalt strotzte nur so vor Energie. Bull wusste nur zu gut, dass lokale Polizeivertreter unangenehm werden konnten, wenn sie gezwungen wurden, mit externen Kräften zusammenzuarbeiten, doch Moulin gab sich entgegenkommend wie ein Priester auf der Kirchentreppe. Bull schätzte ihn auf Mitte fünfzig. Das schien ihm vielversprechend. Erfahrung war nicht zu verachten.

Ganz ungestört hatten sie eine Ecke der geräumigen Hotelterrasse erobern können, und nach den üblichen Höflichkeitsphrasen war Moulin einverstanden, seinen neuen Partner mit *Beaugard* anstatt *Commissaire Bull* anzusprechen.

Nachdem Kaffee und Mineralwasser gebracht wurden, kam Moulin direkt zur Sache:

»Wir sind milde ausgedrückt schockiert über die Ereignisse. Monsieur Krogh war ein geachteter Gast – um nicht zu sagen Bürger – von Sainte-Maxime, und Mord ist in diesen Gefilden absolut nichts Alltägliches. Die Geschichte wird aufgrund ihres … wie soll ich sagen? … *bestialischen* Charakters auch nicht eben heiterer. Ich habe mir erlaubt, Ihnen ein paar Fotos mitzubringen, die die Techniker am Tatort aufgenommen haben. Aber ich muss Sie warnen – das ist keine leichte Kost. Sogar die Kollegen von der Spurensicherung waren nach Abschluss der Untersuchungen im Maison Krogh etwas mitgenommen.«

Moulin öffnete eine Aktenmappe, entnahm ihr einen Stapel großformatiger Farbkopien und reichte sie Bull. Lektion Nummer eins in meinem neuen Leben als fliegender Europol-Libero, dachte Bull: *Du kommst immer zu spät.* Zu Hause wäre er unter normalen Umständen einer der Ersten gewesen, die am Ort des Geschehens eintrafen und somit Opfer und Tatort – oder auch Fundort der Leiche – untersuchen konnten, solange alles noch ganz frisch war. Jeder Ermittler wusste, wie entscheidend der erste Eindruck und die ersten vierundzwanzig Stunden in einer Mordsache waren. Stunden, in denen Schlaf tabu war und Pausen auf ein Minimum beschränkt blieben. Die Fotos, die er jetzt in der Hand hielt, waren gut drei Tage alt. In Bulls Beruf: an der Grenze zu Antiquitäten.

Bull blätterte. Es gab zahlreiche Aufnahmen verschiedenster Details. Moulin hatte recht. Es war kein schöner Anblick. Die Leiche lag auf dem Bauch, auf einem Fußboden, der aus hellem, unbehandeltem oder vielleicht geöltem Holz zu bestehen schien. Die Blutlache um Kopf und Oberkörper des Opfers hatte zu koagulieren begonnen und ähnelte einem riesigen roten Briefsiegel. Hände und Füße waren auf dem Rücken zusammengebunden, ein weißer und ein schwarzer Stoffetzen lagen am Kopfende der Leiche. Neben den Fetzen lag etwas, das an blutverschmierte Taue erinnerte.

»Die Stoffetzen wurden aus Hemd und Schlafrock des Opfers herausgeschnitten«, sagte Moulin leise. »Aber damit hat sich der Teufel nicht begnügt.«

Der Ausdruck »Teufel« war wohl gewählt. Der Mörder hatte weitergeschnitten. In das Fleisch von Kroghs Rücken. Ein Kreuz. Der vertikale Teil verlief vom untersten Halswirbel bis fast hinunter zum Steißbein, während der horizontale die ganze Breite des Rückens einnahm. Die Linien des Kreuzes waren zweifach und parallel zueinander ausgeführt, und das Fleisch dazwischen war entfernt worden. *Die Taue,* dachte Bull.

Er blickte Moulin an.

»Haben die Pathologen etwas über die Reihenfolge gesagt?«

Moulin seufzte, wie um anzudeuten, dass ihm die Tragweite der Frage bewusst war.

»Die arbeiten da in Marseille rund um die Uhr. Wir hoffen, dass uns der Bericht morgen vorliegt.«

»Wissen wir, wie sich der Täter Zugang zum Haus verschaffen konnte?«

»Es gibt keinerlei Einbruchspuren. Das Schließsystem der Villa hätte auch in der französischen Nationalbank installiert sein können, und alle Eingangstüren waren videoüberwacht – wobei die Aufnahmefunktion leider deaktiviert war. Vieles deutet darauf hin, dass Krogh den Täter selbst eingelassen hat, entweder weil er ihn kannte, oder weil er der Ansicht war, den Betreffenden nicht fürchten zu müssen.«

»Haben die Kriminaltechniker etwas entdeckt?«

»Im Umkreis der Leiche nichts Interessantes. Da das Haus in der betreffenden Zeit von fünf Personen bewohnt war und es außerdem Koch und Haushaltshilfe gibt, wurden natürlich jede Menge Fuß- und Fingerabdrücke gefunden. Wir überprüfen das gerade. Haushälterin und Koch hatten an jenem Nachmittag ab circa vier Uhr frei. Beide haben ein Alibi.«

»Gibt es weitere Personen, die im Haus arbeiten oder Zugang haben?«

»Einen Gärtner, der besitzt allerdings keinen Schlüssel zum Haupthaus.«

»Was sagt die Wachgesellschaft?«

»Die ist natürlich verzweifelt, aber wie es derzeit aussieht, können die Mitarbeiter nicht zur Verantwortung gezogen werden.«

»Was ist mit den Nachbarn? Hat irgendjemand etwas gehört oder gesehen?«

»Wir haben sie alle befragt, aber ohne Ergebnis. Das Grundstück des Maison Krogh umfasst beinahe zehntausend Quadratmeter. Das nächste Haus liegt hundert Meter entfernt.«

»Haben Sie Kroghs Mobiltelefon gefunden?«

»Auf der Kommode, zusammen mit seiner Brieftasche. In dem Zeitfenster, um das es geht, gibt es keine Anrufe, weder ein- noch ausgehende. Wir überprüfen natürlich noch alle Gespräche, die in den Tagen vor dem Mord geführt wurden. Die Brieftasche wurde anscheinend nicht angerührt, es lagen mehrere Kreditkarten und etwa 300 Euro darin.«

»Meine Chefin in Oslo sagte etwas über ein verschwundenes Bild?«

»Kroghs Tochter war nicht völlig sicher, meinte aber, dass an der Wand in Kroghs Arbeitszimmer ein kleines Gemälde fehlt. Allerdings hat sie sich in der Regel nur selten in diesem Zimmer aufgehalten. Sie konnte also mit anderen Worten nicht beschwören, dass das Bild an dem betreffenden Abend verschwunden ist. Erik Jacobsen allerdings glaubt, es noch am selben Nachmittag gesehen zu haben, kurz bevor er und die anderen das Haus verließen, um zu Abend zu essen.«

»Seine Tochter hat ihn gefunden, nicht?«

Moulin nickte.

»Madame Ella Krogh Sars. Sie kam nach dem Abendessen in der Stadt zusammen mit ihrem Mann und dem Ehepaar Jacobsen nach Hause. Monsieur Erik Jacobsen ist Konzernchef in Kroghs weit verzweigtem Unternehmen und wurde engagiert, nachdem Krogh sich entschieden hatte, die Leitung abzugeben.

Alle vier sind natürlich von uns angehalten worden, bis auf weiteres innerhalb der Landesgrenzen zu bleiben. Sie können und wollen auch nicht weiter im Haus wohnen und haben sich daher im L'Empereur einquartiert.«

Der Name sagte Bull nichts, doch er vermutete, dass das Hotel einen oder zwei Sterne mehr als sein eigenes aufwies.

»Haben Sie sie vernommen?«

»Als Zeugen, natürlich.«

»Ich müsste mich mit denen unterhalten«, sagte Bull.

Moulin wirkte nicht im mindesten beleidigt.

»Sie wissen, dass Sie hier sind, und sind darauf vorbereitet, Sie morgen nach dem Frühstück zu treffen. Im L'Empereur, vorzugsweise.«

Bull sah auf die Uhr. Kurz nach sechs. Nach drei Tagen war es sinnlos, die Begegnung mit den Norwegern zu forcieren.

»Ausgezeichnet«, sagte er. »Darf ich die Fotos behalten?«

»Die Kopien gehören Ihnen. Außerdem eine Kopie meines Berichts. Darin finden Sie auch die Abschrift der Vernehmungen.«

Moulin übergab ihm die Papiere. Dann stand er auf und reichte Bull die Hand.

»Ich arrangiere eine Verabredung mit Madame Krogh Sars und den anderen«, sagte er. »Würde Ihnen neun Uhr zusagen? Falls ja, holen wir Sie um zehn vor neun hier vor dem Hoteleingang ab.«

»Das passt mir bestens.«

»Gut. *Au revoir, Commi* … äh … *Beaugard.*«

Der Hauptkommissar verneigte sich und verließ den Tisch. Bull sah ihm nach. Gar nicht mal schlecht, dachte er. Wenn auch nicht genial, so doch immerhin ein Mann, der sich gut vorbereitet hatte. Und was mehr konnte man eigentlich erwarten in einem Land, in dem die Polizei zum Mittagessen Wein trank?

Er nahm ein frühes Abendessen im Hotelrestaurant ein und schlenderte danach eine Weile durch das Stadtzentrum. Obwohl die Hauptsaison noch nicht begonnen hatte, wimmelte es auf den Straßen von Menschen – die meisten davon Touristen der Sorte, die versucht, weltgewandter zu wirken, als sie ist. Familien mit Kleinkindern und tätowierte Engländer mit nacktem Oberkörper glänzten durch Abwesenheit. Vermutlich musste man in Sainte-Maxime lange suchen, um auf eine Ballermann-Party oder Ähnliches zu stoßen.

Nach einem Café au lait, der ihn die bescheidene Summe von fünf Euro kostete, ging er zurück zum Hotel. Die Klimaanlage hatte das Zimmer während des Nachmittags kühl gehalten, und Bull streckte sich mit den Papieren, die er von Moulin erhalten hatte, auf dem Bett aus. Zuerst las er den Bericht des Kollegen. Der enthielt nicht viel Neues. Erik Jacobsen hatte am Abend des Mordes um 23.37 Uhr die Polizei verständigt, der erste Streifenwagen war knapp fünf Minuten später vor Ort eingetroffen. Ein örtlicher Kriminalbeamter, Laurent Berthelot, war einige Minuten nach Mitternacht zum Tatort gekommen. Zu diesem Zeitpunkt hatte ein Arzt Ella Krogh Sars bereits die erste Beruhigungsspritze verabreicht, bevor sie zwecks weiterer Behandlung und Beobachtung in ein nahe gelegenes Krankenhaus gebracht worden war. Ihr Mann hatte sie in die Klinik begleitet, das Ehepaar Jacobsen war zunächst vor Ort versorgt und danach zur Polizeistation in Sainte-Maxime gefahren worden, wo Berthelot die ersten Aussagen zu Protokoll genommen hatte. Die einleitenden Untersuchungen der Polizei im Maison Krogh waren um 05.40 Uhr abgeschlossen worden, seitdem war der Besitz versiegelt und stand rund um die Uhr unter Bewachung.

Früh am Nachmittag des folgenden Tages, dem 24. April, war Hauptkommissar Moulin aus Marseille gekommen und hatte erneut eine Vernehmung der Norweger durchgeführt, dieses Mal einschließlich des Ehepaars Jacobsen. Der Bericht umfasste an die vierzig Seiten, konnte aber, abgesehen davon, dass das Quartett die letzten Stunden vor der Ermordung gemeinsam verbracht hatte, mit keinen weiteren wesentlichen Erkenntnissen aufwarten. Der Rechtsmediziner veranschlagte den Todeszeitpunkt auf irgendwann zwischen 22.00 und 23.00 Uhr, was Kroghs vier Gäste als Täter ausschloss. Sowohl der Oberkellner des L'Endroit als auch Erik Jacobsens Kreditkartenauszüge bestätigten, dass sich die Norweger bis circa 23.15 Uhr im Restaurant aufgehalten hatten.

Auf Moulins Nachfrage hatte Ella erklärt, dass ihr Vater außer ihr selbst nur noch einen weiteren engen Verwandten habe. Einen Bruder, der vor Ewigkeiten aus Norwegen ausgewandert sei. Ella hatte sowohl ihn als auch Axel Kroghs Ex-Frau von der Tragödie in Kenntnis gesetzt.

Bull legte den Papierstapel beiseite und starrte an die Decke. Zwei Fragen waren wichtig: Welche Bedeutung hatte das Kreuz, das dem Opfer in den Rücken geschnitten worden war? Und warum hatte der Täter sich mit dem Diebstahl eines unbedeutenden kleinen Ölgemäldes begnügt, obwohl die Luxusvilla vermutlich weitaus wertvollere Gegenstände beherbergte?

Letzteres konnte natürlich dadurch erklärt werden, dass der Täter Ella Krogh Sars und die anderen vielleicht gehört hatte und daraufhin geflüchtet war, bevor er sich den Sack vollstopfen konnte. Gleichwohl ... Das Kreuz und der brutal ausgeführte Mord deuteten in eine ganz andere Richtung als einfacher Raubmord.

Das Kreuz und das Gemälde.

Bogart Bull schlief angezogen und bei eingeschaltetem Licht ein.

7

Sainte-Maxime
Sonntag, 27. April 2014

Manche Frauen verfügen über ein Äußeres, das man tagelang studieren könnte, ohne auch nur die winzigste Unregelmäßigkeit zu finden. Ella Krogh Sars gehörte zu dieser Sorte. Zum Ausgleich dafür mangelte es ihr an jedwedem Charme und an Ausstrahlung. Bogart Bull sah in ihre perfekt geschminkten Augen und veranschlagte ihre Körpertemperatur bei etwa null Grad. Ihr Ehemann, Mikkel Sars, war schablonenhaft attraktiv, doch wie seine Frau machte er sich vermutlich am besten auf Fotos.

Die drei saßen in der Suite des Ehepaars Sars im L'Empereur, eine Behausung, die Bulls eigenes Hotelzimmer wie die Ausnüchterungszelle einer Polizeiwache erscheinen ließ. Er hatte darum gebeten, paarweise mit den Norwegern sprechen zu können. Vorläufig standen alle vier nicht unter Verdacht, und Bull wusste, dass die informelle Atmosphäre die beste Ausbeute zeitigen würde. Kein Aufnahmegerät. Keine Notizen. Keine Unterstellungen. Ein Gespräch über die Umstände der Tragödie. Punkt.

Er sprach ihnen zunächst sein Mitgefühl aus. Danach erläuterte er kurz seine Rolle und versicherte ihnen, alles Erdenkliche zu tun, um den Fall schnellstmöglich aufzuklären. Ella Krogh Sars wirkte weder abweisend noch beeindruckt. Um der Wahrheit gerecht zu werden, schien sie auch nicht sonderlich bedrückt zu sein. Vermutlich war es so, dass sie den Verlust des Vaters auf die eine Waagschale und die zwei Milliarden Kronen auf die andere gelegt hatte, dachte Bull.

»Ich möchte Sie nicht mit Fragen über Zeitpunkte und andere praktische Dinge ermüden, die mit Mittwochabend zusammenhängen«, sagte er laut. »Hauptkommissar Moulin ist da bestens informiert. Für mich ist das Wichtigste, mir ein Bild von Ihrem Vater zu machen, so dass ich vielleicht das eine oder andere Motiv für die Tat entdecken kann.«

»Klingt jedenfalls vernünftig«, sagte Ella Krogh Sars. »Ist das jetzt der Punkt, an dem Sie mich fragen, ob es jemanden gibt, der Grund hatte, Papa zu hassen?«

»Wir können gern damit beginnen.«

»Die Antwort ist ein bedingtes Ja. Es ist ja auch nahezu unmöglich, so reich zu werden wie er, ohne unterwegs auf ein paar Zehen zu treten.«

Deutliche Antwort. Kühl und knapp.

»Fallen Ihnen dazu ein paar Beispiele ein?«

Sie nippte an einem Glas Perrier und schien zu überlegen.

»Papa hatte eine gute Nase, um es so auszudrücken. Große Teile der Immobilien in seinem Besitz wurden nach und nach weiterentwickelt und danach mit zufriedenstellenden – mitunter überaus zufriedenstellenden – Dividenden hinsichtlich des investierten Kapitals verkauft. Manchmal geschah es auch, dass er kurzfristig Entscheidungen traf, was allerdings voraussetzt, dass man Cash, oder sagen wir alternative Kredite, zur Verfügung hat. Er konnte eine Immobilie zum Preis von hundert Millionen von jemandem kaufen, der mit dem Rücken zur Wand stand, nur um sich dann umzudrehen und sie dem nächsten eine Woche später für hundertfünfzig Millionen zu verkaufen, ohne auch nur den Schlüssel ins Türschloss geschoben zu haben. Im schlimmsten Fall hatte das den vorherigen Besitzer behaupten lassen, Papa habe ihn um fünfzig Millionen betrogen. Aber die meisten waren klug genug, zu begreifen, dass sie sich selbst ins Knie geschossen hatten.«

»Wäre es wohl möglich, mir eine Liste mit Namen derjenigen zu beschaffen, denen die entsprechende Einsicht gefehlt hat?«

»Mit Hilfe von Erik Jacobsen und Papas Anwälten lässt sich das wohl einrichten. Ich habe keinen Überblick über alle Transaktionen der Krogh-Gruppe.«

Im Innersten wusste Bull, dass dies eine Sackgasse war. Ein über den Tisch gezogener Geschäftspartner konnte Krogh im äußersten Fall den Tod gewünscht haben, aber wozu das Opfer dann auch noch schänden? Er versuchte es von einer anderen Seite.

»Die Frage mag Ihnen vielleicht seltsam erscheinen, Frau Krogh Sars, aber war Ihr Vater ... religiös?«

Auf ihrem Gesicht erschien ein fast fröhlicher Ausdruck, und sie ließ sich tief in ihr Sofa zurücksinken.

»Können Sie mir einen Gefallen tun? Nennen Sie mich Ella. Frau Krogh Sars hört sich an, als wäre ich eine alte Witwe. Sie heißen Bogart, nicht? Interessant, besonders als Vorname.«

»Meine Mutter war eine große Bewunderin des Filmstars. Glücklicherweise war mein Vater wach genug, um sein Veto gegen *Humphrey* einzulegen. Bogart ließ er durchgehen, weil er fand, zusammen mit Bull klinge es gut.«

Ella beugte sich wieder vor. Bull konnte fast hören, wie sich die Nähte ihres hautengen Kleids spannten.

»Dann sind wir uns ja einig«, sagte sie. »Ella und Bogart.«

Sie ließ es klingen, als spreche sie von einem Paar. Anscheinend war Mikkel Sars das auch aufgefallen, denn er legte seinen langen Arm auf die Rückenlehne hinter seiner Frau.

»Zurück zur Frage, Ella«, sagte Bull. »Ihr Vater ... war er religiös.«

Ihr Blick verdüsterte sich.

»Sie denken an ...«

»Tut mir leid, dass ich das Thema anschneiden muss, aber das ist unvermeidbar. Wir sind leider gezwungen, nach Gründen zu suchen, die erklären, warum der Täter das tat ... was er getan hat.«

Sie nahm noch einen Schluck Perrier.

»Mein Vater war kein gottesfürchtiger Mensch, aber konservativ und traditionell. Kinder sollten getauft werden und Trauungen in der Kirche stattfinden. Abgesehen davon ... nein. Wenn es ihm passte, konnte er fluchen wie ein Mafioso, und gegen das eine oder andere Gebot hat er auch verstoßen, wenn es ihm opportun erschien.«

»Welches denn?«

»Zum Beispiel das neunte: Du sollst nicht begehren deines Nächsten Haus.«

Mikkel Sars kicherte.

»Woher wissen Sie, dass es das neunte Gebot ist?«, fragte Bull. »Sind *Sie* religiös?«

Sie sah ihn an. Der Quecksilberspiegel ihres Thermometers war wieder unter null gefallen.

»Ich bin zur Schule gegangen, Bogart.«

Ihr Ton ließ vermuten, dass sie nicht sicher war, ob Bull ähnliche Privilegien genossen hatte.

Er lächelte freundlich. Die Dame war vielleicht kein Charmebolzen, aber gleichwohl war es wichtig, ein kooperatives Klima im Gespräch zu wahren. Abermals wechselte er das Thema.

»Wenn ich recht informiert bin, war Ihr Vater Kunstsammler?«

Sie ließ die Schultern sinken.

»Man kann wohl sagen, dass er das meiste sammelte, dessen Wert steigen konnte – Kunst inbegriffen. Übrigens hatte er auch hier das richtige Händchen, um sich die passenden Objekte zu beschaffen. Beispielsweise hat er schon ganz früh Arbeiten von Freud und Lichtenstein erworben.«

»Und ein Teil dieser Arbeiten hängt an den Wänden des Maison Krogh?«

»Einige hängen da, andere in seiner Wohnung in Oslo, und der Rest ist auf geeignete Orte in anderen Gebäuden der Krogh-Gruppe verteilt.«

»Kommissar Moulins Bericht erwähnte ein Bild, das am betreffenden Abend verschwunden sein soll?«

»Erik behauptet jedenfalls, er hätte es früher am Tag gesehen. Wenn das gestohlen wurde, ist das ein Verlust, mit dem ich leben kann.«

»Mit anderen Worten also kein wertvoller Schatz?«

»In meinen Augen war das Bild klein und hässlich. Ich glaube, Papa hat es als eine Art Kuriosität betrachtet, ohne dass ich wüsste, wieso.«

»Was für ein Motiv zeigte das Bild?«

»Einen etwas verschwommenen Männerkopf. Grün auf dunklem Hintergrund. Regelrecht abstoßend, wenn Sie mich fragen.«

»Ihr Vater hatte diese Wertgegenstände vermutlich versichert?«

»Selbstverständlich. Wieso fragen Sie?«

»Weil dann die Chance besteht, dass die Versicherungsgesellschaft sie fotografiert hat.«

»Klingt logisch. Ihr Freund Moulin kann sich ja darum kümmern.«

Ella war leicht zu durchschauen. Bull wusste, dass es nur eine Frage der Zeit war, bis die Audienz beendet wurde. Dann also zum letzten Punkt.

»Wie würden Sie das Verhältnis zwischen Ihnen und Ihrem Vater beschreiben?«

Zurück zum Gefrierpunkt. Mikkel Sars richtete sich etwas auf.

»Was für eine Frage ist das denn?«, sagte sie.

»Eine Frage, die die meisten Ermittler unter den gegebenen Umständen stellen würden.«

Sie gewann ihre Selbstbeherrschung zurück.

»Wir hatten ein gutes Verhältnis. Wenn Sie Gelegenheit gehabt hätten, ihn zu fragen, würde er *sehr* gut geantwortet haben. Ich war sein einziges Kind. Außerdem haben Väter die Neigung, ihre Töchter zu glorifizieren. Was ist mit Ihnen, Bogart? Haben Sie Kinder?«

Bull verzog keine Miene.

»Nein«, sagte er.

Zehn Minuten später und zwei Etagen tiefer traf Bull mit Erik und Cathrine Jacobsen zusammen. Ihre Suite war ein paar Quadratmeter kleiner als Ellas, verursachte aber ebenfalls kein klaustrophobisches Gefühl. Der Konzernchef, ein sonnengebräunter und sympathisch wirkender Mann, der Bull an den jungen Bill Clinton erinnerte, drückte seine Erleichterung über die Anwesenheit eines norwegischen Polizeivertreters aus und winkte Bull einladend in den sonnengelb eingerichteten Salon der Suite. Cathrine Jacobsen bot ihm frisch gebrühten Kaffee an, den der Zimmerservice gebracht hatte, und nahm dann mit aneinandergelegten Knien und im Schoß gefalteten Händen neben ihrem Gatten Platz. Ein süßes, dezent geschminktes Gesicht hinter einer modischen Brille, die schlanke Figur in ein graues Kostüm gekleidet. Verglichen mit Ella Krogh Sars wirkte sie wie eine Klosterschülerin. Die beiden blickten Bull erwartungsvoll an, als sei er der Bankdirektor und das Ehepaar Jacobsen bemühe sich verzweifelt um die Gewährung eines größeren Immobilienkredits.

»Das muss ein schreckliches Erlebnis gewesen sein«, begann Bull und merkte gleich, wie unbeholfen das klang.

»Wahnsinnig«, bestätigte Jacobsen, während seine Gattin sich darauf beschränkte, die Augen zu verdrehen.

»Haben Sie die nötige Unterstützung bekommen?«

»Kommissar ... Moulin ... war überaus rücksichtsvoll. Wir haben auf die Konsultation eines Krisenpsychologen verzichtet, aber eine Telefonnummer bekommen, die wir rund um die Uhr anrufen können, sofern Bedarf besteht.«

Erik Jacobsen führte hier das Wort. Seine Gattin Cathrine nickte energisch, wie um zu unterstreichen, dass jedes Wort der Wahrheit entsprach.

»Sie sind hier unten auf Urlaubsreise?«

»Sowohl als auch«, erwiderte Jacobsen. »Laut Plan hätten wir am Freitag unsere Vorstandssitzung abhalten sollen. Die anderen Mitglieder sollten Donnerstagabend eintreffen, wurden inzwischen aber natürlich informiert. Cathrine und ich sind schon zwei Tage früher angekommen und wollten darüber hinaus übers Wochenende bleiben. Wie es jetzt aussieht, werde ich so lange hierbleiben, bis der Fall hoffentlich gelöst ist. Cath muss morgen Vormittag zurück nach Oslo. Die Arbeit, und zwei ungezügelte Teenager, die nicht allzu lange allein bleiben sollten.«

Bull richtete seine Aufmerksamkeit auf Cathrine Jacobsen.

»Womit beschäftigen Sie sich, Cathrine? Abgesehen davon, zwei Teenager unter Kontrolle zu halten.«

Sie lächelte schüchtern.

»Ich bin Teilhaberin eines Ärztezentrums in Majorstua.«

Nichts, was eine Angriffsfläche bietet, dachte Bull. Konzernchef und Ärztin. Zwei gesunde Kinder und lange Wochenenden an der Riviera. Der indiskrete Charme der Bourgeoisie. Meilenweit von seinem eigenen Dasein entfernt.

»Sie und Ella haben ihn gefunden, wenn ich richtig informiert bin?«

Sie blickte auf ihre manikürten Fingernägel.

»Richtig«, sagte sie leise.

Bull wartete auf eine mögliche Fortsetzung, die allerdings ausblieb.

»Wie würden Sie die Reaktion seiner Tochter beschreiben?«

Cathrine sah ihn verwundert an.

»Ellas?«

»Ja.«

»Ganz normal, würde ich sagen. Falls man das in diesem Zusammenhang überhaupt so ausdrücken kann. Sie hat geschrien. Ich selbst konnte keinen Ton hervorbringen. Es war ... sein Anblick war ... unwirklich, völlig unrealistisch, wie eine Szene in einem Horrorfilm. Sie ... Ella ... hat geschrien, bis Erik und Mikkel angelaufen kamen.«

»Wir haben sie ins Nebenzimmer gebracht ... weg von ihm ...«, ergänzte Erik Jacobsen. »Wir trauten ja selbst kaum unseren Augen.«

Bull konzentrierte sich wieder auf Jacobsen.

»Sie sagten, die Vorstandssitzung sollte am Freitag stattfinden?«

»Und?«

»Sitzt Ella im Vorstand?«

»Allerdings.«

»Stand vielleicht etwas Besonderes auf der Tagesordnung?«

»Was meinen Sie?«

»Ich wüsste gern, ob irgendein besonderer Punkt erörtert werden sollte, abgesehen vom üblichen Verlauf solch einer Besprechung.«

Jacobsen zögerte einen Augenblick.

»Da Sie schon fragen … da war tatsächlich etwas.«

»Dürfte ich fragen, worum es ging.«

»Axel Krogh war ein alter Mann geworden. Es war deutlich zu sehen, dass seine Zeit sich dem Ende zuneigte. Der Vorstand sollte darüber diskutieren, welche Rolle Ella nach dem Tod ihres Vaters in der Krogh-Gruppe spielen würde. Wir waren übereingekommen, diesen Punkt in Ellas Abwesenheit zu besprechen, was sie klaglos akzeptiert hatte.«

»Und wie war Axel Kroghs Haltung in diesem Zusammenhang?«

»Das wissen wir nicht. Ebendies war ja einer der Punkte, die erörtert werden sollten.«

»Wie ist Ihre Haltung zu dieser Frage, als Konzernchef?«

»Muss ich darauf antworten?«

»Ich fürchte ja. Wir ermitteln in einer Mordsache.«

»Unter uns gesagt war ich skeptisch, ihr zu große Vollmachten einzuräumen. Ella hat … viele Qualitäten, aber der Betrieb so einer großen Immobiliengesellschaft ist relativ komplex. Meiner Ansicht nach wäre es die beste Lösung, wenn sie ihren Sitz im Vorstand behält und die Führung des Unternehmens gemäß vorliegender Strategie der Geschäftsleitung überlässt.«

»Wie gestaltet sich die Besitzstruktur heute?«

»Axel Krogh hat … oder hatte … 70 Prozent der Anteile. Ich selbst habe fünf. Der Rest ist verteilt auf ein paar der wichtigsten Mitarbeiter.«

»Und Kroghs 70 Prozent fallen jetzt seiner Tochter zu?«

»Davon gehe ich aus, falls das Testament nichts anderes vorsieht. Was ich aber stark bezweifle.«

»Mit 70 Prozent hätte Ella wohl die volle Kontrolle?«

»Was die Betriebsführung angeht, nicht unbedingt. So etwas lässt sich regulieren. Dieses Thema sollte ja bei der Besprechung erörtert werden.«

»Und jetzt? Da nun nichts aus dem Treffen wird?«

»Jetzt bleibt abzuwarten, welche Leitlinien Kroghs Testament beinhaltet.«

»Fall das Treffen stattgefunden hätte, wäre demnach Axel Kroghs Haltung zu dieser Frage ganz entscheidend gewesen?«

»Genau, es sei denn, dass sehr gute Gegenargumente aufgetaucht wären.«

»Kann Ella im Voraus von Kroghs Einstellung gewusst haben?«

Jacobsens Blick konzentrierte sich auf Bull.

»Ich kann von Ihrer vollen Diskretion ausgehen, wenn ich das beantworte?«

»Unbedingt.«

»Falls Kroghs Haltung in dieser Frage zu ihrem ›Vorteil‹ ausgefallen sein sollte, *kann* er sie natürlich informiert haben. Obwohl ich daran zweifle. Er ließ sich nicht gern in die Karten sehen. Krogh war ein ausgesprochener *Selfmademan* und ein Ausnahmefall im Geschäftsleben, gleichzeitig aber auch etwas exzentrisch und unberechenbar. Ein wenig wie IKEAs Ingvar Kamprad, ohne die beiden vergleichen zu wollen.«

Erik Jacobsen wirkte ruhig und sachlich und schien offenbar nur an Fakten interessiert zu sein. Bis jetzt kein Grund, den Wahrheitsgehalt seiner Antworten zu bezweifeln, dachte Bull, und entschied sich, Jacobsens Offenheit noch ein wenig auszureizen.

»Würden Sie sagen, dass zwischen Vater und Tochter ein gutes Verhältnis herrschte?«

Jacobsen blickte ihn mit strahlendem Lächeln an und schien sich des Subtextes der Frage durchaus bewusst zu sein.

»Krogh hat Ella vergöttert, allerdings ohne ihr Eigenschaften zuzutrauen, die sie nicht hatte. Mein Eindruck ist, dass das Verhältnis auf Gegenseitigkeit beruhte.«

»Sie wirkt nicht gerade am Boden zerstört angesichts der Tragödie.«

»Ellas Schale ist hart. Ein selbstsicheres, kontrolliertes Äußeres bedeutet ihr sehr viel. Axel Kroghs Tochter achtet auf die Fassade und wird ihre bitteren Tränen wohl erst vergießen, wenn niemand sie dabei beobachtet.«

Bull entging nicht der kurze Seitenblick, den Cathrine Jacobsen ihrem Mann zuwarf.

»Eine letzte Frage«, sagte Bull. »Am Mittwochabend ist ein Gemälde aus dem Haus verschwunden. Sie haben ausgesagt, das Bild habe früher am Tag noch an der Wand gehangen?«

»Das Bild war da, daran besteht gar kein Zweifel. Warum aber nun jemand aus diesem Arsenal von Wertgegenständen ausgerechnet dieses Bild gestohlen haben soll, ist mehr, als ich begreifen kann.«

»Konnten Sie erkennen, ob das Bild vom Künstler signiert war?«

»Ich hab's mir sogar ganz genau angesehen für den Fall, dass es sich dabei um eine Entgleisung von Rembrandt oder einer anderen Kunstgröße handelte. Abgesehen von einer winzigen kleinen 7 in der unteren rechten Ecke war das Bild nicht signiert.«

Das Blut, das in das Holz eingesickert war, formte einen großen, halbmondförmigen Fleck auf dem hellen Fußboden. Das durch die Fenster einströmende Sonnenlicht verlieh dem Fleck die Farbe von Rost. Korrosion des Lebens, dachte Bull. Abgesehen vom Kopf zeichneten die Kreidestriche zur Markierung der Position der Leiche die Umrisse eines menschlichen Körpers annähernd nach.

»Der Tote lag auf dem Bauch«, sagte Moulin, bevor Bull etwas fragen konnte. »Hände und Füße waren auf dem Rücken mit Kabelbindern zusammengebunden, die man in jedem Baumarkt kaufen kann. Dem Opfer hafteten noch Reste von Klebeband am Mund, vermutlich ein Knebel. Ich begreife nicht so recht, wieso sich der Täter so eine Mühe mit alldem machte. Er hätte ihn doch einfach bewusstlos schlagen können. Krogh war ein alter, gebrechlicher Mann. Vielleicht hatte der Mörder ja vor, ihn leben zu lassen, und hat sich dann unterwegs anders entschieden?«

»Kann sein, aber das passt nicht zur Schändung der Leiche«, sagte Bull. »Gibt's was Neues aus Marseille?«

»Sie haben uns versprochen, den Bericht noch vor dem Mittagessen zu schicken. Inspektor Berthelot hat sich mit der Versicherungsgesellschaft in Verbindung gesetzt. Es ist zwar Sonntag, aber die haben versprochen, einen Angestellten ins Büro zu schicken, um Kroghs Versicherungspolice zu überprüfen.«

»Berthelot gehört zur hiesigen Polizei von Sainte-Maxime?«

»Ich arbeite gern mit lokalen Assistenten zusammen, die Leute kennen sich vor Ort aus. Berthelot und ich haben schon früher mal zusammengearbeitet. Ein durch und durch tüchtiger Polizist.«

Bull inspizierte erneut den Blutflecken. Moulin hatte recht. Die Mühe, von der er gesprochen hatte, konnte eine von zwei Ursachen haben – eventuell auch eine Kombination aus beiden: Entweder wollte der Mörder, dass Krogh bei Bewusstsein war, als er ihm das Kreuz in den Rücken schnitt, oder er wollte Krogh noch etwas erzählen, bevor er ihn umbrachte.

Moulin räusperte sich.

»Es gibt übrigens eine Neuigkeit«, sagte er.

Bull blickte den Hauptkommissar abwartend an.

»Ich habe doch erwähnt, dass auf Kroghs Mobiltelefon keinerlei Gespräche verzeichnet waren. Tja, ich fürchte, wir haben da etwas übersehen. Krogh gehörte nämlich zu der Sorte Menschen, die immer noch ein Festnetztelefon benutzen.«

Moulin machte eine Handbewegung in Richtung Wohnzimmer, wie um anzudeuten, wo sich der Apparat befand.

»Die Telefongesellschaft konnte bestätigen, dass der Apparat nur selten verwendet wurde, dass aber um 22.21 Uhr an jenem Abend ein Anruf eingegangen ist. Das Gespräch hat ungefähr eine Minute gedauert. Das hilft uns allerdings auch nicht weiter, da der Anruf von einem nicht registrierten Telefon mit Prepaid-Karte kam. Leider sind solche Karten in Frankreich immer noch zu bekommen.«

Sesam, öffne dich, dachte Bull. Der Anruf hatte vermutlich als Schlüssel für Kroghs Tür gedient. Bull klopfte Moulin tröstend auf die Schulter. Hinter ihnen wurde die Tür geöffnet, und Moulins Kollege Berthelot erschien. Er war ein magerer, etwas düster wirkender Mann Anfang dreißig, mit einer riesigen Nase in einem kleinen Gesicht. Seine vermutlich kaum mehr als einen Tag alte Bartstoppeln wirkten wie Abdrücke von Nadelstichen auf den bleichen Wangen, dunkle Augenringe deuteten auf akuten Schlafmangel. Vielleicht nicht so abwegig, dachte Bull, wenn man davon ausging, dass er seit dem Auffinden der Leiche am Mittwochabend rund um die Uhr auf den Beinen war. Der Inspektor reichte Bull etwas zögernd die Hand und gab seinem Chef dann einen Stapel mit Papieren und Fotos.

»Der Bericht von Lathière in Marseille und die Fotos von der Versicherungsgesellschaft«, sagte er.

Bull folgte Moulin ins Esszimmer, wo sie an dem großen Tisch Platz nahmen. Der Hauptkommissar schob Bull die Fotos hinüber und begann den Bericht zu lesen. Bull blätterte durch den Fotostapel. Die Versicherungsgesellschaft hatte sich damit begnügt, Aufnahmen aller Wertgegenstände zu schicken, die als Kunst charakterisiert werden konnten. Jede davon trug eine Aufschrift, welche die Größe des Objekts, den Titel (sofern bekannt), den Namen des Künstlers sowie die Plazierung des Kunstwerks im Haus erläuterte. Ungefähr in der Mitte des Stapels fand Bull, wonach er suchte. Ella Krogh Sars hatte recht. Bull hatte in seiner Wohnung im Prost Hallingsvei nicht eben viele Kunstschätze hängen, zweifelte aber trotzdem daran, ob er einen Platz für die grüne Fratze gefunden hätte, die ihm von dem Foto entgegenleuchtete. Die von Jacobsen erwähnte 7 war gerade noch erkennbar. Der Bildtext präzisierte die Informationen mit der Angabe *Unbekannter Künstler*, die Größe des Gemäldes war mit 40 x 50 Zentimeter angegeben.

Bull spähte zu Moulin hinüber.

»Was hat Marseille zu berichten?«

Der Hauptkommissar legte den Bericht vor sich auf den Tisch und fuhr sich mit der Zungenspitze über den Gaumen, wie um einen bitteren Geschmack loszuwerden.

»Beide Halsschlagadern waren durchtrennt. In solchen Fällen sinkt der Blutdruck im Laufe von Sekunden ab, was erklärt, wieso die Wunden auf dem Rücken des Opfers nur ganz gering bluteten. Der Pathologe ist daher ziemlich sicher, dass die Schändung der Leiche vorgenommen wurde, nachdem Krogh bereits tot war.«

Bull nickte, ohne die Informationen zu kommentieren. Er könnte den Bericht später selbst lesen.

»Ich brauche das hier in elektronischer Form«, sagte er und reichte Moulin die Aufnahme des grünen Porträts. Der Hauptkommissar betrachtete das Foto und lächelte matt. »Dann wollen wir mal hoffen, dass das nicht vom Spamfilter zensiert wird.«

Bull rief ihn aus dem Wagen an. Es dauerte eine Ewigkeit, bis die Stimme seines Vaters am anderen Ende der Leitung ertönte.

»Meine Güte … ich hätte fast schon vergessen, dass ich einen Sohn habe. Wie heißt du noch mal?«

»Sehr witzig, Thomas.«

»Nicht wahr? Auf diesem Gebiet kann man durchaus behaupten, dass der Apfel weit vom Stamm gefallen ist. Womit habe ich diese Ehre verdient?«

»Ich bin auf einem Arbeitsauftrag in Frankreich.«

»Na, da sieh her! Dann gibt es also doch noch Hoffnung, dass eines Tages ein kultivierter Mensch aus dir wird. Oder beschäftigst du dich etwa weiterhin mit der latenten Bosheit der Menschheit?«

»Ich vermute mal, du hast in den Zeitungen von Axel Krogh gelesen, dem Immobilientycoon?«

Einen Augenblick herrschte Stille in der Leitung.

»Nicht zu fassen …«, hörte Bull schließlich. »Natürlich hab ich in der Zeitung darüber gelesen, zuletzt erst gestern. Nach der Presseberichterstattung zu urteilen, müssen euch die Journalisten da unten ja geradezu tottrampeln.«

»Bis jetzt hab ich überlebt. Die französische Polizei leitet offiziell die Ermittlungen und kümmert sich somit auch um die Pressekonferenzen.«

»Genieß es, solange du kannst. Die norwegischen Boulevardblätter finden bestimmt schnell raus, dass du da unten weilst.«

»Ich könnte deine Hilfe gebrauchen.«

»Natürlich. Warum auch sonst ruft man seinen alten, kranken Vater an?«

Bull schnitt eine Grimasse. Sein Vater konnte manchmal wirklich eine Nervensäge sein.

»Ich möchte dich bitten, dir ein Foto anzusehen«, sagte Bull. »Als Fachmann und Künstler. Ein unsigniertes Gemälde, das am Abend des Mordes aus Kroghs Haus verschwunden ist. Alles, was dir dazu einfällt, könnte interessant sein. Ich schicke es dir in ungefähr einer halben Stunde per E-Mail. Sitzt du am Rechner?«

»In meinem Alter ist man entweder zu Hause oder im Krankenhaus. Schick's mir rüber, mein Junge. Ich werd mal einen Blick drauf werfen.«

Bulls Vater beendete das Gespräch. Bull saß eine Weile da und musste an den Vater denken. Nachdem er sich fast sein ganzes Leben als mittelloser Kunstmaler durchgeschlagen hatte, war Thomas Bull im Alter von fast sechzig Jahren der unerwartete Durchbruch gelungen. Mittlerweile wurden seine Bilder förmlich von den Galeriewänden gerissen, und viele hatten sechsstellige Gewinne erzielt. Eines davon hing an Bulls Wohnzimmerwand, ein Geschenk für Frida zu ihrem vierzigsten Geburtstag. Als Bull wenige Monate danach selbst vierzig wurde, hatte der Vater ihm einen Gutschein für eine Herrenausstatterkette in Höhe von tausend Kronen geschickt, zusammen mit einem Buch, das den Titel *Ratschläge für die großen und kleinen Begebenheiten des Lebens* trug. Trotz dieser und anderer unberechenbarer Marotten konnte Bull dem alten Griesgram eine Menge abgewinnen.

Und abgesehen davon kam er nicht an der Tatsache vorbei, dass es sein Vater war, der ihm wieder auf die Beine geholfen hatte.

Die Polizei in Sainte-Maxime hatte in der Wache am Boulevard des Mimosas zwei kleine Büros eingerichtet. Bull und Moulin teilten sich das ehemalige Büro Berthelots, der selbst mit einem winzigen Raum vorliebnehmen musste, welcher nach Bulls Vermutung für gewöhnlich als Abstellraum diente. Die Wände waren mit Fotos des Ermordeten und anderen Bildern vom Tatort tapeziert, was nicht dazu beitrug, die Umgebung gemütlicher wirken zu lassen.

Moulin saß, in seinen Mantel gekleidet, am Schreibtisch und führte ein lebhaftes Telefonat auf Französisch. Bull stand mit seinem Telefon in der Hand am Fenster. Nach einer Weile klingelte es. Die Nummer von Thomas Bull leuchtete auf dem Display auf.

»Schön, dass du dich meldest«, sagte Bull.

»Kunstwachtmeister Bull meldet sich zum Dienst.«

»Rühren, Kunstwachmeister.«

»Hast du gesagt, das Bild sei gestohlen worden?«

»Richtig verstanden.«

»Dann ist nicht ausgeschlossen, dass der Typ ein Schnäppchen gemacht hat.«

Zum ersten Mal seit seiner Ankunft in Sainte-Maxime spürte Bull, dass ihn dieses Schaudern durchfuhr, das immer dann auftauchte, wenn sich eine Ermittlung in die entscheidende Richtung bewegte.

»Ich kann mich natürlich täuschen, aber ich glaube, ich habe die Identität des Mannes hinter dem Werk klären können.«

Bull konnte seinen Vater förmlich vor sich sehen, wie er zu Hause in Oslo hockte und es ungeheuer genoss, seinen Sohn auf die Folter zu spannen.

»Lass mich raten«, erwiderte Bull mit gespielter Gleichgültigkeit. »Könnte es sich um einen Schnitzer des gottbegnadeten Genies Thomas Bull handeln?«

»Fast.«

»Und wollen wir das unaufgedeckt lassen, bis ich in Pension gehe?«

»Munch.«

»*Edvard* Munch?«

»Höchstpersönlich.«

»Bist du sicher?«

»Mir kommt es so vor, als sei mir vor zwanzig Sekunden ein winziger Zweifel gekommen, aber ja … ich bin ziemlich davon überzeugt. 1903 malte Munch ein Bild mit dem heiteren Titel *Selbstporträt in der Hölle*. Auf dem Gemälde ist er im Dreiviertel-Profil dargestellt, aber das Interessante ist, dass dein Bild einen beinahe identischen Ausschnitt von Munchs Gesicht in der Hölle zeigt. Zwar ist das Rotbraun des Originals durch Grün ersetzt worden, aber ansonsten ist es völlig gleich, einschließlich der unheilverkündenden Striche auf seinem Hals.«

»Augenblick mal, Thomas … es wäre für einen begabten Maler doch gar kein Problem, so etwas zu kopieren.«

»Natürlich. Deswegen ist ja auch die Signatur ausschlaggebend.«

»Das Bild ist unsigniert.«

»Abgesehen von der Zahl 7.«

»Und?«

Bull konnte direkt hören, wie sein Vater sich die Hände rieb, um dann das Kaninchen aus dem Hut zu zaubern:

»Ich hatte die Ehre, Hanna Brieschke zu treffen, als sie uns Ende der sechziger Jahre in der Kunstakademie besuchte. Brieschke war ein bevorzugtes Modell des alten Munch gewesen und für uns Studenten daher eine Attraktion. Zufällig habe ich bei dem Empfang, den wir für sie arrangiert hatten, neben ihr sitzen dürfen, und die alte Dame erzählte ganz freimütig von ihren Erlebnissen mit dem großen Maler. Und während einer ausgelassenen Feier in Ekely hat Munch ihr einmal anvertraut, dass die Sieben seine Glückszahl sei und er ein einziges Mal im Laufe seiner Karriere ein Bild auf diese Weise signiert habe. Laut Aussage von Munch, und später also Brieschke, ›eine kleine Unwichtigkeit, die er während eines Saufgelages mit Matisse in Südfrankreich erschaffen hatte‹.«

8

Cotignac, Côte d'Azur
Mittwoch, 20. November 1918

So riecht er also, dachte Santiago Gaillard. Der Tod. Der Geruch kommt nicht von ihr, sondern von uns, die bei ihr sitzen und warten. Es ist der Geruch unserer eigenen Angst und Verzweiflung. Die Furcht vor dem Augenblick, in dem sie Frieden findet und wir von Trauer und Leere gepeinigt werden.

Wir sind es, die Gesunden und Lebenden, die den Geruch des Todes absondern.

Sechs Menschen befanden sich im Zimmer. Vier von ihnen saßen in einem Halbkreis um das Bett der Kranken. Der alte Landarzt, Pierre Aligier, kehrte ihnen den Rücken zu und wusch sich in einer Porzellanschüssel gründlich die Hände. Er war ein guter Arzt. Tausende französischer Seelen waren bereits durch die Spanische Grippe verlorengegangen, und die Ansteckungsgefahr war groß. Aligier schüttelte das Wasser von den Händen, trocknete sich sorgfältig ab und blickte Santiago an.

»Es ist an der Zeit, *le curé* Rouiller zu rufen«, sagte er leise. »Ich kümmere mich darum. Hier kann ich nichts mehr tun.«

Mit seinen beiden Händen drückte er reihum die der Anwesenden und verabschiedete sich. In der Stille, die folgte, konnten sie seine Knie knacken hören, während er sich auf die Haustür zubewegte. Er nahm seinen Mantel vom Haken, legte ihn sich wie einen Umhang über die Schultern und warf einen letzten langen Blick auf das Bett und die Wartenden.

»Gott sei mit Ihnen«, sagte er.

Dann öffnete er die Tür und trat in die Nacht hinaus. Der Luftzug von der Tür ließ die Flammen der zwei Dutzend Kerzen im Zimmer flackern. Santiago sah die Schatten über die gekälkten Wände huschen und hoffte, ein Engel befände sich unter ihnen. Bei den anderen im Zimmer konnte er eine geradezu feindliche Stimmung wahrnehmen.

Blanches Familie.

Ihr Vater, der Barbier Pascal, war vom ersten Augenblick an skeptisch angesichts des Verhältnisses gewesen.

Mutter und Großmutter hatten zwar geschwiegen, aber auch niemals zugestimmt. So große Hoffnungen hatten sie sich für ihre geliebte Tochter gemacht. Dem anmutigen Mädchen hatte es an Bewerbern nicht gemangelt, doch letzten Endes hatte sie ihr Herz an einen Künstler verloren. In Pascals Augen ein höchst mittelmäßiger Maler mit zweifelhaften Freunden und sieben eingerahmten Dämonen an der Wand. Nach der Hochzeit hatten Santiago und Blanche entschieden, in Cotignac wohnen zu bleiben, in der Hoffnung, dass Zeit und zukünftige Enkelkinder den Frost in Pascals Blick zu schmelzen vermochten. Santiago bestellte eifrig das Feld der reizenden Gattin, doch die Samen wollten nicht sprießen.

Alles hatten sie ausprobiert. Gelée royal, frisch gepressten Grapefruitsaft und Salbeitee. Santiago entzündete Kerzen in der Kirche und schreinerte ein Kinderbett aus Ahornholz, doch die Jahre vergingen und Pascal schlug nur selten den Weg zu dem kleinen Haus mit der leeren Wiege ein.

Während sie nun an Blanches Totenbett versammelt waren, wussten nur Santiago und Pierre Aligier, dass der Herr *zwei* Leben nehmen würde. Blanche war im vierten Monat schwanger. Santiago hatte den Arzt angefleht zu schweigen, und nur mit großer Skepsis war Aligier einverstanden gewesen, das Familiengeheimnis zu bewahren. Nicht so sehr aufgrund Santiagos inständiger Bitten, sondern weil er begriffen hatte, dass die Wahrheit für Pascal und seine Frau nur noch schmerzhafter wäre.

Die Wanduhr schlug drei Mal. Zeit der Wölfe. Die Wimpern der Kranken zuckten. Dann öffnete sie die Augen und ließ den

Blick an der Zimmerdecke umherwandern, als wüsste sie nicht, in welchem Reich sie sich befand. Mühsam drehte sie ihr Gesicht den anderen zu. Ihre Stimme war kaum hörbar.

»Santiago?«

Er rückte seinen Schemel dichter an das Bett heran.

»Ich bin hier, Liebste. Wir alle sind hier.«

Ein schwaches Lächeln auf welken Lippen, die vor weniger als zwei Monaten noch blutrot und sinnlich gewesen waren.

»Ich habe geträumt«, sagte sie. »Wir drei waren da, auf einer Wiese mit gelben Lilien und Waldhyazinthen. Er war so süß.«

Santiago schluckte.

»Du musst dich ausruhen«, sagte er.

Ihre Hand berührte seine. Glühend heiß.

»Santiago?«

»Ja, mein Liebling?«

»Du musst mir etwas versprechen.«

»Alles.«

»Wenn er eines Tages Wirklichkeit wird, soll er Santiago heißen. Wie du. Darf er das?«

Er konnte nur schwach nicken.

»Versprichst du es?«

»Ich verspreche es.«

»Gut. Dann ist alles, wie es sein soll«, sagte sie.

Dann schlief sie wieder ein.

Sie ging am nächsten Morgen von ihnen. Zwei der Schwestern vom Kloster Saint-Joseph wuschen die Tote und legten ihr ein langärmeliges Kleid aus weißem Leinen an. Blanches jüngere Schwester Marie ging hinaus auf die Wiese hinter der Bäckerei und pflückte einen großen Strauß Blumen, den sie Blanche in die gefalteten Hände legte. Sie entzündeten neue Kerzen, und die Nachbarn brachten Wein, Kuchen und Weihrauch für die Totenwache. Die Menschen weinten und sangen fromme Lieder, leise Stimmen gedachten der ältesten Tochter der Familie Chaudat mit Wehmut und Respekt. Die Gäste drückten Santiago die Hand und sagten, er müsse stark sein. So, wie sie es gewesen war.

Die Nonnen, die sich um die Tote kümmerten, hatten nichts bemerkt. Jedenfalls äußerten sie nichts. Und Aligier? Wenn sich der schlimmste Schmerz der Familie Chaudat erst einmal gelegt hätte, würde der Arzt vielleicht sein Schweigen brechen und sich den Schwiegereltern anvertrauen. Das hatte für Santiago nur wenig Bedeutung. Er beabsichtigte, Cotignac zu verlassen, so schnell, wie Geld und Moral es zuließen. Der Ort hatte zu Blanche gehört, und für Santiago starb er mit ihr.

Gegen Mitternacht waren nur noch die Schwiegereltern, Marie und er selbst anwesend. Die Stille im Haus war trostlos wie das Grab, in das Blanche am nächsten Morgen gelegt werden sollte.

Die Schwiegermutter räusperte sich.

»Wie konntest du das zulassen, Santiago?«

Er blickte sie ängstlich an.

»Was zulassen?«

Sie richtete ihren knochigen Zeigefinger auf die sieben Gemälde an der Wand.

»Wie konntest du glauben, dass alles gutgeht in einem Haus, das mit den Jüngern des Teufels geschmückt ist?«

9

Sainte-Maxime
Montagmorgen, 28. April 2014

Zum dritten Mal innerhalb von fünf Minuten sah Erik Jacobsen auf die Uhr. Es war typisch für Mikkel Sars, sich über gewöhnliche Pünktlichkeit erhaben zu fühlen. Jacobsen lächelte den kleinen Taxifahrer, der an die Motorhaube gelehnt dastand und eine filterlose Zigarette nach der anderen rauchte, verständnissuchend an.

»Er kommt sicher jeden Moment«, sagte er.

Der Fahrer zuckte mit den Schultern. Vielleicht verstand er nicht. Oder es war ihm egal.

Die lange Fahrt zum Flughafen in Nizza war wohl ein bisschen Warten wert. Cathrine Jacobsen und Mikkel Sars flogen mit derselben Maschine nach Oslo, Sars angeblich, um rechtzeitig bei den Kostümproben für eine norwegische Filmkomödie zu erscheinen, deren Dreharbeiten in der kommenden Woche beginnen sollten. Jacobsen hatte Mühe, sich Mikkel Sars anders als unfreiwillig komisch vorzustellen; eine Art Antwort der Schauspielkunst auf den schwedischen König.

Neben ihm lief Cathrine unruhig hin und her. Wenn Jacobsen sich nicht täuschte, graute es ihr vor der Reise. Ellas aufgeblasener Ehemann hatte sie stets mit einer gewissen Herablassung behandelt, als eine Person, mit der umzugehen er zeitweilig gezwungen war, die er aber im Grunde für sterbenslangweilig hielt.

Die prächtige Eingangstür des L'Empereur öffnete sich, und Sars kam schlendernd herausgetreten, gekleidet in eine Art *Shabby Chic*-Frühjahrsaufmachung und mit einer dunklen Sonnenbrille auf der Nase, die ihn vermutlich davor schützen sollte, von nervtötenden Fans erkannt zu werden. Ein uniformierter Portier folgte ihm, beladen mit einer mittelgroßen Reisetasche von Louis Vuitton.

»Ach, sieh an«, sagte der Schauspieler. »Ihr seid schon da.«

Jacobsen schwieg.

»Kommt Ella nicht?«, fragte Cathrine.

»Sie liegt noch im Bett«, erwiderte Sars grinsend. »Ich soll schön grüßen.«

Er reichte dem Portier eine 2-Euro-Münze, die der Mann entgegennahm, als handele es sich um ein ausgespucktes Kaugummi. Jacobsen umarmte Cathrine und öffnete ihr die hintere Wagentür, bevor er mit seinem nichtsahnenden Ex-Rivalen den unvermeidlichen Händedruck austauschte.

»Gute Reise«, sagte Jacobsen.

»Gute Jagd«, erwiderte Sars. »Pass auf, dass die französischen und norwegischen Bullen auf der richtigen Spur bleiben.«

Er nahm neben dem Fahrer Platz. Mit Cathrines winkender Hand hinter der Heckscheibe glitt der Wagen auf die Straße. Widerstrebend musste Jacobsen sich eingestehen, dass er erleichtert war, so, wie er es immer war, wenn Gäste das Ferienhaus in Kragerø endlich verließen, nachdem sie ein paar Tage zu lange da gewesen waren.

Sein Handy klingelte. Ella.

Er nahm das Gespräch an. Ob er wohl Zeit für ein kurzes Gespräch habe? Sie sei in ihrem Zimmer. Kaffee gebe es auch, falls er noch nicht dazu gekommen sei, einen zu trinken. Ihre Stimme klang geschäftsmäßig und ganz und gar nicht lüstern und aufreizend, wie er sie aus seinen Tagen als willenloser Hurenbock in Erinnerung hatte.

Er sei in einer Viertelstunde da, gab er zurück. Eine ausreichende Frist, um klarzustellen, dass er nicht auf ihr erstes Pfeifen angedackelt kam.

Ella öffnete die Tür in einer Aufmachung, die nur sie allein sich für ein »kurzes Gespräch« einfallen lassen konnte. Ein halblanger Morgenrock aus beiger Seide. Der Gürtel war sorgfältig um ihre Taille geknotet, doch wenn die Absicht entgegen Jacobsens Vermutung darin bestand, etwas zu verbergen, war der Effekt genau entgegengesetzt. Der Stoff klebte förmlich an ihren Brüsten und wirkte an ihrem Hinterteil wie aufgemalt.

Der Teufel soll sie holen.

Er nahm auf dem Sofa Platz, das mit dem Rücken zu dem großen Bett stand, und versuchte, an die Beisetzung seiner Mutter vor drei Monaten zu denken. Mit der Kaffeekanne in der Hand schlängelte sich Ella auf langen Beinen zwischen Tisch und Sofa hindurch. Als sie seine Tasse gefüllt hatte, blieb sie vor ihm stehen, so nah, dass er den Duft von frisch geduschter Haut und Bodylotion wahrnehmen konnte. Die bildhaften Erinnerungen an die Beisetzung lösten sich auf, und er merkte, wie das Blut seine linke Hirnhälfte zugunsten tiefliegender Bereiche verließ.

Sie legte den Kopf schräg und sah zu ihm hinunter, mit einem milden, fast zärtlichen Blick, als sei er ein kleines Kind, das angemessenen Trostes bedurfte.

»Wie geht es dir, Erik?«

Er sah zu ihr auf. Versuchte wie zufällig, die Hände in den Schoß zu legen.

»Die Frage ist wohl eher, wie es *dir* geht«, sagte er.

»Wie man erwarten kann, vermutlich. Ich fühle mich ein bisschen einsam ...«

Jacobsen hielt den Atem an.

»Ich dachte, da Papa jetzt tot ist und Cath und Mikkel abgereist sind, wollte ich die Gelegenheit nutzen, um ...«

Irrsinn, durchfuhr es ihn. *Das ist Irrsinn.*

»... dich davon in Kenntnis zu setzen, dass deine Dienste in der Krogh-Gruppe nicht länger erwünscht sind.«

Im ersten Augenblick dachte Jacobsen, sich verhört zu haben. In der Sekunde danach begriff er, dass die Mitteilung unerbittlich logisch klang. Er hätte es kommen sehen müssen, schon an dem Abend, als er über die Türschwelle getreten war und den toten Axel Krogh auf dem Fußboden liegen gesehen hatte. Dann hätte er sich auf diesen Moment vorbereiten und ihr sagen können, was für ein rachgieriges kleines Miststück sie doch war. Stattdessen sagte er:

»Wovon redest du?«

»Ich glaube, du verstehst sehr gut, wovon ich rede. Du wirst nicht länger für die Gesellschaft arbeiten, die jetzt mir gehört.«

Sie stellte die Kaffeekanne auf den Tisch und schlenderte gelangweilt durchs Zimmer. Die kleine Szene war ausgespielt, und das besser, als Mikkel Sars sie je zustande gebracht hätte. Jacobsens Erwiderung hingegen war weniger bühnenreif:

»Ich darf dich daran erinnern, dass der Vorstand über Einstellung und Absetzung der Konzernführung entscheidet.«

»Und ich darf dich daran erinnern, dass die Krogh-Gruppe, anders als dein vorheriger Arbeitgeber, nicht börsennotiert ist. 70 Prozent Aktienanteil bedeutet, dass ich entscheide.«

Er wusste, dass sie recht hatte. Seine fünf Prozent spielten keine Rolle. Die Mitinhaberschaft und sein Stimmrecht waren an die Position als Konzernchef gebunden. Bei Räumung des Postens würde er lediglich vom gesteigerten Wert seines Aktienanteils profitieren können. Genauso gut konnte er gleich das Handtuch werfen.

»Und was hast du als Kompensation für diesen miesen Schachzug anzubieten?«, fragte er.

»Drei Jahresgehälter, vorausgesetzt du arbeitest in dieser Zeit nicht für die Konkurrenz.«

»Das ist lächerlich.«

»Das zu entscheiden würde ich gegebenenfalls dem Arbeitsgericht überlassen. Falls du einen guten Anwalt hast, wird der dir allerdings raten, auf diesen gütlichen Ausgang zu zielen.«

Jacobsen besann sich nach einem Augenblick. Er stand auf und trat auf die Tür zu. Dort drehte er sich um und starrte Ella mit eisigem Blick an.

»Im Leben aller kommt es zu einem Punkt, Ella. Einem Tag, an dem wir innehalten, uns im Spiegel betrachten und uns die unausweichliche Frage stellen: Wer bin ich gewesen? *Was* bin ich gewesen? Doch alles, was du entdecken wirst, sind die kläglichen Überreste eines verwöhnten kleinen Mädchens, das im Grunde genommen nie etwas anderes als ein herzloses Luder war.«

Ohne die Tür zu schließen, verließ er das Zimmer.

* * *

Thomas behielt recht. Als Bull nach dem Frühstück zur Rezeption hinunterkam, warteten drei Journalisten norwegischer Zeitungen sowie ein Reportageteam von TV 2 auf ihn. Er verwies auf die von Moulin organisierten Pressekonferenzen, entschied sich aber gleichwohl, eine Abmachung mit der Journalistenmeute zu treffen. Bull würde sie einmal täglich ganz exklusiv über neue Entwicklungen unterrichten, allerdings nur unter der Voraussetzung, dass sie ihm darüber hinaus nicht zu allen möglichen Zeiten und Unzeiten das Mikrophon unter die Nase hielten. Danach berichtete er, was er zu berichten hatte, unterließ es jedoch, die von seinem Vater erhaltenen Informationen über das Gemälde zu erwähnen. Fragen nach Einzelheiten im Zusammenhang mit Kroghs Misshandlung wurden mit einem standardisierten »aus Rücksicht auf die weiteren Ermittlungen« abgewiesen. Zum Abschluss schossen die Fotografen ein paar Bilder von ihm, woraufhin Bull allen einen schönen Tag am Strand wünschte.

Draußen wartete Raoul vor der geöffneten Wagentür. Der Fahrer wurde mit einem Schulterklopfen sowie der freundlichen Mitteilung bedacht, dass Bull durchaus in der Lage sei, die 500 Meter zur Polizeistation zu Fuß zurückzulegen. Nicht nur, weil er körperlich dazu fähig sei, wie Raoul erfuhr, sondern auch, weil dies ein wichtiger Beitrag sei, um den zänkischen Rücken des *commissaire* in Schach zu halten. Raoul lächelte und versicherte Bull, dass er verstehe. Auch sein Rücken reagiere mitunter launisch.

Während Bull die Straße entlangging, dachte er an die Nacht zurück. Ohne zu wissen, wieso, war er gegen vier Uhr plötzlich aufgewacht. Vielleicht war es ein böser Traum, der sich aufgelöst hatte, bevor er im Gedächtnis haften bleiben konnte. Nachdem sein Kopf wieder klarer geworden war, hatte er dagelegen und an Anine und Frida gedacht. Ein erdrückendes Schamgefühl hatte sich seiner bemächtigt. Seit dem Besuch im Maison Krogh am Tag zuvor waren die beiden, die für gewöhnlich sein Bewusstsein beherrschten, mehr oder weniger daraus verschwunden.

War es tatsächlich möglich, dass die Jagd nach einem neuen Mörder ausreichte, um Trauer und Verlustgefühle auszulöschen? Und wenn ja – wer war er dann? Ein egozentrischer Ermittler, dem sofort etwas anderes eingefallen war, woran er denken konnte?

Widerstrebend musste er sich eingestehen, dass es so ähnlich gewesen war, als die beiden noch gelebt hatten. Arbeit und Familie. In dieser Reihenfolge. Es hatte Ferienpläne gegeben, die verschoben werden mussten. Geburtstagsfeiern, an denen er nie teilnahm. Unzählige Nächte, die die beiden ohne ihn zu Hause verbrachten. Anines erster Schultag, den sie und Frida allein durchstehen mussten.

Und am Ende hatte ein kranker Mann sie ausgelöscht.

Seinetwegen.

In diesem Augenblick voller Selbstverachtung hatte sich Bulls Blick auf die Minibar gerichtet, die unter dem Schreibtisch am Fußende des Bettes installiert war. Hinter der Tür standen die Flaschen, die Schmerz und Schuldgefühl lindern konnten. Medizin. Ein paar kleine Schlucke wären schon genug. *Nur ein paar kleine Schlucke,* hatte er laut zu sich selbst gesagt. Jäh bekamen die verräterischen Worte ein Gesicht. Ein älterer Herr in der Klinik in Vestfold. Ein Mann, dessen Identität den meisten bekannt war, die noch etwas anderes als die Sportseiten einer Zeitung lasen. Ein hochgebildeter Akademiker, der verschiedene wichtige Posten in der öffentlichen Verwaltung bekleidet hatte. Es war sein dritter Aufenthalt in der Klinik, und in einer Gruppenstunde hatte der Therapeut ihn aufgefordert, das Wort zu ergreifen.

Eines der banalsten Rätsel des Alkoholismus, hatte der Mann gesagt. *Wie kann ein mutmaßlich intelligenter Mensch wie ich selbst, der sich schon früher zweimal an diesem Ort aufgehalten hat, nicht begreifen, dass ein Schluck genug ist? Es ist nicht der Schluck an sich. Es ist die Erkenntnis, dass du dich selbst betrogen hast. Du hast verloren. Und wenn du erst verloren hast, kannst du genauso gut noch ein paar Schlucke mehr trinken. Die dann zu Flaschen werden. Die dich zum Schluss dahin zurückschicken, wo du unter keinen Umständen sein möchtest.*

Dann war Bull in der nächtlichen Dunkelheit ein anderes Gesicht erschienen. Richard Torp. Sowohl er als auch Bull hatten ihre Familie verloren. Nun vegetierte Torp als lebender Toter im Ullevål-Krankenhaus, während Bull gesund und nüchtern in einem Bett an der Riviera lag.

Er konnte mit der Lösung gut leben.

Ohne die Flaschen hinter der Tür.

* * *

Die nächsten vier Tage traten die Ermittler auf der Stelle. Neue Vernehmungen der Nachbarn sowie von Kroghs Hauspersonal brachten keine neuen Ergebnisse. Die Überwachungskameras auf dem Nachbargrundstück konnten ebenfalls nicht helfen, da keine so eingestellt war, dass sie Bewohner oder Besucher auf dem Weg von oder zu Kroghs minimalistischer Residenz einfangen konnte. Berthelot überprüfte Fahrtenbücher und Funkprotokolle der örtlichen Taxiunternehmen und Mietwagenfirmen, stieß aber auf nichts Interessantes. Das von der Spurensicherung eingesammelte Material wurde abermals unter die Lupe genommen, ohne dass sich daraus – bis auf ein paar Sportschuhe der Größe 42 – konkrete Hinweise ergaben. Die frischen Fußabdrücke waren im Garten des Maison Krogh gefunden worden, stammten aber definitiv nicht vom großgewachsenen Gärtner des Anwesens. Abdrücke derselben Schuhe waren in verschiedenen Teilen des Hauses auch auf dem Fußboden registriert worden. Darüber hinaus hatten die Kriminaltechniker noch eine weitere Entdeckung gemacht: Die Spuren im Garten deuteten darauf hin, dass der Mörder zweimal über den Rasen gelaufen war. Oder es waren zwei Täter mit derselben Schuhgröße, demselben Schuhtyp sowie einem annähernd gleichen Körpergewicht.

Mehr gab es allerdings nicht. Keine DNA-Spuren. Sie hatten weder Haare noch winzigste Tropfen irgendeiner Körperflüssigkeit gefunden, die nicht mit dem Hausbesitzer, den Gästen oder den beiden Angestellten, die außerdem hieb- und stichfeste Alibis hatten, in Verbindung gebracht werden konnten.

Ein Fußabdruck der Größe 42 und ein Körpergewicht von ungefähr 70 bis 80 Kilo. Angaben, die auf mehrere Millionen potenzieller Täter zutrafen, selbst dann, wenn man die unmögliche Suche auf französische Staatsbürger beschränkte.

Nachdem Bull zunächst mit ihr telefoniert hatte, ließ er ein Foto des Gemäldes mit der Ziffer 7 an die Chefkuratorin des Munch-Museums in Oslo schicken. Ein paar Stunden später rief sie zurück und äußerte ihre Skepsis. Sie verwies auf die russischen Brüder Posin, die mit erklärten Fälschungen ihren Lebensunterhalt verdienten. In ihrem Atelier in Berlin könne man die wertvollsten Kleinodien der Kunstgeschichte erstehen, so perfekt ausgeführt, dass erst jemand wie sie eingeschaltet werden müsste, um den Unterschied zwischen Kopie und Original zu erkennen. Und in diesem Fall könne nicht einmal von einer Kopie die Rede sein, fügte die Kuratorin säuerlich hinzu. Bulls Andeutung, dass Munch möglicherweise ein Gemälde mit seiner Glückszahl 7 signiert haben könnte, wurde mit einem verächtlichen Schnauben und einem ausgesucht höflichen *Ich wünsche Ihnen noch einen schönen Tag* quittiert.

Die Ermittler schlugen die Köpfe gegen die Wand. Bis Donnerstagabend.

10

Donnerstagabend, 1. Mai 2014

Die Brüder Marc und Luc Grondin waren eineiige Zwillinge. Im Vorfeld der Geburt war mittels Ultraschall festgestellt worden, dass Marc eine Steißlage eingenommen hatte, woraufhin die Ärzte einen Kaiserschnitt vorschlugen. Madame Grondin allerdings verhielt sich ablehnend gegenüber dieser Möglichkeit, und nachdem die Ärzte das Becken der werdenden Mutter vermessen hatten, wurde eine neue Einschätzung vorgenommen. Nur unter großen Vorbehalten war man schließlich dem Wunsch der Mutter nachgekommen, der Natur freien Lauf zu lassen, eine Entscheidung, die Madame Grondin noch bitter bereuen sollte. Heute, 27 Jahre danach, gefiel es den Brüdern, darauf hinzuweisen, dass sie sich, angesichts der Tatsache, »Kopf und Arsch voraus auf der Welt gelandet zu sein«, bestens entwickelt hatten.

Es wäre übertrieben zu behaupten, dass Madame Grondin zwei begabte Schüler in die Welt gesetzt hatte, doch was den Jungen an akademischer Begabung mangelte, glichen sie auf dem Sportplatz aus. Nacheinander hatten sie sich Fußball, Schwimmen, Turnen und einer erfolgreichen Karriere im Boxring gewidmet, bevor sie dann bei der narzisstischsten aller Sportarten gelandet waren: dem Bodybuilding. Auch hier leisteten sie Überdurchschnittliches, und als das L'Empereur nach einem Leitungsteam für das neu eröffnete Fitness-Studio des Hotels suchte, fiel die Wahl auf die lokalen Helden Marc und Luc Grondin.

Das Studio hatte von früh am Morgen bis neun Uhr abends geöffnet, was den Brüdern sehr gelegen kam. Luc war ein ausgesprochener Tagmensch, wohingegen sich Marc nur selten vor elf Uhr vormittags aus dem Bett locken ließ. Folglich hielt

Luc täglich bis 14.00 Uhr die Stellung, um dann von seinem Spiegelbild abgelöst zu werden. Dass einige Gäste häufig ihre Sympathie mit dem armen Mann bekundeten, der rund um die Uhr arbeiten musste, war den beiden nicht unangenehm. Die Brüder Grondin hatten ihr Shangri-La gefunden.

An diesem Donnerstagabend war Marc besonders zufrieden mit der Arbeitsteilung. Seit einer Woche war die Prinz-Bertil-Suite von einer Norwegerin bewohnt, einem Geschöpf, das Marcs Behauptung, nichts könne sich mit skandinavischen Frauen messen, glänzend bewies. Hinzu kam der erfreuliche Umstand, dass Madame Krogh Sars derzeit Strohwitwe war und es vorzog, zu Zeiten zu trainieren, in denen die meisten Gäste des Studios ihre tägliche Mühsal bereits hinter sich hatten. Nun war es kurz nach halb neun, die Dame war allein im Saal, und durch die Glaswand, welche den oberen Teil des im Keller gelegenen Studios vom Empfangsbereich des Hotels trennte, konnte Marc den Anblick der Schönheit genießen, die bäuchlings auf der Curl-Maschine lag. Ein paar Tage zuvor hatte er ihr seine persönliche Unterstützung beim Krafttraining angeboten, was höflich – aber entschieden – abgelehnt worden war. Marc war vielleicht eine einfache Seele, eines jedoch hatte ihn das Leben gelehrt: Wer kampflos aufgab, war ein Feigling. Heute Abend würde er einen neuen Vorstoß wagen. Er warf einen letzten sehnsüchtigen Blick auf Madame Sars und begab sich dann mit dem Lift hinunter zu dem kleinen Büro, das gleich hinter der Tür zum Studiobereich lag und als Refugium der Brüder Grondin diente. Er nahm ein sauberes Unterhemd aus dem Schrank, und gerade, als er die Hand nach der Eau-de-Toilette-Flasche ausstreckte, hörte er, wie die Tür zum Studio geöffnet wurde. *Merde!* Natürlich musste ausgerechnet heute noch ein verspäteter Nachzügler auftauchen. Er sah auf die Uhr. 20.45. Die Sache war entschieden. Er würde schließen und den Betreffenden bitten, das Training bis morgen früh aufzuschieben. Das Geräusch, das er plötzlich hörte, war ihm seltsam vertraut. Es war das doppelte Klicken des Yale-Schlosses, das er jeden Abend hörte, wenn er die Eingangstür zum Studio verschloss. Was, zum Teufel, ging hier bloß vor?

Mit angespannten Brustmuskeln und einem eingeübten Spruch auf der Zunge trat Marc aus seinem Verschlag. Der oberhalb liegende Rezeptionsbereich hinter der Glaswand war gähnend leer. Dann passierte alles sehr schnell und leise. Als alter Boxer war Marc vieles gewohnt, aber nicht, dass der Widersacher aus dem Nichts auftauchte und ihn von hinten angriff. Der schwere Stahl des Totschlägers traf ihn genau oberhalb des rechten Ohrs, und zum ersten Mal in seiner Karriere wurde Marc Grondin k. o. geschlagen.

Ella lag auf dem Bauch und atmete tief ein. Die Muskeln in den Oberschenkeln gierten nach mehr Sauerstoff, aber das Curl-Gerät bot effektives Training für Beine und Hintern. Noch zwei Sätze. Zweimal zwölf Wiederholungen der Übung. Ein Körper wie ihrer kam nicht von selbst in Form, besonders dann, wenn man sich der vierzig näherte. Ihr Vater hatte immer gesagt, dass es zwei Dinge gebe, die die Türen zu den hellen Seiten des Lebens öffneten: Geld und Macht. Für sich selbst hatte Ella ein Drittes hinzugefügt – ein Aussehen, das die Männer veranlasste, mit offenem Mund zu atmen.

Sofern man den Verstand dazu hatte, sie angemessen zu verwalten, waren Macht und Geld konstante Faktoren. Das Aussehen musste man so lange bewahren, wie es sich machen ließ. Die Männer in ihrem Leben waren gekommen und gegangen. Oder präziser ausgedrückt: Die meisten wurden hinausgeworfen. Nur einer war gegangen: Erik Jacobsen. Er war der einzige Mann, den sie hatte behalten wollen, und der einzige, der sie verlassen hatte. Dass er es vorzog, bei dieser anämischen Vettel zu bleiben, mit der er verheiratet war, würde ihr stets ein Rätsel sein. Der Idiot hätte die Prinzessin und das halbe Königreich bekommen können, hatte aber dankend abgelehnt. Genau so, wie ihre Mutter einst den Vater verließ, einen Ehemann, der ihr niemals etwas verweigert hatte.

Sowohl ihre Mutter als auch Erik mussten für ihre Arroganz bezahlen. Ellas Ehe mit Mikkel Sars war der mit dem Mittelfinger ausgeführte Gruß an den Ex-Liebhaber. Jetzt war die Rechnung beglichen. Mikkel würde sie vorläufig behalten. Er erfüllte die meisten ihrer Kriterien, nicht zuletzt, wenn sie an nächtliche Freuden geknüpft waren.

Ella verstärkte den Griff um die Handstangen der Curl-Maschine und presste die verchromten Eisenscheiben mit den Beinen nach oben. Hinter sich hörte sie, dass die Tür geöffnet wurde. Vermutlich der aufgepumpte und aufdringliche Neandertaler hinter der Theke, der sich persönlicher Trainer schimpfte. Käme er jetzt wieder an, würde sie ihm erzählen, dass Stiernacken und flache Nase nicht zu den von ihr bevorzugten Attributen eines Mannes zählten. Sie hörte Schritte hinter sich und ließ die Beine zurück in die entspannte Ausgangshaltung gleiten.

Im nächsten Moment tauchte auf dem Stapel der glänzenden Gewichtsscheiben vor ihr etwas auf, ein Spiegelbild, das definitiv nicht zu dem Neandertaler gehörte. Es war die letzte Schlussfolgerung, die Ella Krogh Sars anstellen konnte, bevor die Projektile zweier schallgedämpfter .22LR-Subsonic-Patronen sich den Weg durch ihre obersten Nackenwirbel suchten, die golfballgroße *Medulla oblongata* ganz unten im Hirnstamm zerfetzten und auf dem Weg aus dem Mund fünf Zähne mitrissen, bevor sie in die lederüberzogene Bank unter Ella eindrangen.

Eine gute Stunde später ergab sich ein unglückliches Zusammentreffen. Die automatischen Türen des L'Empereur öffneten sich, und die *baronessa* Medici trat mit ihrem Gefolge ins Foyer. Die italienische Adelige war von Kopf bis Fuß in Schwarz gekleidet, einschließlich eines dunklen Schleiers, der von der Krempe ihres eleganten Glockenhuts herabhing. Die düstere Aufmachung war dem Umstand geschuldet, dass ihr Ehemann, der Baron, zwei Wochen zuvor verstorben war; mit seinem Miniflugzeug hatte er auf dem Gut der Baronie in der Toskana eine Bruchlandung hingelegt. Nach dem Unglück war die Witwe zu einem von Paparazzi gejagten Freiwild geworden und hatte entschieden, im Nachbarland Zuflucht zu suchen.

An der Rezeption verbeugte sich der Hoteldirektor tief vor seinem distinguierten Gast, leierte seine übertrieben wirkenden Worte der Anteilnahme herunter und versicherte, das Hotel werde alles in seiner Macht Stehende tun, um der Baronesse die Ruhe und den Seelenfrieden angedeihen zu lassen, die sich angesichts solch tragischer Umstände ziemten. Der Direktor konnte kaum seinen Satz beenden, bevor eine der Aufzugstüren sich öffnete und eine blutüberströmte, in Unterhemd und engsitzende Shorts gewandete Gestalt heraustaumelte. Marc Grondin blieb einige Sekunden schwankend stehen, entdeckte seinen obersten Chef und bewegte sich taumelnd über den Marmorboden hinweg, während er aus vollem Hals brüllte:

»*Appelez la police!* Madame Krogh Sars ist tot! Sie wurde erschossen!«

11

Auch noch nach vielen Jahren, in denen Bull mit der Aufklärung von Gewaltverbrechen beschäftigt gewesen war, fand er, dass dem Fundort einer Leiche stets etwas Unwirkliches anhaftete. Die Scheinwerfer, die Scifi-ähnlichen Schutzanzüge der Spurensicherung und das energische Arbeitstempo im scharfen Kontrast zu der gedrückten Stimmung und den gedämpften Stimmen. Zirkus und Begräbnis am selben Ort.

Sie lag noch immer auf dem Bauch, die Arme hingen locker über die Kante der Gerätebank hinunter, so dass die rotlackierten Fingernägel gerade eben den schwarzen Bodenbelag berührten. Der ehemals so elastische Körper wirkte schlaff, als wäre die Luft durch den blutigen Krater entwichen, der ihren Nacken verunzierte.

Der Tod bedient sich der Seele und hinterlässt die Hülle, dachte Bull.

Während der Rechtsmediziner seine düstere Arbeit ausführte, hielt Bull sich im Hintergrund. Bevor der Arzt gekommen war, hatte Bogart die Leiche zwei Minuten lang eingehend betrachten können, und obwohl er sehr darauf geachtet hatte, nichts zu berühren, war er sich sicher: zwei oder drei Schüsse aus einer kleinkalibrigen Waffe, aus kurzer Distanz abgefeuert, gnadenlos und effizient.

Hauptkommissar Moulin trat zu ihm. Die erste Vernehmung von Marc Grondin war durchgeführt worden, danach hatte man den Mann zur Behandlung in ein Krankenhaus gebracht. Moulin gab Bull eine kurze Zusammenfassung: Da der Ex-Boxer kaum mehr als den Schatten seines Angreifers gesehen hatte, konnte er keine näheren Angaben machen.

»Kameras?«, fragte Bull.

Moulin wand sich.

»Die gibt es in allen Etagen, nur nicht hier im Keller«, sagte er. »Vermutlich muss man irgendwo sparen, wenn man ein Hotel für fünfzig Millionen Euro baut.«

»Wie viele Eingänge gibt es zum Fitness-Studio?«

»Abgesehen vom Haupteingang hier unten gibt es noch eine Tür, die zum Swimmingpool führt. Die kann allerdings nur von innen geöffnet werden.«

»Der Täter muss demnach also den Empfangsbereich passiert und die Treppe oder den Lift genommen haben, um in den Keller zu kommen.«

»Er könnte auch mit dem Aufzug aus einer der oberen Etagen gekommen sein. Berthelot überprüft gerade die Kameraaufzeichnungen.«

Der Rechtsmediziner namens Schmitt winkte die beiden Polizisten zu sich.

»Ich bin hier so weit fertig«, sagte er. »Wenn Sie sich das noch mal ansehen möchten …?«

Bull und Moulin inspizierten die Leiche und hielten dabei den Blick auf dieselbe Stelle gerichtet: das Kreuz auf dem Rücken der Toten. Dieses Mal hatte sich der Täter gar nicht erst bemüht, die Haut freizulegen, sondern hatte einfach durch das eng sitzende Trainingsoberteil geschnitten. Das Blut war tief in den weißen Stoff eingesickert, was es so aussehen ließ, als stünde das Kreuz in Flammen.

»Der Täter hat ein äußerst scharfes Messer oder eine Rasierklinge verwendet«, kommentierte Schmitt nüchtern.

»Erst die Schüsse in den Nacken und dann das Messer?«, fragte Bull.

»Das können wir erst beantworten, wenn wir sie unter die Lupe nehmen«, erwiderte der Arzt kurz angebunden. »Ich möchte lieber keine voreiligen Schlüsse ziehen.«

Da man Schmitt von seinem abendlichen Schachspiel und einem guten Glas Bordeaux weggeholt hatte, war er ein wenig übellaunig, aber solange der Arzt sich an die Fakten hielt, konnte Bull damit leben. Spekulationen und Theorien waren die Domäne der Ermittler.

»Kaliber 22?«, fragte Bull. »Falls Sie sich zu einer fachlichen Einschätzung hinreißen ließen.«

Schmitt blickte ihn streng an, dann erschien unter seinem gepflegten Schnauzbart ein kleines Lächeln.

»Es würde mich nicht verwundern, wenn Sie recht hätten, Monsieur. Aber erst, wenn wir sie umgedreht haben, können die Techniker das Projektil aus der Bank fischen, auf der sie jetzt liegt. Geben Sie mir Bescheid, wenn Sie genug von dem Elend haben.«

Der Arzt verbeugte sich leicht und überließ die Polizisten ihren eigenen Beobachtungen. Moulin spähte zu Bull hinüber.

»Selbe Familie, gleiche Mordsignatur, selber Täter?«

»Es deutet alles darauf hin«, sagte Bull. »Allerdings dürfen wir gewisse Unterschiede nicht außer Acht lassen. Ein anderer Typ Mordwaffe. Eine Abweichung von der Art, wie das Kreuz gezeichnet wurde. Auch wurde nichts gestohlen, es sei denn, dass Schmuck oder andere Dinge fehlen. Ich sehe einen Ring an ihrem Finger, der vermutlich ein kleines Vermögen wert ist, falls er nicht falsch ist. Was ich jedoch bezweifle.«

»Kann er die Schusswaffe benutzt haben, um Zeit zu sparen?«, gab Moulin zu bedenken. »Oder für den Fall, dass er andere unschädlich machen musste? Immerhin bestand ja das Risiko, dass jemand vom Hotelpersonal auftauchte.«

Bull nickte nachdenklich. Moulins Einwand war nicht unwichtig. Gleichwohl war es eine Tatsache, dass Mörder in der Regel einen bestimmten Waffentypus bevorzugten und dass Serienmörder den makabren Hang dazu hatten, eine unmissverständliche Signatur zu hinterlassen. *Hier bin ich wieder, ihr Bullenärsche – fangt mich, wenn ihr könnt!* Das Kreuz war zwar an derselben Stelle, doch die restliche Signatur wirkte unscharf.

Moulins Handy klingelte. Er antwortete mit einem knappen *Oui*, hörte ein paar Sekunden zu und beendete dann das Gespräch.

»Man erwartet uns oben«, sagte er.

»Ich glaube, wir haben ihn«, sagte Inspektor Berthelot. »Oder, um nicht zu übertreiben: Ich glaube, wir haben ihn auf Video.«

Die drei Polizisten standen in einem kleinen Raum hinter der Rezeption. Die Regale waren mit PC-Schirmen, Laptops und Telefonapparaten verschiedener Art gefüllt. Eine Art Lagerraum für die IT-Abteilung des Hotels, vermutete Bull. Vor einer Wand befand sich eine Reihe mit verschließbaren Metallschränken. Auf dem Tisch standen sieben Monitore in Reih und Glied. Die Bilder auf den Schirmen waren eingefroren und zeigten verschiedene Bereiche des Hotels. Bull erkannte den Eingangsbereich und zwei Säle, bei denen es sich anscheinend um die beiden Hotelrestaurants handelte. Zwei andere Bildschirme boten Ausschnitte der Korridore, von denen die Zimmer abgingen. Auf einer der Aufnahmen war eine Putzfrau erkennbar, die ein Wägelchen vor sich herschob.

»Sehen Sie mal hier«, sagte Berthelot und deutete auf einen Bildschirm, der den Empfangsbereich zeigte. In der rechten unteren Ecke war eine Digitaluhr zu sehen: 20.42.

Berthelot drückte auf eine Taste. Auf dem Bildschirm startete eine Aufnahme. Ein festlich gekleidetes Paar verließ Arm in Arm den Rezeptionsbereich, anscheinend auf dem Weg zu einem vornehmen Restaurant oder einer eleganten Party. Nach ein paar Sekunden öffnete sich die Eingangstür abermals, und eine Gestalt in schwarzem Overall kam von der Straße herein. Auf dem Kopf trug die Person eine tief in die Stirn gezogene Schirmmütze, das wenige, das von dem Gesicht erkennbar war, verbarg sich hinter einem dichten Bart. Der Mann trug einen kleinen Koffer in der Hand. Berthelot hielt die Aufnahme an, als der Mann etwa zwei Meter in den mit Marmor ausgelegten Empfangsbereich getreten war.

»Achten Sie mal darauf, wie er den Kopf senkt und nach rechts gerichtet hält«, sagte Berthelot.

Er ließ die Aufnahme weiterlaufen. Der Mann ging weiter und kam zu einer Sitzgruppe. Berthelot ließ das Bild wieder einfrieren. Der Mann im Overall befand sich jetzt in der Bildmitte.

»Hier hebt er den Kopf an«, sagte Berthelot und zeigte auf den Schirm. »Aber weil er jetzt in diesem Winkel zur Kamera steht, wird sein Gesicht fast vollständig vom Schatten des Mützenschirms bedeckt, was bedeuten könnte …«

»… dass er genau weiß, wo sich die Kameras befinden«, fuhr Moulin fort.

»Genau«, fügte Berthelot kleinlaut hinzu und schien enttäuscht darüber zu sein, dass sein Chef ihm die Pointe gestohlen hatte.

»Können Sie näher herangehen?«, fragte Bull.

Berthelot betätigte die Maus und zoomte dichter heran.

»Da, auf seinem Koffer.«

Die Bildschirmauflösung wurde schlechter, reichte allerdings aus, um das schwarzgelbe Logo auf dem Kofferdeckel erkennen zu können:

ProGym
The Fitness Provider

»Einfach und geschickt«, sagte Bull. »Der Trainingsraum dort unten ist vollgestopft mit Maschinen von ProGym. Eine erlesene Auswahl an Geräten, die in regelmäßigen Abständen von einem externen Servicemitarbeiter gewartet werden. Der Werkzeugkoffer ist das ideale Versteck für eine Waffe mit Schalldämpfer.«

»Ich rufe da mal an«, sagte Moulin und notierte sich den Namen des Geräteherstellers.

»Machen Sie weiter«, bat Bull.

Berthelot betätigte abermals die Maus, der Mann bewegte sich ein Stück nach rechts, weg von der Kamera, bevor er über die Treppe neben dem Aufzug nach unten verschwand. Das schwarzgelbe Logo leuchtete den Polizisten vom Rückenteil des Overalls entgegen.

»Taucht er irgendwann wieder auf?«, fragte Bull.

Berthelot schüttelte bedauernd den Kopf. Der Täter hatte demnach also den Tatort durch die zum Swimmingpool führende Tür verlassen, wo sich zu dieser Tageszeit kaum jemand aufhielt.

»Im Empfangsbereich gibt es doch wohl noch eine Kamera?«, sagte Bull.

»Es gibt eine weitere«, bestätigte Berthelot. »Die hängt allerdings an der Innenseite der Eingangstür und ist auf den Empfangstresen gerichtet. Auf den Bildern sieht man den Mann ausschließlich von hinten. Ich habe natürlich alle Aufnahmen aus dem Eingangsbereich überprüft, aber die geben uns nicht mehr, als was wir bereits haben. Die Techniker wollen jetzt versuchen, die Qualität der vorliegenden Ausschnitte zu verbessern. Vielleicht taucht ja etwas auf, das uns bei der Identifizierung hilft.«

Vorausgesetzt, dass ihn jemand erkennt oder dass wir jemanden haben, den wir mit ihm vergleichen können, dachte Bull. Irgendetwas sagte ihm, dass sie enttäuscht würden. Anders als die meisten Morde waren diese beiden kaltblütig und professionell ausgeführt worden. Die Polizeibehörden aller Länder prahlten zwar gern mit mehr oder weniger beeindruckenden Aufklärungsraten, unterließen dabei aber ebenso gern, darauf hinzuweisen, dass sich die meisten Mörder durch ihr ungeschicktes Auftreten verrieten. Oft war ein Täter betrunken oder stand unter Drogen, und noch häufiger wurden Morde im Affekt begangen, ohne dass sich der Täter die geringste Mühe machte, seine Spuren zu verwischen. In vielen Fällen lag das Mordmotiv offen zutage, und nicht selten war der Täter im Bekanntenkreis oder in der Familie des Opfers zu finden.

Alles deutete darauf hin, dass die Morde an Vater und Tochter Krogh einer gänzlich anderen Kategorie zuzuordnen waren. Und alles deutete darauf hin, dass die Polizei noch eine lange und schwierige Jagd zu bestehen hatte.

12

Freitag, 2. Mai 2014

Nach knapp vier Stunden Schlaf wurde Bull vom schneidenden Signalton seines Handys geweckt. Auch das Wetter war unbarmherzig, wie ein Blick aus dem Fenster verriet. Es regnete aus Wolken, deren Farbe grauer Stahlwolle ähnelte. Kein heftiger Schauer, sondern ein gleichmäßig rieselnder Landregen, der eine Weile anhalten würde.

Bull hatte leichte Kopfschmerzen, blieb lange unter der Dusche stehen und dachte an Ella Krogh Sars. Im einen Augenblick noch frischgebackene Milliardärin, im nächsten schon Opfer eines brutalen Mordes. Die Polizei musste dringend Axel Kroghs Anwälte in Oslo benachrichtigen und herausfinden, was nun mit dem Erbe geschah. Ella war Einzelkind gewesen – und kinderlos. Es wäre sicher interessant zu sehen, wer von ihrem Tod profitierte.

Aber erst war Erik Jacobsen an der Reihe. Bull hatte ihn um drei Uhr nachts mit den tragischen Neuigkeiten geweckt. Kroghs Konzernchef hatte aufrichtig betroffen gewirkt. Nachdem Bull ihm eine kurze Zusammenfassung der Ereignisse gegeben und auf ein paar verwirrende Fragen geantwortet hatte, waren sie übereingekommen, sich zum Frühstück in Jacobsens Suite zu treffen. Marc Grondins dramatischer Auftritt in der Lobby hatte jede Hoffnung auf Steuerung des Informationsflusses begraben, und nun lungerte vermutlich nicht nur im Empfangsbereich eine Horde blutdürstiger Journalisten und Fotografen herum.

Erik Jacobsen rührte das exquisite Frühstück nicht an. Stattdessen stapfte er ruhelos durch die mit dicken Teppichen ausgelegte Suite, während Bull zwischen ein paar Bissen die nächtlichen Geschehnisse eingehend schilderte. Nachdem Jacobsen ungefähr einen Kilometer zurückgelegt hatte, sank er schließlich in einen der Lehnstühle und sah Bull hilflos an.

»Okay«, sagte er. »Sie reden von Ähnlichkeiten und Unterschieden zwischen den Morden. Aber was *glauben* Sie? Ist es derselbe Mann?«

Bull wischte sich sorgfältig mit der Serviette über die Lippen und gab mehr Kaffee in seine Tasse.

»Vieles spricht dafür, aber wir dürfen uns nicht zu sehr auf diese Theorie versteifen«, erwiderte er. »Bis auf weiteres müssen wir alle Möglichkeiten offenhalten.«

»Aber was sagt denn Ihr Bauchgefühl? Ist Intuition nicht eine wichtige Eigenschaft für Leute wie Sie?«

Leute wie Sie … Bull verspürte einen Anflug von Verärgerung, erinnerte sich dann aber daran, dass Jacobsen im Laufe einer guten Woche zwei Vorgesetzte verloren hatte.

»Das mag vielleicht auf Kriminalromane und -filme zutreffen«, sagte er. »Im wirklichen Leben geht es bei Mordermittlungen jedoch um harte Arbeit und sorgfältige Berücksichtigung aller zugänglichen Fakten. Obwohl einige Ermittler über so etwas wie einen sechsten Sinn verfügen, dürfen wir doch niemals zulassen, dass so etwas den Ablauf der Ermittlungen steuert.«

Jacobsen war Bulls gereizte Reaktion offenbar nicht entgangen. Er ließ das Thema fallen.

»Im Übrigen werden Sie in ein Hotel in Saint-Tropez umziehen müssen«, fuhr Bull fort. »Wie sich die Dinge gerade entwickeln, können wir nicht ausschließen, dass die Morde einen Anschlag auf die Krogh-Gruppe bedeuten.«

Jacobsen riss erstaunt die Augen auf.

»Sie meinen, dass …«

»Ich meine, dass wir kein Risiko eingehen dürfen. Sie sind der Konzernchef und werden ab jetzt rund um die Uhr bewacht.«

»Aber … das ist doch absurd«, protestierte Jacobsen.

»Hauptkommissar Moulin hält das durchaus nicht für absurd. Es ist seine Anordnung. Er leitet die Ermittlung und ist wohl der Ansicht, dass zwei ermordete Norweger mehr als genug sind.«

Jacobsen schwieg. Lange. Dann kam es:

»Ich wurde am Montag gefeuert.«

»Wie bitte?«

»Ella hat mich am Montagvormittag zu einem Gespräch gebeten und mir mitgeteilt, dass meine Aufgabe in der Krogh-Gruppe beendet sei.«

»Mit welcher Begründung?«

»Auf dieser Ebene braucht man keine Begründung, solange man bereit ist, für die Entscheidung zu zahlen.«

»Und das war so?«

Jacobsen nickte.

»Und wie viel, wenn ich fragen darf?«

»Drei Jahresgehälter.«

»Was bedeutet das?«

»Knapp neun Millionen Kronen.«

Bull schluckte die Summe hinunter. Wieder mal eine Bestätigung dafür, dass er in der falschen Branche gelandet war, dachte er. Aber wieso erzählte Jacobsen jetzt davon? Er musste doch begreifen, dass diese Information kompromittierend für ihn war.

»Ich verstehe schon, was Sie denken«, sagte Jacobsen mit einem schiefen Lächeln. »Plötzlich habe ich so eine Art Motiv, nicht wahr? Ich will Sie aber auf Folgendes aufmerksam machen: Neun Millionen wären einer Fortsetzung meiner Arbeit mit Ella als Inhaberin bei weitem vorzuziehen gewesen. Da ihr Angebot aber weder schriftlich noch in der Anwesenheit von Zeugen erfolgte, kann ich auf dieses Geld nun lange warten.«

»Sie haben das Motiv selbst ins Spiel gebracht«, sagte Bull. »Dann verstehen Sie sicher, dass ich Sie fragen muss, wo Sie gestern Abend zwischen halb neun und neun gewesen sind.«

»Selbstverständlich«, erwiderte Jacobsen ohne die geringste

Spur von Entrüstung. »Nach einem frühen Abendessen im L'Endroit war ich draußen in der Stadt und bin da herumgelaufen.«

»Wo genau?«

»Vorbei am Mirages, dem Ferienhaus der schwedischen Königsfamilie. Von dort aus führt eine Strandpromenade westlich in Richtung Port Grimaud.«

»Haben Sie unterwegs mit jemandem gesprochen?«

»Gesprochen?«

»Haben Sie eine Pause eingelegt und vielleicht irgendwo Kaffee getrunken? Haben Sie jemanden nach dem Weg gefragt? Waren Sie in einem Geschäft und haben sich eine Zeitung, einen neuen Anzug oder was weiß ich gekauft?«

Jacobsen blickte Bull leicht verwundert an.

»Sie meinen: Bin ich jemandem begegnet, der bestätigen kann, wo ich mich zu einem bestimmten Zeitpunkt aufgehalten habe?«

»Exakt.«

»Nein. Leider nicht, wie ich wohl hinzufügen muss.«

Die beiden Männer musterten einander. Bull versuchte, sich Jacobsen in Verkleidung und mit angeklebtem Bart vorzustellen, wie er sich über Ella Krogh Sars beugte und mit chirurgischer Präzision zwei Schüsse auf ihren Nacken abfeuerte. Der Gedanke schien ihm nicht sonderlich passend. Sollte Jacobsen tatsächlich geplant haben, sich Ellas zu entledigen, hätte er wohl damit bis zu ihrer Rückkehr nach Oslo gewartet. Und wenn er es wirklich noch eiliger gehabt hätte, würde er Bull gegenüber die Kündigung nicht erwähnt haben.

»Haben Sie eine Idee, wer sich ihren Tod gewünscht haben könnte?«

»Diese Frage habe ich mir schon gestellt, als Sie mich gestern Nacht angerufen haben. Die Antwort lautet: nein. Sie war in Kroghs Geschäfte nur sehr wenig involviert, und soweit ich weiß, gab es in ihrem Leben keine ernsthaften Konflikte.«

»Ehemalige Liebhaber?«

Jacobsen verzog den Mund.

»Sie haben sie ja erlebt in all ihrer Pracht. Es ist doch klar, dass eine reiche junge Frau mit diesem Aussehen in ihrem Leben so einige Männer hatte. Aber meines Wissens gibt es da niemanden, den man unmittelbar des Mordes verdächtigen könnte.«

»Was ist mit Mikkel Sars? Wird er sie beerben?«

»Das kann ich definitiv mit nein beantworten. Krogh hat mir anvertraut, dass Sars nicht eine Krone des Vermögens bekommen würde, weder bei einer Scheidung noch im Todesfall. Axel Krogh konnte seinen Schwiegersohn nicht ertragen. Aber Ella kann natürlich über eigene Mittel verfügt haben – und ein eigenes Testament, in dem ihr Mann bedacht wird.«

»Was wird denn nun aus Kroghs Milliarden?«

»Das müssen Sie die Anwälte fragen, ich tippe aber darauf, dass das Vermögen – für den Fall, dass Ella kinderlos bliebe – in irgendeine Art von Stiftung umgewandelt werden sollte. Ungefähr so, wie Hotelkönig Olav Thon es letztes Jahr verfügt hat.«

»In der Absicht, das Imperium weiterzuführen?«

»Sehr wahrscheinlich, ja. Gut möglich, dass auch ein paar Kronen für wohltätige Zwecke abfallen, aber Krogh war bekanntermaßen kein ausgeprägter Philanthrop.«

Vielleicht nicht, dachte Bull. Aber irgendetwas musste Axel Krogh gewesen sein. Irgendwo gab es ein Motiv, das ausgereicht hatte, einem alten Mann die Kehle durchzuschneiden und die Leiche auf grausame Art zu schänden. Und jetzt war auch seine Tochter ermordet worden. Bull seinerseits fühlte sich so lebendig wie schon lange nicht mehr. Erik Jacobsen verdiente vielleicht fünf Mal so viel wie er, aber bei näherer Betrachtung hätte Bull niemals mit ihm tauschen wollen.

Bevor er das Hotel verlassen konnte, musste er zehn Minuten lang die Journalistenmeute füttern. Er bestätigte, dass ein norwegischer Gast ermordet aufgefunden worden sei, wollte allerdings keinen Namen preisgeben, bevor die Angehörigen in

Norwegen informiert wären. »Ja, Kommissar Moulin wird sich im Laufe des Vormittags eingehender dazu äußern.« – »Nein, derzeit kann ich keine weiteren Angaben machen.« – »Ja, die Polizei wird um 15 Uhr eine Pressekonferenz abhalten, auf der Sie mit weiteren Informationen versorgt werden.«

Schließlich gelang es ihm, die Journalisten abzuschütteln. Er schnappte sich einen Hotelschirm aus dem Ständer am Ausgang und lenkte seine Schritte um die schlimmsten Regenpfützen herum zur Polizeiwache. Als er die Ecke der Rue d'Alsace umrundete, stieß er beinahe mit einer Frau zusammen, die ihm den Weg über den Bürgersteig versperrte. Sie hielt einen knallroten Regenschirm in der Hand und versuchte gleichzeitig, ein Plakat an einem vermutlich selbstgefertigten Display zu befestigen. Die Frau spähte unter dem Rand ihres Schirms zu Bull hinüber.

»Excusez-moi?«

Er blieb stehen, woraufhin sie einen längeren französischen Wortschwall ausstieß.

»Parlez-vous anglais, Madame?«, erwiderte Bull.

»*Ah, oui*, tut mir leid! Könnten Sie vielleicht so nett sein und den hier kurz für mich halten?«

Sie wedelte mit dem Schirm.

»Aber natürlich«, gab Bull lächelnd zurück.

Mit einem Schirm in jeder Hand gab er ihr Schutz vor dem Regen, während sie ihre Arbeit mit einer verchromten Tackerpistole fortsetzte. Bull betrachtete das farbenfrohe Plakat:

Anniversary Sale!
Edvard Munch
1863–1944
Books, posters, gadgets etc.
Everything at 30–50 % discount!
The English Bookshop

Der Werbetext war schon interessant genug, doch was Bull veranlasste, so zu starren, war das Gemälde im Hintergrund des Plakats. Eine männliche Gestalt, mit gelblicher Haut und anscheinend nackt, vor einem abstrakten Hintergrund in Braunschwarz und Rostrot. Und das Gesicht des Mannes: eine mehr oder weniger exakte Kopie des Porträts, das aus dem Maison Krogh verschwunden war. Unten an dem Ständer hing ein Pappschild mit einem Pfeil und der Information, dass der Buchladen 200 Meter entfernt in einer Seitenstraße lag.

»*Parfait!*«, sagte die Frau zufrieden und nahm den Regenschirm entgegen, den Bull ihr reichte.

»Vielen Dank für Ihre Hilfe, Monsieur.«

»Diese Buchhandlung ...«, fragte Bull. »Arbeiten Sie da?«

»Darauf können Sie wetten«, erwiderte sie fröhlich. »Ich bin Besitzerin, Verkäuferin und Werbechefin. Apropos: Brauchen Sie vielleicht etwas zu lesen? Wir haben das meiste, wohinein es sich zu vertiefen lohnt, auf Englisch im Angebot.«

Bull sah auf die Uhr. Kurz vor zehn. Noch immer eine gute halbe Stunde bis zu seinem Treffen mit Moulin.

»Vielleicht sollte ich ja einen kurzen Blick wagen? Ich habe noch etwas Zeit übrig«, sagte er und sah abermals zu dem Plakat hinüber.

Sie lief ihm mit schnellen Schritten voraus und bog in die schmale Seitenstraße ein. Es ging steil bergauf, und zweimal war Bull kurz davor, auf dem glatten Kopfsteinpflaster auszurutschen. Ein französischer Meter ist wohl länger als ein norwegischer, dachte Bull und versuchte, sich auf seine Schritte zu konzentrieren. Nachdem sie eine weitere Ecke des schmaler werdenden Gässchens umrundet hatten, waren sie am Ziel. Von einem schmiedeeisernen Galgen hing ein überdimensioniertes Buch aus gegossenem Plastik herab, worauf der Name des Laden in zierlicher Goldschrift prangte. Die Frau schüttelte das Wasser von ihrem Regenschirm ab, schloss die Tür auf und ließ Bull vorausgehen.

Der Laden war ein viereckiger Raum mit hoher Decke und größer, als die Fassade es vermuten ließ. Der Boden bestand aus sorgfältig bearbeiteten ockerfarbenen Fliesen, und jeder Quadratzentimeter der Wände war mit Büchern bedeckt. Eine enge Wendeltreppe führte zu einem Zwischengeschoss und weiteren Bücherregalen. Vor der hinteren Querwand stand ein dunkler Holztresen, worauf ein riesiger antiker Kassenapparat thronte, der, wie Bull annahm, weniger seinem Zweck als vielmehr zur Dekoration diente. An der Decke hingen zwei sich träge drehende Ventilatoren aus Messing. Die Luft im Laden war erstaunlich frisch, mit einem schwachen Duft nach altem Papier und Leder.

Erst jetzt kam Bull dazu, die Inhaberin genauer zu betrachten. Sie war nur wenige Zentimeter kleiner als Bull, der eins vierundachtzig maß. Sie war schlank, mit klassischen feinen Gesichtszügen, umrahmt von einer sportlich wirkenden Frisur. Sie trug verwaschene Jeans und ein einfaches flaschengrünes Oberteil, das der Farbe ihrer Augen entsprach. Die einzige Spur von Schmuck bestand aus einem Paar riesiger silberner Ohrhänger, die Bull ohne zu zögern zu Hause im Prost Hallingsvei an den Weihnachtsbaum gehängt hätte.

»Willkommen in der besten Buchhandlung der Côte d'Azur, wie die Werbechefin zweifellos sagen würde«, zwitscherte sie. »Aus welchem Teil Großbritanniens stammen Sie, Monsieur? Ahne ich da einen Akzent aus dem schönen grünen Irland – oder vielleicht Schottland?«

»Der Akzent ließe sich wohl auf Irland zurückführen, allerdings bin ich Norweger.«

»*Norvège – quelle bonne surprise.* Und welche Art von Literatur könnte das Interesse eines norwegischen Gentlemans wecken?«

»Ihr Plakat war einfach nicht zu übersehen. Munch.«

»Natürlich! Edvard Munch. Zusammen mit Hamsun und Ibsen das größte Genie, das sie dort oben hervorgebracht haben. Ich habe seine Jubiläumsausstellung in Paris besucht: *L'œil moderne.* Ein großartiges Erlebnis.«

Bull nickte etwas desorientiert und begriff, dass er den Mann zumindest hätte googeln müssen, bevor er sich hier als kunstinteressiert ausgab.

»Ich interessiere mich in erster Linie für Bücher, die mit ihm zu tun haben«, sagte er. »Biographien vielleicht?«

»Ich fürchte, der Ausverkauf hat unsere Bestände etwas reduziert, aber etwas haben wir noch«, sagte sie. »Schauen wir doch mal dort drüben nach.«

Bull folgte ihr zu einem der Regale. Sie bewegte sich katzengleich, mit einer Art träger Eleganz, die überhaupt nicht einstudiert wirkte. Angesichts seiner feuchten Schuhe und seines verdeckten Plans fühlte Bull sich etwas unwohl. Weshalb um alles in der Welt hatte er sich überhaupt darauf eingelassen? Er hätte Berthelot herschicken können.

Sie blieb vor dem Regal stehen, warf einen prüfenden Blick auf die Buchrücken und zog schließlich ein dickes Exemplar heraus.

»Leider keine Biographie, aber wir haben das hier. Eine Anthologie, in der sich neun Kunstexperten mit den verschiedenen Seiten von Munchs Leben und Produktion beschäftigen. Mit Abbildungen seiner bekanntesten Werke.«

Demonstrativ blätterte sie ein paar Seiten um und reichte Bull dann das Buch. Es war bleischwer. Bull warf einen Blick auf das Inhaltsverzeichnis und registrierte, dass Munchs Selbstporträts ein eigenes Kapitel gewidmet war.

»Es sieht gut aus«, sagte er. »Ich nehme es.«

Sie sah ihn erstaunt an.

»Aber wollen Sie denn nicht wissen, was es kostet?«

»Es ist doch ein Sonderangebot, nicht wahr?«, sagte er und zeigte ein entwaffnendes Lächeln.

»Ein Sonderangebot zu vierzig Euro, Monsieur.«

Ihre grünen Augen blitzten schelmisch.

»Das werde ich wohl verkraften«, entgegnete er.

Plötzlich fiel ihm ein Name ein, den sein Vater erwähnt hatte. Der Maler, der mit Munch zusammen auf Vergnügungstour in der Provence gewesen war.

»Haben Sie etwas über … äh … Matisse? Eine Biographie?«, fügte er hinzu.

»Henri Matisse? Selbstverständlich.«

Sie legte eine Hand auf seine Hüfte und schob ihn behutsam beiseite, um wieder an das Regal zu gelangen.

»Das hier«, sagte sie und zog ein Taschenbuch heraus. »Die beste Biographie, die über Matisse verfasst wurde. Doch leider gibt es nur wenige Fotografien.«

Sie reichte ihm das Buch. *Henri Matisse – a Life and a Dream.*

»Die gute Nachricht ist allerdings, dass es nur zwanzig Euro kostet«, sagte sie lächelnd.

Bull nickte ein wenig abwesend und fragte sich, wie wohl Heiberg reagieren würde, wenn auf seiner Spesenrechnung zwei Kunstbücher auftauchten.

»Ich kann doch mit Karte bezahlen?«, sagte er und blickte dabei zu dem antiken Kassenapparat hinüber.

»Kein Problem. Wir sind moderner, als unsere Einrichtung vermuten ließe. Ich habe das Geschäft von meinem alten Vater übernommen – gegen das Versprechen, den ursprünglichen Charakter zu bewahren. Er schaut ab und zu mal vorbei, es wäre also sinnlos, ihn anzulügen. Außerdem gefällt es mir so. Die Welt dreht sich in vielerlei Hinsicht schon schnell genug.«

Sie nahm seine Kreditkarte in Empfang und blickte auf seinen Namen.

»Bull …«, sagte sie. »Der Zufall will jetzt aber nicht, dass Sie ein Nachfahre von Olaf Bull sind? Dem norwegischen Dichter?«

»Sofern sich meine Urgroßmutter nicht gewisse Freiheiten erlaubt hat, nein.«

Sie lachte laut, mit den weißesten Zähnen, die Bull seit Frida gesehen hatte. Dann gab sie ihm die Karte zurück und reichte ihm eine Quittung.

»Es war mir ein Vergnügen, Monsieur Bull.«

»Ich ziehe Bogart vor«, erwiderte er lächelnd. »Und Sie sind …«

Sie streckte ihre schlanke Hand aus.

»Émilie.«

Bull riss sich von ihren grünen Augen los und wollte sich gerade umdrehen, als sein Blick auf ein kleines Display fiel, das auf dem Tresen stand. Ein Stapel mit kleinen gehefteten Büchern, *The Satanic Rituals,* geschrieben von einem Mann mit dem eigenartigen Namen Anton Szandor LaVey. Sie folgte seinem Blick.

»Wir führen sie als eine Art Kuriosität«, sagte sie. »Manchmal werden sie von Touristen gekauft, wohl als Souvenir, vermute ich. LaVey war anscheinend der Gründer des modernen Satanismus.«

»In Sainte-Maxime wimmelt es wohl kaum von Satanisten?«

»›Wimmeln‹ wäre zuviel gesagt, aber es gibt sie durchaus auch hier in der Stadt. Der umtriebigste von allen betreibt sogar eine renommierte Kunstgalerie, die Galerie Noire in der Rue Courbet.«

13

Kommissar Moulin war sichtbar erregt. Wie ein Raubtier im Käfig lief er unentwegt hin und her, während er Bull, der entspannt zurückgelehnt auf seinem Stuhl saß, frustrierte Blicke zuwarf. Nach einer Weile blieb der Franzose stehen.

»Nichts!«, schnaubte er und schlug gefährlich nahe der gefüllten Kaffeetasse die Hand auf die Tischplatte. »Wir haben verdammt noch mal gar nichts. Wenn ich mal Rogge, unseren Techniker, zitieren darf, der die Arbeit im Hotel abgeschlossen hat: *In diesem verfluchten Fitness-Studio gibt es mehr Fingerabdrücke als in den gesammelten Archiven des FBI!* Wir haben ein Kaliber 22, wie Sie vermutet haben, und zwei Schüsse, beide so exakt plaziert, dass auch einer ausgereicht hätte. Wir haben den Zipfel eines bärtigen Gesichts auf den Aufnahmen einer Überwachungskamera, wobei man aber schon die Mutter des Täters sein müsste, um ihn zu erkennen, wenn die Bilder veröffentlicht werden. Dann haben wir zwei Rezeptionisten, die nichts anderes als den Rücken eines schwarzgelben Overalls gesehen haben, und am Eingang zum Hotel haben wir einen Portier, der sich konsequent weigert, das Alter des Mannes im Overall zu schätzen, dafür aber beschwören kann – und jetzt hören Sie sich das an –, dass der Mann einen Bart getragen habe. Phänomenal, nicht wahr!? Ein bärtiger *Mann*. Dann sollten wir jetzt wohl den Staatsanwalt anrufen und uns einen Haftbefehl für bärtige Männer im Allgemeinen ausstellen lassen. *Merde!*«

Nachdem er dem Tisch eine weitere Ohrfeige verpasst hatte, setzte sich Moulin hin und atmete hörbar aus.

»Haben Sie mit dem Lieferanten dieser Trainingsmaschinen sprechen können?«, fragte Bull.

Der Kommissar antwortete mit einem müden Nicken.

»Der Typ kam definitiv nicht von denen. Die haben die Geräte erst vor knapp vier Wochen gewartet. Alles war in Ordnung.«

Moulin lehnte sich zurück und kritzelte mit einem versilberten Kugelschreiber auf einem Stück Papier herum.

»Wissen Sie, was ich glaube?«, sagte er.

Bull musste einräumen, dass er das nicht tat.

»Ich glaube, wir haben es mit einem echten Profi zu tun. Ein Auftragskiller, wenn Sie so wollen. Sehen Sie sich den Typen an, er hat zweimal im Laufe einer Woche zugeschlagen. Beide Morde sind tadellos ausgeführt worden, der Mörder hat nicht die geringste Spur hinterlassen. Und beide Male hat er sich unter einem Vorwand Zugang zu Orten verschafft, die nicht für jedermann zugänglich sind – sofern wir voraussetzen, dass der Anruf im Maison Krogh nur ein Vorwand war. Beide Opfer stammen aus derselben Familie, einer stinkreichen Familie wohlgemerkt. Andererseits wäre es aber auch nicht das erste Mal, dass jemand tötet oder den Auftrag zu einem Mord erteilt, um sich den Jackpot zu sichern.«

Bull musste daran denken, was Erik Jacobsen gesagt hatte. Wenn es zutraf, dass das gesamte Vermögen in einer Stiftung aufging, kam persönliche Bereicherung als Tatmotiv nicht infrage.

»Möglicherweise haben Sie recht, Jean. Ich werde mal Kroghs Anwälte anrufen, um herauszufinden, ob irgendjemand durch Ellas Tod ökonomische Vorteile hat.«

In Bulls Gedanken gab es einen Aspekt, der die Theorie von einem bezahlten Killer erschütterte. Nämlich derselbe Aspekt, der die beiden Morde miteinander verknüpfte: das Kreuz. Wenn die Absicht darin bestanden hätte, Axel Krogh und seine Tochter aus dem Weg zu räumen, um sich das Vermögen unter den Nagel zu reißen, wäre die Schändung der Leichen sinnlos und überflüssig gewesen.

Oder handelte es sich um eine bewusste Irreführung von Seiten des Täters?

»Berthelot und drei seiner Kollegen stellen gerade das L'Empereur auf den Kopf«, sagte Moulin. »Die reden mit sämtlichen Gästen und Angestellten und hoffen darauf, dass irgendjemand etwas aufmerksamer als der Portier und die Rezeptionisten gewesen ist. Allen Gästen, die heute auschecken wollten, wurde die Abreise untersagt. Ich werde mich noch mal mit dem Mann unterhalten, der sie gefunden hat. Marc Grondin. Er liegt mit einer schweren Gehirnerschütterung zu Hause bei seinen Eltern. Der Typ spricht kaum ein Wort Englisch, aber ich kann gern dolmetschen, falls Sie mitkommen möchten.«

Bull lehnte höflich dankend ab. Die Chance, dass Grondin mit etwas Interessantem aufwarten konnte, schien minimal. Außerdem waren Kroghs Anwälte jetzt wichtiger. Moulin erhob sich schwerfällig von seinem Stuhl, nahm seinen tadellos gebügelten Trenchcoat vom Haken und bewaffnete sich mit einem Schirm.

»*Bien*«, sagte er und schenkte Bull ein fades Lächeln. »Wir sehen uns auf der Pressekonferenz.«

In der Kanzlei Bieler, Eckhoff & Co. war gerade Mittagspause, doch nachdem Bull sein Anliegen vorgetragen hatte, versprach ihm die Telefonistin, dass man ihn umgehend zurückrufen werde, »so schnell es sich einrichten lässt«.

Tatsächlich dauerte es nicht länger als drei Minuten, bis die Stimme von Rechtsanwalt Peter Eckhoff in der Leitung erklang. Sein Akzent und die sonore Stimme ließen keinen Zweifel daran, dass er ursprünglich aus Bergen stammte. Bull ließ den Anwalt herunterleiern, wie unverständlich und ganz und gar schrecklich es doch sei, was dem armen Axel Krogh widerfahren war. Nachdem Eckhoff seine Betroffenheit in ausreichendem Maße geäußert hatte, erläuterte Bull ihm die Situation. Er legte dar, dass sie sich mitten in einer Mordermittlung befänden, und deutete an, der Inhalt des Testaments könne für die weitere Arbeit von großer Bedeutung sein.

»Ich verstehe«, sagte Eckhoff. »Da gibt es allerdings ein kleines Problem.«

»Und das wäre?«

»Mein Kompagnon Martin Bieler ist hier in unserer Kanzlei für Axel Kroghs Angelegenheiten zuständig. Auf Anordnung Kroghs ist Bieler auch der Einzige, der über den Schlüssel zu dem Safe verfügt, in dem sich das Testament und andere … wie soll ich sagen … vertrauliche Dokumente Kroghs befinden.«

»Und wo hält Bieler sich gerade auf?«

Bull hörte, wie Eckhoff ein unsicheres Hüsteln von sich gab.

»Als wir zuletzt über Satellitentelefon mit ihm gesprochen haben, befand er sich ein paar hundert Meter unterhalb des Gipfels des Mount Everest. Auf dem Rückweg, Gott sei Dank.«

»Wollen Sie etwa sagen, der einzige Schlüssel zu dem Safe liegt jetzt in einer Anoraktasche im Himalaya?«

»Beinahe. Bielers Schlüssel wird im Schließfach einer Osloer Bank aufbewahrt, zu dem aber niemand anderer als Bieler selbst Zugang hat. Wie gesagt, es war Krogh, der diese Anordnungen getroffen hat. Er war ein ziemlich … eigenwilliger Mann und daran gewöhnt, zu bekommen, was er wollte.«

Bull fluchte lautlos in sich hinein. Waren etwa alle Milliardäre so paranoid wie Krogh? Und was sollte eigentlich dieser Expeditionsirrsinn, der immer weiter zunahm? Bald wären wohl mehr Norweger auf dem Gipfel des Mount Everest als auf dem heimischen Gaustatoppen anzutreffen.

»Vielleicht können Sie ja an Kroghs eigenen Schlüssel kommen?«, deutete Eckhoff an.

Der Vorschlag war einleuchtend, aber nicht unbedingt hilfreich. Es würde vermutlich eine Weile dauern, den Schlüssel zu lokalisieren, und selbst wenn das glückte, müsste er immer noch per Kurier nach Oslo geschickt werden.

Bull bedankte sich bei dem Anwalt, zog sein Laptop heran und gab zwei Wörter in die Suchleiste ein:

Satanic Symbols.

1,3 Millionen Treffer. Er öffnete das Bildarchiv und hatte es plötzlich mit einem Wald aus Symbolen zu tun. Das auffälligste hatte er erst am Morgen in der Buchhandlung von Émilie gesehen, auf dem Umschlag von LaVeys Buch. Ein fünfzackiger Davidstern, umgeben von zwei Kreisen und einigen kleinen, unbegreiflichen Zeichen. Bull scrollte langsam weiter und hielt inne, als er das Kreuz entdeckte. Es hing verkehrt herum an einer roten Wand, hinter etwas, das einem Altar ähnelte. Auf diesem befanden sich vier brennende Kerzen und ein Totenschädel. Hier schien sich etwas anzudeuten. Aber warum hing das Kreuz verkehrt herum?

Frag Wikipedia, Bogart.

Neue Suche: *Kreuz.*

Wieder eine Unmenge an Varianten. Etwas weiter unten auf der Seite fand er es – das Petruskreuz. Bull las:

Als der Apostel Paulus im Jahr 64 von Kaiser Nero zum Tod am Kreuz verurteilt wurde, bat er aus Respekt für Jesus das Kreuz verkehrt herum aufzustellen … In späterer Zeit fand diese Art Kreuz bei Satanisten Verwendung, die das umgekehrte lateinische Kreuz als eine Zurückweisung des Christentums verstanden.

Bull wandte den Blick vom Bildschirm ab und starrte in die Leere. *So ein Mist, natürlich …* flüsterte er in sich hinein. Er hätte sich daran erinnern müssen, nicht zuletzt, weil der Varg-Vikernes-Fall genau in jenem Jahr die Öffentlichkeit beschäftigte, als Bull seine Ausbildung an der Polizeihochschule begonnen hatte. Und welche Art Kreuz sich in Axel Kroghs Rücken befand, war natürlich davon abhängig, ob man die Leiche vom Kopf oder von den Füßen her betrachtete. Das wichtigste Symbol des Christentums war zum neuen Emblem der Teufelsanbeter geworden. Als ob die iranischen Ayatollahs *Stars and Stripes* verkehrt herum an die Wand hängten, wenn die Priesterschaft zusammentraf.

War es tatsächlich denkbar, dass Satanisten hinter den Morden steckten? Oder zumindest *ein* Satanist? Bull hatte bis jetzt nichts in Axel Kroghs Leben finden können, das mit dieser Theorie zusammenpasste. Und ebenso wenig in Ellas Leben. Aber was wusste er eigentlich über die Krogh-Familie, abgesehen von dem, was Erik Jacobsen und Ella selbst erzählt hatten? Er zog sein Telefon aus der Tasche und wählte Jacobsens Nummer. Der arbeitslose (war er das jetzt?) Konzernchef meldete sich, noch bevor der erste Signalton im Hörer verstummt war.

»Jacobsen.«

»Bull hier. Ich habe eine Frage: Wer kannte die beiden Ermordeten am besten privat? Also, ich meine Freunde oder Familie. Menschen, die sie lange gekannt haben.«

Jacobsen schien nachzudenken.

»Tja … Keiner von beiden war dafür bekannt, andere dicht an sich heranzulassen, jedenfalls nicht auf Dauer. Eigentlich fällt mir da nur eine Person ein. Ingeborg Krogh, Axels Ex-Frau, und Ellas Mutter.«

»Lebt sie in Oslo?«

»Asker. Nesøya.«

Bull seufzte. Ein weiterer Flug in der überbuchten Touristenklasse.

»Aber wenn Sie mit ihr reden wollen, ist es das perfekte Timing«, fuhr Jacobsen fort. »Sie landet morgen in Nizza. Sobald die Obduktionen abgeschlossen sind, will sie die Särge nach Oslo begleiten.«

Pressekonferenz.

Wie um Moulins Eindruck von Stagnation zu unterstreichen, streikte die Klimaanlage. Trotz des Regens draußen war es im vollbesetzten Besprechungsraum drückend heiß. Natürlich waren französische und norwegische Medien in ausreichendem Maße vertreten, aber auch die deutsche *Bild* und die italienische *La Stampa* hatten den Weg nach Sainte-Maxime gefunden. Verärgert musste Moulin feststellen, dass die Italiener das ausgesucht unpassende Auftauchen der trauernden Baronesse Medici im Hotel zu einer Schlagzeile gemacht hatten. Mit einem gewissen Unbehagen hatte er außerdem Bull in vertrautem Gespräch mit zwei norwegischen Journalisten beobachtet. Er war sich bewusst, dass der norwegische Polizeibeamte in seinem Heimatland über ein gewisses Renommee verfügte, doch das erhöhte die Gefahr, dass die Presse ihn – Moulin – zum Sündenbock dafür machte, dass die Ermittlungen ins Stocken geraten waren. *Quelle pensée horrible!*

Die Konferenz begann.

Moulin hielt einen einleitenden Vortrag auf Englisch, mit dem er tapfer – aber nicht sonderlich geglückt – zu verbergen versuchte, dass die Polizei ohne Kompass mitten auf dem Meer trieb. Bull fühlte mit ihm. Moulin erinnerte ihn an einen Stand-up-Komödianten in einem Saal, wo niemand lachte. Der bereits stark unter Druck stehende Hauptkommissar wischte sich mit einem Taschentuch den Schweiß von der Stirn, atmete tief durch und eröffnete die Fragerunde.

Dagbladet: Haben Sie konkrete Spuren in diesem Fall?
Moulin: Wir haben ein paar interessante Funde gemacht, können aber vorläufig keine Details nennen.
TF 3: Es sieht danach aus, dass die Morde in Zusammenhang stehen. Können Sie das bestätigen?
Moulin: Zum gegenwärtigen Zeitpunkt können wir das weder bestätigen noch verneinen.
TV 2: Hat die Polizei bereits Verdächtige?
Moulin: Das möchte ich nicht kommentieren. Wir befinden uns noch am Anfang der Ermittlungen.
TV 2: Geschah der erste Mord nicht bereits vor einer Woche?
Moulin: Madame Krogh Sars wurde Donnerstagabend ermordet – vor weniger als zwanzig Stunden.
Le Monde: Haben Sie Vermutungen hinsichtlich des Motivs für die Morde? Kann das mit dem Reichtum der Familie Krogh zusammenhängen?

Moulin: Bis jetzt deutet nichts darauf hin, aber wir können es natürlich nicht ausschließen.
La Stampa: Ist es richtig, dass die Baronesse Medici Gast des Hotels war, als der zweite Mord begangen wurde?
Moulin: Ich möchte das nicht kommentieren. Warum fragen Sie nicht die Baronesse?

Die Luft im Besprechungsraum wurde immer stickiger, während die Fragen an Moulin abprallten wie Tennisbälle an einer Gartenmauer. Schließlich wandte sich ein Vertreter von VG auf Norwegisch an Bull:

VG: Wie erleben Sie es, als versierter norwegischer Mordermittler mit der französischen Polizei zusammenzuarbeiten?
Bull (auf Englisch): Die Zusammenarbeit läuft ausgezeichnet. Ich erlebe meine französischen Kollegen als überaus professionell. Hauptkommissar Moulin spart ganz offensichtlich weder an Ressourcen noch persönlichem Einsatz, um diesen äußerst schwierigen Fall zu lösen.

Jean Moulin richtete sich ein wenig auf und unterdrückte den Drang, Bull einen dankbaren Blick zuzuwerfen. In der kurzen darauffolgenden Stille nutzte er die Gelegenheit, der Presse für das Interesse zu danken, wischte sich ein letztes Mal über die Stirn und gab einen leisen Fluch über den Hersteller der Klimaanlage von sich.

Jetzt war es an der Zeit, nach vorn zu blicken. Es war der erste Freitag im Monat. Sein Tag, seine Nacht. Im Übrigen im absoluten Einverständnis mit Juliette, seiner Gattin der letzten fünfunddreißig Jahre, die nur froh war, in Ruhe gelassen zu werden.

Moulin hatte die Balkontür weit geöffnet. Der Regen war zusammen mit dem Tageslicht verschwunden, der Abend war angenehm frisch, und der Duft der Bougainvillea vermischte sich mit dem Wohlgeruch der schlafenden Frau neben ihm.

Sandra. So nannte sie sich. Die Wahrscheinlichkeit, dass der Name mit dem in ihrem Pass übereinstimmte, war minimal, aber das spielte keine Rolle. Die Hauptsache war, dass sie den Erwartungen entsprach, die Moulin gegenüber seinem Kontakt in Saint-Tropez geäußert hatte. Zu Hause in Marseille hatte er seine festen Gewohnheiten. Auf Reisen war er abhängig von den Tipps lokaler Kenner. Mit Prostituierten war es wie mit Restaurants – eine einladende Fassade war keine Garantie für ein denkwürdiges Erlebnis. Die besten Huren konnten spüren, welche Vorlieben man im Bett hatte, ohne danach zu fragen. Auf diese Weise wurde es etwas persönlicher, eher ein Stelldichein mit einer heimlichen Geliebten als eine zynische Transaktion.

Aus demselben Grund zog Jean Moulin es vor, die Zusammenkunft mit einer guten Mahlzeit einzuleiten. Das Gespräch während des Abendessens war ganz unkompliziert verlaufen – französische Innenpolitik, Jean Michel Jarre, die Immobilienpreise an der Riviera, die Frühlingsmode. Sandras entspannte Haltung und ihr Sinn für Humor hatten das Ganze wie eine Verabredung wirken lassen. Unschuld. Eroberung. Ein Selbstbetrug, mit dem er leben konnte. Der gesegnete Abschluss eines elenden Tages.

Während er neben ihr lag und ihren gleichmäßigen Atem spürte, konnte er die Schlagzeile des kommenden Tages schon vor sich sehen:

Doppelmord in Sainte-Maxime. Polizei tappt im Dunkeln.

Etwas in der Art.

Lass sie nur machen, dachte er. Er selbst – Moulin – war der Gladiator, während die Journalisten entspannt zurückgelehnt auf der Tribüne saßen. Im Nachhinein würden die Geschichte nur diejenigen in Erinnerung behalten, die für Gerechtigkeit kämpften, und nicht solche, die die Ergebnisse notierten. Moulins Großvater hatte im Rang eines Leutnants gegen die Deutschen gekämpft und an der sagenumwobenen Schlacht an der Somme im Jahr 1916 teilgenommen. Jetzt lag er begraben auf dem Ehrenfriedhof Pont-Noyelles. Seinen Kampfeswillen hatte er den nachfolgenden Generationen vererbt. Albert Moulin, Jeans Vater, war im Zweiten Weltkrieg in der Widerstandsbewegung aktiv gewesen und hatte den Deutschen nur mit knapper Not entkommen können. Nach der Kapitulation der Nazis hatte er sich der Politik gewidmet und war in den Auseinandersetzungen um Algerien und im Kampf für die Fünfte Republik im Jahr 1958 zu einem wichtigen Kampfgenossen de Gaulles geworden. Der ehemalige General hatte in den politischen Streitereien den Sieg davongetragen und Albert Moulin zum Dank für jahrelange Treue mit dem Posten des Bürgermeisters von Marseille belohnt. Dieses Amt hatte er bekleidet, bis die schändliche Volksabstimmung elf Jahre später de Gaulle aus dem Élysée-Palast trieb. Die Familie Moulin war in der Provence hoch geachtet, und Moulin hatte allen Grund, seinen Namen mit Stolz zu tragen. Nicht zuletzt auch den Vornamen. Der Hauptkommissar war nach einem Cousin des Vaters benannt, Jean Moulin, einer Legende, die ihr Leben für den Kampf gegen die Nationalsozialisten hingegeben hatte und zu einem Symbol für die französische Widerstandsbewegung geworden war.

Der etwas weniger berühmte Hauptkommissar Jean Moulin hoffte inständig, dass seine Vorväter ihn vom Himmel aus sehen könnten. Für diesen Fall hatte er keinen größeren Wunsch, als sie stolz zu machen. Er lebte in einer Zeit des Friedens, doch für einen Offizier wie ihn gab es genügend Unrecht, das es zu beseitigen galt.

Mehr als genug.

14

Eymoutiers
Freitag, 12. März 1943

Es war ein Beispiel ausgesuchter Handwerkskunst. Die Klinge war aus feinstem schwedischen Stahl geschmiedet, der Schaft verziert mit Perlmutt von der nördlichen Küste der Bretagne. Das Rasiermesser war Blanches Geschenk zu seinem dreißigsten Geburtstag gewesen, zwei Jahre bevor der Herr sie zu sich genommen hatte. Seit diesem Tag hatte das Messer eine nahezu rituelle Bedeutung für ihn. Fünfundzwanzig Jahre lang hatte Santiago jeden Morgen vor dem Spiegel gestanden und sich die Bartstoppeln des vorangegangenen Tages abrasiert, und das stets mit dem Schatten der Erinnerung an seine Gattin neben seinem eigenen Spiegelbild. Sie war verschwunden, aber diese Minuten um die Zeit des Sonnenaufgangs hatten sie gemeinsam.

Er hatte versucht, die Beerdigung aus seinem Gedächtnis zu löschen, aber die Bilder waren immer noch leuchtend klar. Ein kalter Novemberregen, das ausgehobene Grab auf dem Friedhof von Cotignac, der brennende Blick des Schwiegervaters. Wie durch einen Nebel hatte er Hochwürden Rouiller das Grab einsegnen hören, bevor der Sarg mit Blanche und ihrem ungeborenen Kind in die rotbraune Erde hinabgesenkt wurde. Nur wenige Tage nach der Beisetzung hatte er Cotignac verlassen und war in Richtung Norden aufgebrochen, mit nichts anderem als seiner bleischweren Trauer im Gepäck.

Nach Blanche hatte es andere Frauen gegeben, aber keine konnte aus ihrem Schatten hervortreten. Auch nicht die junge und wunderschöne Simone, die sich ohne zu zögern an einem dampfend heißen Augusttag im Jahr 1929 hinter der Staffelei ausgezogen hatte. Es kam, wie es kommen musste, Hals über

Kopf, Mann über Frau. Auf den Tag genau wurde neun Monate später der Junge geboren, der nun Santiagos Namen trug. Das stürmische Verhältnis hielt knapp zwei Jahre, bis sie eines Tages ihr Auge auf einen jüngeren, wohlhabenden Mann in der Stadt warf, der seinerseits längst zu einer Fußnote in Simones leichtsinniger Geschichte geworden war.

Santiago konnte damit leben. Mutter und Sohn wohnten nur wenige Kilometer entfernt, und niemals verging viel Zeit zwischen den Tagen, an denen Santiago junior dem alten Bauernhaus, das der Vater am Rande von Eymoutiers gemietet hatte, einen Besuch abstattete. Oft ließ Santiago seinen Sohn Farben mischen, oder er ließ sich beim Aufspannen einer Leinwand helfen, und vor schulfreien Tagen übernachtete der Junge bei ihm, wenn die Mutter es erlaubte.

An solchen Abenden konnte Santiago, nachdem der Junge eingeschlafen war, oft stundenlang dasitzen und das friedliche Gesicht unter der wilden schwarzen Mähne betrachten. Manchmal ertappte er sich sogar dabei, völlig sinnlos nach Zügen von Blanche zu suchen, als sei der Junge eine Reinkarnation des Kindes, das mit der Mutter von ihm gegangen war.

Draußen vor dem Fenster dämmerte das Licht eines schönen Wintertages herauf, klar und rein, wie so oft zu dieser Jahreszeit. Ein perfektes Licht, um das Bild der alten Mühle unten am Ufer der Vienne zu vollenden. Nach der Episode mit dem Fauvismus war Santiago langsam zu einem eher gedämpften impressionistischen Ausdruck zurückgekehrt, wobei die Arbeiten Degas' und Monets ihm als Leitsterne dienten. Diese Wendung hatte auch eine praktische Seite. Die Einwohner des Départements Haute-Vienne waren durchweg konservativen Zuschnitts, und wenn sie Geld für die Dekoration ihrer Häuser ausgaben, zogen sie Motive vor, die ihnen verständlich erschienen. Künstlerische Integrität war gut und schön, konnte aber keine leeren Bäuche füllen.

Der Fauvismus als aktive Bewegung war schon vor langer Zeit zu Grabe getragen worden, und Santiagos alter Mentor

Matisse hatte sich zurückgezogen und führte ein ruhiges Leben in Nizza. Santiago hatte ihn vergöttert, als Maler und als Menschen. Auch wenn er hundert Jahre alt würde, könnte er niemals den ersten Frühling in Cotignac vergessen. Die magische Begegnung mit Blanche, die so schön und gut war, dass sie dem lieben Gott als Modell gedient haben könnte, als er das Weib erschuf. Und später dann das ausgelassene Fest anlässlich seines Geburtstages, unter der Regie eines strahlend gelaunten Matisse. Auf Derains Terrasse war der Tisch mit einem ganzen gebratenen Ferkel und einer wahren Armada aus Weinflaschen gedeckt worden, Georges Rouault hatte eine lange und teilweise unzusammenhängende Rede voll lobender Worte gehalten, und Othon Friesz hatte mit der alten Schrotflinte von Derains verstorbenem Großvater einen Salut abgefeuert. Der Höhepunkt war der Augenblick nach dem Essen, als Matisse die feierliche Geschenkübergabe vornahm.

Santiago war sprachlos gewesen. Einzeln betrachtet waren die sieben Dämonen nicht unbedingt das Beste, was diese Giganten gemalt hatten, aber zusammen waren sie ein echter Schatz. Mit der Zeit sogar in doppeltem Sinne.

Im Laufe der vergangenen vierzig Jahre waren sowohl Matisse als auch *maître* Munch zu leuchtenden Sternen am europäischen Kunsthimmel geworden, ihre Bilder wurden für unerhörte Summen gehandelt. Aber selbst in schwierigen Zeiten hatte Santiago niemals in Erwägung gezogen, seine Bilder zu verkaufen. Zusammengenommen waren die Porträts ein Kunstwerk von ausschließlich ideellem Wert und somit unbezahlbar, und Santiago hatte seinem Sohn bereits versprochen, dass sie ihm zufallen würden, wenn er eines Tages von ihm ginge.

Verschwunden war auch André Derain, wenn zwar nicht von der Erdoberfläche, so doch aus dem Kreise derer, denen Santiago Respekt zollte. Hartnäckige Gerüchte besagten, dass der flamboyante Maler sich von den Nazis hofieren ließ und eine offizielle Einladung nach Berlin angenommen hatte.

Die Ideale hatten sich aufgelöst, zusammen mit der Unabhängigkeit Frankreichs.

Nach der Kapitulation des Landes im Jahr 1940 hatten der Verräter Philippe Pétain und seine Vichy-Regierung den Deutschen freies Geleit zugestanden. Pétain hatte die Erniedrigung perfekt gemacht, indem er ein Abkommen unterschrieb, worin festgehalten wurde, dass Frankreich die Anwesenheit der deutschen Truppen selbst finanzieren sollte. Doch erst am 16. Januar dieses Jahres – vor knapp einem Monat – hatte Vichy seinen absoluten Tiefpunkt erreicht: ein Abkommen, das grünes Licht gab für den *Service du travail obligatoire*. Im Kampf gegen Stalins Truppen fielen deutsche Soldaten wie Fliegen, und für jeden Deutschen, der an die Ostfront geschickt wurde, blieb ein Arbeitsplatz in der Heimat unbesetzt. Der STO gab den Nazis das uneingeschränkte Recht, 250 000 Franzosen zwecks Zwangsarbeit in die Höhle des Löwen zu deportieren, in erster Linie junge Männer zwischen achtzehn und einundzwanzig Jahren.

225 von diesen kamen aus Eymoutiers und seinem Umland. Santiago wusste, dass die Männer derzeit in einem Lager zusammengepfercht waren, nur einen Steinwurf vom Bahnhof entfernt und unter strenger Bewachung einer Kompanie der Waffen-SS. In zwei Tagen sollten sie in Viehwaggons gestopft und zu der im Nordosten liegenden deutschen Grenze geschickt werden.

Aber Santiago wusste auch, dass es *Maquisards* gab – französische Widerstandskämpfer –, die sich in den Wäldern bei Eymoutiers versteckten. Und er kannte Georges Guingouin, den Anführer der Maquisards, gut genug, um zu wissen, dass er und seine Männer nicht mit der Maschinenpistole im Schoß dasitzen und dabei zusehen würden, wie die jungen Männer des Départements einem ungewissen Schicksal entgegengingen.

Zwölf Kilometer weiter westlich, nur durch dichten Wald und ein paar versprengte Felder von Eymoutiers getrennt, hielt sich eine Handvoll Männer in einem provisorischen Lager im Schatten eines Felsrückens auf. Die Nacht war kalt gewesen, und erst in der Dämmerung hatten sie gewagt, ein kleines Feuer zu entfachen, wohl wissend, dass der Rauch sich aufgelöst haben würde, bevor er die Baumkronen erreichte. Die neun Männer trugen zivile Winterkleidung verschiedener Art, doch alle hatten die gleiche Kopfbedeckung: eine schwarze Baskenmütze.

Auch ihre Bewaffnung war nicht einheitlich. Drei Sten Guns, zwei Mauser Modell 98k, zwei MP 40, zwei Welrod 9-mm-Pistolen, zwei Schrotflinten und eine deutsche Luger. Nicht gerade ein Arsenal, das eine Kompanie der Waffen-SS veranlassen könnte, sich in die Hosen zu machen. Das einzige schwere Geschütz lag auf dem Boden zwischen den Männern, ein Exemplar der in Deutschland produzierten RPzB 54, die die Deutschen *Panzerschreck* getauft hatten. Die Waffe war eine etwas gröbere Ausgabe der amerikanischen Bazooka und verschoss von Raketen angetriebene Granaten, die einen Panzer glatt in zwei Teile schneiden konnten. Es gab jedoch ein Problem: Die Maquisards besaßen keine Munition für dieses Monster, und die Chance, an solche Granaten heranzukommen, war gleich null. London hatte für die nahe Zukunft Waffen und Munition per Fallschirmabwurf versprochen, doch nur die Deutschen stellten die 88mm-Granaten für den Panzerschreck her. So, wie die Waffe jetzt dalag, war sie bloß ein Rohr aus deutschem Stahl.

Perfekt für die Bombe, die sie brauchten.

Eine Weile hatte Georges Guingouin mit dem Gedanken gespielt, die 225 Gefangenen zu befreien, ihn dann jedoch wieder verworfen. Das Lager wurde von einer Truppe bewacht, die viermal mehr Männer zählte als die Maquisards und darüber hinaus viel besser bewaffnet war. Es gab nur eine gute Lösung. Sie mussten den Transport mit dem Zug aufhalten.

Hier draußen im Wald, gegen den Stamm einer Eiche gelehnt und mit einem Kaffeebecher in den Händen, erinnerte Guingouin viel mehr an den Chemielehrer, der er gewesen war, als an den Guerillakrieger, zu dem er geworden war. Weder der zierliche Körperbau noch die winterliche Blässe oder die starken Brillengläser in dem dunkelbraunen Gestell hatten dazu geführt, dass die Maquisards sich um ihn geschart und ihm den Spitznamen *Fuchs* gegeben hatten. Angesichts der gigantischen Übermacht der Nazis war strategisches Geschick weitaus wichtiger als harte Muskeln, und keiner war schlauer und taktisch gewiefter als der überzeugte Kommunist Guingouin.

René Vaujour kam aus dem Buschwerk hervor und fummelte an seinem Hosenschlitz herum, nachdem er die Morgentoilette beendet hatte. Vaujour war der Stellvertreter Guingouins, ein bärtiger Riese von fast zwei Metern Länge, mit einer Vergangenheit als Redakteur einer linksorientierten Regionalzeitung. Er nahm die Kanne vom Feuer und füllte seine Blechtasse, blies auf das glühend heiße Getränk und starrte in die spärlichen Flammen. Guingouin wusste, was seinen Kameraden beschäftigte. Die beiden hatten sich am Abend zuvor einen hitzigen Schlagabtausch über die Planung ihrer Aktionen geliefert, und danach war jeder, ohne von seinem Standpunkt abzuweichen, in den Schlafsack gekrochen.

Vaujours Körpersprache verriet, dass er seinen Standpunkt im Laufe der Nacht nicht geändert hatte.

»Zweifelst du immer noch?«, fragte Guingouin leise.

Vaujour drehte sich um und durchbohrte den anderen mit seinem Blick.

»Ja, zum Teufel! Drüben in Ussel haben die Schweine drei Zivilisten aufgehängt, weil Texcier eine deutsche Heupresse in die Luft gesprengt hat. Hörst du, was ich sage? *Eine verdammte Heupresse.* Wir reden hier aber von einer Eisenbahnbrücke, Georges. Wie viel Unschuldige sollen denn dann dafür büßen?«

»Du vergisst, dass auch ein deutscher Wachsoldat draufgegangen ist, als es in Ussel geknallt hat«, sagte Guingouin. »Die Deutschen haben drei für einen gefordert. Die haben eine ganz eigene Mathematik, wenn es um Menschenleben geht.«

»Und wenn dann die Brücke in Ruinen liegt, glaubst du also, dass die Deutschen nur verdutzt herumlaufen und die ganze Geschichte vergessen?«

»Die werden natürlich ihre Jagd nach uns verstärken.«

Vaujour schnaufte verächtlich.

»Ich fürchte, *du* bist es, der hier eine eigene Mathematik hat, Georges. Das Problem ist nämlich, dass morgen dann vielleicht zehn Zivilisten auf dem Marktplatz von Eymoutiers hängen, falls du dich verrechnest.«

Guingouin ließ den Blick über die anderen sieben Maquisards gleiten, die am Feuer saßen und die Diskussion wortlos verfolgten: Albert, Jacques, Maurice, Christian, Léon, Paul und Victor. Alle zwischen zwanzig und dreißig Jahre alt.

»Und wenn wir *nichts* unternehmen, dann enden 225 junge Männer aus dem Département in deutschen Arbeitslagern«, gab Guingouin zurück. »Wie viele von denen werden dann wohlbehalten zurückkommen? 100? 150? Du hast recht, René, ich habe meine eigene Mathematik.«

Vaujour breitete resigniert die Arme aus. Doch der eingefleischte Demokrat in ihm unternahm einen letzten Versuch.

»Abgesehen von Daniel, der mit seinem gebrochenen Bein zu Hause bei Madame Verlaque liegt, sind wir hier neun Männer«, sagte er. »Entweder stimmen wir per Handzeichen ab, oder ich wasche meine Hände später in Unschuld. Und Anführer hin oder her, du hast bloß eine Stimme, Georges.«

Guingouin sah ihn lange an. Die beiden kannten einander seit Kindertagen, und wenn es etwas gab, das Guingouin respektierte, dann war das eine Mehrheitsentscheidung sowie Menschen, die für ihre Ansichten eintraten.

»Das ist nur fair«, sagte er und wandte sich an die anderen Maquisards. »Ihr habt die Argumente gehört, Leute. Wer von euch ist dagegen, die Brücke zu sprengen?«

Demonstrativ hielt Vaujour die Hand besonders hoch. Die anderen sieben, die bis jetzt geschwiegen hatten, blickten einander an. Zögernd hob Maurice den Arm. Sekunden später folgte Christian seinem Beispiel. Beide vermieden sorgfältig, Guingouin dabei anzusehen. Völlige Stille breitete sich aus. Nur das leise Knistern des dahinsterbenden Feuers und das nervöse Räuspern von Maurice waren zu hören.

»Noch jemand dagegen?«, fragte Guingouin.

Niemand rührte sich. Irgendwo in den Baumwipfeln über ihnen ertönte das heisere Krächzen einer Nebelkrähe.

»Gott helfe uns«, sagte René Vaujour.

Sie verbrachten den restlichen Tag in ihrem Versteck.

Guingouin unternahm behutsame Versuche, seinen Kameraden Vaujour aufzumuntern, aber der Riese gab sich unnahbar. Oben auf dem Felsrücken hielten Jacques und Paul abwechselnd Wache, während die anderen die Waffen reinigten und die Rohrbombe präparierten. Die Konstruktion war banal einfach. Das Rohr der RPzB wurde mit Schwarzpulver gefüllt und die Enden dann mit Blei versiegelt. An einem Ende befand sich ein kleines Loch, woran die Männer eine langsam brennende Lunte befestigen konnten, sobald sie am Fuße der Brücke eingetroffen wären. Guingouin und Vaujour wussten, dass der Transport des Rohrs ein gewisses Risiko barg, da sich das Pulver bei Erschütterung selbst entzünden konnte. Die neun Maquisards mussten sich daher auf Zehenspitzen durch den dichten, nachtschwarzen Wald bewegen, was bedeutete, dass sie bis hinüber zum Viadukt fünf bis sechs Stunden brauchen würden.

Gegen fünf Uhr nachmittags nahmen sie eine einfache Mahlzeit ein: gepökeltes Fleisch, kalte Kartoffeln und Wasser aus der Feldflasche. Guingouin verteilte kleine, übelriechende Zigarillos an alle, die rauchen wollten, und wünschte sich inbrünstig, er hätte einen Schuss Cognac oder Eau-de-vie zum Kaffee nehmen können. *Aber jetzt geht es um Schwarzpulver und einen Marsch durch den Wald*, rief er sich in Erinnerung, besser, den Kopf klar und das Gleichgewicht intakt halten. Santiago würde ihnen mit Sicherheit einen Schnaps anbieten können, wenn alles vorbei war und sie sich in seinem Haus wiedertrafen.

Guingouin betrachtete Santiagos – wenn auch nur indirekte – Beteiligung mit gemischten Gefühlen. Guingouin senior war bis zu seinem Tod einer der engsten Freunde des Malers gewesen, und obwohl seine Mittel sehr beschränkt waren, hatte Santiago der Witwe Guingouin und dem Sohn stets ein paar Francs zugesteckt, wenn er sie erübrigen konnte. Die SS hatte bereits zwei willkürliche Hausdurchsuchungen bei Gaillard durchgeführt, ohne auch nur eine Baskenmütze zu finden. Santiagos Bauernhaus wäre demnach kaum der Ort, an dem die Deutschen zuerst suchen würden. In Georges Guingouins Augen war dies ein Teil der Natur des Krieges – alle mussten bereit sein, für Volk und Vaterland größere und kleinere Opfer zu bringen.

Die Abenddämmerung setzte ein. Die Schatten der Männer verschmolzen mit denen der Bäume im Wald und lösten sich schließlich auf. Auch die Krähe über ihren Köpfen war zur Ruhe gekommen und brütete vermutlich die ersten Eier aus. Die Männer mussten sich zum Abmarsch bereit machen. Léon Pineau, Sohn eines Försters und daher vertraut mit jedem Fleckchen Wald und Wiese zwischen Limoges und Clermont-Ferrand, sollte die Kolonne anführen. Das Rohr würden sie abwechselnd tragen. Wobei es völlig egal war, an welcher Stelle man sich gerade befand, falls es dem Teufelswerk unterwegs einfallen sollte zu explodieren.

Größere und kleinere Opfer.

Er trug den Namen seines Vaters, aber niemandem in Eymoutiers wäre eingefallen, Santiago anders als bei seinem Kosenamen Tigo zu rufen. Der schlaksige Zwölfjährige stand vor dem Tabakladen des alten Augustin und starrte auf das Filmplakat, das an der Innenseite des Schaufensters klebte:

»LES AVENTURES DE ROBIN DES BOIS«.

Als Tigo noch klein war, hatte ihm der Vater oft vorgelesen, und niemals hatte sich der Junge an den Abenteuern der gesetzlosen Männer im Wald von Sherwood satthören können. Nun war der Film mit Errol Flynn in der Hauptrolle auf dem

Weg nach Eymoutiers, wo er am Montagabend im Gemeindesaal gezeigt werden sollte.

Eingehend studierte er das Plakat, von der Feder an Robins grünem Hut bis zum wunderschönen Gesicht der Jungfer Marian. Ganz unten, handgeschrieben auf einem weißen Feld, stand das Einzige, was ihm nicht gefiel. Die Eintrittskarten für die Vorstellung kosteten 50 Centimes, für Tigo ein kleines Vermögen. Er musste seine Eltern überreden. Vielleicht am besten die Mutter, da er wusste, dass sein Vater seit langem kein Bild mehr verkauft hatte.

Als Tigo das letzte Mal bei seinem Vater über Nacht geblieben war, hatte der ein wenig zu tief in den Weinballon geschaut, der für gewöhnlich in der Speisekammer stand. Bevor der Junge an diesem Abend eingeschlafen war, hatte der Vater ihm anvertraut, dass es in den Wäldern bei Eymoutiers eine Bande gebe, die Robins Vertrauten durchaus ähnele. Eine Gruppe mutiger Männer, die den Schwachen im Kampf gegen die Starken beistehe. Er war sogar so weit gegangen, den Sheriff von Nottingham mit Obersturmführer Otto Wittmann zu vergleichen, dem Befehlshaber der deutschen Kompanie, die sich in dem Städtchen aufhielt. Am nächsten Morgen hatte Santiago senior dem Jungen eingeschärft, alles zu vergessen, was er zuvor gehört hatte. Zwar war es Tigo nicht möglich, zu vergessen, nichtsdestotrotz hatte er dem Vater geschworen, das Geheimnis für sich zu behalten. Mit einem letzten sehnsüchtigen Blick auf das Plakat riss er sich los und lief dann zum Fluss hinunter, um Sylvain zu treffen.

Sylvain Flaubert saß dort, wo er immer saß, auf einer Steinplatte unter den Resten des alten Fähranlegers. Solange Tigo zurückdenken konnte, war Sylvain sein bester Freund gewesen. Zwar waren die Jungen am selben Tag geboren worden und wohnten in derselben Straße, aber damit endeten auch schon die Gemeinsamkeiten der beiden. Dank eines florierenden Großhandels mit Landwirtschaftsmaschinen gehörten die

Flauberts zu den wohlhabenden Familien des Städtchens. Darüber hinaus war Sylvain anderthalb Köpfe größer als sein Kamerad, was er, wenn sie das Leben der Gesetzlosen nachspielten und die Rollen verteilt wurden, stets teuer bezahlen musste. Henri, der gut genährte Sohn des Bäckers, war wie geschaffen für die Rolle des Bruder Tuck, wohingegen Tigo stets in Robins Kleidung schlüpfte, während Sylvain nichts anderes übrigblieb, als sich mit dem Riesen *Petit Jean* zu begnügen.

»Du kommst spät«, sagte Petit Jean leicht gereizt.

»Sorry.«

»Hast du das Geld?«

»Hab mich noch nicht getraut zu fragen.«

»Dann stiehl es. Wir sind doch Gesetzlose, verdammt.«

»Robin hat die Reichen bestohlen, du Dummkopf. Dann müsste ich ja deinen Vater berauben.«

»Meinetwegen gern, aber lass dich bloß nicht erwischen«, sagte Sylvain mit düsterem Blick. »Er würde den Teufel aus dir rausprügeln. Und sicherheitshalber auch gleich aus mir.«

Es war kein Geheimnis, dass Flaubert senior den Jungen für das kleinste Vergehen bitter büßen ließ. Tigo hatte sich schon gefragt, ob vielleicht das Geld die Menschen so gemein machte. Jedenfalls wäre das eine Erklärung dafür gewesen, dass *sein* Vater so nett war. Sylvain schob eine Hand in die Tasche und zog ein zerknittertes Zigarettenpäckchen heraus.

»Willst du eine?«

Tigo schüttelte entschieden den Kopf.

»Wenn meine Mutter Qualm riecht, kann ich das Geld für den Film vergessen.«

Sylvain entzündete die Kippe und sog den Rauch vorsichtig ein. Beim ersten Mal hatten sie nach ein paar Zügen gekotzt wie die Reiher. Jetzt ging es besser.

»Ich hab über das mit Robin und Marian nachgedacht«, sagte Sylvain, während er sich an einem Rauchring versuchte, was ihm allerdings misslang; der Rauch löste sich im Luftzug des Flusses schnell auf.

»Worüber nachgedacht?«

»Ob sie's miteinander treiben.«

Tigo sagte nichts. Ohne genau zu wissen, warum, missfiel ihm der Gedanke.

»Und jetzt weiß ich die Antwort«, fuhr Sylvain triumphierend fort.

»Nämlich?«

»Negativ. Erklärt sich doch von selbst. *Jungfer* Marian, nicht wahr?«

Tigo nickte verunsichert. Bedeutete Jungfer nicht, ein guter Mensch zu sein? Es waren doch wohl nicht nur böse Menschen, die es miteinander trieben?

»Ich hab mich auch was anderes gefragt«, sagte Sylvain.

»Was denn?«

»Ob Petit Jean nicht auch eine Frau haben sollte. Also, weil Robin eine hat, meine ich.«

Tigos Nase fing an zu vibrieren wie bei einem Kaninchen. Das passierte immer, wenn er etwas hörte, das ihm nicht gefiel.

»Du hast das Buch doch gelesen«, sagte er. »Marian ist die einzige Frau im Sherwood Forest.«

»Na und?«, blaffte Sylvain, während er gleichzeitig den Rauch ausstieß. »Man darf doch wohl ein bisschen dazudichten, oder? Und wer sagt überhaupt, dass der Rest der Geschichte wahr ist?«

»Natürlich ist sie wahr«, erwiderte Tigo. »So was kann doch wohl niemand *erfinden*.«

Sie stritten sich eine Weile darüber, bis Tigo schließlich entdeckte, dass die Sonne die Baumwipfel auf der anderen Flussseite erreicht hatte.

»Wie spät ist es?«

Sylvain schob seinen Jackenärmel hoch. Er war der einzige Junge in der Klasse, der eine Armbanduhr besaß. Sein Vater strafte mit der einen Hand und belohnte mit der anderen.

»Bald sechs.«

Tigo sprang auf.

»Ich muss los. Lucien kommt immer gegen sieben.«

»Ich komme mit«, sagte Sylvain. »Wenn ich zu spät zum Abendessen komme, wird der Alte wieder stinksauer.«

Sie nahmen den Kiesweg am Fluss entlang. Der Weg war zwar etwas länger, aber dafür viel angenehmer als die Straßen, wo deutsche Soldaten, sofern sie dienstfrei hatten, über Pastis-Gläser gebeugt saßen und vergebliche Versuche unternahmen, sich bei den jungen Damen des Städtchens einzuschmeicheln. Die Jungen hatten gerade Philemons Schmiede passiert, als sie es entdeckten. Eine kleinwüchsige oder vielleicht noch nicht erwachsene getigerte Katze, mit braunen, schwarzen und weißen Streifen im verfilzten Fell. Das Tier lag am Straßenrand und hatte die Pfoten unter sich zusammengezogen, als versuchte es, sich so klein wie möglich zu machen. Der Körper hob und senkte sich fast unmerklich. Die Lider des Tieres zitterten leicht, und die goldbraunen Augen starrten ausdruckslos in die Luft, ohne sichtbares Interesse für die Jungen.

»Sie muss krank sein«, sagte Tigo leise.

Sylvain schüttelte den Kopf.

»Nein, die wurde angefahren«, sagte er. »Oder getreten, von so 'nem Nazischwein.«

»Wir müssen versuchen, ihr zu helfen«, sagte Tigo.

Er starrte das räudige Tier an und merkte kaum, wie Sylvain sich hinter seinem Rücken zu schaffen machte. Als Tigo sich umdrehte, stand sein Freund mit einem Stein in der Größe eines Rugbyballs in der Hand da.

»Was hast du vor?«, fragte Tigo ungläubig.

»Der Katze helfen.«

Bevor Tigo reagieren konnte, war der Freund einen Schritt vorgetreten und hatte den Stein in Kopfhöhe angehoben.

»Sylvain … *Nein!*«, schrie Tigo mit dünner Stimme.

Der Stein fiel.

Tigo rannte los und bekam überhaupt nicht mehr mit, dass Sylvain ihm nachrief. Zu Hause angekommen, schloss er sich draußen auf dem Plumpsklo ein und blieb dort mucksmäuschenstill sitzen, bis er wieder normal atmen konnte und die Tränen getrocknet waren. Nachdem er einigermaßen zu sich gekommen war, löste er den Haken von der Klotür, überquerte den Hof und schlich sich durch den Hintereingang in die Küche.

Simone stand neben dem Ausgussbecken vor dem Spiegel. Sie summte eine heitere Melodie, während sie ihr Haar mit gleichmäßig rhythmischen Bewegungen bürstete. Die langen braunen Locken glänzten im Schein der Deckenlampe. Für einen Augenblick schoss Tigo der Gedanke durch den Kopf, dass seine Mutter der Jungfer auf dem Plakat ähnelte. Anscheinend war sie heute Abend besonders guter Laune. Tigo sah die Erfüllung seines Traums am Horizont heraufdämmern.

Mit schräg zur Seite gelegtem Kopf fuhr Simone noch ein paar Mal mit der Bürste durch ihre üppige Mähne, bevor sie sich umdrehte und ihren Sohn wie immer auf beide Wangen küsste. Plötzlich runzelte sie die Stirn und erforschte das blasse Gesicht des Sohnes.

»Ist alles in Ordnung mit dir, *chéri?*«

Tigo nickte nachdrücklich, um jeden Verdacht von vornherein auszulöschen. Jetzt konnte er genauso gut gleich vorpreschen, dachte er und brachte sein Anliegen vor. Ohne die Haarbürste loszulassen, verschränkte Simone die Arme vor der Brust und sah ihn auf eine Weise an, die nichts Gutes verhieß.

»50 Centimes!«

Sie sprach die Summe aus, als handele es sich um alles Gold der Schatzinsel.

»Um einen Film über eine Geschichte anzusehen, die du von früher schon kennst? Bist du verrückt geworden, Tigo? Und wovon soll ich dann Fleisch und Brot kaufen? Außerdem kommt Lucien heute zum Abendessen. Ich kann ihm doch schließlich kein Wasser zum Essen servieren, oder was meinst du?«

Da irrte sich die Mutter. Tigo fand nämlich, dass Wasser mehr als ausreichend für Lucien war, aber das sagte er natürlich nicht laut. Lucien war der neue »Freund« der Mutter, ein aalglatter Typ, der acht Jahre jünger als sie war und seinen Lebensunterhalt als Kellner im Le Coq Fier in Limoges verdiente. Schamlos prahlte er damit, wie gut es im Wirtshaus lief, nachdem die Deutschen in die Stadt gekommen waren, und wie großzügig die deutschen Offiziere Trinkgelder gaben. Er selbst kam jedes Mal mit leeren Händen, wenn er Simone besuchte. Kein Blumenstrauß für Tigos Mutter und auch keine Flasche Wein fürs Abendessen. Er pflanzte sich bloß einfach immer in den besten Sessel und nebelte mit seinen Zigaretten die kleine Wohnung ein, während er darauf wartete, dass das Essen fertig wurde.

Die Kurzbesuche waren auszuhalten, aber wenn Lucien freitags auftauchte, blieb er in der Regel das ganze Wochenende bei ihnen. In diesen Stunden zog Tigo es vor, zu seinem Vater zu gehen, und weder Lucien noch die Mutter schienen etwas dagegen zu haben, dass er verschwand.

15

Samstag, 13. März 1943

Der Knall war so laut, dass er die Toten aller Kriege hätte aufwecken können.

Halb taub geworden, sahen die Maquisards, wie der Brückenpfeiler für einen Augenblick in der Luft zu schweben schien, bevor 150 Tonnen Granit sich dem Gesetz der Schwerkraft beugten. Meterhohe Wassersäulen streckten sich in den Himmel, als die riesigen Gesteinsblöcke, gefolgt von einem Regen kleinerer Steine, in den Fluss stürzten. Die Zugschienen blieben wie zwei Striche im blassen Licht des Mondes auf halbem Weg in der Luft hängen.

Die neun Männer gönnten sich nur ein paar Sekunden leisen Triumphs und verbargen sich dann schnell im dichten Buschwerk am Ufer. Innerhalb weniger Minuten würde es am Viadukt von deutschen Soldaten nur so wimmeln. Die Jagd nach den Saboteuren würde unbarmherzig sein. Zum Glück jedoch ohne Beteiligung der beiden Schäferhunde der Kompanie. In der Nacht zuvor hatte sich Guingouins jüngerer Bruder Roland unbemerkt von den Deutschen zum Hundezwinger schleichen können und den gefräßigen Bestien blutige, mit einer exakt berechneten Dosis Rattengift versehene Fleischstücke serviert. Kleinere und größere Opfer, wie der Tierfreund Guingouin sie erinnerte, als sie den Plan geschmiedet hatten.

Ein paar hundert Meter nördlich des Viadukts überquerten sie den Fluss an einer mit Steinen markierten Furt, woraufhin der Pfadfinder Léon die Gruppe in Richtung Osten durch einen dichten Mischwald lotste. Hier drinnen war es so dunkel, dass jeder nur den Rücken seines Vordermanns zur Orientierung hatte. Um zu überprüfen, ob auch niemand abhanden gekommen war, legten sie in regelmäßigen Abständen einen kurzen Halt ein. *Danket Gott für Léon,* dachte Guingouin an seinem Platz ganz hinten in der Reihe.

Nach einer guten Stunde nahmen sie sich auf einer von Moos überwucherten Lichtung Zeit für eine längere Pause und tranken aus den Feldflaschen. Guingouin nahm kurz seine Baskenmütze ab, wischte sich mit dem Jackenärmel den Schweiß vom Kopf und sah auf die Uhr. *03.40.* Wenn Léon den richtigen Kurs beibehielt, würden sie das Bauernhaus von Gaillard noch vor Anbruch der Dämmerung erreichen. Santiago hatte ihnen Unterschlupf versprochen, bis sich der erste Staub gelegt hätte. Ihrer Erfahrung nach würden die Nazis davon ausgehen, dass sich die Saboteure irgendwo im Wald zwischen Eymoutiers und Limoges versteckten. In diesem Fall würden sie zwei oder drei Kompanien der deutschen Garnison in Limoges herbeirufen und das betreffende Waldgebiet in einem klassischen Kneifzangenmanöver einkreisen. Guingouin hoffte, er würde recht behalten. Die Deutschen würden jede Menge Zeit und Mannschaften auf die Jagd nach ein paar Gespenstern im Wald verschwenden, während die Maquisards unter Santiagos Dach neue Kräfte sammelten.

Der Plan hatte nur einen Schwachpunkt. Einen *möglichen* Schwachpunkt, wie Guingouin sich selbst berichtigen musste: Der zwanzig Jahre alte Daniel Marin, der mit einem gebrochenen Bein auf dem Dachboden von Madame Verlaque lag. Daniel war der Einzige, der wusste, wo sich die Maquisards verstecken würden, nachdem die Brücke genommen wäre. Die Chance, dass die Deutschen ihn fänden, war minimal, allerdings konnte Guingouin für diesen Fall nur hoffen, dass der Junge den alten Nagant-Revolver benutzte, der unter der Matratze in seiner provisorischen Krankenstube lag.

SS-Obersturmführer Otto Wittmann hätte eigentlich außer sich sein müssen vor Wut. Zumindest doch mächtig gereizt, dachte Hauptscharführer Ulrich Kranz, als er in strammer

Haltung vor dem Kompaniechef stand. Die Tatsache, dass Wittmann jetzt – nur wenige Stunden nach dem Anschlag auf das Viadukt – so entspannt zurückgelehnt hinter seinem Schreibtisch saß und ein sardonisches Lächeln seine Lippen zierte, war beunruhigend. Kranz war davon überzeugt, dass mit Wittmann grundsätzlich etwas nicht stimmte. Nicht in militärischer Hinsicht – das keineswegs. Nachdem Otto Wittmann die Offiziersschule in Bald Tölz 1941 als bester Absolvent verlassen hatte, war er der Waffen-SS beigetreten und hatte eine Blitzkarriere hingelegt. Es war nur eine Frage der Zeit, bis das Eichenlaub an seinem Revers stecken und er die Verantwortung für sein eigenes Bataillon bekommen würde. Niemand zog Wittmanns fachliche Qualifikation in Zweifel.

Es war der mentale Zustand des Obersturmführers, der Kranz Sorgen bereitete.

Ulrich Kranz' Vater war Professor für Psychologie an der Universität Tübingen und hatte oft über die fünf grundlegenden Emotionen des Homo sapiens gesprochen: Freude, Trauer, Hass, Wut und Furcht. Im Laufe der Evolution hatte sich ein komplexes Register entwickelt: Eifersucht, Empathie, Scham und Reue waren hinzugekommen. Der Professor hielt die fünf Grundemotionen allerdings für die interessantesten, weil sie etwas wie Kriterien für menschliche Normalität darstellten. Fünf Emotionen und fünf Sinne. Waren diese intakt – jedenfalls bis zu einem gewissen Grad –, konnte man davon ausgehen, dass der Betreffende »bei Sinnen« war, wie man gemeinhin sagte.

Was die Sinne betraf, schien bei Otto Wittmann alles in schönster Ordnung zu sein. Mit seinen Emotionen hingegen verhielt es sich etwas anders. Bislang hatte Kranz nur eine einzige registrieren können: Hass.

Wittmanns Verachtung für Juden und Slawen konnte mitunter sogar den Führer höchstpersönlich wie einen vergleichsweise fürsorglichen Rabbiner erscheinen lassen. Kranz hatte im Frühjahr und Sommer 1942 zusammen mit Otto Wittmann im Vernichtungslager Belzec Dienst getan und mit ansehen müssen, wie der Begriff Bosheit eine völlig neue Bedeutung bekam. Mit einer Fläche von etwas über 70 000 Quadratmetern war Belzec wesentlich kleiner als die Todeslager in Treblinka und Sobibor. Der Grund dafür war einfach: Die Gefangenen sollten nicht interniert werden. Die polnischen Juden, die hierher verschleppt wurden – hauptsächlich aus den Ghettos von Krakau, Lublin und Lwów –, wurden unmittelbar aus den Güterwaggons in die sechs Gaskammern geleitet. Um die Effizienz des Lagers zu erhöhen, hatte der Konstrukteur, Odilo Globocnik, ein Nebengleis anlegen lassen, das direkt vom Bahnhof in Belzec in das Lager hineinführte. Die Logistik war so schlicht, dass man sogar auf ein Krematorium verzichtet hatte. Die Leichen wurden mit Bulldozern in Massengräber geschaufelt, mit Kalk bestreut und danach mit einer Schicht Sand und Erde bedeckt. Hier in Eymoutiers, fast 2000 Kilometer entfernt und viele Monate später, konnte Kranz noch immer den unbeschreiblichen Gestank wahrnehmen, der die Offiziersbaracken eingehüllt hatte, wenn die Erdkruste in der Sommerhitze Risse bildete.

Der Kommandant des Lagers Belzec war in jenem Sommer ein Mann namens Gottlieb Hering gewesen, ein alkoholabhängiger SS-Hauptsturmführer mit einer aktiven Vergangenheit in der NSDAP und bei der »Aktion T4«. Hering verbrachte große Teile des Tages in Gesellschaft einer Flasche schottischen Whiskys und überließ das meiste daher seinem Adjutanten: Otto Wittmann.

Es herrschte kein Zweifel daran, dass Wittmann seine erweiterten Vollmachten auskostete. Der damalige Sturmscharführer war in seiner frisch gebügelten Uniform stets zur Stelle, wenn die Türen der Güterwaggons aufgerissen wurden und die nichtsahnenden Gefangenen ins Tageslicht taumelten. Besonders ein Erlebnis hatte sich in Kranz' verhärtetes Gedächtnis eingebrannt, ein früher Nachmittag im Juli, als die Sonne wie eine weißglühende Münze am Himmel stand und die Ausdünstungen der verfaulenden menschlichen Körper aus den Sandschichten hervordrangen und sich mit dem Hitzedunst vermischten.

An jenem Tag waren ungewöhnlich viele Kleinkinder unter den neu angekommenen Gefangenen gewesen. Unter den Augen der zitternden Mütter hatte Wittmann die kleinen Köpfe gestreichelt, dabei sein seltsames Halblächeln aufgesetzt und dann den Kommandoführer zu einer Runde *Ziel oder Zahlen* aufgefordert. Zum ersten Mal sollte Kranz Zeuge dieses grotesken Spiels werden, so herzlos, dass sogar SS-Reichsführer Himmler eine Augenbraue hochgezogen haben soll, als ihn die entsprechenden Gerüchte in Berlin erreichten.

Kranz hatte kaum seinen Augen trauen können. Nachdem er die Mütter nur wenige Meter entfernt hinter einen Stacheldrahtzaun getrieben hatte, packte der Kommandoführer das erste Kind an den Beinen und hielt es am ausgestreckten Arm kopfüber in die Höhe. Wittmann wich fünfzehn Schritte zurück, blieb dann stehen und zog seine Dienstpistole. Die Regeln bei *Ziel oder Zahlen* waren einfach: Alles andere als ein glatter Kopfschuss bedeutete für den Kommandoführer fünf Reichsmark. Traf Wittmann hingegen beim ersten Versuch, fiel der Betrag ihm zu.

Ulrich Kranz hatte in der flimmernden polnischen Hitze dagestanden und war erstarrt. Er hatte die verzweifelten Schreie der Mütter gehört und Otto Wittmann einen Nettogewinn von fünfundzwanzig Reichsmark einstreichen sehen.

»Georges Guingouin«, sagte Otto Wittmann und biss sich nachdenklich auf die Lippe.

Kranz war nicht sicher, ob es sich dabei um eine Frage oder einen Fluch handelte, also sparte er sich die Antwort.

»Wer sollte diese verdammte Brücke sonst in die Luft gesprengt haben?«, fügte Wittmann rhetorisch hinzu und erhob sich von seinem Schreibtischstuhl. »*Der Fuchs*, wird er nicht so genannt? Was wissen Sie über Füchse, Ulrich?«

»Nicht viel, fürchte ich, Herr Obersturmführer«, erwiderte Kranz. »Abgesehen davon, dass sie Hühnerhöfe überfallen, wenn sie ein Loch im Zaun finden.«

Schon in der nächsten Sekunde bereute er seine Bemerkung, weil er fürchtete, dass Wittmann sie als überflüssige Metapher auffassen könnte. Aber der Kompaniechef schien sie überhört zu haben. Er ging um den Schreibtisch herum, wischte sich mit dem Zeigefinger einen unsichtbaren Fleck von einem seiner Schaftstiefel und trat an das auf den Burghof weisende Fenster. Das hübsche Gebäude aus dem 18. Jahrhundert, in dem sie sich aufhielten, diente in Friedenszeiten als städtisches Rathaus. Jetzt gehörte es ihnen.

»Mindestens zwei Ausgänge«, sagte Wittmann mit dem Rücken zu Kranz.

Zwei Ausgänge? Wovon faselte der Mann? Wittmanns Neigung, in Halbsätzen zu sprechen, ging Kranz zeitweilig ziemlich auf die Nerven.

»Der Fuchs«, sagte Wittmann und drehte sich um, »ein räudiges und feiges Geschöpf, aber alles andere als dumm. Er hat immer zwei Ausgänge aus seinem Bau. Auf diese Weise kann er verschwinden, wenn unerwünschter Besuch erscheint. Wo werden sich Guingouin und seine Maquisards jetzt wohl verstecken, Ulrich?«

»Irgendwo in den Wäldern bei Limoges, vermutlich.«

»Ein gutes Stück entfernt von Eymoutiers, nicht wahr?«

»Das ist wohl anzunehmen, Herr Obersturmführer. Sie hatten einige Stunden Zeit, und ohne die Hunde …«

Wittmann schnippte mit den Fingern, so laut, dass Kranz schon fast Haltung annehmen wollte.

»Genau!«, sagte Wittmann. »Wollen wir doch mal unsere *Annahmen* weiterspinnen, Herr Hauptscharführer. Lassen Sie uns annehmen, ich hätte beschlossen, den Papst zu ermorden. Ich schleiche mich mitten in der Nacht in die päpstliche Schlafkammer und schneide dem vermeintlichen Stellvertreter Gottes mit meinem Bajonett die Kehle durch.«

Kranz schluckte. Offenbar stand es schlimmer um Wittmann, als er befürchtet hatte.

»Wissen Sie, wo ich mich nach dem Mord verstecken würde, Ulrich?«

Wittmanns eisblaue Augen leuchteten vor Eifer. Oder aus reiner Mordlust? Für den Obersturmführer rangierten die Katholiken nicht allzu weit über den Juden.

»In den Katakomben unter dem Vatikan. Wo die Vorgänger des Papstes begraben liegen«, fuhr Wittmann fort, ohne auf eine Antwort zu warten. »Zeigen Sie mir das Polizeikorps, das auf die Idee käme, im Keller des Opfers nach dem Mörder zu suchen.«

»Sie meinen …«, setzte Kranz an.

»Ich meine, wenn ich Guingouin wäre – was Gott verhüten möge –, würde ich mich hier in Eymoutiers verstecken und darauf hoffen, dass Sie und ich die nächsten Wochen damit verbringen, die Wälder von hier bis zum Golf von Biskaya zu durchkämmen.«

Kranz schwieg. Der Obersturmführer war vielleicht verrückt, aber der Gedanke war gut. Ausnahmsweise blieb Wittmann abwartend stehen, als sei er der Ansicht, dass Kranz den aufgenommenen Faden nun unbedingt weiterspinnen müsse.

»Ich könnte mit Giraud reden«, sagte Kranz.

Bedauerlicherweise hatte Bertin Giraud seine Seele vor zwei Monaten dem Teufel verkauft. Einerseits infolge seines schwachen Charakters und andererseits aufgrund der Tatsache, dass die Arbeit als Postbote in Eymoutiers nicht genügend abwarf, um eine ständig wachsende Familie zu ernähren. Ein Mann, der Kraft seines Amtes an sechs Tagen der Woche durch die Stadt trabte, bekam eine ganze Menge Klatsch und Tratsch zu hören.

»Tun Sie das«, sagte Wittmann. »Und machen Sie Giraud darauf aufmerksam, dass er dieses Mal etwas Handfestes liefern muss.«

Girauds Aufgabe hatte bis jetzt darin bestanden, Informationen über die Bewegungen und Pläne der Maquisards in der Gegend zu sammeln, wobei die Aktion der vorangegangenen Nacht ganz offenbar nicht auf seinem Radarschirm aufgetaucht war. Kranz fand es überflüssig, nach den Konsequenzen für den Familienvater Bertin Giraud zu fragen, falls der Denunziant dieses Mal nichts »Handfestes« lieferte.

Er salutierte und wandte sich zum Verlassen des Raumes um.

»Ach, und Ulrich?«, hörte er hinter sich.

Kranz drehte sich abermals um und sah wieder das kranke kleine Lächeln, das er inzwischen hasste.

»*Sie* haben Giraud rekrutiert«, sagte Otto Wittmann. »Ich betrachte Sie als *ein* Team.«

Die zweiundachtzigjährige Louise Verlaque war beneidenswert rüstig für ihr Alter. Wer sie höflich danach fragte, dem verriet die zierliche Witwe mehr als gern das Geheimnis, das sich hinter ihrem langen Leben verbarg: Ratatouille mit reichlich Olivenöl, ein tägliches Wannenbad mit getrockneten Kräutern im Wasser sowie nach Einbruch der Dämmerung regelmäßig ein Gläschen Anislikör am Kamin.

Sie hatte sich schon früh darauf einzustellen begonnen, ein Leben als ewige Jungfrau zu führen, als ein willkürlich von Amors Bogen abgeschossener Pfeil sie an einem Spätsommertag des Jahres 1901 traf. Gabriel Verlaque war Handelsreisender in Sachen Küchenmesser und auf der Durchreise in Eymoutiers. Mit seinem übergewichtigen Leib und einem Geburtsmal, das sich vom Nacken bis halbwegs zur rechten Wange erstreckte, war der Messerverkäufer kein Augenschmaus, doch angesichts ihrer fast vierzig jungfräulichen Jahre fand Louise, dass sie nicht grenzenlos wählerisch sein konnte. Und was Gabriel an äußerlichen Qualitäten mangelte, wog er mit unerschütterlichem Humor und einem Herz aus Gold auf. Den beiden waren sechsundzwanzig behagliche Jahre beschieden, bis Gabriel an einem Sommertag 1927 von einem

Tennisball gefällt wurde. Im Finale der offenen französischen Meisterschaft traf Sportidol René Lacoste auf den Amerikaner Bill Tilden, ein Tenniskampf, der im französischen Radio übertragen wurde. Nach einem ausgeglichenen Match wurde die Partie im fünften Satz durch Tie-Break entschieden, als Lacoste beim Ergebnis 10:9 einen unhaltbaren Ball abfeuerte. Der Radioreporter explodierte schier vor Freude. Bedauerlicherweise tat dies auch Gabriels schwer vorbelastetes Herz.

Kinderlos und ohne viel Angehörige war es ein Geschenk Gottes, dass Louise in einer kleinen Stadt lebte. Einsam war sie nie gewesen, doch die Jahre ohne Gabriel hatten sich unleugbar ein wenig ereignislos abgespielt. Jedenfalls bis zu dem Tag, als die deutsche Kriegsmaschine die französische Grenze überrollte und nicht eher anhielt, bis Louise die Schweinerei vor der eigenen Türschwelle hatte.

Louise Verlaque erlebte die physische Anwesenheit des Feindes in ihrer Stadt als eine Vergewaltigung. Der Feind war eingebrochen und hatte sich angeeignet, was ihr gehörte. Was früher sicher und vertraut gewesen war, fühlte sich nun kalt und fremd an. Sogar wenn sie mit einer Stickerei in ihrem Wohnzimmer saß, konnte sie die grauen Uniformen hinter den Wänden wahrnehmen. Das Schlimmste war das Gefühl der Hilflosigkeit und Passivität. Eine alte Dame konnte allenfalls mit Entrüstung auf den Verlust dessen reagieren, was einmal gewesen war. So waren die Tage vergangen, bis am Abend zuvor ein Fremder an die Tür geklopft und eine mündliche Anfrage ihres Großneffen Georges überbracht hatte. Ob sie einem jungen Mann, einem verletzten Partisanen, der zu Georges' Gruppe von Widerstandskämpfern gehörte, Unterschlupf gewähren könne?

Louise Verlaque benötigte keine Bedenkzeit.

Schon in derselben Nacht kamen sie mit ihm. Sie hatte das Gästezimmer vorbereitet, aber die Maquisards bestanden darauf, ihn auf dem Dachboden unterzubringen. Ein wenig unpraktisch für Louise, die nun dreimal täglich die steile Treppe mit Speisen und Getränken auf dem Tablett bewältigen musste, aber Krieg war eben Krieg. Inzwischen war er vier Tage bei ihr, und Louise hegte und pflegte den Jungen, als sei es ihr eigener Sohn. Man stelle sich vor! Sie, Louise Verlaque, eine aktive Teilnehmerin im Freiheitskampf gegen das deutsche Joch! Nicht ohne einen gewissen Stolz stand sie mit durchgedrücktem Rücken am Herd und rührte ihrem heimlichen Gast ein Omelett zusammen. *Wenn nur die Leute wüssten.* Sie brannte darauf, sich jemandem anzuvertrauen, war aber streng ermahnt worden, das Gegenteil zu tun.

Durch das Butzenfenster in der Küche sah sie eine vertraute Gestalt auf ihre Haustür zukommen: Bertin Giraud.

Sie kannte den schweigsamen Postboten schon, seit er ein Junge war und sich mit kleinen Erledigungen für sie und Gabriel ein paar Centimes verdient hatte.

Jetzt würde sie Bertin seinen geliebten *grand crème* servieren und ein ordentliches Schwätzchen halten.

16

Sainte-Maxime
Samstag, 3. Mai 2014

Bogart Bull stieg an die Oberfläche und ließ Frida in den Tiefen seiner Träume zurück. Wie immer, wenn er in einem Hotelzimmer erwachte, dauerte es ein paar Sekunden, bis sein Gehirn ihm verriet, wo er sich befand und was er da zu suchen hatte. Er streckte sich, bis seine Gelenke knackten, und spähte zum Fenster. Draußen stand die Sonne an einem wolkenlosen Himmel. Ein neuer Tag im Dienste des Todes.

Nachdem er sich eine Tasse Pulverkaffee zubereitet hatte, blieb er lange unter der Dusche stehen und sortierte in seinen Gedanken die Aufgaben des bevorstehenden Tages. Dazu gehörte ein Besuch der Galerie Noir, wo er, wie Buchhändlerin Émilie angedeutet hatte, einen der aktivsten Satanisten der Stadt finden könne. Für den späteren Nachmittag war ein Treffen mit Axel Kroghs geschiedener Frau anberaumt, die um die Mittagszeit in Sainte-Maxime eintreffen sollte.

Angesichts des Wetters entschied er sich für ein kurzärmeliges Hemd und zog für einen Augenblick auch die Khakishorts in Erwägung, die er von zu Hause mitgenommen hatte. Nein, besser die hellgraue Anzughose. Ein wenig Autorität konnte nicht schaden.

Er ignorierte den Aufzug und nahm stattdessen die Treppe hinunter zur Hotelrezeption, wo, wie er feststellte, gähnende Leere herrschte. In einem Zeitungsständer neben dem Tresen lag eine frische Ausgabe von *Le Monde*. Auf der Titelseite war ein etwas unscharfes Bild von Axel Krogh abgedruckt, darunter stand in fetten Lettern: *POLICE SANS TRACES DES MEURTRES KROGH*. Bulls Französischkenntnisse reichten aus, um zu verstehen, dass die Überschrift nicht sonderlich schmeichelhaft für ihn und Moulin war. Auf Seite 4 gab es noch zwei weitere Fotos. Eines von Ella und einen Screenshot der Hotelkamera, worauf der im Halbschatten stehende Mann mit Bart abgebildet war. Moulin hatte recht: Nur eine Mutter würde das Gesicht erkennen können. Ein Anflug von leichter Gereiztheit veranlasste Bull, ein wenig zu hart auf die Klingel des Rezeptionisten zu hämmern, woraufhin das Gerät ein scharfes *Pling* von sich gab. Vom Aufzug hinter sich hörte er ein Echo. Die Türen öffneten sich. Er drehte sich um und sah ein in einen Mini-Minirock gewandetes Geschöpf mit einem Busen, den der liebe Gott zweifellos nur mit Hilfe eines Sonderberaters erschaffen haben konnte. Das Gesicht hinter einer riesigen Sonnenbrille verborgen, nahm die Dame Kurs auf den Ausgang, ohne nach rechts oder links zu blicken.

Bull hatte genügend Erfahrung mit diesem Milieu, um sie als Professionelle einordnen zu können. Der Rezeptionist trat aus seinem Hinterzimmer, warf einen gelangweilten Blick auf das wackelnde Hinterteil der Dame, richtete seine Aufmerksamkeit dann auf Bull und schien zwei und zwei zusammenzuzählen. Bull konnte damit leben. Er war schon schlimmerer Dinge verdächtigt worden.

Mit dem Gratis-Stadtplan des Hotels in der Hand arbeitete sich Bull bis zu der Adresse in der Rue Courbet vor. Die Fassade der Galerie Noir war überaus elegant, aus cremegelbem Sandstein und mit großen Fenstern, die vom Boden bis zur Decke reichten. In der Mitte befand sich eine schwarz lackierte Eingangstür mit getönten Scheiben. Die darauf angebrachten winzigen grauen Buchstaben und Zahlen verrieten, dass die geneigten Besucher sich noch eine Dreiviertelstunde bis zum Beginn der Öffnungszeit gedulden müssten. Bull wollte sich gerade umdrehen und wieder gehen, als er eine Bewegung im Innern des halbdunklen Ladenlokals bemerkte. Ein gekrümmter alter Mann in einem elektrischen Rollstuhl glitt an der Wand entlang und bog durch eine Türöffnung in einen angrenzenden Raum.

Ein behinderter Satanist in der Schlussphase seiner Existenz? Warum nicht? Die Gemeinde des Teufels war sicherlich ebenso vielfältig wie andere Glaubensgemeinschaften.

Bull wanderte weiter und nahm an der nächsten Ecke einen Kaffee und ein frisches Croissant zu sich, musste allerdings auch die Schlagzeile der englischsprachigen Lokalzeitung *The Riviera Times* verdauen. Auch dieses Blatt beschied der Polizei keine große Ehre. Kommissar Moulin wurde als »düster und wortknapp« beschrieben, und die Zeitung spekulierte darüber, ob das Mordmotiv irgendwo »im umfangreichen Geschäftsimperium der Familie Krogh« zu finden sei. Bull ließ die Rechnung kommen und stellte überrascht fest, dass der Kaffee die Hälfte dessen kostete, was er an der Strandpromenade bezahlt hatte.

Exakt um zwei Uhr drückte er auf die verchromte Türklingel der Galerie. Mit einem Summton wurde er eingelassen und kam sich dabei vor, als betrete er ein exklusives Juweliergeschäft. Das Interieur entsprach der Fassade. Schwarzglänzender Granit auf dem Boden, kreideweiße, mit Bildern behängte Wände sowie ein minimalistisch gestalteter Salon, wo Kunstbücher und Hochglanzmagazine fein säuberlich auf ausgesucht niedrigen Tischen angeordnet waren. Einen »Elch im Sonnenuntergang« gab es hier wohl nicht zu kaufen.

Ganz hinten im Raum erhob sich eine Gestalt von ihrem Stuhl hinter einem gläsernen Schreibtisch. Ein junger Mann, kaum älter als dreißig und in Pechschwarz gewandet, von den weichen Mokassins bis zu den glatt gestrichenen Haaren, die im Nacken zu einem Knoten gebunden waren. Mit fließenden Bewegungen kam er auf Bull zu, lautlose Schritte auf dunklem Granit. Sein Lächeln war ausgesucht höflich, ohne Anzeichen von Servilität. Das Gesicht war fast weiblich hübsch, mit hohen Wangenknochen und gezupften Augenbrauen, und das *Bienvenu chez nous, Monsieur* wurde mit wohlabgewogener Freundlichkeit vorgetragen. Weder der Blick seiner braunen Augen noch der winzigste Zug seines Gesichts deuteten darauf hin, dass er den Besucher in irgendeiner Form verdächtigte, nicht genauso kaufkräftig wie neugierig zu sein – trotz Bulls ungebügeltem H&M-Hemd.

»*Good morning*«, sagte Bull, um klarzustellen, welche Sprache er bevorzugte.

»*And what a beautiful morning it is*«, erwiderte der Mann lächelnd.

Ein Blick auf den schwarzen Blazer reichte aus, um zu bestätigen, dass dies der Typ war, von dem Émilie gesprochen hatte. An seinem Revers haftete eine winzige Silbernadel – der Davidstern, umgeben von zwei Kreisen. Etwas dreist, dachte Bull, wenngleich die meisten Menschen das Symbol vermutlich nicht anders als jüdischen Ursprungs deuten würden.

»Suchen Sie nach etwas Bestimmten?«, fragte der Mann. »Wie Sie sehen werden, liegt unser Schwerpunkt auf Grafiken und Lithografien der letzten fünf Jahrzehnte. Die meisten stammen von europäischen Künstlern, aber es gibt auch Arbeiten aus den USA und Afrika.«

Mit Hilfe von Wikipedia und der Matisse-Biographie aus Émilies Laden hatte Bull am Abend zuvor seine Hausaufgaben gemacht.

»Eigentlich nicht«, sagte er. »Ich gehöre wohl am ehesten in die Kategorie ›allgemein interessiert‹. Ich bin überaus begeistert von Matisse, aber er befindet sich leider Lichtjahre außerhalb meiner ökonomischen Reichweite.«

»Da sind wir schon zwei, Monsieur«, sagte der Galerist lächelnd. »Und wir teilen das Schicksal mit so gut wie allen in Frankreich. Matisse wird nur selten verkauft, und wenn, dann meist auf Auktionen. Haben Sie besondere Favoriten aus der Hand des Meisters?«

Bull tat so, als denke er nach.

»Wenn ich – rein hypothetisch – wählen könnte, würde es wohl etwas aus der fauvistischen Epoche sein. ›Dame mit Hut‹, vielleicht.«

»Eine Perle«, stimmte der andere zu. »Es hängt im MoMA in San Francisco. Vermutlich waren Sie da?«

»Ein phantastisches Erlebnis«, log Bull, der Europa noch nie verlassen hatte.

»Tja nun, Monsieur – wie gesagt kein Matisse, aber Sie sind herzlich willkommen, sich umzuschauen. Falls Sie Fragen haben, zögern Sie bitte nicht, mich zu rufen.«

Bull musste zwei Dinge berücksichtigen. Nach der gestrigen Pressekonferenz war es sehr wahrscheinlich, dass er in der einen oder anderen Zeitung abgebildet war. Unter falscher Flagge zu segeln war daher keine Alternative. Gleichzeitig war es wichtig, dem Galeristen nicht das Gefühl zu geben, er stehe unter polizeilicher Beobachtung.

»Falls ich das Glück haben sollte, etwas zu finden, das meine Brieftasche nicht sprengt … gäbe es dann die Möglichkeit, es an meine Adresse schicken zu lassen?«, fragte Bull mit gespielter Hoffnung. »Natürlich gegen Bezahlung.«

»Sie leben in England, Monsieur?«

»Etwas weiter nordöstlich. Norwegen.«

Die Reaktion des Mannes war äußerst subtil, für einen geübten Blick dennoch wahrnehmbar. Eine flüchtige Veränderung in den braunen Augen, ein Hauch von Wachsamkeit, bevor die Freundlichkeit wieder Oberhand gewann.

»Ich bin beruflich hier in der Stadt«, fügte Bull hinzu. »Wie Ihnen sicher bekannt sein dürfte, wurde ein sehr vermögender Norweger namens Axel Krogh vor gut einer Woche hier in Sainte-Maxime ermordet.«

»Aber natürlich. Alle haben von dieser Tragödie gehört. Sainte-Maxime ist in der Regel eine friedliche Stadt.«

Der Galerist musterte Bull und fuhr dann fort:

»Wenn Sie beruflich mit dieser Sache zu tun haben, dann sind Sie vermutlich Journalist oder Polizeibeamter?«

»Letzteres«, gab Bull lächelnd zurück. »Ein paar von uns sind tatsächlich auch an Kunst interessiert.«

»Das gibt es in jedem Berufszweig, Monsieur. Ich kenne einen Klempner, der mehr über Kubismus weiß, als ich es tue.«

»Dann kannten Sie bestimmt auch Monsieur Krogh«, fuhr

Bull beiläufig fort. »Anscheinend war Kunst eine seiner großen Leidenschaften.«

Bull hatte sich bewusst für *bestimmt* anstatt *vielleicht* entschieden, wohl wissend, dass eine Behauptung es schwieriger machte, darauf mit einer Lüge zu reagieren.

Der Galerist zögerte, nur kurz, aber lange genug.

»Nein«, sagte er. »Wir haben ein oder zwei Mal ein paar Worte gewechselt, während er hier die Galerie besuchte, aber das war es auch schon.«

Eines ist sicher, dachte Bull. Du glaubst mehr an den Satan, als ich an dich glaube. Aber jetzt ist es an der Zeit, dich vom Haken zu lassen. Vorläufig.

»Tja«, sagte er und ließ den Blick erwartungsvoll durch den Raum schweifen. »Ich drehe mal eine Runde und erfreue mich an den Schätzen, die ich mir wohl nicht leisten kann.«

»Solange Sie möchten, Monsieur. Ich stehe wie gesagt zur Verfügung, falls Sie Fragen haben.«

Er war gerade auf dem Weg zum Hafen, als es passierte. Durch die Tür eines Lebensmittelgeschäfts erhaschte Bull einen kurzen Blick auf sie, während sie sich umdrehte und dann hinter einem der Regale verschwand. Rote Converses, hellblauer Rock, weiße Spitzenbluse und eine rote Schleife im nachlässig hochgesteckten Haar.

Anine.

Bull blieb schwankend stehen, gefangen in einem Augenblick, in dem das Herz die Vernunft zur Tür hinausjagt und alles möglich ist. Auf zitternden Beinen betrat er den Laden und tapste durch die engen Gänge, während sein Blick jeden Quadratzentimeter absuchte.

Sie stand mit dem Rücken zu ihm vor der Eiscremetruhe. Vorsichtig und voller Angst, sie könne durch die Berührung verschwinden, legte er eine Hand auf ihre schmale Schulter und flüsterte ihren Namen. Das Mädchen drehte sich um und blickte verwundert zu ihm auf.

»Monsieur?«, erwiderte sie verängstigt.

Eine Mischung aus Enttäuschung und Scham nahm ihm den Atem. Er röchelte ein *Pardon* hervor, fügte noch eines hinzu und bewegte sich dann rückwärts von ihr weg, mit erhobener Handfläche als Geste der Entschuldigung.

Draußen auf der Straße blieb er stehen und atmete die sonnenheiße Luft mit tiefen Zügen ein. Was stimmte nicht mit ihm? Wurde sein Verstand durch Trauer weggeätzt? *Sie ist tot, verdammt! Verschwunden. Für immer! Sie und Frida.* Die gleichermaßen neue wie alte Erkenntnis trieb ihm die Tränen in die Augen, aber er riss sich zusammen und verfluchte seine Erbärmlichkeit.

Der Ruf war laut und deutlich, hob sich über die Geräusche des Straßenverkehrs hinweg. Eine Frauenstimme:

»Bogart!«

Mit dem schwindenden Bild von Anine und Frida vor Augen drehte er sich um. Es war sie. Émilie aus der Buchhandlung. Sie winkte ihm von ihrem Platz in einem Straßencafé ein paar Meter weiter entfernt zu. Bulls erster Impuls sagte ihm, zurückzuwinken und dann auf demselben Weg zu verschwinden, den er gekommen war. Aber flüchten? Wovor? Er zwang sich zu lächeln und trat auf ihren Tisch zu. Sie erhob sich und gab ihm einen Luftkuss auf beide Wangen.

»Wie schön, Sie zu sehen«, sagte sie und schien es auch so zu meinen. »Wollen Sie sich nicht zu mir setzen?«

Er nahm Platz. Sie sah, falls das überhaupt möglich war, noch besser aus als am Tag zuvor. Das flaschengrüne Top war durch ein kobaltblaues Pendant ersetzt worden, der Weihnachtsbaumschmuck hing an ihren wohlgeformten Ohrläppchen, und oben in ihrer Mähne steckte eine Sonnenbrille mit braun gesprenkelter Fassung. Sie beugte sich vor und berührte mit der Fingerspitze – durchsichtiger Nagellack – ganz leicht seinen Handrücken.

»Raten Sie mal!«, sagte sie geheimnisvoll.

Bull zuckte mit den Schultern und versuchte, gespannt auszusehen.

»Ich hab Sie heute Morgen in der Zeitung gesehen.«

»Wie dumm. Ich bin absolut nicht fotogen.«

Sie antwortete mit einem schallenden Lachen, als hätte er einen guten Witz erzählt.

»Jedenfalls sehen Sie nicht aus wie ein Polizist«, stellte sie fest.

Bull war nicht sicher, ob die Antwort als Trost oder als Vorwurf gemeint war. In seinem Augenwinkel tauchte ein roter Schuh auf. Converse. Das Mädchen aus dem Lebensmittelgeschäft, jetzt mit einem bunten Wassereis in der Hand.

»Allô, chérie«, sagte Émilie und sah das Mädchen an, wie nur eine Mutter es tun kann.

Das Mädchen sagte nichts und betrachtete Bull, während sie nachdenklich an ihrem Eis knabberte.

»Qui est-il?«, fragte sie, ohne den Norweger aus den Augen zu lassen.

Bull vermutete, dass sie wohl von der Mutter wissen wollte, wieso dieser Kauz an ihrem Tisch Platz genommen hatte.

»Un ami«, sagte Émilie. »Bogart – darf ich vorstellen: Michelle.«

Ein Freund, registrierte er. Nicht ein Kunde. Er reichte der Kleinen die Hand. Etwas zögernd ergriff das Mädchen sie mit ihrer linken Hand, da die andere das Eis umklammert hielt.

Michelle drehte sich zur Mutter und sagte etwas auf Französisch. Da Émilie erst dann den Blick von ihm abwandte, als sie ihrer Tochter antwortete, ging Bull davon aus, dass der Wortschwall etwas anderem als der Episode im Lebensmittelgeschäft gegolten hatte. Das Mädchen strahlte, küsste die Mutter auf die Wange und entbot Bull ein knappes *Au revoir*, bevor sie den Tisch verließ. Émilie rief der Kleinen nach, etwas mit *le trafic*. Anscheinend eine Ermahnung.

»Im Park unten am Hafen liegt ein Spielplatz«, erklärte Émilie. »Ein paar ihrer Freundinnen sind schon da. Ein Lunch mit mir kann damit nicht konkurrieren. Was bedeutet, dass Sie ihren Platz übernehmen müssen, Bogart. Der lange Arm des Gesetzes wird eine Frau doch wohl nicht zu einem einsamen Mittagessen verurteilen?«

Bull sah auf die Uhr. Noch gut eine Stunde bis zu dem Treffen mit Axel Kroghs Ex-Frau. Wieso also nicht? Eigentlich ein Vergnügen, wenn er es genau bedachte. Und das sagte er.

»Fanstastisch!«, erwiderte sie strahlend. »Es gibt hier einen wunderbaren Meeresfrüchtesalat. Und der hauseigene Chablis passt ganz hervorragend dazu.«

»Meeresfrüchtesalat klingt gut, aber was die Getränke angeht, beschränke ich mich auf eine Cola.«

»Nüchternheit im Dienst? Oder zu früh am Tag?«, wollte sie wissen.

Eher zu spät im Leben, dachte er.

»Ich trinke … selten Alkohol«, sagte er laut.

Ihr Blick war zweideutig. Er konnte Anerkennung einer vernünftigen Lebensführung bedeuten oder ein Zeichen dafür sein, dass sie ahnte, was hinter seiner Zurückhaltung lag.

Das Essen war wie erwartet vorzüglich. Bull fütterte ihre schlimmste Neugier mit ein paar Informationen über den Krogh-Fall. Er war schon seit langem daran gewöhnt, dass neue Bekanntschaften ein unverhohlenes, ja fast kindliches Interesse an seinem Beruf zeigten.

»Erzählen Sie mal«, sagte sie und beugte sich über den Tisch. »Was ist das Berufsgeheimnis bei Menschen, die Mörder jagen?«

Bull hatte die Frage schon hundertmal zuvor gehört.

»Die Fähigkeit, in kleinen Details den großen Zusammenhang erkennen zu können«, antwortete er schlicht. »Das ist so ähnlich wie bei Archäologen. Wir wühlen in der Vergangenheit und fördern kleine Fragmente zutage. Und basierend auf diesen winzigen Stückchen müssen wir uns vorstellen können, wie das Gesamtbild aussieht. Oder zuvor ausgesehen hat.«

Sie nickte gedankenverloren.

»Interessant …«

»Manchmal, ja«, sagte er. »Es kommt darauf an. Die Entdecker von Tutanchamuns Grab hatten lange, ereignislose Monate zu überstehen, bevor schließlich etwas passierte. So ähnlich ist das auch bei uns.«

Nach einer Weile gelang es ihm, das Gespräch in Richtung Galerie Noir und deren Besitzer zu lenken.

»Enrique«, sagte sie. »Enrique Lozano. Ursprünglich Spanier, aber seine Familie lebt hier schon seit Jahren. Enrique hat die Galerie vor ein paar Jahren von seinem Vater übernommen, als den eine Krankheit an den Rollstuhl fesselte.«

»Sie kennen ihn?«

»Nur oberflächlich. Wir haben gemeinsame Freunde in Saint-Tropez. Um ehrlich zu sein, konnte ich den Kerl nie ausstehen.«

»Sie meinen seine Sympathien für den Teufel?«

Sie schnitt eine Grimasse, worunter ihre Attraktivität nicht im mindesten litt.

»Nicht nur das. Meinetwegen können die Menschen anbeten, wen sie wollen, aber da ist irgendwas … Krankes und Kaltes an Lozano. Als ob er nicht aus Fleisch und Blut wäre, sozusagen. Es ist schwer zu erklären.«

Émilie nahm einen Schluck Wein. Bull registrierte, dass sie dazu übergegangen war, den Nachnamen des Galeristen zu verwenden. Sie legte den Kopf schräg und sah ihn forschend an.

»Ist er irgendwie in die Ermittlungen involviert? Lozano?«

»Nichts deutet darauf hin«, erwiderte Bull. »Laut seiner Aussage kannte er Axel Krogh kaum.«

Sie schnaubte leicht.

»Das ist definitiv gelogen.«

»Wie meinen Sie das?«

»Monsieur Krogh war ein häufiger Gast in der Galerie. Lozano hat offen damit geprahlt. Vermutlich weil Krogh steinreich war und dem prominenten Freundeskreis um den schwedischen Prinzen Bertil angehörte. Lozano hat Krogh dabei geholfen, seine Kunstsammlung aufzuhängen, nachdem das neue Haus fertiggestellt war. Ihre Beziehung hat allerdings laut meinen Freunden in Saint-Tropez vor ein paar Monaten einen deutlichen Riss bekommen.«

Bull spitzte die Ohren.

»Inwiefern?«

»Lozano hatte einen Russen kennengelernt, der in Cannes lebte. Einer von diesen Typen mit einer goldenen Rolex am Handgelenk, italienischem Sportwagen in der Garage und einer blonden Silikonbombe in jedem Arm. Aufgrund ›politischer Umstände in der Heimat‹, wie sich meine Freunde ausgedrückt haben, war der Oligarch gezwungen, einen Teil seiner Vermögenswerte rasch abzustoßen. Unter den Stücken befand sich ein Gemälde von Cézanne, das er für den halben Marktwert abzutreten bereit war, vorausgesetzt, es würde schnell geschehen. Lozano hatte keine zwanzig Millionen Euro zur Hand, ahnte aber natürlich einen Coup. Er wandte sich an Axel Krogh. Er bot Krogh an, den Kauf zu finanzieren und dafür die Hälfte des Erlöses zu bekommen, wenn das Bild auf einer der großen Auktionen verkauft werden würde.«

»Sie wissen nicht zufällig, was das für ein Motiv war? Das Gemälde, meine ich.«

»Lozano hat unseren Freunden das Bild auf seinem Handy gezeigt. Ich glaube, es war ein ganz klassisches Motiv. Eine provenzalische Landschaft, wenn mich nicht alles täuscht.«

»Und was ist dann passiert?«

Émilie lehnte sich zurück und setzte ein unergründliches Lächeln auf.

»Das, was Lozano hätte voraussehen müssen. Krogh gelang es, die Identität des Russen zu ergründen, nahm direkt Kontakt zu ihm auf und kaufte das Gemälde. Schnipp, schnapp, und Lozanos Coup war geplatzt.«

Nachdem er darauf bestanden hatte, die Rechnung zu begleichen und dafür mit einer langen Umarmung belohnt wurde, lenkte Bull seine Schritte zum L'Empereur, wo er sich mit Ingeborg Krogh treffen wollte. Er hatte kaum hundert Meter zurückgelegt, als er sie entdeckte. Ganz hinten in einer Ecke, verborgen hinter dem Wirrwarr der anderen Cafégäste, saßen Enrique Lozano und Inspektor Laurent Berthelot in einer anscheinend trauten Unterhaltung beisammen. Bull verlangsamte sein Tempo und war darauf gefasst, sich wegzudrehen, sofern einer der beiden in seine Richtung blicken würde.

Lozano und Berthelot. Der Satanist und der Polizeibeamte. Freunde, auf jeden Fall Bekannte. *Eine teuflische Allianz.* Oder vielleicht war es auch genau der Fürst der Hölle, über den sie gerade sprachen, als Glaubensbrüder und Mitglieder derselben Gemeinde?

17

Sie wollte Tee. Ganz normalen Earl Grey mit Milch. Auf ihren Vorschlag hin hatten sie unter einem Sonnenschirm auf der Terrasse des L'Empereur Platz genommen. Ingeborg Krogh hatte zum Glück keine Ahnung, dass der Tatort des Mordes an ihrer Tochter exakt an der Stelle ihres Stuhles, nur ein Stockwerk tiefer, lag.

Bull musterte sie aus den Augenwinkeln, während sie Tee aus einer kleinen Kanne in die Tassen gab. Sie wirkte erstaunlich frisch und gefasst angesichts der Reise und deren düsterem Anlass. Sie trug ein dunkelgrünes Kostüm mit kurzer Jacke, an den Füßen hatte sie Pumps in derselben Farbe, und ihr Makeup war genauso ausgesucht dezent wie der wenige Schmuck, den sie angelegt hatte. Ihr graues Haar trug sie kurzgeschnitten, die zurückgestrichenen Locken glänzten in der Sonne wie Silberstränge. Man brauchte nicht viel Phantasie, um sich vorzustellen, dass Ingeborg Krogh in jüngeren Jahren eine äußerst hübsche Frau gewesen war. Nun, Mitte sechzig, war sie – wie Bulls freigeistiger Vater es ausgedrückt hätte – »ein wenig angerostet, aber immer noch fahrbar«.

Nach den obligatorischen Beileidsbekundungen, ein wenig Smalltalk und einer kurzen Orientierung über den Stand der Ermittlungen drang Bull zum Kern seines Anliegens vor:

»Wie lange waren Sie und Axel Krogh verheiratet?«

Sie musste kurz nachdenken, bevor sie antwortete.

»Fünfzehn Jahre dürften es wohl gewesen sein. Wir wurden 1990 geschieden. Wir können die Höflichkeitsform übrigens gern sein lassen. Bitte sagen Sie Ingeborg zu mir. Ich bin viel weniger konservativ, als Axel es war«, sagte sie und blickte Bull freundlich an.

Ihre Stimme passte zu ihrem Aussehen, angenehm gedämpft, aber dennoch deutlich.

»Und … Ella«, sagte Bull vorsichtig. »Wie alt war sie zu diesem Zeitpunkt?«

»Vierzehn.«

»Wenn ich das richtig verstanden habe, ist sie nach der Scheidung bei ihrem Vater geblieben?«

Bull konnte sehen, dass Ingeborg Krogh unter ihrer weißen Seidenbluse tief einatmete.

»Das ist richtig«, entgegnete sie knapp.

Vorsichtig, Bogart. Das ist gefährliches Terrain.

»Eine etwas ungewöhnliche Regelung, nicht wahr?«

»In Norwegen können Kinder dieses Alters selbst entscheiden, wo sie nach einer Scheidung leben möchten. Sagen wir mal so: Axel hat einiges dafür getan, um ihre Wahl zu beeinflussen.«

»Können Sie das etwas näher erklären?«

»Aber mein lieber Bull, müssen Sie es wirklich scheibchenweise erklärt bekommen? Das Pony, das Ella sich immer gewünscht hatte? Die ganze obere Etage des Hauses, wie eine Art Miniatur-Disneyland eingerichtet? Ein wöchentliches Taschengeld, von dem sich eine norwegische Durchschnittsfamilie ernähren könnte? Vulgäre, aber leider äußerst wirksame Tricks.«

Die nicht bei jedem x-beliebigen Kind funktioniert hätten, fügte Bull in Gedanken hinzu.

»Axel war eben so, sowohl privat als auch geschäftlich«, schloss Ingeborg Krogh. »Was er nicht haben konnte, hat er sich ganz einfach *genommen*.«

»Was ist mit Ihnen?«

»Wie meinen Sie das?«

»Axel Krogh muss doch schon über fünfzig gewesen sein, als sie einander begegneten, und Sie selbst müssen zweifellos eine äußerst attraktive junge Frau gewesen sein. Wie hat er Sie erobert?«

Ingeborg Krogh setzte ein trauriges Lächeln auf.

»Das war so wie mit dem Kleingedruckten im Vertrag, das man erst entdeckt, wenn es zu spät ist. Oberflächlich betrachtet war Axel ein ungewöhnlich charmanter Mann. Er öffnete mir die Türen in eine Welt, von der ich kaum gehört hatte, und stellte mich Menschen vor, die ich nur aus Zeitungen und Magazinen kannte. Glauben Sie mir, Bull – wenn man fünfundzwanzig ist und aus einer Trabantenstadt am östlichen Stadtrand kommt, machen solche Dinge Eindruck auf einen. Ein paar Monate nachdem wir uns kennengelernt hatten, lud er mich nach Saint-Tropez ein. Erst eine Woche in seinem Haus, und dann eine weitere auf einer Charterjacht auf dem Mittelmeer. Axel und ich – und eine Mannschaft, die wir kaum zu Gesicht bekamen, abgesehen von den Momenten, wenn sie uns auf dem Achterdeck Champagner servierten oder uns im Beiboot zum Abendessen nach Portofino schipperten. Am letzten Abend in Antibes zog er einen Ring hervor, der vermutlich mehr gekostet hatte, als ich in einem ganzen Jahr verdiente, und ging auf die Knie. Was sollte ich da sagen? Nein?«

Nein, dachte Bull und blickte ein wenig abwesend in Richtung Saint-Tropez auf der anderen Seite der Bucht. Wenn jemand einen roten Teppich ausrollte, war wohl verständlicherweise zu erwarten, dass es etwas Schönes auf der anderen Seite der Tür gab.

»Bull?«, sagte sie leise.

Er sah sie an. Sie spielte mit dem Teelöffel und schien nach den passenden Worten zu suchen. Auf ihrem Handrücken und den Fingern waren kleine Pigmentflecke erkennbar.

»Ella …«, sagte sie. »Ist es … Erik hat mir berichtet, sie wurde … erschossen?«

»Das entspricht leider der Wahrheit. Wir sind uns allerdings sicher, dass sie gar nicht mehr dazu kam, irgendetwas zu registrieren. Weder den Schmerz noch die Identität des Mörders. Fall das ein Trost sein kann.«

»Und Sie wissen nicht, weswegen? Oder wer es getan hat?«

»Vorläufig nicht. Aber das werden wir früher oder später schon herausfinden. Das tun wir nämlich in der Regel. Was ist mit Ihnen, haben Sie eine Idee, warum ihr jemand nach dem Leben getrachtet haben könnte?«

Sie schüttelte träge den Kopf.

»Keine Ahnung. Ich muss allerdings hinzufügen, dass ich über Ellas Leben in den letzten Jahren nicht so viel weiß. Wenn wir uns getroffen haben, hat sie nur wenig oder gar nichts erzählt. Und aus Schaden klug geworden, habe ich es mir auch verboten, sie auszufragen.«

»Aus Schaden klug geworden?«

»Die wenigen Male, als ich sie bedrängt habe, hat sie mich dafür bestraft.«

»Wie denn?«

»Indem sie darauf achtete, dass bis zu unserem nächsten Treffen viel Zeit verging.«

Bull sagte nichts. Der erste Eindruck von Ella schien sich zu bestätigen.

»Ich habe natürlich darüber nachgedacht, dass es mit Axels Reichtum zu tun haben muss«, fuhr sie fort. »Geld, Erbe – so etwas.«

»Selbstverständlich ist das eine Möglichkeit. Wir sind gerade dabei, die Erbverhältnisse zu untersuchen. Aber da wir gerade von Geld sprechen, wie war eigentlich die finanzielle Regelung zwischen Ihnen und Ihrem Ex-Mann nach der Scheidung?«

»Schmerzlos. Axel war großzügig, obwohl Gütertrennung bestand. Ich hatte danach nie finanzielle Schwierigkeiten. Wie das jetzt wird, weiß ich allerdings nicht. Immerhin habe ich meine Pension. Ich bin erst vor ein paar Monaten aus dem Arbeitsleben ausgeschieden.«

»Sie haben Vollzeit gearbeitet?«, fragte Bull.

Sie nickte.

»Seit ich geschieden wurde. Gestalttherapeutin.«

»Das ist so eine Art Psychologin, wenn ich mich nicht täusche?«

»Die beiden Disziplinen haben verschiedene Zugangsweisen

zu einem Fall. Wir gehen vorzugweise von den gesunden Seiten eines Klienten aus.«

Bull schluckte die Erklärung mit etwas lauwarmem Tee hinunter.

»Wie würden Sie Krogh als Menschen beschreiben – abgesehen davon, dass er sich nahm, was er haben wollte?«

»Analytisch. Belesen. Nüchtern, trotz der Dicke seiner Geldbörse. Temperamentvoll.«

»Temperamentvoll inwiefern?«

»Kurze Lunte.«

»Konnte er bei solchen Gelegenheiten … körperlich aggressiv reagieren?«

»Niemals. Axel hatte Stil.«

»Hat Erik Jacobsen Ihnen erzählt, wie er getötet wurde?«

»Ja … Leider, muss ich wohl hinzufügen.«

»Hat er das Kreuz erwähnt?«

Sie sah ihn verständnislos an. Bull brachte es ihr so schonend wie möglich bei, aber ungeachtet dessen wich alle Farbe aus ihrem Gesicht.

»Du meine Güte!«, war alles, was sie hervorbringen konnte.

»Uns interessiert natürlich die Bedeutung des Kreuzes«, sagte Bull. »Man schändet ja nicht aus reinem Vergnügen einen Menschen auf diese Weise. Abgesehen von seiner christlichen Bedeutung wird das Kreuz auch in satanistischen Kreisen verwendet. In diesem Zusammenhang wird gerade alles auf den Kopf gestellt.«

Ingeborg Krogh blieb stumm. Sie starrte Bull nur an, als täte es ihr weh, zu glauben, was er gerade erzählt hatte.

»Da klingelt jetzt zufällig nichts bei Ihnen?«

»Was sollte denn da klingeln? Fragen Sie mich, ob Axel *Satanist* war?«

Er ignorierte ihre Bemerkung und sagte stattdessen:

»Ella hat ihn als nicht sonderlich gottesfürchtig beschrieben, doch mit Sinn für die Traditionen und Rituale der Kirche. Hochzeiten, Taufen … solche Dinge.«

»Solange ich ihn kannte, hat Axel nie an etwas anderes als an sich selbst geglaubt. Ich möchte bezweifeln, dass sich das nach meiner Zeit geändert hat.«

»Wo war er politisch einzuordnen?«

»Ziemlich weit rechts, wie es bei den meisten reichen Menschen der Fall ist. Fortschrittspartei, schon seit den Anfängen mit Anders Lange und dem Kampf gegen Steuern und Abgaben. Er und Alex haben im Laufe der Jahre große Summen für die Wahlkämpfe der Partei gespendet.«

»Alex?«

»Alexander. Axels ein Jahr älterer Bruder.«

Knapp eine Stunde später setzte ihn ein Taxi vor dem Maison Krogh ab. Gleich hinter der schmiedeeisernen Pforte hielt ein einsamer Polizist Wache und paffte eine Zigarette, die er blitzschnell wegschnippte, als er Bull erkannte. Der Polizist salutierte und überreichte Bull feierlich die Haustürschlüssel. Bull schloss auf, blieb in der Eingangshalle stehen und schnupperte. Warme, stickige Luft. Ein Hauch von Chemikalien. Er wusste genau, wohin er wollte. Noch bevor er sich auf der Hotelterrasse von Ingeborg Krogh verabschiedet hatte, war es in seinem Bewusstsein aufgetaucht – ein scheinbar unschuldiges Detail, das sich möglicherweise als wesentlich, vielleicht sogar entscheidend erweisen könnte.

Ein eingerahmtes Farbfoto, das er während der Untersuchung des Hauses an der Wand in Axel Kroghs Arbeitszimmer gesehen hatte.

Es hing immer noch an seinem Platz, zwischen einem Jugendfoto von Ella und einem von Rotary International ausgestellten Diplom. Der Mann links auf dem Bild war Axel Krogh. Ein Glas in der Hand und ein entspanntes Lächeln in die Kamera. Rechts stand ein Mann, der ihm auffallend ähnelte, aber ein paar Kilo schwerer wirkte. Beide trugen ein kurzärmeliges Hemd und hatten sich vor einem Geländer postiert, das anscheinend zu einer Terrasse gehörte. Etwas tiefer im Terrain waren hinter ihnen Teile einer Ortschaft zu sehen und, noch weiter entfernt, das blaue Meer.

Das Foto war mit einem Passepartout versehen, und auf der weißen Pappe stand in der Mitte unter dem Bild in zierlicher Bleistiftschrift: *Axel & Alex – Brüder in Blut und Geist.* Etwas tiefer auf der rechten Seite: *Deyá, Sommer 2001.*

Brüder in Blut und Geist ... Auch wenn man reich war, sollte es Grenzen für Pompöses geben, dachte Bull. Und *Deyá?* Wo zum Teufel war das nun? Es klang mehr spanisch als französisch. Er fischte sein Telefon aus der Tasche und fragte Google. Ein Ort auf Mallorca. Laut Beschreibung ein Treffpunkt für internationale Berühmtheiten und zahlungskräftige Touristen. Das könnte passen. Ingeborg Krogh hatte erzählt, dass auch Alexander Krogh im Trockenen saß, wenn auch nicht ganz so weich gebettet wie sein Bruder.

Er wählte ihre Nummer.

»Krogh.«

»Hier ist Bull. Tut mir leid, Sie erneut zu stören, aber ich habe eine Frage in Bezug auf den älteren Bruder, Alexander.«

»Sie stören mich nicht, Bull. Ich sitze hier und warte auf meinen Waldorfsalat. Was möchten Sie wissen?«

»Sie haben gesagt, dass er immer noch lebt. Wohnt er in Oslo?«

»Ich habe gesagt, dass mir über ein mögliches Dahinscheiden von Alex nichts bekannt sei. Es gibt gewisse Nuancen, Bull. Aber es würde mich nicht wundern, wenn er noch lebte. Die alte Frau Krogh – die Mutter der beiden – wurde 102, genmäßig spricht also nichts dagegen. Was seinen Wohnort angeht, glaube ich kaum, dass Alex seit dem Krieg je wieder in Oslo war. Eine Weile lebte er in Afrika, bevor er dann irgendwann in den fünfziger Jahren nach Belgien zog. Antwerpen, soweit ich mich erinnere. Handelte in großem Umfang mit Diamanten und anderen Edelsteinen. Vermutlich hat er damit sein Vermögen verdient. Das Letzte, was ich hörte, war, dass er sich in Spanien niedergelassen hat. Marbella, glaube ich – oder war es Mallorca?«

»Deyá?«

»Kommt mir irgendwie bekannt vor. Ella hat ihn jedenfalls zweimal besucht, zusammen mit Axel.«

Bull bedankte sich, wünschte ihr guten Appetit und beendete das Gespräch. Dann rief er Kommissar Moulin an. Bevor Bull auch nur eine Silbe hervorbringen konnte, öffnete der Franzose die Schleusen und ließ ein paar Kubikmetern frischer Frustration freien Lauf:

»Erraten Sie, wer mich heute angerufen hat?«

Bull musste einräumen, dass er keine Ahnung hatte.

»Madame Edith Parillaud, ihres Zeichens *Secrétaire d'État* im Justizministerium. Im Namen des Ministers hat sie große Sorge geäußert. Übrigens ein äußerst ungeduldiger Herr, der zufällig auch mein oberster Chef ist.«

»Jetzt lassen Sie mich noch mal raten«, sagte Bull. »Sie fragen nach größeren Fortschritten in der Ermittlung?«

»Ersetzen Sie *fragen* durch *verlangen*, dann kommen Sie der Sache näher«, erwiderte Moulin verbittert.

»Die Riviera lebt von ihrem Ruf als exklusives Reiseziel, und aus irgendwelchen Gründen meint nun Paris, es sei keine gute Werbung für die Tourismusbranche, wenn zahlungskräftige Gäste ohne Ansehen der Person abgeschlachtet werden, zu allem Überfluss in ihren eigenen Ferienhäusern und in Fünf-Sterne-Hotels, ohne dass die Polizei – und hier zitiere ich *Madame la Secrétaire – auch nur das mindeste tun kann!*«

Moulin musste kurz innehalten, um Atem zu schöpfen, schimpfte aber gleich weiter.

»Sie stellen, um es kurz und bündig auszudrücken, unsere Kompetenz infrage und drohen damit, Verstärkung aus Paris zu schicken. Ich habe versucht, ihnen zu erklären, dass wir es mit einem anscheinend professionellen Mörder zu tun haben, der nicht die winzigste Spur hinterlassen hat. Dass wir jeden Stein umgedreht, Dutzende von Zeugen vernommen, alle möglichen …«

»Ich glaube, ich habe vielleicht ein neues Steinchen gefunden«, fiel Bull ihm ins Wort.

Am anderen Ende der Leitung blieb es eine Weile still, bis Moulin sein Redevermögen wiederfand.

»Erzählen Sie schon!«

Bull erzählte. Nachdem er zugehört und ein paar Fragen gestellt hatte, versprach Moulin, ihm einen Platz in der ersten Maschine nach Palma zu buchen.

»Ich würde Sie gern begleiten, aber einer muss ja hier die Stellung halten«, sagte der Kommissar. »Nachdem heute das Bild des Verdächtigen in der Zeitung erschienen ist, ertrinken wir hier förmlich in Hinweisen aus der Bevölkerung. Wie ich schon früher erwähnte, gibt es in Frankreich in der Tat ein paar Männer mit Bart, *n'est-ce pas?* Ich könnte Ihnen Kriminalassistent Caron zuweisen, falls Sie da unten Hilfe brauchen?«

»Danke, aber ich glaube, Caron ist hier viel nützlicher«, erwiderte Bull. »Aber da wir gerade davon sprechen …«

Er verstummte mitten im Satz.

»Ja?«, sagte Moulin abwartend.

»Nichts, vergessen Sie's«, gab Bull zurück. »Bloß einer von tausend losen Gedanken. Wir reden später darüber, Jean.«

Er war kurz davor gewesen, Moulin über Inspektor Berthelot auszufragen, was allerdings eine Flut von Fragen seitens des Kommissars ausgelöst hätte. Berthelot und Lozano waren im gleichen Alter und lebten in derselben kleinen Stadt. Vielleicht gar nicht so erstaunlich, dass sie einander gut genug kannten, um sich auf einen Teller Pasta zu treffen.

18

Eymoutiers
Samstag, 13. März, und Sonntag, 14. März 1943

Sie kamen in der Morgendämmerung.

Santiago Gaillard stand in der Türöffnung auf der Rückseite des Hauses und spähte zum Waldrand hinüber, als er die erste Bewegung zwischen den Baumstämmen wahrnahm. Als Signal dafür, dass die Luft rein war, hatte er drei Wäschestücke auf die Leine vor dem Küchenfenster gehängt – ein blaues, ein weißes und ein rotes. Freiheit, Gleichheit und Brüderlichkeit.

Die Maquisards rückten paarweise zum Haus vor, flimmernde Schatten im hohen, graubraunen Gras. Georges Guingouin ging kein Risiko ein. Möglicherweise stand Gaillard dort unten mit der Mündung einer deutschen Schmeisser im Rücken und wurde gezwungen, freie Bahn zu signalisieren. Guingouin schlich sich als Letzter an die Hauswand heran. Er umarmte Gaillard, küsste ihn auf beide Wangen und nahm seinen Rucksack ab.

»Hast du den Knall gehört, Santiago?«, fragte er außer Atem.

»Als fernen und willkommenen Donner inmitten einer Trockenperiode«, gab Gaillard lächelnd zurück.

»*Bon.* Jetzt wird es erst mal eine Weile dauern, bis der nächste Zug gen Osten abfährt.«

»Ihr müsst ja völlig fertig sein. Komm, drinnen gibt es Essen und Wein.«

»Und danach ein paar Stunden Schlaf, *mon ami.* Paul und Maurice übernehmen die erste Wache.«

* * *

Er hatte das Geräusch der Explosion gehört, schwach, wie in einem Traum. Oder vielleicht war es auch ein Traum gewesen. Die Schmerzen in seinem verletzten rechten Bein vereitelten ruhigen Nachtschlaf, er fiel in einen Dämmerzustand und wachte wieder auf, während einzig das Licht, das durch das schmutzige Dachfenster hereindrang, Tag und Nacht unterschied. Das Fieber war wieder gestiegen. Wenn Madame Verlaque beim nächsten Mal mit Essen kam, müsste er sie bitten, noch mehr Aspirin zu beschaffen, oder am besten Morphium.

Daniel Marin – vom furchtlosen Freiheitskämpfer zum bettlägerigen Morphinisten. Er wieherte angesichts seines eigenen Galgenhumors, bevor die Schwermut ihn abermals übermannte. Hier lag er wie ein alter, ausrangierter Invalide, während seine Kameraden der SS das Leben schwermachten.

Er erinnerte sich an das erste Treffen mit Georges Guingouin vor drei Monaten. In seiner Heimatstadt Limoges war die Rekrutierung für den STO in vollem Gang gewesen, und denen, die nicht rechtzeitig untertauchten, drohte die Deportation. Am 24. Dezember hatten Daniel und sein bester Freund, Paul Garcin, das Wichtigste eingepackt, ein emotional aufgeladenes Abendessen mit ihren Familien hinter sich gebracht und danach die geringe Alarmbereitschaft ausgenutzt, die die Deutschen an Heiligabend zeigten. Sie folgten dem Fluss in nordöstliche Richtung nach Saint-Priest-Taurion und schlugen ihr erstes Lager in tosendem Regen zwei Stunden nach Mitternacht auf. Am nächsten Morgen krabbelten sie unter ihren Decken hervor, verfroren und rotäugig, doch fest entschlossen, weitere Kilometer zwischen sich und Limoges zu bringen. Der Regen war unvermindert stark geblieben. Nach weiteren vierundzwanzig Stunden mit feuchtem Brennholz, kaltem Essen und wenig Schlaf waren sie übereingekommen, wegen des schlechten Wetters ein Risiko einzugehen: Sie mussten Kontakt zu anderen Menschen aufnehmen.

Am Morgen des 26. Dezember erreichten sie westlich von

Royères offenes Terrain. Eine umzäunte Weide und ein paar bescheidene Ackerstreifen. Matschige Furchen eines Pflugs, die zu einem kleinen Bauernhaus ein paar hundert Meter weiter entfernt führten, wo Rauch aus einem Schornstein verlockend zum regenverhangenen Himmel emporstieg. Am Waldrand entlang schlichen sie weiter und stießen auf einen schmalen Karrenweg, der an einem Stall endete. Noch immer war niemand zu sehen, doch durch die Wand des wackligen Schuppens hörten sie das leise Gemecker von Ziegen. Sie überquerten den Hofplatz. Am Haus angekommen, schlug Paul das Kreuzzeichen und klopfte an die Tür.

Der Herr musste an diesem Tag guter Laune gewesen sein, denn die Eheleute in den Fünfzigern, die sie in die Wärme einließen, entpuppten sich als wahre Patrioten. Der Bauer, Marcel Brunoy, hantierte Pflug und Geschirr mit einer Hand, nachdem er 1918 in der Schlacht bei Bois Belleau die andere verloren hatte. Nachdem er seine jungen Besucher angehört hatte, sagte er ganz einfach:

»Jetzt ruht euch erst mal aus und esst etwas. Morgen bringe ich euch zu einem Mann, der solche wie euch gebrauchen kann.«

Am Tag danach hatten sie Georges Guingouin und René Vaujour von Angesicht zu Angesicht gegenübergestanden. Zuerst führte Vaujour das Wort. Ein regelrechtes Kreuzverhör, bei dem er alles Mögliche wissen wollte: Familienhintergrund, Zivilstand, Fluchtroute, Arbeitserfahrung, Freundeskreis und politische Sympathien. Guingouin ließ sie während des Gesprächs nicht aus den Augen, begnügte sich jedoch damit, ihren Antworten aufmerksam zuzuhören.

Erst als Vaujour zufrieden schien, ergriff Guingouin das Wort. Er stellte ihnen nur eine einzige Frage:

»Seid ihr bereit, für ein freies Frankreich zu sterben?«

Ohne Zögern hatten beide ja gesagt.

»Ausgezeichnet«, sagte Guingouin. *»Bienvenus au maquis.«*

Wo er sich jetzt befand, auf Madame Verlaques staubigem Dachboden und ans Bett gefesselt, war sich Daniel Marin seiner Sache nicht mehr so sicher. Im Kampf gegen die Besatzungsmacht zu sterben war eine Sache. Etwas ganz anderes hingegen erwartete ihn, falls die Deutschen ihn hier oben entdecken sollten. Der Gedanke ließ ihn zu dem alten Nagant-Revolver hinübersehen, der auf dem Nachttisch lag.

Der Revolver war von einer Kurierin eingeschmuggelt worden, die sich als unschuldige Novizin verkleidet hatte. Mit Gottes Segen auf den Lippen und einer codierten Mitteilung von Guingouin hatte sie Daniel die Waffe überreicht. Der Anblick des Nagant hatte ihn zunächst beruhigt, bis er entdeckte, dass sich nur eine Patrone in der Trommel befand. Er begriff, was dies bedeutete, hatte die codierte Mitteilung kaum lesen müssen, in der ihn der Kampfgefährte inständig bat, den Revolver gegen sich selbst zu richten, falls die Deutschen Daniel Marin aufspüren sollten. *Für die Ehre der Maquisards und die Freiheit des Vaterlandes,* wie es abschließend formuliert war.

Er streckte eine Hand aus und zog die Waffe zu sich. Inspizierte die geölte Oberfläche und die Signatur, die oberhalb des Schaftes in das Metall eingefräst war: L. NAGANT, BREVETE LIÈGE, 1898. Ohne den Hahn zu spannen, legte er sich die Mündung versuchsweise an die Schläfe. Die kalte Liebkosung des Todes. Daniel erschauderte. Welcher Winkel war nötig? War es sicherer, sich den Lauf in den Mund zu stecken? Würde er einen Schmerz spüren? Wie sähe er aus, wenn der tote Körper seiner Mutter überbracht würde? *Würde* sie ihn überhaupt bekommen, oder würden die Deutschen ihn in irgendein zufällig ausgeschaufeltes Grab werfen?

Er spürte Tränen in den Augen, schämte sich aber nicht. Daniel Marin war zwanzig Jahre alt und wollte nicht sterben.

Er wusste nicht, wie lange er geschlafen hatte. Draußen vor dem Dachfenster war es Abend oder Nacht. Sein Bein schmerzte, und sein Hals fühlte sich rauh und trocken an. Im Halbdunkel tastete er nach dem Wasserglas und fluchte, als er es umstieß.

Wie ein Echo erreichte ihn das Geräusch einer Stimme aus dem Stockwerk unter ihm, so leise und fern, dass er schon glaubte, sich verhört zu haben. Er lauschte. Stille. Nur ein schwaches Rascheln in der Wand auf der anderen Seite des Dachzimmers. Eine Ratte? Oder eine Fledermaus, die zur nächtlichen Jagd erwachte? Dann war die Stimme plötzlich wieder da, lauter und schärfer als zuvor. Mit einem Mal war er hellwach. Mühsam richtete er sich im Bett auf und hielt den Atem an. Dann kam es, das Geräusch trampelnder Stiefel auf der Treppe. Nicht ein Paar, sondern mehrere, wie ein unheilverkündender Trommelwirbel.

Die Angst wurde so lähmend, dass ihm die Finger kaum gehorchen wollten, als er nach dem Revolver griff. Das knappe Kilo, das die Waffe wog, fühlte sich an wie zehn. Mit zitternden Händen spannte er den Hahn. Die stählerne Mündung an seiner Schläfe. Wären Daniel Marin noch ein paar Sekunden mehr geblieben, hätte er vielleicht abgedrückt. Aber das Geräusch der sich öffnenden Tür nahm ihm die Entscheidung ab. Mit einem Schluchzen richtete er die Waffe auf die Gestalt im Licht und feuerte Guingouins einzige Kugel ab. Ein Schrei ertönte.

Dann waren sie über ihm.

Die dunklen Jalousien waren heruntergelassen, die Luft im Raum war unerträglich stickig. Hauptscharführer Ulrich Kranz hatte unter einem der verdunkelten Fenster auf einem Hocker Platz genommen und warf verstohlene Blicke auf seine Armbanduhr. Gut zwei Stunden waren vergangen. Hinter dem Stuhl, auf dem der festgeschnallte Gefangene saß, standen zwei Wachsoldaten. Sie starrten ausdruckslos vor sich hin, als ginge sie das, was sich einen halben Meter vor ihnen abspielte, nicht das Geringste an. Auch Otto Wittmann war anwesend. Er hatte seine Uniformjacke über einen Stuhl gehängt und trug Handschuhe aus weichem Hirschleder. Dick genug, um seine Knöchel zu schützen, aber auch dünn genug, um Schäden zu verursachen, wenn seine Faust zuschlug. Neunundneunzig von hundert Kompanieführern hätten diese Drecksarbeit einem Untergeordneten überlassen. Dass der Obersturmführer die Sache in die eigenen Hände nahm, verwunderte Kranz nicht.

Die Schmerzen anderer waren Wittmanns Opium.

Für einen Mann wie Ulrich Kranz war das nur schwer zu verstehen. Was verbarg sich hinter dieser gestörten Psyche? Auf der Akademie in Bad Tölz hatten sich hartnäckig Gerüchte gehalten, dass Wittmann homosexuell sei. Ein vorlauter Kadett hatte Wittmann mit den Gerüchten konfrontiert und war in der darauffolgenden Prügelei fast totgeschlagen worden.

Konnte es so einfach sein? Wurzelte der Hass in der Scham über seine Veranlagung?

Kranz zwang sich, den Gefangenen anzusehen. Daniel Marin war nicht wiederzuerkennen. Sein Mund sah aus wie eine Rose, mit Flecken gebrochener Zähne, die zerschmetterte Nase ragte inzwischen kaum weiter als die aufgedunsenen Wangenknochen aus dem Profil hervor, und die Augen waren nur noch schmale Schlitze unter geschwollenen, purpurroten Lidern. Er hatte mehrmals das Bewusstsein verloren, doch Wittmann war geduldig. Ein paar Minuten Pause und etwas kaltes Wasser sorgten dafür, dass die Misshandlungen fortgesetzt werden konnten. Etwas widerwillig musste Kranz einräumen, dass er den Jungen bewunderte. Sogar als Wittmann auf sein verletztes Bein einschlug, leierte Marin nur immer wieder sein verzweifeltes Mantra herunter:

»Ich weiß nichts …«

Natürlich bestand die Möglichkeit, dass er die Wahrheit sagte.

Kranz hatte es nach der letzten Ohnmacht des Gefangenen vorsichtig angedeutet, und Wittmanns Reaktion darauf war ganz typisch gewesen:

»Selbstverständlich kann es so sein«, hatte er lächelnd erwidert. »Aber sicher können wir erst sein, wenn wir alles versucht haben, nicht wahr? Sterben wird er so oder so.«

Kranz fragte sich, wie Wittmanns nächster Schachzug ausfallen würde. Wasserfolter? Oder Strappado? Der Obersturmführer streifte die Handschuhe ab, warf einen missbilligenden Blick auf seine blutbefleckten Hemdsärmel und drehte sich zu Kranz.

»Wie wär's mit einem kleinen Mittagessen, mein lieber Ulrich? Ich könnte Bührmann auftragen, uns ein paar belegte Brote aus dem Café zu holen.«

Kranz hob abwehrend die Hand.

»Etwas zu früh für mich, Herr Obersturmführer. Aber danke fürs Angebot.«

Wittmann nickte verständnisvoll.

»Sie haben recht. Zu früh – und zu heiß. Wir sehen besser zu, dass wir hier fertig werden, und gönnen uns dann eine wohlverdiente Mahlzeit in kühler Umgebung.«

Wittmann drehte sich zur Tür.

»Bührmann!«

Nach zwei Sekunden stand die Ordonnanz bereit.

»Herr Obersturmführer?«

»Ist meine Bestellung eingetroffen?«

»Selbstverständlich, Herr Obersturmführer.«

»In zwei Minuten, Bührmann.«

»Jawohl, Herr Obersturmführer.«

Die Ordonnanz schlug die Hacken zusammen und verschwand. Wittmann seufzte zufrieden.

»Erstklassiger Typ, dieser Bührmann«, sagte er. »Man kann ihn bitten, Churchills Lieblings-Melone zu beschaffen, und er serviert sie innerhalb einer Stunde auf einem Silbertablett.«

Er wandte sich um und betrachtete Daniel Marin. Der Gefangene war bei Bewusstsein. Jedesmal, wenn er Luft holte, trat Speichel aus seinem Mund hervor, gefolgt von einem blubbernden Geräusch.

»Ein äußerst widerspenstiger Partisan, dieser Marin. Wollen wir doch mal sehen, ob nicht der Notausgang etwas daran ändern kann.«

Kranz blickte ihn verständnislos an.

»Notausgang, Herr Obersturmführer?«

»Ursprünglich eine Methode aus dem Mittelalter. Hauptsturmführer Barbie hat sie dann weiterentwickelt und eingesetzt, wenn seine Verhöre zu träge verliefen.«

Otto Wittmann hatte mit seiner Bewunderung für Klaus Barbie, den Mann, dem die Franzosen den Beinamen »Der Schlächter von Lyon« gegeben hatten, nie hinter dem Berg gehalten. Der Unterschied zwischen den beiden bestand lediglich darin, dass Barbie noch berüchtigter als Wittmann war. Vorläufig, dachte Kranz düster.

An der Tür ertönte ein Klopfen, und Bührmann erschien. Er hielt ein Ofenrohr im Durchmesser von etwa 25 Zentimetern und eine kleine Holzkiste in der Größe eines Schuhkartons in den Händen. Er legte beide Gegenstände auf einen Tisch vor Wittmann, salutierte und entfernte sich wortlos. Ein schwaches, raschelndes Geräusch kam aus dem Kasten. Kranz richtete sich auf. *Was zum Teufel?*

Wittmann griff zum Wassereimer und klatschte dem Gefangenen ein paar Liter ins Gesicht. Marins Kopf zuckte leicht.

»Können Sie mich hören, Partisan?«, sagte Wittmann in tadellosem Französisch.

Der Gefangene nickte fast unmerklich.

»Sie waren tapfer, Partisan«, fuhr Wittmann mit sanfter Stimme fort.

»Sie haben sich entschieden zu leiden – zu leiden, damit der *Fuchs* leben soll. Jetzt werden wir ein neues Spiel spielen, Sie und ich. Die Regeln könnten nicht einfacher sein. Ich werde das Seil von Ihrer rechten Hand lösen. Falls Sie mir im Laufe des Spiels erzählen möchten, wo sich Guingouin aufhält, brauchen Sie bloß die Hand zu heben. Haben Sie das verstanden?«

Der Kopf des Gefangenen erstarrte inmitten der Bewegung, als versuche er, sich zu konzentrieren.

»Comprenez-vous?«, wiederholte Wittmann.

Abermals ein schwaches Nicken.

»Bon«, sagte Wittmann mit einem Lächeln. »Dann fangen wir an.«

Aus der Innentasche seiner Uniformjacke nahm er zwei fingerdicke Zigarren und drehte sich zu Kranz um.

»Zigarre, Ulrich?«

Kranz stutzte. Er hatte Wittmann noch nie rauchen gesehen.

»Äh ... nein danke, Herr Obersturmführer.«

Wittmann zuckte mit den Schultern, steckte die eine Zigarre zurück in die Jackentasche und entzündete die andere. Mit der Zigarre zwischen den Zähnen zog er sich wieder einen der Handschuhe über. Den rechten.

»Passen Sie jetzt gut auf, Ulrich«, sagte Wittmann. »Diese Variante wird Ihnen gefallen.«

Die Aufforderung war völlig überflüssig. Kranz saß kerzengerade da. Von seinem Hocker sah er, wie Wittmann das Ofenrohr vom Tisch nahm und einem der Wachsoldaten ein Zeichen gab. Dann drückte der Obersturmführer das eine Ende des Rohrs auf den Solarplexus des Gefangenen und gab dem Soldaten den Befehl, es festzuhalten. Wieder am Tisch, entfernte er den Deckel von dem Holzkasten, schob seine behandschuhte Hand hinein und holte den Inhalt hervor.

Eine fette, graubraune Ratte.

Kranz sah stur geradeaus. Das Tier wand sich halbherzig, als wüsste es, dass jeder Widerstand zwecklos sei. Wittmann hielt Daniel Marin die Beute direkt vor sein zerschundenes Gesicht.

»Ihre Augen sind geschwollen, Partisan, aber sehen Sie, was das hier ist?«

Der Gefangene rührte sich nicht.

»Ach, kommen Sie schon«, sagte Wittmann freundlich. »Ihr Stall ist doch bestimmt voll von solchen. Das ist eine ganz gewöhnliche Ratte, nicht wahr?«

Ein fast unmerkliches Nicken von Marin.

»Und jetzt wird uns die Ratte dabei helfen, den Fuchs zu finden«, erklärte Wittmann.

Er trat vor das offene Ende des Ofenrohrs und setzte die Ratte hinein. Das Tier blieb an der stählernen Kante sitzen und schnupperte prüfend die Luft. Kranz ahnte, was kommen würde, und spürte leichte Übelkeit in sich aufsteigen.

»Sehen Sie nur, Ulrich!«, sagte Wittmann voller Begeisterung. »Obwohl die Ratte eine erstklassige Gleichgewichtskünstlerin ist, hat sie doch Höhenangst. Auf den Boden zu springen, kommt für sie nicht infrage. Allerdings gibt es etwas, was sie ebenso sehr wie große Höhen fürchtet: Flammen und Rauch.«

Wittmann nahm einen tiefen Zug und blies dem Tier die Rauchwolke zu. Die Ratte zog sich ins Innere des Ofenrohrs zurück. Abermals nahm Wittmann einen tiefen Zug, beugte sich dann aber hinunter und blies den Qualm direkt ins Rohr hinein. Einmal, dann noch einmal. Kranz konnte die verzweifelten Rattenpfoten auf dem Stahlblech kratzen hören.

»Was tut nun die Ratte in einer Situation wie dieser?«, sagte Wittmann enthusiastisch. »Richtig – das Gleiche, was sie in ihrer natürlichen Umgebung tun würde. Sie versucht, sich durch das Hindernis auf der anderen Seite hindurchzunagen.«

Nur Sekunden später hob Daniel Marin die rechte Hand.

19

Eymoutiers
Sonntag, 14. März, und Montag, 15. März 1943

Die bescheidene Wohnung bestand aus drei Zimmern – Küche, Wohnzimmer und ein kleines Schlafzimmer. Wie immer, wenn Lucien zu Besuch war, wurde Tigo auf das Sofa im Wohnzimmer verbannt. Die Wand zum Schlafzimmer war kaum dicker als eine Zeitung. Sie ersparte ihm zwar den Anblick, doch weder Luciens brünstige Rufe noch das Stöhnen der Mutter.

Tigo wusste genau, was dort drinnen vor sich ging. Sylvain behauptete hartnäckig, er habe es mit seiner zwei Jahre älteren Cousine getan. Traf dies zu, gab es allerdings wenig Grund zu Neid. Die Cousine war hässlich wie die Erbsünde. Tigo hatte es bis jetzt nur mit sich selbst getan und sich dabei vorgestellt, die Hand gehöre zur Jungfer Marian. Nicht einfach, sich dieser Phantasie hinzugeben, wenn man auf einem Außenklo voller Fliegen in einem französischen Hinterhof hockte.

Während er schlaflos und einsam auf dem Sofa lag, spürte er wieder den Hass auf den Liebhaber der Mutter in sich aufkeimen. Tigo hatte überlegt, wie es sich wohl anfühlen mochte, einen anderen Menschen zu töten. Er hatte in der Bibel gelesen, die auf dem Nachttisch seines Vaters lag. *Wie es denn gerecht ist vor Gott, dass er denen, die euch bedrängen, mit Bedrängnis vergilt.* Nach einer Weile war er davon überzeugt, dass Gott ihm vergeben werde, wenn das Opfer tatsächlich zu sterben verdiente, wie die deutschen Soldaten, die ihre Stadt eingenommen hatten. Was Lucien anbetraf, war Tigo indes nicht so sicher. Der Herr würde ihm wohl kaum grünes Licht für Rache geben, nur weil dieser Scheißkerl seine Mutter vögelte und ihren Wein aussoff.

Er hörte, wie die beiden hinter der Wand wieder von vorn

begannen. Tigo sah auf die Wanduhr über der Kommode. Bald elf. Wenn er jetzt bis nach Mitternacht wartete, könnte er sich hinausschleichen. Es spielte ja keine Rolle, dass der Vater auch mit anderen Dingen beschäftigt war. Tigo wollte ja nur bei ihm übernachten.

Obersturmführer Otto Wittmann hatte einen Trupp von fünfzehn Mann zusammenstellen lassen. Mehr würden um diese Tageszeit nur Aufmerksamkeit erregen und das Risiko erhöhen, dass Guingouin und sein Pack von den Aktivitäten Wind bekämen. Fünfzehn durchtrainierte und schwer bewaffnete SS-Männer gegen neun schäbige und schlecht ausgerüstete Maquisards. Die Chancen standen mehr als gut, zumal Wittmann das Überraschungsmoment auf seiner Seite hatte.

Wittmann wollte die Aktion selbst leiten und überließ nichts dem Zufall. Der Kompaniechef hatte sich die Uniform eines Truppenführers übergezogen, mit Helm und Schulterriemen, und führte Magazintaschen sowie zwei Handgranaten mit sich. Die Luger, die stets in seinem Gürtel steckte, hatte Gesellschaft von einer MP40 bekommen, der Maschinenpistole, die bei allen SS-Soldaten zur Standardausrüstung gehörte. Zur Bewaffnung des Trupps gehörten außerdem zwei MG42 und ein Flammenwerfer für den Fall, dass es nötig werden sollte, das Haus in Brand zu stecken.

Wittmann hatte Ulrich Kranz befohlen, in der Stadt zu bleiben und vorübergehend das Kommando über den Rest der Kompanie zu übernehmen. Kranz war nur froh. Er war Offizier aus Pflichtgefühl, nicht aus einem Herzenswunsch heraus, und der Gedanke, einen anderen Menschen zu töten, kam ihm trotz allem unwirklich vor.

Sein Vater, der Professor, hatte ihn dazu überredet, die Offizierslaufbahn einzuschlagen. *Wenn du schon am Krieg teilnehmen musst, kannst du es genauso gut mit Stil tun,* hatte er gesagt. Doch ausnahmsweise hatte sich sein Vater geirrt. Je weiter man die Karriereleiter hinaufstieg, desto größer wurde die Verantwortung. Die Zeit im Lager Belzec hatte Kranz menschlich verändert; ihm das Gefühl für sich selbst geraubt und seine schlaflosen Nächte mit Gespenstern bevölkert. Und diese würden nun von Daniel Marin Gesellschaft bekommen, dem jungen Partisanen, den Wittmann vor wenigen Stunden mit einem Schuss in den Nacken hingerichtet hatte. Die Gedanken an den gefolterten Jungen ließen Kranz innerlich vor Scham erröten. Auch ohne seine Uniform war Marin ein tapferer Soldat gewesen. Er selbst war nichts anderes als ein Lakai. Ein Mann in Uniform, aber ohne Ehre.

Mochte der Teufel Wittmann holen.

Von seinem Platz am offenen Fenster im zweiten Stock des Gebäudes hörte Kranz, wie der Obersturmführer den Männern letzte Instruktionen gab. Wittmann hinterließ keinen Zweifel am wichtigsten Punkt der Mission:

Georges Guingouin sollte lebend gefasst werden.

Kranz wusste, dass es Wittmann dabei um etwas Persönliches ging. Die Sprengung des Viadukts, die in der Realität ein Anschlag auf eine Okkupationsmacht war, erschien in Wittmanns Augen als etwas ganz anderes. Der Anführer der Maquisards hatte ihn in Verlegenheit gebracht und seiner ansonsten tadellosen Offizierskarriere einen hässlichen Stich versetzt. Einen Stich, der die Vorgesetzten in Berlin die Nase rümpfen ließe.

Die einzig angemessene Buße dafür war ein redseliger Guingouin, gefesselt auf demselben Stuhl, auf dem Daniel Marin gesessen hatte.

Endlich zeigte der Stundenzeiger auf dem cremeweißen Zifferblatt nach oben, und die Uhr gab zwölf zarte Schläge von sich. Nachdem der letzte Ton verklungen war, blieb er liegen und lauschte. Durch die dünne Wand drang leises Schnarchen aus dem Nebenzimmer. Lucien schlief also. Wenn Tigo seine Mutter richtig kannte, würde auch sie nicht wieder erscheinen, bevor sie aufstand, um dem Eindringling Kaffee zu kochen.

Behutsam zog er die Decke zur Seite und stellte die nackten Füße auf den Boden. Zog sich die Hose an, während er darauf achtete, die Gürtelschnalle in der Hand zu behalten. Draußen herrschten nicht mehr als zehn oder elf Grad, aber das Wollunterhemd würde schon reichen. Er würde nicht mehr als zwanzig Minuten für die Strecke brauchen.

Vorsichtig bewegte er sich durch die verdunkelten kleinen Winkel des Städtchens, wo die Gefahr, auf eine deutsche Patrouille zu stoßen, viel geringer war. An jeder Ecke blieb er stehen und überprüfte, ob die nächste Gasse auch leer war. Am Tag zuvor war ein Ausgangsverbot verhängt worden, vermutlich weil eine Brücke außerhalb der Stadt zerstört worden war. Die Mutter hatte ihm eingeschärft, es sei streng verboten, sich nach neun Uhr abends draußen aufzuhalten. Er überquerte die alte Stadtbrücke am Boulevard Jules Guesde und betrat den Park auf der anderen Seite des Flusses. Ein Wald aus Platanen mit ihren gefleckten Stämmen, willkürlich dort wachsend, wo die Natur sie hingestellt hatte. Über ihm ineinandergeflochtene Baumkronen, so dicht, dass sie das Mondlicht und die silbrig schimmernden Wolken fast vollständig verbargen.

Tigo rannte – weil er schnell weiterkommen wollte, doch hauptsächlich, weil er Angst vor der Dunkelheit hatte. Er war den Weg schon hundert Mal zuvor gegangen, aber der Wald war bei Tageslicht nun einmal freundlicher. Er dachte an den Sherwood-Wald, wo Robin Hood wohnte. War es dort wohl genauso dunkel? Wenn er es genau bedachte, wäre Sylvain für die Rolle des Robin vielleicht geeigneter gewesen. Mit Ausnahme seines brutalen Vaters hatte er nämlich vor nichts und niemandem Angst. Plötzlich musste er an die Katze denken, die sie gefunden hatten. Die kranke Katze, die sterben musste, weil Tigo nicht einen Finger gerührt hatte, um seinen Freund aufzuhalten.

Er konnte gerade noch mit einer gewissen Wehmut an die Episode zurückdenken, bevor er plötzlich mit dem Fuß gegen etwas stieß und der Länge nach hinfiel. Er versuchte, sich im

Dunkeln zurechtzufinden, und schrie auf, als seine Hand etwas erspürte. Als er sich auf den Rücken drehte, war er von einem neuen Wald umringt.

Ein Kreis aus Männern mit Helmen, bewehrt mit Waffen und Ausrüstung.

* * *

Weniger als fünf Kilometer entfernt saßen drei Männer um einen Küchentisch: Georges Guingouin, René Vaujour und Santiago Gaillard. Guingouin konnte sich kaum erinnern, wann er sich zuletzt so wohlgefühlt hatte. Nach der Ankunft bei Santiago hatte er den Samstag in einem tiefen, traumlosen Schlaf verbracht; vom frühen Morgen an, bis die Sonne wie ein glühendes Feuer hinter den Hügeln im Westen untergegangen war. Als er schließlich vom oberen Stockwerk hinuntergetaumelt kam, stand das mit Holz befeuerte Badewasser in einer Wanne hinter dem Haus dampfend für ihn bereit. Die Trikolore war von der Wäscheleine verschwunden, wo seine eigenen Sachen gewaschen und von der Sonne getrocknet auf ihn warteten. Guingouin hatte es genossen, in das heiße Bad zu steigen, hatte gespürt, wie es jede Faser seines Körpers aufweichte, und dabei gedacht, dass der einzige Segen, den der Herrgott vielleicht noch zu spenden bereit war, Santiago Gaillard zufallen müsste.

Nun, einen Tag später, waren alle Männer der kleinen Truppe wiederhergestellt. Sie waren übereingekommen, sich bis auf weiteres ruhig zu verhalten und die Umgebung von Santiagos Haus von der Spitze des alten Silos abwechselnd unter Beobachtung zu halten. Guingouins Bruder Roland würde sie über die Bewegungen des Feindes in der Stadt unterrichten. Funkkontakt war viel zu riskant. Wenn es etwas zu berichten gab, mussten sie auf Kuriere zurückgreifen.

Guingouin hob das Glas und prostete den anderen zu. Im Schein der Petroleumlampe leuchtete der goldene Branntwein wie Myrrhenöl.

»Auf ein freies und unabhängiges Frankreich«, sagte er feierlich.

Sie tranken.

»Mon dieu«, seufzte Vaujour. »Hast du diese Köstlichkeit etwa selbst zusammengebraut, Santiago? Die stellt ja selbst Armagnac in den Schatten.«

»Wenn's mal so wäre«, erwiderte Gaillard. »Tatsächlich stammt dieses Gesöff jedoch von einem Winzer drüben in La Forêt. Er hat ein Portrait von Madame bestellt, und als es fertig war, stellte es sich heraus, dass er kein Geld hatte. Ein Dilemma natürlich, da ich das Bild seiner nicht gerade bezaubernden Gattin auch keinem anderen verkaufen konnte. Die Rechnung wurde dann in natura beglichen, wohlgemerkt ohne irgendeine Beteiligung seitens Madame, aber in Form einer ansehnlichen Menge Flaschen von Monsieurs bestem Brandy.«

»Mögen seine Reben auch in den kommenden Jahren viele Früchte tragen«, sagte Vaujour grinsend und nahm noch einen Schluck.

»Erstklassige Ware«, stimmte Guingouin zu. »Ich schlage aber vor, dass wir nicht alle Flaschen leeren. Hoffentlich verirren sich dieser Kommandant Wittmann und sein Gefolge im Wald bei Limoges, aber man kann nie wissen.«

»Das ist ja mal wieder typisch für dich, Guingouin«, brummte Vaujour. »Sogar in der süßen Stunde des Sieges sind deine Schultern bis zu den Ohren hochgezogen.«

»Wir haben eine Eisenbahnbrücke in Haute-Vienne in die Luft gesprengt, nicht das Kriegsministerium in Berlin«, erwiderte Guingouin scharf. »Ich werde mich entspannen, wenn der Krieg gewonnen ist.«

»Wie es derzeit aussieht, kann das noch eine Weile dauern«, sagte Gaillard.

»Im Osten wird es hell, Santiago. Und das meine ich ganz buchstäblich. Stalins Männer leisten Widerstand, und die Deutschen erleiden große Verluste. Wenn die Alliierten den

Druck erhöhen, bekommt Hitler genau den Zweifrontenkrieg, den er um alles in der Welt vermeiden wollte.«

»*Falls* die Alliierten den Druck erhöhen«, präzisierte Vaujour.

»Es gibt Gerüchte über eine größere Offensive«, sagte Guingouin, »de Gaulle ist in London, und Churchill und Roosevelt arbeiten mit Sicherheit an einer gemeinsamen Strategie.«

»Alle sind in London«, schnaubte Vaujour. »De Gaulle, Moulin, d'Astier ... Jean de Tassigny sitzt unten in Tanger. Oder *liegt*. Der Einzige, der sich in Frankreich befindet, ist Pétain, und er leckt Hitler den Arsch wie ein geiler Hasenhund.«

»Du drückst dich ja mal wieder äußerst elegant aus, René, bemerkte Guingouin. »Kein Wunder, dass du Journalist geworden bist.«

Demonstrativ nahm Vaujour noch einen Schluck Brandy, hielt aber den Mund.

»Moulin ist übrigens zurück«, sagte Guingouin.

Die beiden anderen starrten ihn an. Langsam setzte Vaujour das Glas ab und beugte sich mit seinen ganzen hundertundvierzig Kilo über den Tisch.

»Machst du Witze?«, fragte er misstrauisch.

»Nein. Er ist vor ein paar Tagen gelandet.«

»Und wo ist er jetzt? Doch wohl hoffentlich nicht in Paris?«

»Je weniger ihr wisst, desto sicherer ist Moulin«, erwiderte Guingouin.

»Woher weißt *du* denn das, Georges?«

»Wie ich eben sagte, je weniger ...«

»Jaja, schon gut!«, gab Vaujour leicht gereizt zurück. Als Mann der Presse hasste er nichts mehr, als von lebenswichtigen Informationen abgeschnitten zu werden.

»Ich kann euch jedenfalls verraten, dass Moulin und de Gaulle sich mehrmals in London getroffen haben«, sagte Guingouin. »Auch der stellvertretende britische Premierminister Attlee hat an diesen Treffen teilgenommen.«

»Aber das muss ja bedeuten ...«, setzte Gaillard an, kam

aber nicht weiter, da im selben Moment die Tür aufgerissen wurde und Léon erschien.

»Bewegung auf dem Weg im Südosten«, rapportierte er. »Vier- bis fünfhundert Meter entfernt.«

Guingouin hob ruckartig den Kopf.

»Hierher unterwegs?«

»Ja.«

»Wie viele?«

»Schwer zu erkennen im Dunkeln. Nicht viele. Fünf, vielleicht sechs Mann.«

Guingouin und Vaujour blickten einander kurz an. Falls die Deutschen ihnen auf der Spur waren, würden sie wohl mehr als nur ein halbes Dutzend Soldaten schicken.

»Hol Victor vom Silo«, sagte Guingouin zu Léon. »René, du weckst die anderen.«

Vaujour war schon auf dem Weg zur Treppe. Gaillard blies die Petroleumlampe und die beiden Kerzen auf dem Tisch aus. Die Küche lag im Dunkeln.

»Das kann eine zufällige Wachpatrouille sein«, sagte Guingouin leise. »Das Viadukt hat die Schweine vermutlich wach werden lassen.«

Gaillard nickte stumm. *Warum sollte sich eine Wachpatrouille hierherbegeben, auf einen kleinen Weg, der nicht weiter als bis zu ein paar Höfen führte?*

Mit Victor im Schlepptau kam Léon zurück. Nur Sekunden später kamen die anderen in voller Montur die Treppe heruntergestürmt, wie Feuerwehrleute vor einem Einsatz – Albert, Maurice, Jacques, Paul, Christian und zum Schluss René. Ein Lagebericht war überflüssig. Guingouin wusste genau, dass Vaujour die schlaftrunkenen Männer informiert hatte, während sie blitzschnell ihre Ausrüstung zusammensuchten.

»Das Haus hat drei Ausgänge – die Haupttür, die Hintertür zur Scheune und die in der Speisekammer«, fasste Guingouin schnell zusammen. »Wenn es sechs Männer sind, können die nicht alles gleichzeitig abdecken.«

»Léon hat sechs Männer *gesehen*«, warf Vaujour ein.

»Auch wenn das gesamte deutsche Heer da draußen aufmarschiert, hat das Haus immer noch drei Ausgänge«, erwiderte Guingouin. »Meine Mathematik, nicht wahr, René? Léon und Victor, ihr bewacht das Fenster nach Süden. Maurice und Paul, ihr übernehmt die Schlafzimmerfenster oben. Jacques und Christian – die Hintertür. René – ab in die Speisekammer. Albert und ich gehen nach vorn.«

Vaujour wollte schon protestieren, besann sich aber anders. Er verstand, dass Georges ihm die beste Alternative gegeben hatte, wo Büsche und Unterholz bis nahezu an die Hauswand heranragten. Die Speisekammertür war von außen nicht zu erkennen. Eine besondere Gunst des Jugendfreundes.

Guingouin sah Gaillard an.

»Nur zur Sicherheit, Santiago ... Wir können den Teppich und den Küchentisch drüberstellen«, sagte er und deutete auf die Kellerluke im Boden. Gaillard richtete sich etwas auf und schüttelte abweisend den Kopf.

»Ich bin vielleicht dreißig Jahre älter als ihr, aber das heißt nicht, dass ich mich wie eine Ratte verkriechen werde.«

»Aber das sind doch die Deutschen ...«

»Vergiss es, Georges!«, sagte Gaillard und drehte sich zu den anderen.

»Hat vielleicht jemand ’ne Waffe übrig?«

»Vermutlich etwas zu spät, dir jetzt das Sten Gun zu erklären«, sagte Vaujour lakonisch. »Nimm die hier.«

Er reichte Gaillard eine der Schrotflinten.

»Einfache Gebrauchsanweisung«, sagte Vaujour. »Du spannst den Hahn und feuerst ab. Wenn der Lauf in Richtung Fritz zeigt, dann triffst du auch. Zum Nachladen wird dir kaum Zeit bleiben, aber stopf dir die hier trotzdem in die Tasche.«

Gaillard nahm die sechs Schrotpatronen entgegen.

»Die haben sich unten am Gatter eingerichtet«, rapportierte Léon vom Fenster.

Seine Worte zerstörten alle Hoffnung auf einen falschen Alarm.

»Scheiße!«, fauchte Vaujour.

Dann zerrissen drei Pistolenschüsse die Stille der Nacht, und eine hohle, metallische Stimme erklang aus einem Megaphon:

»Guingouin! Gaillard! Hier ist Obersturmführer Otto Wittmann von der 4. SS-Panzergrenadierdivision. Ich weiß, dass Sie dadrinnen sind. Der Hof ist umstellt. Werfen Sie Ihre Waffen weg und kommen Sie mit erhobenen Händen heraus, dann wird niemand verletzt. Wenn Sie einen Schuss abgeben, wird der junge Mann neben mir sofort sterben.«

Eisige Stille.

»Daniel …«, flüsterte Vaujour. »Dieses Schwein hat Daniel!«

Mit eingezogenem Kopf schlich Guingouin zu Léon hinüber und blickte aus dem Fenster. Dann drehte er sich langsam um und sah Gaillard an. Lange. So lange, dass der unmögliche Gedanke schließlich auch in Santiago Gaillards Bewusstsein drang.

»Nein«, sagte Guingouin leise. »Er hat Tigo.«

In Gaillards Kopf begann sich alles zu drehen. Mit zitternden Schritten trat er ans Fenster. Im Licht des Mondes konnte er seinen Sohn erspähen. Das helle Wollunterhemd leuchtete wie eine weiße Fahne vor Wittmanns dunkler Uniform. Die Pistole in der Hand des Kommandanten zielte genau auf das rechte Ohr des Jungen. Gaillard kniff die Augen zusammen, doch als er sie wieder aufriss, stand der Junge immer noch da. *Wie? Wer?* Für einen kurzen, panikerfüllten Moment war er überzeugt, dass Simone etwas damit zu tun haben musste.

»Was machen wir jetzt?«, sagte Vaujour.

Gaillard drehte sich zu ihm und sah ihn entgeistert an.

»Was wir machen? Was soll das heißen? Er hat Tigo, René! *Er hat da draußen meinen Sohn!«*

»Es gibt nur eine Lösung«, mischte sich Guingouin ein. »Santiago geht vor die Tür. Alle, die es durch die Speisekammertür versuchen wollen, machen das.«

»Wir wissen aber gar nicht, ob da zehn oder hundert Männer auf uns warten«, entgegnete Vaujour mit heiserer Stimme.

»Eben. Deshalb sagte ich auch *versuchen*. Mich werden sie jedenfalls nicht lebend kriegen. Wer sich ergeben will, folgt Santiago vor die Tür. Jeder muss für sich entscheiden.«

Wieder wurde es still. Die Männer wechselten Blicke. Maurice zitterte so sehr, dass sie seine Zähne klappern hören konnten. Dann ertönte wieder Wittmanns Stimme:

»Sie sollten dadrinnen jetzt wach werden, Gaillard! Sie haben noch dreißig Sekunden. Wenn Sie nicht bald herauskommen, ist das hier Juniors letzte halbe Minute auf Erden. Noch neunundzwanzig Sekunden ...«

Santiago Gaillard trat an die Tür. Guingouin hielt ihn für eine Sekunde auf und umarmte ihn fest.

»Vive la France«, flüsterte er.

Gaillard versuchte, etwas zu sagen, doch seine Stimme versagte. Mit zitternden Fingern drehte er den Schlüssel herum, zog den Riegel zurück und trat mit erhobenen Händen in die Dunkelheit. Schluchzend schloss Maurice sich ihm an. Dann folgte Christian. Darauf Jacques. Keiner von ihnen wagte es, Guingouin anzusehen.

Doch das tat der zweiundzwanzig Jahre alte Paul Garcin. Er suchte nach einem Signal im düsteren Blick des Anführers. Fand keines und traf eine Entscheidung.

»Désolé, Georges«, sagte er leise.

»Nichts, wofür man um Entschuldigung bitten müsste, Paul«, gab Guingouin zurück. »Jeder hat das Recht, über sein eigenes Leben zu bestimmen.«

Ist das tatsächlich so?, dachte Paul, während er zur Tür hinausging. Was war mit Daniel Marin und dem Revolver, den Guingouin ihm gegeben hatte? Dass die Deutschen ihn so schnell gefunden hatten, musste bedeuten, dass Daniel eine Entscheidung getroffen hatte, eine Entscheidung, die sie alle teuer zu stehen kommen würde.

Otto Wittmann lächelte zufrieden, als die Tür geöffnet wurde. Dass es sich bei dem ersten Mann um Santiago Gaillard handelte, wurde durch den lauten Ruf des Jungen bestätigt.

»Papa!«

Mehrere Männer folgten ihm. Wittmann zählte: ... drei, vier, fünf ...

Fünf. Der Partisan mit dem gebrochenen Bein hatte gesagt, sie seien zehn – einschließlich Gaillard. Wittmann holte tief Luft und setzte das Megaphon an die Lippen.

Dann brach auf der anderen Seite des Hauses die Hölle los.

Die sechs Gefangenen saßen mit auf dem Rücken gefesselten Händen auf dem Fußboden, als die Leichen durch die Hintertür hereingeschleppt wurden. Eine rote Blutspur zeichnete sich auf den groben Dielenbrettern ab, und Santiago Gaillard beugte sich über seinen Sohn, um ihm den Anblick zu ersparen. Durch seine Tränen sah er, wie Otto Wittmann die zerfetzten Körper mit mäßigem Interesse musterte und dann den Blick auf SS-Rottenführer Erwin Grönemeyer richtete.

»Wenn mich meine Mathematikkenntnisse nicht völlig im Stich lassen, würde ich sagen, es fehlen uns drei?«

Grönemeyer wand sich.

»Ich fürchte, sie sind entkommen, Herr Obersturmführer. Acht von unseren Leuten sind ihnen auf den Fersen, aber der Wald hier ist ziemlich dicht. Ohne die Hunde sind wir ...«

»Falls Guingouin zu denen gehört, die entkommen konnten, haben Sie allen Grund, ängstlich zu sein«, sagte Wittmann mit feinem Lächeln. »Es wäre sicher tragisch, als *Schütze* Erwin Grönemeyer nach Rothenburg zurückkehren zu müssen, so ganz ohne Lametta am Kragen. Aber alles zu seiner Zeit. Jetzt wollen wir erst mal die Ware begutachten.«

Er wandte sich an die Gefangenen.

»Ist einer von diesen Kadavern Georges Guingouin?«

Niemand antwortete. Maurice hatte das Kinn auf die Brust sinken lassen und schluchzte wie ein Baby.

»Du!«, sagte Wittmann und richtete seinen Zeigefinger auf Paul Garcin. »Ist einer von denen Guingouin?«

Garcin zögerte und nickte dann schließlich.

»Wer von denen, Partisan?«

»Der große. Der mit dem Bart.«

Otto Wittmann inspizierte René Vaujours Leiche – von den Sohlen der schweren Stiefel bis zu den aufgerissenen Augen, die im Tod erstarrt waren.

»Das ist also der berühmte *Fuchs*«, murmelte er. »Witzig ... er erinnert mich eher an einen Bären.«

»Der Partisan lügt, Herr Obersturmführer«, ertönte eine Stimme hinter Wittmann.

Wittmann drehte sich um und sah den Soldaten an. Es war der Schwede. Der Blonde. Noch helleres Haar als Wittmann selbst. Und so weit von einem Juden entfernt, wie es nur eben möglich war.

»Und woher – wenn ich fragen darf – wissen Sie das?«, fragte Wittmann.

Der Soldat nahm Haltung an.

»Zufall, Herr Obersturmführer. Vor einiger Zeit habe ich meinen freien Abend unten im Wirtshaus verbracht und mit einer hübschen Frau geflirtet. Sie war Lehrerin und eine ehemalige Kollegin dieses Guingouin. Sie hat ihn mir beschrieben. Guingouin ist klein und dünn. Einen halben Kopf kleiner als ich, schätzte sie. Und ich bin eins achtzig, Herr Obersturmführer.«

Wittmann richtete abermals den Blick auf René Vaujours. Dann erhob er sich von seinem Stuhl, nahm die Luger aus dem Holster und schoss Garcin zweimal in den Bauch. Der Maquisard zuckte kurz, blieb ein paar Sekunden aufrecht sitzen und fiel dann schlaff in sich zusammen.

»Erste Lektion der Nacht«, sagte Wittmann. »Die Lüge ist wie die Frucht am Baum der Erkenntnis – verlockend, aber mitunter verhängnisvoll.«

Er trat auf Garcin zu.

»Apropos Frucht«, sagte Wittmann. »Es ist ein Vorteil, wenn man eine Zeitlang nicht gegessen hat. Ist es lange her, dass Sie gegessen haben, Partisan?«

Garcin stieß ein langgezogenes leises Heulen aus.

»Wenn Sie Glück haben, gerät die Magensäure nicht in Ihre Bauchhöhle«, fuhr Wittmann im Dozententon fort. »Dann können Sie noch stundenlang leben – vielleicht sogar einen ganzen Tag. Obwohl … bei den Schmerzen ließe sich ja durchaus darüber streiten, wie glücklich Sie dann wären.«

Wittmann beugte sich hinunter und besah sich die Schusswunden.

»Bei näherer Betrachtung komme ich zu der Schlussfolgerung, dass Ihre letzte Mahlzeit nicht allzu lang zurückliegt, Partisan? Was genau Sie da verzehrt haben, ist schwer zu sagen. Etwas mit Knoblauch, wenn ich mich nicht irre?«

Der Kompaniechef richtete sich wieder auf, verschränkte die Hände hinter dem Rücken und betrachtete die anderen Gefangenen.

»Wo waren wir stehengeblieben? Ach ja, die Begutachtung der Ware. Vielleicht möchten Sie es einmal versuchen, Partisan?« Wittmann zeigte auf Jacques Brigot. »Aus Respekt vor den Toten beginnen wir mit ihm, dem bärtigen Bären. Name?«

»René Vaujour«, flüsterte Brigot.

Wittmann zog einen Notizblock aus der Brusttasche und strich etwas durch.

»Und neben dem Bären? Falls es überhaupt möglich ist, ihn wiederzuerkennen in solch furchtbarer Verfassung?«

»Victor … Victor Ventoux.«

»Und Sie selbst, Partisan?«

Brigot nannte seinen Namen.

Nachdem die unfreiwillige Vorstellungsrunde beendet war, fasste Wittmann zusammen:

»Wenn ich Ihre Informationen mit den Namen abgleiche, die mir Ihr redseliger – und inzwischen verstorbener – Partisanenfreund mit dem gebrochenen Bein genannt hat, dann komme ich zu dem Schluss, dass folgende drei fehlen: ein Léon Pineau, ein Albert Pothonier und der räudige Fuchs in Person – Georges Guingouin. Ist das richtig?«

Jacques Brigot nickte tapfer. Neben ihm wand sich der verletzte Garcin in Schmerzen. Santiago Gaillard blickte zu Wittmann hinüber, der sich wieder hingesetzt hatte. Auf denselben Stuhl, auf dem vor weniger als einer Stunde noch Georges Guingouin gesessen hatte.

»Monsieur Wittmann?«

Der Kompaniechef erwiderte Gaillards Blick mit geradezu erwartungsvoller Miene.

»Zeigen Sie ein wenig Barmherzigkeit«, sagte Gaillard. »Helfen Sie dem Verwundeten, oder …«

Wittmann drehte Gaillard das rechte Ohr zu, als sei er überaus gespannt auf die Fortsetzung.

»Oder?«, hakte er nach.

»Oder *bei Gott,* erlösen Sie den Jungen von seinem Leiden«, schloss Gaillard leise.

Otto Wittmann kicherte.

»Sie vergessen etwas ganz Wesentliches: die Eisenbahnbrücke, die mir diese Banditen zerstört haben. Im Übrigen unterstützt von einem lokalen Künstler mit schlechtem Urteilsvermögen und einem Sohn, der auf eigene Faust nachts umherstreift. Ich kann Ihnen versichern, dass die nächtlichen Leiden gerade erst begonnen haben, Monsieur Gaillard.«

20

Sainte-Maxime
Samstag, 3. Mai 2014

Bull bestellte einen Kaffee zum Strandpromenadenpreis und beschloss, Eva Heiberg in Oslo telefonisch Bericht zu erstatten. Es schadete sicher nicht, ein wenig aktiv zu werden, zumal die Bürokraten in Paris bereits angefangen hatten, mit den Säbeln zu rasseln.

Heiberg hörte zu, warf hier und da eine Frage ein und nahm den mageren Bericht zur Kenntnis. Sie wiederholte, dass sie volles Vertrauen in seine Fähigkeiten als Ermittler habe, und erinnerte ihn daran, dass auch der Mord an Olof Palme noch immer ungelöst sei. Besten Dank, dachte Bull. Die Ermittlungen im Palme-Fall waren zum Paradebeispiel dafür geworden, wie die Dinge *nicht* gemacht werden sollten. Einen Augenblick überlegte er, sie über seinen bevorstehenden Ausflug nach Palma zu unterrichten, ließ es dann aber sein. Auch wenn sich vielleicht ein Bär auf Mallorca befand, war es klüger, das Fell nicht voreilig zu verkaufen. Nach etwas Smalltalk und einem freundlichen *Weiterhin viel Erfolg* von Heiberg beendete er das Gespräch. Abermals überkam ihn das Gefühl, Heiberg sei zufrieden, solange er sich nicht in Oslo aufhalte. Die Ware, die Europol bestellt hatte, war eingetroffen. Soviel dazu.

Gerade als er das Telefon auf den Tisch legen wollte, klingelte es. Moulins Name leuchtete auf dem Display auf.

»Bull.«

»Sie haben zwei Möglichkeiten, *mon ami*. Wenn Sie noch heute Abend abreisen wollen, müssen Sie über Barcelona fliegen. Ankunft Palma de Mallorca, 22.30 Uhr. Morgen früh geht um 08.45 Uhr ein Direktflug von Nizza ab, die Flugzeit beträgt eine Stunde.«

Sie einigten sich auf den Direktflug. Es war völlig witzlos, nach Anbruch der Dunkelheit in dem mallorquinischen Städtchen herumzuirren. Raoul würde um halb sieben am nächsten Morgen mit Kaffee und frisch gewaschenem Wagen vor dem Hotel auf ihn warten.

Bull bezahlte den Kaffee, steckte die ordentlich gefaltete Quittung für Heiberg in die Brieftasche und nahm Kurs aufs Hotel. Die Nachmittagssonne ließ den windstillen Hafen wie einen Backofen glühen. Sogar die Seevögel hatten Ruhestellung eingenommen und hockten auf Fahnenmasten, Pollern und weißen Pfosten. Die Menschen hatten sich in den Schatten der Bäume und Sonnenschirme zurückgezogen und blickten erwartungsvoll dem Sonnenuntergang entgegen, der erträgliche Temperaturen versprach. Bull ermahnte sich selbst, die Shorts für den Ausflug einzupacken. Mallorca würde kaum kühler als die Riviera sein.

Im Hotel lag eine Nachricht für ihn bereit. Die junge Frau hinter dem Empfangstresen reichte ihm schüchtern lächelnd einen Umschlag und schenkte ihm einen Blick, der offenbar andeuten sollte, dass auch sie die Zeitungen gelesen hatte. Vermutlich war sogar ein erfolgloser Mordermittler interessanter und exotischer als sonnenverbrannte Touristen.

In seinem Zimmer schälte er sich aus seinen Sachen, drehte die Klimaanlage zwei Grad herunter und öffnete den Umschlag.

Fünf handgeschriebene Zeilen, unterschrieben von Émilie.

Sie bedankte sich für das angenehme Mittagessen und versicherte, dass auch ihre Kochkünste sich auf brauchbarem Niveau befänden. Ob er sich daher vorstellen könne, am Sonntag zu ihr und Michelle zum Abendessen zu kommen? Sie hatte ihre Handynummer hinzugefügt und bat ihn, ihr seine zu schicken, »damit wir nicht länger mit Zettelchen wie diesem kommunizieren müssen, wie man es zu Hercule Poirots Zeiten tat«.

Bull streckte sich auf dem Bett aus und las die Nachricht ein weiteres Mal. Was braute das Schicksal da eigentlich gerade für ihn zusammen?

Schon bei der ersten Begegnung in der Buchhandlung hatte ihn etwas an ihr an Frida erinnert. Nicht das Äußere – Frida war blond und relativ klein gewesen. Es war der Typ, die Persönlichkeit. Diese extrovertierte, ja beinahe freche Art, die zugeknöpfte Männer wie er oftmals verlockend fanden. Bei Frida war sie mit einem Gefühl der Tiefe einhergegangen. Sie hatten sich 1993 beim Roskilde-Festival kennengelernt, aber selbst die Wiedervereinigung der legendären Velvet Underground war von Fridas Auftritt auf Bulls schmaler Bühne in den Schatten gestellt worden. Im Laufe weniger Sommerwochen hatte sie eine Schicht nach der anderen von ihm durchdrungen, bis sie an seinem Kern angelangt war. Dort hatte sie Bogart Bull gefunden, einen Jungen, der als Vierjähriger seine Mutter verloren hatte und danach bei einem freundlichen – aber egozentrischen – Künstlervater aufgewachsen war, einem wirklichkeitsfernen Bohemien, der sich stets eine neue Adresse suchte, sobald die Rechnungen den Briefkasten zu sprengen drohten. Der Sohn war nach und nach zu einem wurzellosen Straßenjungen geworden und hätte sich ebenso gut zu einem von denen entwickeln können, die er später bekämpfte. Allerdings hatte es ja Frida gegeben, die – begleitet von den bleischweren Tönen von Motörheads »March or Die« sowie mit einer Tonne Liebe und einer Lebensfreude, die einfach nur ansteckend wirkte – mit ihm auf der Wiese umhergewandert war und dies verhindert hatte.

Lebensfreude …

Er schüttelte den Gedanken ab und schrieb eine SMS an Émilie. Mitten im Satz entschied er sich anders und wählte ihre Nummer. Sie antwortete fast unmittelbar.

»Oui?«

»Hier ist Bogart – der lange Arm des Gesetzes.«

Ihr Lachen klang weich.

»Ich dachte mir's schon, als ich diese endlose Nummer auf dem Display gesehen habe. Wie geht's denn mit der Mörderjagd?«

»Noch immer etwas zäh. Ich muss morgen für kurze Zeit verreisen und werde vor Montag wohl nicht zurück sein. Dann allerdings wäre ein selbst bereitetes Abendessen ziemlich willkommen.«

»Dann wäre das also abgemacht, Bogart. Ich kurve hier gerade im Zentrum von Marseille herum und versuche, einen Parkplatz zu finden. Dieser Teil der Stadt ist hoffnungslos. Der reinste Times Square.«

Im Hintergrund hörte Bull das Geräusch einer Autohupe und das Läuten von Kirchenglocken.

»Parken Sie auf dem Gehsteig«, sagte Bull. »Ich sage Moulin, er soll das Strafmandat annullieren.«

»Ich wusste doch, dass Sie ein Gentleman sind«, gluckste sie.

Bull spürte, dass er lächelte. Wann war ein Smalltalk am Telefon zuletzt so angenehm gewesen?

»Ich werde meine Künste bis Montag noch weiter verfeinern«, sagte er. »Fahren Sie vorsichtig in der Zwischenzeit.«

Sie verabschiedeten sich voneinander und beendeten das Gespräch. Fast im selben Moment klingelte Bulls Telefon erneut. Moulin.

»Hallo, Jean.«

Da Moulin sicher war, dass Bull wusste, wer sich am anderen Ende der Leitung befand, verschwendete er keine Zeit mit überflüssigen Phrasen:

»Erik Jacobsen ist verschwunden.«

»Verschwunden?«

»Abgehauen wäre vielleicht noch präziser ausgedrückt. Vor knapp zwanzig Minuten. Er befand sich in seinem Hotelzimmer in Saint-Tropez, mit einem bewaffneten Polizisten vor der Tür. Jacobsen hat den Beamten – Guillaume – angesprochen und ihn gefragt, ob er ihm dabei behilflich sein könne, einen Behälter aus einer Maschine im Gang mit Eiswürfeln zu füllen. Guillaume hat getan, worum er gebeten wurde, eine Aktion, für die er maximal 45 Sekunden benötigte. Als er mit dem Eis zurückkam und an die Tür klopfte, hat niemand geöffnet.

Guillaume hat dann einen Augenblick gewartet, für den Fall, dass Jacobsen gerade die Toilette besuchte. Als er nach fünf Minuten immer noch nichts gehört hat, ließ er sich von einem Hotelpagen den Universalschlüssel bringen. Die Suite war leer.«

»Und das Gepäck?«

»Soweit sich das beurteilen ließ, hat er nicht viel mitgenommen. Sogar seine Kulturtasche war noch da.«

»Pass? Kreditkarte?«

»Im Zimmer wurde nichts gefunden. Sie haben sogar den Safe geöffnet. Leer.«

»Hat jemand gesehen, dass er das Hotel verlassen hat?«

»Zwei Angestellte an der Rezeption haben ihn einsam durch die Lobby schreiten gesehen. Es gab keinen Grund, darauf zu reagieren.«

»Wie war er angezogen?«

»Wie für einen Spaziergang durch die Stadt. Polohemd, Shorts, Sonnenbrille. Ansonsten hatte er nichts dabei.«

»Haben Sie die Grenzposten alarmiert?«

»In jedem Winkel des Landes. Wir überprüfen jetzt Flug- und Fährgesellschaften. Taxis auch. Es wurde eine Fahndung herausgegeben. Jeder einzelne Polizist in Südfrankreich kennt jetzt seine Beschreibung.«

»Was ist mit seinem Handy?«

»Ausgeschaltet. Wir haben versucht, es zu orten. Ohne Erfolg. Vielleicht war er so schlau und hat die SIM-Karte zerstört. Alles in allem kann man wohl davon ausgehen, dass sein Verschwinden nicht unfreiwillig geschah.«

Bull fluchte lautlos in sich hinein.

»Sie halten mich auf dem Laufenden?«

»Aber selbstverständlich«, erwiderte Moulin und hörte sich dabei ein wenig beleidigt an.

Sie beendeten das Gespräch. Bulls erster Gedanke war, Cathrine Jacobsen in Oslo anzurufen, aber er entschied sich dagegen. Bevor sie sich ein genaues Bild der Situation verschafft hätten, wäre es unnötig, sie zu beunruhigen. Was hatte der Mann bloß vor? Erik Jacobsen hatte ein nahezu wasserdichtes Alibi für den Mord an Axel Krogh. Was Ella betraf, war es lediglich Bulls Intuition, die Jacobsen freisprach. Und jetzt? Verschwunden, allem Anschein nach absichtlich.

Doch mit welcher Absicht?

21

Eymoutiers
Nacht auf den 16. März 1943

PAUL GARCINS NACHT

Irgendetwas stimmt nicht mit seinen Beinen. Er kann sie sehen, aber das Gefühl ist verschwunden. Als ob sein Körper unter dem Bauch endet, dort unten, wo das Leben nun langsam aus ihm heraustropft. Er weiß, dass er sterben wird. Friert er deshalb so sehr? Nein, ihm ist heiß. Heiß und kalt. Ist das Gottes Strafe, weil er Guingouin den Rücken zugekehrt hat? Er erinnert sich daran, was sein Vater gesagt hatte, bevor er am Heiligabend die Familie verließ und durch die Tür trat, um Daniel zu treffen: *Es sind unsere Entscheidungen, die uns definieren. Ich bin stolz auf dich, mein Junge.*

Am heutigen Abend hatte er entschieden, durch eine andere Tür zu treten. Mit erhobenen Händen, in die Arme des Feindes, während Guingouins verzeihender Blick in seinem Rücken brannte. Er hatte versucht, es wiedergutzumachen, war aber von dem deutschen Offizier hart bestraft worden.

Unsere Entscheidungen.

Er dreht den Kopf zur Seite und sieht, dass der Junge neben ihm sitzt und ihn anstarrt. Was liegt hinter den großen glänzenden Augen verborgen? Angst, natürlich. Vielleicht Mitleid? Er versucht, das Kind anzulächeln, bringt aber nur eine Grimasse zustande. Die Schmerzen haben wieder zugenommen. Kälte. Er wird Daniels Weg folgen. Gestorben für ein freies Frankreich. Paul Garcin hofft, dass so etwas auf dem Grab steht, das seine Eltern besuchen werden.

Er wendet den Blick von dem Jungen ab. Die Deutschen haben sich an Gaillards Tisch gesetzt. Sie trinken. Einer von ihnen hat ein paar Flaschen aus der Speisekammer geholt, zwei davon sind bereits leer. Wittmann sitzt am Tischende. Jetzt steht er auf und bringt einen Toast aus. Etwas mit *Das Vaterland*.

Wittmann lächelt die Gefangenen an und wechselt ins Französische.

»Ich habe momentan acht Männer, die im Wald nach der Hauptperson des Abends suchen. Etwas sagt mir, dass es beim Suchen bleiben wird. Etwas sagt mir, dass der Fuchs entkommen ist und Zuflucht in einem neuen Bau genommen hat. Und etwas sagt mir, dass einer oder mehrere von euch wissen, wo sich dieser Bau befindet.«

Jetzt fängt es an, denkt Paul Garcin. Oder endet. Wittmann kommt näher und postiert sich über Christian.

»Was ist mit dir, Partisan? Hast du etwas zur Fuchsjagd beizutragen?«

Christian Broutin wendet den Blick von seinem Schoß ab und starrt auf Wittmanns Schaftstiefel. Dann schüttelt er den Kopf.

»So viel Edelmut auf einem Haufen«, seufzt Wittmann. »Und all dieser Opferwille ist völlig nutzlos.«

Er löst den Verschluss am Holster, in dem die Luger steckt. Und in diesem Moment begreift Paul Garcin, wie er Christian ein wenig Zeit schenken kann, vielleicht den Rest eines Lebens, und sich selbst einen schmerzlosen Tod.

Er ringt mühsam um den wenigen Atem, der ihm geblieben ist, und sagt:

»Sie verschwenden Ihre Zeit, Wittmann.«

Der Kompaniechef dreht sich zu ihm. Sieht ihn verblüfft an, als hätte der Maquisard aus einem offenen Sarg zu ihm gesprochen. Fünf ausgesucht langsame Schritte. Dann ragt er über Garcin auf, mit der Pistole in der Hand.

»Sieh mal einer an«, sagt Wittmann träge. »Keck und frech, sogar am Rande des Abgrunds. Was haben Sie auf dem Herzen, Partisan?«

Garcin ringt weiter um Atem. Die Wörter kommen langsam, stoßweise.

»Sie haben die Einzigen beiden, die Ihnen die gewünschte Antwort hätten liefern können, entkommen lassen – Léon Pineau und Georges Guingouin. Wir hatten fünf verschiedene Lager hier in der Gegend von Haute-Vienne. Georges war vorausschauend. Er wusste, dass einer oder alle von uns bei euch landen und zum Reden gezwungen werden könnten. Deshalb sind wir immer nachts von einem Lager zum anderen gezogen. Léon kennt den Wald wie seine Westentasche. Sie haben doch den Wald hier gesehen, oder nicht? Mehr als tausend Quadratkilometer, eine Lichtung gleicht der anderen. Nur Léon und Georges wussten die ganze Zeit genau, wo wir uns befanden. Vielleicht auch René, aber selbst ein sadistischer Teufel wie Sie hätte nichts aus ihm herausbekommen.«

Wittmanns Züge erstarren, als sei sein Gesicht aus Wachs. Paul Garcin spürt, wie sich sein eigenes in ein Lächeln verwandelt. Wärme. Die Schmerzen sind fort. Die besten Freunde warten. *Ich komme jetzt, Daniel. Ich komme.* Noch ein letzter Atemzug. Dann:

»Sie sind ein Idiot, Wittmann. Ein eingebildeter, feiger und kranker Idiot!«

SANTIAGO GAILLARDS NACHT

Der Sohn flüstert.

Erzählt ihm von der Mutter und von Lucien. Von seiner Tour durch den Ort und von dem dunklen Park. Von seinem Sturz. Von den Soldaten, die »plötzlich aus dem Nichts auftauchten«. Und von Otto Wittmann, der Freundlichkeit in Person, der ihm aufgeholfen und gesagt hatte, er sei ein Freund seines Vaters und wolle Tigo gern zum Hof von Gaillard begleiten. Dass alles gut werde, hatte er gesagt.

Santiago Gaillard hört zu und kämpft gegen die Wut.

Er erinnert sich an den magischen Nachmittag vor bald dreizehn Jahren. Über sieben Stunden hatte Simone sich gewunden, bis ihre Schmerzensschreie schließlich von munterem Säuglingsgeschrei abgelöst wurden. Nach ein paar endlosen Minuten war die alte Hebamme aus dem Zimmer gekommen, mit einem kleinen Bündel neuen Lebens. Ein Blick auf das Kind war genug gewesen. Genug, um Santiago davon zu überzeugen, dass sein eigenes Wohlbefinden von nun an für alle Zeiten zweitrangig war.

Ein enger Verwandter dieses Gefühls schiebt nun seine eigene Angst beiseite. Einzig wichtig ist, was mit Tigo geschieht. Santiago ist bereit, tausend Mal zu sterben, wenn nur der Junge leben darf. *Leben?* Natürlich wird er leben. Es waren die Maquisards, denen die Deutschen hinterherjagten. Die Maquisards und alle, die ihnen halfen. Der Junge war bloß zufällig in die Situation hineingestolpert. Sogar Wittmann musste das einsehen.

Er späht zu dem Deutschen hinüber. Der Offizier ist aufgestanden und beugt sich über Christian Broutin. Etwas wird gesagt, aber die Wörter ertrinken in Tigos Geflüster: *Warum sind sie so, Papa? Hast du über ihn gesprochen, der wie der Sheriff von …*

»Psst!«

Der Junge schweigt. Folgsam. Folgsam wie immer. Wittmann hat wieder die Pistole gezogen. Jetzt redet Paul Garcin. Der mit dem Bauchschuss. Santiago spitzt die Ohren: … *selbst ein sadistischer Teufel wie Sie … Sie sind ein Idiot, Wittmann. Ein eingebildeter, feiger und kranker Idiot!*

Schnell wie eine zubeißende Schlange reißt Wittmann die Pistole herum. Drei Schüsse, ohrenbetäubend laut unter der gewölbten Zimmerdecke. Garcins Füße zucken krampfartig, bevor sie auf den rauhen Dielenbrettern zur Ruhe kommen.

Stille. Santiago ahnt, dass sein Sohn den Atem anhält. Der Geruch von Schießpulver durchdringt den Raum. Alle Blicke sind auf Wittmann gerichtet, der die Waffe absenkt, während er sein Opfer weiterhin anstarrt. Dann beugt er sich hinunter und spuckt dem Toten ins Gesicht. Einer der Soldaten gähnt aus vollem Herzen.

Niemand sagt etwas. Keiner rührt sich. Stille. Nur eine Schmeißfliege, die gegen das Fensterglas stößt, und das gedämpfte Klicken, während Wittmann das Magazin mit neuen Patronen füllt. Mit der Luger im Holster tritt er an den Ausguss, wo er stehenbleibt und sein Gesicht im Spiegel darüber betrachtet, als befände er sich ganz allein im Raum. Was sieht er?, denkt Santiago. Eine Spur von Wahrheit in Garcins verletzender Beschreibung? Oder eine Bestätigung des Gegenteils? Wittmann dreht den Wasserhahn auf, wäscht sich gründlich die Hände und spritzt sich etwas Wasser ins Gesicht. Dann nimmt er das Handtuch vom Haken, inspiziert das Wäschestück mit kritischer Miene und trocknet sich schließlich ab. Seine Hand senkt sich auf das Waschbecken. Kommt mit dem Messer wieder hoch.

Das Messer von Blanche.

Wittmann betrachtet den hübschen Perlmuttschaft mit Kennerblick und klappt dann das Messerblatt heraus. Fährt mit dem Daumen prüfend über die Schneide. Der Schatten eines Lächelns. Dann klappt er das Messer zusammen und steckt es sich in die Jackentasche.

Santiago beachtet das Messer kaum. Er denkt an sie, die zusammen mit dem ersten Kind verschwand und einen Mahlstrom aus Trauer und Verlust hinterließ. Ist dies die Nacht der Wiedervereinigung? Und wenn ja – auch die Nacht des Abschieds?

Er sieht seinen Sohn an. Der düstere Blick des Jungen ist auf Wittmann gerichtet, der weiter im Raum umherspaziert. Der Offizier inspiziert jeden Winkel, fährt mit der tödlichen rechten Hand über das frisch gestrichene Treppengeländer, öffnet Schränke und Schubladen, kratzt am Kalk an den Wänden, wie ein ungenierter Wohnungssuchender bei einer Hausbesichtigung. Vor einer der Wände bleibt er stehen, den Rücken durchgedrückt, die Füße nebeneinander, die frisch gewaschenen Hände hinter dem Rücken verschränkt. Eine unfreiwillige Parodie seiner selbst.

Vor ihm hängen die sieben Gemälde.

Lange bleibt er vor dem ersten stehen. Eine hauchdünne, blutrote Gestalt, in einem schwerelosen Zustand vor einem dunkelblauen, fast schwarzen Hintergrund schwebend. Matisses subtiler Dämon. Der beste. Wittmann beugt sich vor und späht in die Ecken des Bildes, anscheinend auf der Suche nach einem Namen. Tritt einen Schritt zur Seite vor Nummer zwei. Kees van Dongen. Danach Othon Friesz. André Derain. Georges Rouault. Dann Santiagos eigener Beitrag (der schwächste, wie er schon vor langer Zeit verstanden hat). Und schließlich: Edvard Munch. Das grüne.

Wittmann dreht sich um und blickt ihn an.

»Eine interessante Reihe, Monsieur Gaillard. Aber keine Signaturen, soweit ich sehen kann. Bloß eine mehr oder weniger hingeschluderte Numerierung? Außerdem muss man leider sagen, dass die Qualität der Bilder stark variiert – rein künstlerisch gesehen. Was mich vermuten lässt, dass hier verschiedene Akteure am Werk waren. Habe ich recht?«

Santiago nickt. Nichts hat noch eine Bedeutung. Nur der Junge.

»Sie haben eines davon womöglich selbst gemalt?«

Wieder der freundliche Tonfall. Mal abwarten, wie lange der anhält, denkt Santiago.

»Ja.«

»Welches?«

»Nummer sechs.«

Ein Zucken in Wittmanns Mundwinkel, ein Hauch von Nachsicht.

»Und die anderen?«

Soll er es wagen, zu bluffen? Nein. Er hat gesehen, wohin Lügen führen können. Und noch immer geht es um den Jungen. Er leiert die Angaben herunter, ordnet den Nummern Namen zu.

Das Ergebnis ist anders als erwartet. Wittmanns schmale Augen leuchten voller Misstrauen, seine Stimme trieft vor Gift.

»Angesichts der Tatsache, dass Sie die letzten zwei Stunden

in diesem Raum verbracht haben, müssen Sie entweder taub und blind sein – oder bloß sehr, sehr dumm, Gaillard.«

Er glaubt ihm nicht. Natürlich nicht. Wieso sollten auch Werke von einigen der anerkanntesten Künstler Europas an der Wand dieses unansehnlichen Bauernhauses hängen? *Die Briefe*, denkt Gaillard. Gott sei gedankt für die Briefe. Es ist lange her, dass er den letzten bekommen hat, aber das spielt keine Rolle.

»Sie können gern in der obersten Schublade der Kommode nachsehen, Monsieur. Die Sie schon einmal geöffnet haben. Dort liegen handgeschriebene Briefe von Matisse sowie von André Derain und Georges Rouault.«

Die Kommode steht unter dem Fenster, das nach Osten weist. Er hat sie selbst geschreinert. Schwarze Erle, zwei Reihen mit Messingbeschlägen an der Front und Schwalbenschwanzverbindungen an den Schubladen.

Wittmann öffnet die oberste. Ein Stapel Umschläge liegt unter einem herzförmigen, glatt polierten Stein. Auch der ein Geschenk von Blanche, gefunden in einem Fluss außerhalb von Cotignac. Bevor er sie gefunden hatte. Vor dem Fauvismus. Vor dem Krieg. In einer Zeit der Freude und Unschuld.

Zehn oder zwölf Briefe, die meisten von Matisse, mit Glückwünschen und der Hoffnung auf ein baldiges Wiedersehen, aus dem nie etwas wurde. Wittmann liest, begnügt sich mit einzelnen Abschnitten und Namenszügen, dann dreht er sich wieder zu Santiago um.

»Sie überraschen mich, Monsieur Gaillard – das muss ich gestehen. Aber sagen Sie mir, wie kann sich eine kultivierte Person wie Sie mit einem Typen wie Guingouin einlassen?«

»Ich kannte seinen Vater und kenne Georges, seit er sieben war.«

»Und das war Grund genug, um zum Kollaborateur der Banditen zu werden?«

Er könnte Wittmann erzählen, dass ein Bandit jemand ist, der von anderen stiehlt. Ein Land beispielsweise. Oder ein Leben. Doch er sagt:

»Ich bin Franzose, Monsieur.«

Ein säuerliches kleines Lächeln auf Wittmanns Lippen.

»Nicht mehr lange, und wir sind alle Deutsche, Gaillard. Aber Santiago ist doch ein spanischer Name, oder nicht?«

»Meine Mutter stammte aus Katalonien.«

»Stammte?«

»Sie ist vor vielen Jahren gestorben.«

»Verstehe. Was mich daran erinnert, dass wir unser Programm fortsetzen müssen«, sagt Wittmann und breitet die Arme aus. »Ich habe mittlerweile zur Kenntnis genommen, dass hinsichtlich des möglichen Aufenthaltsortes von Guingouin in unserer kleinen Gruppe echte Verwirrung herrscht. Das bedeutet, dass unser Auftrag hier beendet ist.«

Santiago nimmt die Erleichterung wie etwas Physisches wahr. Eine lebenbejahende Kraft, die durch seinen Körper strömt und schließlich den Weg durch die Tränenkanäle nimmt.

Otto Wittmann greift nach dem Glas auf dem Tisch, prostet den Gefangenen zu und gießt den Inhalt in einem Zug in sich hinein.

»Somit bliebe nur noch die Bestrafung.«

TIGOS NACHT

Er muss es sein.

Er, von dem der Vater gesprochen hat. Aber dieser Sheriff hat weder Schwert noch Bogen. Er hat eine Pistole. Noch immer dröhnen die Schüsse in Tigos Ohren. Er kann den Sheriff sehen, aber nicht das, worauf er geschossen hat. Sein Vater versperrt ihm die Sicht. Tigo versucht, sich vorzubeugen, aber der Vater drückt ihn mit der Schulter zurück.

Jetzt tritt der Sheriff ans Ausgussbecken. Betrachtet sich im Spiegel, wäscht sich die Hände. Der Vater hat erzählt, Pontius Pilatus habe dasselbe getan. Um der Menschenmenge zu demonstrieren, dass die Kreuzigung des Heilands gegen seinen Willen geschah.

Jetzt steckt er des Vaters Messer in die Tasche, das Messer, das anzurühren Tigo streng untersagt ist. Warum sagt sein Vater nichts? Warum sagt *niemand* etwas?

Der Sheriff wandert durchs Zimmer, sieht sich die Gemälde an, die, wie der Vater versprochen hat, Tigo bekommen soll, wenn er eines Tages selbst nicht mehr da ist. Sie reden über die Bilder. Namen, die Tigo schon früher gehört hat: *Matisse, Derain und ... Munch,* der das Bild gemalt hat, was nach Tigos Ansicht das schönste ist. Der Sheriff wirkt gereizt, bis der Vater ihn schließlich bittet, die alten Briefe in der Schublade zu lesen. Die Briefe, die unter dem hübschen Stein liegen. Danach unterhalten sie sich wieder wie alte Freunde, und schließlich ist der Vater fast glücklich. Oder weint er?

Und dann: Von welcher Strafe spricht der Sheriff?

Der Sheriff winkt einen der Soldaten zu sich; den mit den fast weißen Haaren, den jungen, den die anderen *Blondie* nennen. Der Sheriff sagt etwas zu dem Soldaten, in dieser Sprache, von der Tigo nur ein bisschen versteht. Etwas mit ... *der Junge sollte nicht sehen* ... und ... *Augen verbinden.*

Mit seinem Bajonett schneidet Blondie einen Streifen von dem Handtuch ab, mit dem der Sheriff sich abgetrocknet hat. Dann geht er vor Tigo in die Hocke, tätschelt ihm freundschaftlich die Wange und verbindet ihm mit dem Fetzen die Augen.

Danach hört er nur noch Geräusche. Die Schreie. Verzweifeltes Flehen um Gnade. Und der Vater, der seinen Namen ruft, wieder und wieder. Tigo will sich die Ohren zuhalten, aber seine Hände sind hinter dem Rücken gefesselt. Deshalb fängt er an zu schreien, heult aus Leibeskräften, um all das andere, was er nicht sehen kann, zu übertönen. Um ihn herum verbreitet sich ein Geruch, derselbe wie auf dem Plumpsklo im Hinterhof bei seiner Mutter. Schweiß, Urin und Kot. Er weiß nicht, wie lange das alles weitergeht, merkt nur, dass er schreit, bis seine Stimme nur noch ein heiseres Krächzen im Hals ist.

Dann wird alles ganz still.

Jemand schneidet das Seil um seine Handgelenke durch und zieht ihn auf die Füße. Führt ihn durch den Raum. Er stößt mit der Schuhspitze vor die erste Treppenstufe. Nach oben. Nach ein paar Schritten bereut er, nicht die Stufen gezählt zu haben. Er weiß, dass es fünfzehn sind. Es geht weiter, auch wenn seine Beine zittern und er nicht sehen kann, wo er die Füße hinsetzt. Der Griff um seinen Arm ist leicht und freundschaftlich. Sie kommen nach oben, die letzte Stufe ist gar keine, nur lose Luft. Über den kleinen Gang. Eine Tür öffnet sich, und er stolpert über die Schwelle. Der Griff löst sich. Auch ohne etwas sehen zu können, weiß er, wo er ist: das große Schlafzimmer. Der vertraute Geruch des Vaters. Tabak. Der Farbgeruch vom Arbeitszeug, das am Haken hängt. Und das Geräusch des Schlüssels, der in der Tür hinter ihm herumgedreht wird; in diesem Stockwerk die einzige Tür, die abgeschlossen werden kann. Behutsam wird er auf die Bettkante heruntergedrückt, eine Hand löst den Knoten in seinem Nacken und zieht die Augenbinde ab.

Vor ihm steht der Sheriff und lächelt. Er sagt nichts. Sieht Tigo bloß mit diesem komischen kleinen Lächeln an, das nicht zu den Augen passt, das sein Gesicht aussehen lässt, als sei es aus zwei ungleichen Teilen zusammengesetzt. Dann steckt er die Hand in die Jackentasche und holt das Messer hervor. Des Vaters Messer. Vorsichtig zerschneidet er die Fesseln um Tigos Handgelenke. Es kitzelt in den Fingern, die ihm kaum gehorchen wollen, als er sie zu bewegen versucht. Schließlich ergreift der Sheriff das Wort:

»Blutzirkulation«, sagt er. »Das geht bald vorbei.«

Er klappt das Messer zusammen und steckt es zurück in die Jackentasche.

»Wo ist Vater?«, fragt Tigo.

Auch seine Stimme will ihm kaum gehorchen, nur ein schwaches Flüstern. Tigo starrt auf den untersten Knopf der gefleckten Feldjacke des Sheriffs.

»Unten, zusammen mit den anderen.«

»Was habt ihr mit ihnen gemacht?«

»Haben sie bloß bezahlen lassen, was sie uns schuldeten.«

»Was war das denn?«

»Eine Brücke.«

»Die Eisenbahnbrücke? Die zerstört wurde?«

»Ja.«

»Das war nicht Papa!«

»Nein – das wissen wir.«

Der Junge verspürt Erleichterung. Eine Brücke kostet sicher Hunderte – vielleicht Tausende – Francs, und er weiß, dass sein Vater kein Geld für so etwas verschwenden könnte.

Er blickt den Sheriff an. Ständig dieses Lächeln.

»War die Brücke der Grund für dieses … Ausgehverbot?«

»Ja. Du hast dagegen verstoßen, stimmt's?«

Tigo nickt beschämt und starrt wieder auf den Uniformknopf. Erst jetzt merkt er, dass die Tränen kommen. Niemand verspürt größere Schuldgefühle als diejenigen, die nur selten etwas falsch machen.

»Du weißt, was passiert, wenn man ungehorsam ist?«, fragt der Sheriff.

Tigo nickt abermals. Das ist einfacher, als etwas zu sagen.

»Es kommt doch sicher mal vor, dass dein Vater dich verhaut? Wenn du etwas falsch gemacht hast?«

Tigo schluchzt laut. Der Vater hat ihn noch nie geschlagen. Sylvains Vater allerdings … Der Freund hat ihm verraten, dass sein Vater ihn regelmäßig mit dem Gürtel versohlt. Direkt auf den nackten Hintern.

»Nun, Onkel Otto ist nicht so unbarmherzig. Du bekommst etwas, das viel besser ist.«

Der Sheriff hebt die Hand und öffnet die Gürtelschnalle. Aber er zieht den Gürtel nicht heraus, wie es Sylvains Vater laut Aussage des Freundes macht.

Er zieht die Hose herunter.

22

Eymoutiers
Dienstag, 16. März 1943

Sie erwachte davon, dass jemand an die Haustür hämmerte. Ihr erster Gedanke war, dass es sich um eine Hausdurchsuchung handeln müsse. Dann hörte sie die Rufe. Eine Frauenstimme auf Französisch:

»Simone! Réveillez-vous! Simone!«

Sie setzte sich im Bett auf. Neben ihr lag der nackte Lucien und schnarchte, einer seiner Arme hing über die Bettkante, das feuerspeiende Schwert der Nacht war zu einem winzigen Taschenmesser geschrumpft.

»Simone! Bist du da?«

Jetzt glaubte sie die Stimme zu erkennen. *Cécile.* Eine ehemalige Klassenkameradin, die dumm genug gewesen war, Valentin Carmagnolle zu heiraten, und damit auf dem Nachbarhof von Santiago zur Haushälterin und Bäuerin degradiert worden war. Simone stieg aus dem Bett und zog sich einen Morgenrock über.

»Augenblick!«, rief sie, während erneut an die Tür geklopft wurde.

Wie um alles in der Welt kann er bei diesem Spektakel bloß schlafen?, dachte sie und warf einen Blick auf den erschlafften Satyr in ihrem Bett. Dann taumelte sie durchs Wohnzimmer, registrierte, dass die Zeiger der Wanduhr elf bereits überschritten hatten, und öffnete die Haustür.

Draußen stand Cécile und starrte sie mit großen, rot geränderten Augen an, den Mund halb geöffnet, als fiele es ihr schwer zu atmen.

»Cécile – du meine Güte! Was ist denn los?«

Die andere schluckte. Versuchte sich an die Worte zu erinnern, die sie sich auf der atemlosen Fahrradtour in die Stadt eingeprägt hatte. Doch nur ein Wort trat über ihre Lippen:

»Tigo ...«

Simone drehte sich auf dem Absatz um und stürzte zurück ins Wohnzimmer. Erst in diesem Augenblick sah sie, dass das weinrote Plüschsofa leer war.

Sie lieh sich das Fahrrad aus. Ein verrostetes Herrenfahrrad, dessen Sattel so hoch eingestellt war, dass sie im Stehen strampeln musste. Zweimal war sie kurz davor, auf dem hinterhältigen Kiesweg auszurutschen und im Graben zu landen, aber ein eiserner Wille trieb sie weiter. Die Menschen am Wegesrand blickten ihr verwundert nach, jemand grüßte, doch Simone nahm niemanden zur Kenntnis. Es konnte doch nicht wahr sein! Und dennoch musste es wahr sein, da Cécile ununterbrochen geweint und nichts anderes hervorgebracht hatte, als dass Tigo verletzt sei. Schrecklich verletzt, hatte Valentin gesagt.

Der Weg verbreiterte sich, und Simone strampelte wie eine Wahnsinnige weiter. Lavendel und Mohn, wie ein farbenfrohes Laufband am äußersten Rande des Blickfelds. Dann konnte sie die Häuser in der Ferne erkennen. Das Bauernhaus, zu dem sie vor einer Ewigkeit hinspaziert war, mit dem Bauch voller Schmetterlinge und dem festen Entschluss, sich von dem älteren Maler verführen zu lassen, ihm, der ein Schüler des großen Matisse gewesen war.

Sie überquerte den letzten Hügel. Ließ am Gartentor das Fahrrad fallen und rannte über den steinigen Weg zum Haus hinüber.

Auf der Treppe standen zwei Männer und rauchten. Valentin Carmagnolle und ein anderer Nachbar, an dessen Namen sie sich nicht mehr erinnern konnte. Simone blieb vor Valentin stehen, ein schmales Pferdegesicht, in das der Ernst der Stunde wie eingemeißelt schien. Sie rang nach Atem, presste das Einzige hervor, das etwas bedeutete:

»Wo ist er?«

Valentin blickte zu Boden.

»Oben – in einem der Schlafzimmer. Montcaillard ist bei ihm.«

Nicolas Montcaillard war der angesehenere der beiden Ärzte in dem Städtchen, ein Ausbund an Fürsorglichkeit, der Simone seinerzeit durch die Schwangerschaft begleitet hatte.

Als sie die Stufen der Vortreppe hinaufstürzen wollte, hielt Valentins Arm sie auf.

»Geh da nicht rein, Simone, es ist …«

Sie riss sich los und erklomm die Stufen der Vortreppe. Riss die Tür auf und starrte in die Unwirklichkeit.

Sie hatten sie abgeschnitten, aber die vier Tauenden hingen noch immer vom Deckenbalken herab. Die Männer lagen auf dem Rücken, Seite an Seite auf dem Fußboden, mit nacktem Oberkörper. Das Summen der Fliegen klang wie eine ferne Kakophonie aus Alarmsirenen. Sie sah Pfützen aus getrocknetem Blut, überall auf dem Boden verteilt. Die Luft war stickig, warm und roch nach Verderben. Simone schwankte, streckte die Hand aus und lehnte sich an einen der Balken, während sie verzweifelt versuchte, den staubtrockenen Kloß in ihrem Hals hinunterzuschlucken. Hinter ihr tauchte der namenlose Nachbar auf. Er blieb neben ihr stehen und bekreuzigte sich.

»Gott möge ihren Seelen gnädig sein«, flüsterte er.

Plötzlich wusste sie wieder, wie er hieß. Bruno Giraud, ein älterer Bruder von Bertin – dem kleinen Postboten. Simone zwang sich, die Toten wieder anzublicken. Ganz hinten in der Reihe lag *er*, den sie einmal …

Tigo! Sie schwankte durch den Raum und trat auf die Treppe zu. Zog sich mit beiden Händen am Geländer nach oben. Dort angekommen riss sie die erste Tür auf. Leer, nur ein ungemachtes Bett und eine Matratze auf dem Boden.

Nächste Tür.

Montcaillard saß auf einem Stuhl neben dem Bett. Hinter der großen Gestalt des Arztes konnte sie ihren Sohn erkennen. Simone näherte sich dem Bett, mit kurzen, unsicheren Schritten, als könne sich jede Sekunde die bittere Wahrheit über Tigos Tod offenbaren.

Montcaillard legte einen Finger an die Lippen und bedeutete ihr, still zu sein.

»Er schläft«, sagte er leise.

Gott sei gelobt! Sie versuchte, Tigos blasses Gesicht anzusehen, aber das blutige Laken unter ihm drängte sich in ihr Bewusstsein.

»Was ist geschehen?«, fragte sie kaum hörbar.

»Sie haben ihn unten in der Stube gefunden. Er lag auf dem Boden, unter … den anderen.«

»Bitte sagen Sie, dass er überleben wird!«

»In meinem Beruf sollte man vorsichtig sein, etwas zu versprechen, aber bis jetzt deutet alles darauf hin. Ich konnte die Blutungen stoppen und habe ihm eine Spritze gegen die Schmerzen gegeben. Wir müssen auf den Krankenwagen warten. Er muss nach Limoges.«

»Blutungen? Was ist denn … Wo ist er …?

Der Arzt deutete auf einen Stuhl an der Wand.

»Setz dich, Simone.«

Sie tat wie geheißen. Montcaillard zögerte. Die Nachricht würde nur schwer zu verdauen sein.

»Er blutete aus einer Wunde am Enddarm«, sagte er mit ernster Stimme. »Es handelt sich um … um Vergewaltigung.«

»Vergewaltigung?«

»Sie … jemand … jemand hat ihn missbraucht. Sexuell.«

Sie brachte keinen Laut hervor. Im selben Moment schlug der Junge die Augen auf. Erst blickte er den Arzt an, danach die Mutter. Dann sagte er etwas, doch seine Stimme war kaum zu hören. Montcaillard beugte sich zu ihm hinunter und bat ihn, es zu wiederholen.

»Ich habe versucht, ihm zu helfen. Aber er hing zu hoch«, flüsterte Tigo.

23

Palma de Mallorca
Sonntag, 4. Mai 2014

Der Flughafen in Palma war erstaunlich groß, geradezu prunkvoll, als sei Bull gerade in New York oder Paris gelandet. In der Ankunftshalle wimmelte es von Menschen, und die Schlangen vor den Mietwagenbüros waren so lang wie der Umzug am Nationalfeiertag in Oslo.

Bull bereute, dass er Moulin nicht darum gebeten hatte, eine Transportmöglichkeit zu organisieren. Für einen Augenblick erwog er, an einer der Warteschlangen vorbeizugehen und seinen Dienstausweis vorzuzeigen, wusste aber, dass der Weg von dort zur einer Begegnung mit der Flughafenpolizei womöglich kurz ausfallen könnte.

Er musste sich also mit einem Taxi begnügen. Laut englischem Reiseführer, mit dem Raoul ihn ausgestattet hatte, betrug die Fahrtzeit nach Deyá – *a small, but very picturesque village* – gut eine Stunde. Ein Dorf, das demnach problemlos auch zu Fuß erforscht werden konnte, sogar von einem desillusionierten Ermittler mit empfindlichem Rücken.

Dank einer leichten Brise und einer gesegneten Wolkenschicht war die Temperatur vor der Ankunftshalle einigermaßen erträglich. Der winzige Taxifahrer schmatzte vergnügt, als Bull seinen Bestimmungsort nannte, und ließ ihn in stammelndem Englisch wissen, dass die Fahrt die nette Summe von hundert Euro kosten würde. *Me go back too – remember?*, fügte er erklärend hinzu und hielt seinem vermeintlich wohlhabenden Passagier die Tür auf.

Bull machte es sich bequem, knüllte seine Anzugjacke zu einem Kopfkissen zusammen und hoffte darauf, eine Stunde des unterbrochenen Morgenschlafs nachholen zu können. *Me wake up in Deyá – no problem, caballero!*, versicherte der Droschkenkutscher im Rückspiegel, kurz bevor Bull einschlummerte.

Im Traum stand er an einem Strand. Ein schmaler Streifen mit feinkörnigem weißen Sand, endlos in beide Richtungen. Vor ihm lag das Meer, spiegelglatt, wie hauchdünnes Glas vor einem geschwungenen Horizont. Einige Meter hinter ihm, wo der Sand endete, stieg eine glänzende Wand aus Eis in die Höhe, hoch wie ein Wolkenkratzer und mit einem leichten Überhang, wo Eis und Himmel aufeinandertrafen. Von der einen Seite des Strandes kam ein Mann gelaufen. Als er näher kam, sah Bull, dass es sein Vater war. Thomas winkte aufgeregt mit den Armen und deutete auf das Meer hinaus. Bull drehte sich um und sah, dass der ganze Horizont sich zu einer gigantischen Flutwelle erhoben hatte, ein Inferno aus brausendem Wasser, das sich in gewaltigem Tempo auf sie zubewegte. Er drehte sich wieder zu Thomas um, doch sein Vater war verschwunden. Dann rannte er los, aber mit jedem Schritt sanken seine Füße tiefer in den Sand, bis er schließlich bis zu den Knien in der saugenden Masse feststeckte. Die Welle kam näher, tosende Geräusche von den hereinstürzenden Wassermassen, ein rasendes Ungeheuer mit aufgerissenem Maul, das vor Wut schäumte. Er drehte sich um zur Eiswand und sah das Spiegelbild des Schicksals, das auf ihn zudonnerte.

Hatte er geschrien? Vielleicht. Im Rückspiegel sah Bull, dass der Taxifahrer ihn mit bekümmerter Miene musterte. *Okay, señor?* Mit einem kurzen Nicken bestätigte Bull, dass er die Flutwelle überlebt hatte.

Auf dem Hügelkamm vor ihnen tauchte ein Dorf auf. *Deyá?*, fragte Bull. *No, no, señor – this is Valldemossa. Next pueblo is Deyá. Not many minutes.* Sie fuhren durch eine belebte Dorfstraße, ein Sammelsurium aus Straßencafés, Verkaufsbuden und umherschwänzelnden Touristen. Irgendwo in der Nähe läuteten Kirchenglocken. *You hear bells?*, lautete die überflüssige Frage vom Fahrersitz. *Is made from music. Famous composer Chopin. He lived here many years ago.* Bull zeigte guten Willen und spitzte die Ohren. Chopin? Die Melodie klang zweifellos irgendwie bekannt.

So schnell, wie das Dorf aufgetaucht war, verschwand es auch wieder. Im Seitenfenster kam das Mittelmeer zum Vorschein, leicht aufgerührt und mit weißen Schaumkronen auf den Wellenkämmen. Der Taxifahrer hatte das Radio eingeschaltet – irgendein entsetzlicher spanischer Popsong –, vermutlich um ein erneutes Abdriften des Fahrgasts in einen Alptraum zu verhindern.

This finca is Pierce Brosnan!, sagte der Fahrer enthusiastisch und zeigte auf eine Anhöhe zur Rechten. Bull lehnte sich ans Fenster und erhaschte einen Blick auf eine massive, festungsartige Villa aus Stein. *James Bond – si? Zero zero seven*, erläuterte der Fahrer. Bull murmelte ein *very nice* und vermisste Raoul. Sie durchfuhren eine Kurve und kamen an einem Schild vorbei, das am Straßenrand stand: DEIÁ. Dieses Mal mit i geschrieben. Lokale Schreibweise, vermutete Bull. Dann erschien das Dorf vor ihnen. Der zunächst sichtbare Teil der Bebauung lag auf einer zum Meer ausgerichteten Felskuppe. Ein Stückchen dahinter thronte eine massive Felsformation über einem grünen Hügel mit Einfamilienhäusern, die meisten davon wesentlich kleiner als James Bonds Behausung.

Nach zwei weiteren Kurven kamen sie ins Zentrum des Ortes. *Where you want, amigo?*, fragte der Taxifahrer mit einem Lächeln.

Eine gute Frage. Bull hatte lediglich die Namen eines Mannes und eines Städtchens. Eines kleinen Städtchens, um genau zu sein, aber immerhin. Sie kamen an einer Bank vorbei. Wenn es nicht Sonntag gewesen wäre, hätte er vernünftigerweise hier anfangen können.

Is the supermarket open on sundays?, fragte Bull, zum Rückspiegel gewandt.

Supermercado? Si – yes, is open. Here. Der Supermarkt erschien auf der linken Seite; ein Loch in der Wand, flankiert von einem Zeitungsständer sowie Körben mit Obst und Gemüse. Bull kletterte vom Rücksitz, bekam die kleine Reisetasche aus dem Kofferraum ausgehändigt und versicherte dem Fahrer, dass er keine Rückreise benötige. Für hundert Euro war er bereit, zu Fuß nach Palma zurückzugehen.

* * *

Der sogenannte Supermarkt war ungefähr so geräumig wie ein mittelgroßer norwegischer Zeitungskiosk, aber die junge Frau hinter der Theke bestätigte lächelnd, dass sie Englisch spreche. Auf Bulls Frage blickte sie ihn für einen Augenblick ratlos an und schien in Gedanken nach dem ungewohnten Namen zu forschen.

»Alexander Krogg … Krogg … *Ah! Maybe you mean Señor Alex Krüg – the Belgian? An older gentleman, yes?*

Bull erinnerte sich an Ingeborg Kroghs Bemerkung darüber, dass Alex Krogh viele Jahre in Antwerpen verbracht hatte.

»Das könnte er sein«, bestätigte Bull mit einem Nicken.

Die Verkäuferin zog ihn auf die Straße hinaus und zeigte schräg nach oben auf die Felskuppe.

»Sehen Sie das oberste Haus – das pfirsichfarbene mit dem Turm an der Ecke?«

Bull sah es.

»Señor Krügs Haus«, konstatierte sie. »Casa Diamante.«

Das Diamantenhaus. Kein Zweifel, dass er den richtigen Mann gefunden hatte. Er bedankte sich, warf sich die Reisetasche über die Schulter und lief los. An der Bushaltestelle rechts, hatte die Frau gesagt. Er durchschritt das Tor einer luxuriösen Hotelanlage mit fünf schwülstigen Sternen auf dem Schild: *La Residencia.* Kaum eine Residenz, die er sich so bald würde leisten können. Gleich hinter dem Hotel begann die Steigung. Warum waren bloß alle Hügel in Südeuropa so verdammt steil?

Nach ein paar hundert Metern genehmigte er sich eine Atempause. Der Wind war aufgefrischt, und eine Armada aus dunklen Unwetterwolken trieb vom Meer herein. Lieber außer Atem als nass, dachte Bull und nahm die letzten Meter in Angriff.

Der Eingangsbereich der Villa wirkte erstaunlich diskret. Eine Einzelgarage, eine getrimmte Hecke aus Christusdorn und eine grün gestrichene Pforte. An einem der Torpfosten hing ein angelaufenes Messingschild, auf dem der Name des Hauses in zierlicher Schrift vermerkt war. Hinter dem geöffneten Tor schlug ihm ein überwältigender Duft von Blumen, Zitrusfrüchten und frisch gemähtem Gras entgegen. Alles wirkte überaus gepflegt. Irgendwo in dieser botanischen Pracht ertönte ein infernalischer Chor aus paarungswilligen Grillen. Bull folgte einem Plattenweg an einer Reihe Orangenbäumen vorbei bis zur Haustür. Das Haus selbst schien in hervorragendem Zustand zu sein, war aber dennoch nicht so extravagant, wie der Name es andeutete.

Unterhalb der Türklingel befand sich ein kleines Namensschild, ebenfalls aus Messing: *Krüg*. Bull drückte auf die Klingel, doch das Einzige, was sich tat, waren die ersten Regentropfen, die aus einem stetig dunkler werdenden Himmel herabfielen. Er klingelte erneut und ließ dieses Mal den Finger etwas länger auf dem Knopf ruhen. Durch die weiß gestrichene Tür hörte er eine schroffe Stimme:

»Momento, por favor!«

Bull wartete. Nach ein paar Sekunden wurde die Tür geöffnet, und Alexander Krogh – alias Alex Krüg – stand vor ihm. Die dreizehn Jahre, die seit der Fotoaufnahme von ihm und seinem Bruder vergangen waren, hatten ihn nicht sonderlich stark altern lassen. Das weiße Haar war vielleicht etwas dünner, die Schultern ein wenig mehr eingesunken, die Gesichtshaut etwas schlaffer. Nichts daran auszusetzen angesichts der Tatsache, dass er weit über neunzig sein musste. Gekleidet in ein dunkelrotes Hemd, in Shorts aus weißem Leinenstoff und in ein Paar leichte Sandalen, musterte er Bull mit einem Blick, der auch einem mongolischen Kriegsherren zur Ehre gereicht hätte.

»*Qué pasa?*«, kläffte er.

Nach dem Tonfall zu urteilen, konnte es sich kaum um ein freundliches »Willkommen« handeln. Bull fischte seinen Dienstausweis aus der Tasche.

»Sie sind Alexander Krogh, nicht wahr? Mein Name ist Bogart Bull. Ich bin norwegischer Polizeibeamter und befinde mich hier wegen Ihres Bruders Axel.«

Ein schmerzlicher Zug huschte über das Gesicht des alten Mannes.

»Wie haben Sie mich gefunden?«

»Ingeborg Krogh hat mir den Tipp gegeben – Axel Kroghs Ex-Frau.«

»Aha … deswegen also«, sagte er.

Die Bitterkeit in seiner Stimme ließ vermuten, dass Frau Krogh in diesem Jahr wohl kaum mit einer Weihnachtskarte von ihrem Ex-Schwager rechnen konnte.

»Sind Sie über den Tod Ihres Bruders informiert?«

»Natürlich. Ella hat mich am Tag danach angerufen. Verfluchter Abschaum.«

Bull nahm an, dass die Bemerkung auf den Mörder gemünzt war und nicht auf Alex Kroghs Nichte.

Wusste er, dass auch Ella ermordet worden war? Vermutlich nicht. Somit fiel es in Bulls Verantwortung, die Botschaft zu überbringen.

»In Zusammenarbeit mit der französischen Polizei untersuche ich den Mord an Ihrem Bruder. In diesem Zusammenhang hätte ich Ihnen gern ein paar Fragen gestellt.«

»Das muss warten. Ich habe in zehn Minuten eine Telefonkonferenz mit Antwerpen.«

»Selbstverständlich. Wann würde es Ihnen passen?«

»Geben Sie mir zwei Stunden«, sagte Krogh.

Eine zweistündige Telefonkonferenz? Da sollte bloß noch

mal jemand behaupten, die Alten wären faul. Bull sah auf die Uhr.

»Abgemacht. Dann bin ich um halb zwei wieder hier.«

Krogh schickte sich an, die Tür zu schließen, aber Bull stoppte ihn mit einer Handbewegung.

»Sie haben nicht zufällig einen Schirm, den ich ausleihen könnte?«, fragte er.

Unten an der Hauptstraße entdeckte er ein Café mit Ausblick auf die Felskuppe und Kroghs pfirsichfarbenen Turm. Lustlos stocherte er in einem Schinkenomelett herum, während er die spärlichen Eindrücke von Alexander Krogh – oder *Krüg* – Revue passieren ließ. Das Schild an der Haustür bestätigte, dass die Verkäuferin im Supermarkt den Namen keineswegs falsch ausgesprochen hatte. Aber wieso hatte Krogh seinen Namen auf diese Weise verändert? Hing das mit seiner Zeit in Afrika und Belgien zusammen, oder diente es dem Zweck, sich weniger zugänglich zu machen? Der Mann hatte keine überschäumende Begeisterung dafür gezeigt, an seiner Haustür auf einen Unbekannten zu treffen. In einer Stunde würde Bull womöglich klüger sein, falls er den Alten zum Reden brachte. *Wenn* er den Alten zum Reden brachte, korrigierte Bull sich selbst. Einer der wenigen Vorteile am Polizistendasein war, dass man die meisten Fragen rechtfertigen konnte, auch die eher persönlichen.

Er nahm sein Handy aus der Jackentasche und wählte Erik Jacobsens Nummer. Es wurde unmittelbar geantwortet, aber die Stimme gehörte nicht zu Jacobsen:

Der Teilnehmer hat sein Gerät ausgeschaltet oder befindet sich in einem Bereich ohne Netzabdeckung. Bitte versuchen Sie es zu einem späteren Zeitpunkt noch einmal.

Der Teilnehmer befindet sich vielleicht in einem Bereich ohne Netzabdeckung, dachte Bull. Aber definitiv nicht außerhalb eines dringenden Tatverdachts – nachdem er seinen Bewacher in Saint-Tropez überlistet und sich danach in Luft aufgelöst hatte.

Punkt halb zwei trat Bull abermals durch die grüne Pforte. Der Regen hatte nachgelassen, doch in dem üppigen Garten tropfte es noch immer von Bäumen und Büschen. Die liebestollen Grillen hatten sich zur Ruhe begeben – weil sie entweder zum Zug gekommen waren oder weil ihnen bei dem feuchten Wetter die Lust vergangen war.

Bull drückte auf den Klingelknopf. Niemand kam, und niemand machte sich bemerkbar. Für den Fall, dass Krogh so zu tun versuchte, als ob er nichts hörte, ließ Bull beim dritten Versuch den Finger einige Sekunden länger auf dem Knopf ruhen. Noch immer kein Geräusch hinter der Tür. Konnte der Vogel womöglich ausgeflogen sein, verschreckt von dem Gedanken, womit die Polizei ihn konfrontieren könnte? Bull kam eine Idee: Nachdem Ella nicht mehr da war, konnte es durchaus sein, dass Alexander Krogh nun der Erbe seines jüngeren Bruders war. Inspektor Berthelot hatte den Schlüssel für Axel Kroghs Safe bisher nicht auftreiben können, und der bergsteigende Anwalt im Himalaya hatte ebenfalls nichts von sich hören lassen.

Bull drückte die Klinke herunter, die Tür öffnete sich lautlos. Abgesehen von seinem eigenen Spiegelbild in der Schiebetür des Garderobenschranks in der Mitte war der großzügige Eingangsbereich leer. Bull rief nach Krogh. Keine Reaktion. Er wiederholte den Versuch, dieses Mal etwas lauter und mit der deutsch klingenden Aussprache. Plötzlich kam ihm ein Gedanke: die vage Theorie, die ihn veranlasst hatte, um ein Ticket nach Mallorca zu bitten.

Alex. Axel.

Bull ließ die Reisetasche auf den Marmorboden fallen und stürzte mit immer größer werdender Befürchtung durch den Gang.

Er fand ihn im Wohnzimmer. Alexander Krogh lag auf dem Bauch, Hände und Füße oberhalb des Steißbeins auf dem Rücken gefesselt. Seine Kehle war von einem Ohr zum anderen durchtrennt, seine linke Gesichtshälfte lag in einer frischen Lache aus Blut, das dieselbe Farbe wie Kroghs Hemd hatte. Oder präziser: wie das, was von dem Kleidungsstück noch übrig war. Das Rückenteil war verschwunden, und in Kroghs Rücken war ein Kreuz geschnitten worden. Bull zwang sich, näher heranzugehen. Das Einzige, was die Szene von derjenigen unterschied, die Moulins Kriminaltechniker zwölf Tage zuvor in Sainte-Maxime fotografiert hatten, war das Kreuz im Rücken des Opfers. Es hatte zwei Querbalken, der obere ein gutes Stück kürzer als der darunterliegende.

Bull inspizierte die Blutlache um Kroghs Oberkörper. Sie schien immer noch anzuwachsen, als träte sie aus einer Quelle unter dem Ermordeten. Ein erwachsener Mensch trägt etwa fünf Liter Blut in sich, was bedeutete …

Im selben Augenblick, in dem ihm klar wurde, was dies zu bedeuten hatte, hörte er das Geräusch. Er konnte sich gerade noch halbwegs herumdrehen, sah aber niemanden, als sein Körper in einem lähmenden Schmerz implodierte und alles schwarz wurde.

Das Erste, was er wahrnahm, war das Licht. Dann die intensive Übelkeit. Er konnte gerade noch den Kopf zur Seite drehen, bevor das Erbrochene aus seinem Mund sprudelte. Bull blinzelte die Tränen weg und sah die jämmerlichen Reste des Omeletts vor sich auf dem Boden. Und dahinter: der gefesselte und einem Schlachtvieh ähnelnde tote Körper, der einmal der Diamantenhändler Alexander Krogh gewesen war – in einem See aus Blut.

Ich lebe!, dachte Bull und konnte sich nicht erinnern, wann er ob dieser Erkenntnis zuletzt so frohgestimmt gewesen war. Auch er war gefesselt, jedoch auf einfache Weise. Handgelenke und Fußknöchel waren nicht miteinander verbunden. Er machte den vergeblichen Versuch, die Hände voneinander zu lösen, aber der flache Plastikstreifen schnitt nur tiefer in die Haut. Abermals überkam ihn Übelkeit, so dass er mit offenem Mund ein paar tiefe Atemzüge nahm. Wie lange hatte er hier gelegen? Er zog die Hände hinter dem Rücken zur Seite, wandte den Kopf und erhaschte einen Blick auf die Armbanduhr. 13.55. Demnach also zwischen fünfzehn und zwanzig Minuten. Wenn man davon ausging, dass der Mörder mit einem Wagen gekommen war, musste er bereits einen ordentlichen Vorsprung haben.

Bull verlagerte das Gewicht auf die rechte Schulter, zog die Beine an und versuchte, sich auf die Knie hochzuschwingen. Zwecklos. Verfluchter Bandscheibenvorfall. Er musste irgendwie zur Haustür kommen. Hoffte darauf, dass sie noch immer offenstand, damit er um Hilfe rufen könnte. Auf der Seite liegend, schaffte er es, sich über den Fußboden zu aalen, indem er die Beine Zentimeter für Zentimeter vorwärtsschob, wie ein im Sterben begriffenes Kriechtier. Die Strecke durch den Gang dauerte eine Ewigkeit, aber schließlich erreichte er den Eingangsbereich und bekam die Haustür ins Blickfeld.

Geschlossen.

Er schluckte seine Enttäuschung hinunter, schlängelte sich die letzten Meter weiter und drehte sich halbwegs herum. *Tritt gegen die Tür und ruf um Hilfe, Bogart!* Was zum Teufel hieß »Hilfe« auf Spanisch? Vielleicht reichte ja Englisch. Bull brüllte aus vollem Hals und trat so heftig gegen die Tür, dass er es bis in die Leisten spürte. Nach sieben oder acht Tritten ging die Tür auf, und im scharfen Gegenlicht sah er die Konturen eines Mannes im Overall. Eine Sekunde lang glaubte Bull, er stünde – oder genauer gesagt: läge – dem Mörder von Angesicht zu Angesicht gegenüber.

Kroghs Gärtner José Hierro seinerseits glaubte, einen Geist zu sehen.

24

Deyá, Mallorca
Sonntag, 4. Mai 2014

José Hierro sprach kein einziges Wort Englisch. Deswegen fand er es ratsam, zunächst nach Krogh zu sehen, bevor er den unbekannten Mann, der im Eingangsbereich lag, von seinen Fesseln befreite. Erst eine Viertelstunde später, nachdem ein Englisch sprechender Nachbar herbeigerufen worden war, wählte Hierro mit zitternden Fingern den Polizei-Notruf.

Da war es 14.23 Uhr.

Capitán Miguel Ángel Delgado tätigte ebenfalls zwei Anrufe, als die Guardia Civil zwanzig Minuten später im Casa Diamante einrückte. Einen, um sich bestätigen zu lassen, dass Bulls Dienstausweis keine Fälschung war, und einen, um – leider reichlich verzögert – zwei Straßensperren in Richtung Sóller und Valldemossa einrichten zu lassen. Der gerade Rücken und die barsche Erscheinung ließen kaum einen Zweifel daran, dass Delgado ein Mann war, der sich selbst überaus ernst nahm. Im kleinen Heer des Kapitäns befand sich auch ein Arzt, und da Alexander Krogh ganz offensichtlich ein Fall für die Pathologie war, konzentrierte sich der Mediziner auf Bull und den stark mitgenommenen Gärtner. José Hierros Berufstätigkeit gestaltete sich für gewöhnlich weniger dramatisch.

»Wenn mich nicht alles täuscht, hat der Betreffende eine Elektroschockwaffe verwendet«, sagte er, nachdem er Bulls Ausführungen angehört hatte. »Ein sogenanntes *stun gun*. Die gibt es in allen möglichen Verkleidungen, als Schlagstock, Taschenlampe, Regenschirm – ja sogar als Mobiltelefon.«

Bull wusste, wovon der Arzt sprach. Ein paar tausend Volt, welche die Muskelfunktionen lähmten und jeden Menschen bewusstlos werden ließen – in der Regel, ohne bleibende Schäden zu hinterlassen.

»Die Beschwerden lassen mehr oder weniger von allein wieder nach«, bestätigte der Arzt. »Allerdings sollten Sie Ihren Blutzucker etwas ankurbeln. Schokolade, zuckerhaltige Getränke – so etwas. Aber nehmen Sie erst mal die hier.«

Er reichte Bull eine Schachtel mit Glukosetabletten, riet ihm, in den nächsten vierundzwanzig Stunden möglichst viel auszuruhen, und überließ seinen Stuhl dann dem ungeduldigen Kapitän. Delgado nahm den Stuhl wie einen Thron in Besitz und musterte Bull mit unverhohlener Skepsis.

»Das muss wohl eine Premiere in der Weltgeschichte sein«, sagte er.

Bull erwiderte seinen Blick.

»*Was* muss eine Premiere in der Weltgeschichte sein?«

»Dass ein norwegischer Ermittler anderthalb Stunden vor der spanischen Polizei am Tatort eines spanischen Mordfalls erscheint«, erwiderte er. »Neunzig Minuten, die dem Täter mehr als ausreichend Zeit gegeben haben, um in Palma oder weiß Gott wo in Deckung zu gehen. Diese Insel ist 3600 Quadratkilometer groß – *entiendes?*«

»Ich hatte ein wenig Probleme, Sie anzurufen. Was daran lag, dass ich bewusstlos und gefesselt war und sich mein Handy in der Hosentasche befand«, erwiderte Bull kühl. »Wer sagt überhaupt, dass es sich um einen spanischen Mordfall handelt?«

Delgados Augen wurden schmaler.

»Was meinen Sie damit?«

»Das Opfer ist Norweger. Vielleicht mit belgischer Staatsbürgerschaft, aber trotzdem Norweger. Und das lässt vermuten, dass auch der Mörder eine andere Nationalität als die spanische hat.«

»Und womit begründen Sie Ihre Vermutung?«

Bull gab ihm eine kurze Zusammenfassung der Ereignisse in Sainte-Maxime, ließ der Einfachheit halber den Mord an Ella jedoch aus. Als er geendet hatte, war nicht mehr viel übrig von Delgados autoritärem Auftreten.

»Und Sie sind hierher nach Mallorca gekommen, weil ...«

»... weil ich zu ahnen begann, dass Krüg vielleicht wusste, wer seinen Bruder getötet hat«, fuhr Bull fort, ohne näher auf seinen Verdacht einzugehen. Es gab keinen Grund, den spanischen Polizeibeamten mit einer Theorie bekannt zu machen, die er vorläufig nur mit Moulin erörtert hatte.

»Doch leider hatte Krüg bloß die Zeit, mir einen Regenschirm auszuleihen«, fügte er hinzu. »Sie und Ihr Team haben hier jetzt eine Menge zu tun, aber ich fresse einen Besen, wenn Ihre Techniker irgendwelche bedeutsamen Spuren finden. In Sainte-Maxime hat der Täter nicht mal ein Härchen hinterlassen. Und was die Obduktion betrifft, so werden Sie vermutlich dasselbe wie wir feststellen: Die Schändung des Opfers wurde nach dem eigentlichen Mord durchgeführt. Irgendeine pervertierte Handlungsweise, über deren Grund wir vorläufig nur spekulieren können.«

»Cruz de Lorena ...«, murmelte Delgado nachdenklich.

»Wie bitte?«

»Verzeihung, ich meine das Kreuz in Krügs Rücken«, sagte Delgado. »Geschichte war schon immer mein Steckenpferd. Das Cruz de Lorena – oder Croix de Lorraine, wie es auf Französisch heißt – ist ein heraldisches Kreuz, das sich bis in die Zeit der französischen Kreuzritter zurückverfolgen lässt. Soweit bekannt ist, tauchte es zum ersten Mal in der Fahne des Herzogs von Lorraine auf, als er im Jahr 1099 an der Eroberung Jerusalems teilnahm. Einige Jahrhunderte später, in Jeanne d'Arcs Zeiten, wurde das Kreuz zu einem Symbol für den französischen Widerstandskampf. Eine Tradition, die auch während der beiden Weltkriege beibehalten wurde.«

Zum Teufel aber auch, dachte Bull und versuchte, seine Erregung zu verbergen. Langsam nahmen die Dinge Form an. Hatte er sich mit dem christlichen Kreuz und den satanistischen Symbolen womöglich selbst in die Irre geführt? Es konnte nämlich durchaus eine logische Erklärung dafür geben, warum dem Kreuz in Sainte-Maxime der letzte Querbalken gefehlt hatte: Der Täter war von Ella und den anderen gestört worden, als sie zum Maison Krogh zurückgekommen waren, und er hatte deshalb keine Gelegenheit gehabt, die Misshandlung der Leiche zu Ende zu führen.

Bull richtete sich auf seinem Stuhl auf und fühlte sich plötzlich hellwach.

»Capitán Delgado«, sagte er betont feierlich. »Es ist möglich – ja sogar wahrscheinlich –, dass Ihre Geschichtskenntnisse die Ermittlung einen wesentlichen Schritt weitergebracht haben. Sollte sich meine Vermutung bestätigen, werde ich das in meinem Bericht an Europol nicht unerwähnt lassen.«

Delgado wirkte regelrecht heiter, und Bull beschloss, das Eisen zu schmieden, solange es warm war.

»Ich habe eine kleine Bitte«, sagte er.

»Schießen Sie los«, erwiderte Delgado großzügig.

»Wenn Sie und Ihre Leute hier fertig sind und das Opfer weggebracht wurde, würde ich mir gern Señor Krügs persönliche Dinge etwas genauer ansehen. Briefe, Bilder, Terminkalender – so etwas.«

Delgado zögerte. Bull konnte förmlich sehen, wie der Kapitän die Erfordernis, den Tatort unter Kontrolle zu halten – immerhin befand der sich auf spanischem Grund und Boden –, gegen den erwähnten Europol-Bericht abwog.

»Das sollte sich wohl einrichten lassen«, sagte er schließlich. »Allerdings müssen wir Señor Krügs Computer und Mobiltelefon konfiszieren. Unsere Techniker haben schon festgestellt, dass beide mit einem Passwort gesichert sind. Sie bekommen eine Kopie der Harddisc und der gespeicherten Telefondaten, sobald wir da weitergekommen sind.«

Bull bedankte sich mit einer kleinen Verbeugung.

»Es wird aber ein paar Stunden dauern, bevor wir Sie hier hereinlassen können«, sagte Delgado. »Ich schlage vor, dass Sie sich hier vor Ort in einem Hotel einquartieren. Sie bekommen dann Bescheid, wenn es so weit ist. Heute Nacht werden zwei Beamte vor dem Haus Wache halten, aber die werden Sie dann einlassen.«

»Können Sie mir ein brauchbares Hotel empfehlen?«

»Das La Residencia unten am Fuß des Hügels ist brauchbar – mehr als das.«

Bull konnte schon Eva Heibergs Gesichtsausdruck sehen, wenn sie seine Spesenquittungen abzeichnete.

»Ich bin auf dem Weg hierher daran vorbeigekommen«, sagte er. »Mir scheint allerdings, dass es mehr kosten wird, als meine Chefin in Oslo gutheißen wird.«

Delgado lächelte verschlagen.

»Ich kenne den Hoteldirektor. Sie werden erstaunt sein, wie verhandlungsbereit er sein kann, wenn von der Guardia Civil die Rede ist. Überlassen Sie die Rechnung uns, Señor Bull.«

Bull hätte die ultimative Kur gegen die Nachwirkungen eines Elektroschocks für alle Zukunft nur nachdrücklich empfehlen können: ein heißes Bad in einer eleganten Hotelsuite, gefolgt von einem Fünf-Gänge-Menü, das einer der besten Köche Spaniens zubereitet hatte, und das vom Oberkellner mit der diskreten Bemerkung *Courtesy of Capitán Delgado* angekündigt wurde. Zwar hob der Weinkellner eine Augenbraue, als Bull zu allen fünf Gerichten Cola bestellte, schenkte das Zuckerwasser jedoch mit derselben Eleganz ein, mit der er auch einen vollblütigen Gran Reserva kredenzt hätte. Das Leben konnte manchmal sogar einem unterbezahlten Polizeibeamten zulächeln.

Erst als die Zeiger der Uhr neun passiert hatten, rief Delgado an. Einerseits, um mitzuteilen, dass Bull den Tatort jetzt übernehmen könne, und andererseits, um sich zu vergewissern, dass das Hotel den Erwartungen entsprach. Nachdem er sich für beides ausgiebig bedankt hatte, unterschrieb Bull die Rechnung und machte sich an den Aufstieg zum Casa Diamante.

Die beiden Polizisten vor dem Haus ließen Bull unter dem Absperrband hindurchschlüpfen und hoben den Daumen, als er darum bat, möglichst ungestört arbeiten zu können.

Im Eingangsbereich gab es einen Hauptschalter, mit dem sämtliche Beleuchtung im Haus gesteuert werden konnte. Aus alter Gewohnheit blieb Bull einen Augenblick stehen und lauschte, als könnten ihm die Wände etwas über die Geschehnisse berichten. Er ging weiter durch den Korridor, durch den er erst vor wenigen Stunden noch mühsam gekrochen war. Das Wohnzimmer war aufgeräumt und ordentlich, abgesehen von den Kreidestrichen und dem Widerschein des Blutes auf dem hellen Marmorboden. Jeder Quadratzentimeter war von Delgados Leuten in der Hoffnung abgesucht worden, mehr zu finden, als es den Kollegen in Sainte-Maxime vergönnt gewesen war.

Zwei Länder, zwei Brüder, zwei identische Morde. *Brüder in Blut und Geist.* Welch unbeabsichtigte Prophezeiung.

Bull sah sich in dem rechtwinkligen Wohnzimmer um. Eine großzügige Sofagruppe. Ein Ohrensessel mit dazugehörigem Schemel sowie eine Leselampe. Eine geschmackvolle, wenngleich etwas nichtssagende Sammlung von Gemälden, in der Bull einen Widerberg zu erkennen glaubte. Gut gefüllte Bücherregale mit einer Mischung aus Lederrücken und Schutzumschlägen. Eine Stereoanlage aus analogen Zeiten. Ein antik wirkender Bauernschrank. Ein kleiner Flügel.

Er begann mit dem Schrank. Der Vitrinenteil war bis zum Anschlag mit verschiedenartigen Gläsern angefüllt, während der untere Schrankteil eine exquisite Auswahl an Spirituosen enthielt. Nichts, womit sich ein dezidierter Cola-Trinker näher beschäftigen musste.

Als Nächstes kam das Esszimmer an die Reihe, das einen Durchgang zu einer geräumigen Küche hatte. Schrankfronten und Schubladen in einem etwas altmodischen Stil, Elektrogeräte hingegen durchweg in Hightech-Ausführung. Bull öffnete die Kühlschranktür. Drinnen herrschte nicht gerade Überfülle, aber die wenigen Lebensmittel zeugten von einem verwöhnten Gaumen. Am Ende der Küche schloss sich ein kleinerer Korridor mit zwei Türen an. Bull öffnete die nächstliegende Tür und tastete nach einem Lichtschalter. Eine Dusche, eine Toilette und ein Waschbecken. Er betrat das kleine Badezimmer und ließ den Blick umherwandern. Vermutlich handelte es sich um eine Gästetoilette, denn die Regale über dem Waschbecken waren völlig sauber und ohne Anzeichen von irgendwelchen Toilettenartikeln. Kein Wandschmuck. Ein sauberes Frotteehandtuch an einem Haken neben dem Waschbecken und eine neue Toilettenpapierrolle in einem verchromten Halter.

Auf dem Boden zwischen Toilettenschüssel und Wand erregte etwas seine Aufmerksamkeit. Eine kleine Unregelmäßigkeit, wie ein glänzender Kratzer auf den weißen Fliesen. Er beugte sich hinunter. Es war ein durchsichtiges Stück Plastik, geformt wie ein Röhrchen, circa zwei Zentimeter lang und an einem Ende geschlossen. Mit der Spitze eines seiner Schlüssel hob er es auf und betrachtete es genauer. Wenn er sich nicht irrte, handelte es sich um den kleineren Teil einer Plastikhülse, in die manche Sorten von Zigarillos eingepackt wurden. Hatte Alexander Krogh Zigarillos geraucht? Der Geruch im Haus verriet nichts Derartiges. Bull zog einen der kleinen verschließbaren Asservatenbeutel heraus, die er stets bei sich trug, und ließ das Plastikstück hineinfallen.

Das nächste Zimmer war wesentlich größer. Er schaltete das Licht ein und blieb ein paar Sekunden auf der Schwelle stehen, bevor er eintrat. Ein Arbeitszimmer, nicht unähnlich dem, das er im Maison Krogh gesehen hatte. Eine der Wände war mit Gegenständen dekoriert, die vermutlich aus Kroghs Afrika-Zeit stammten: exotische Masken, Stich- und Schlagwaffen, zwei große Stoßzähne von Elefanten, ein vergilbter Tropenhelm und … Bull starrte … ein gläserner Schaukasten, der offenbar einen Schrumpfkopf enthielt, nicht viel größer als die Faust eines Mannes. Auf dem Boden unter der makabren Trophäe standen drei Trommeln. Die größte reichte Bull bis zur Taille.

Rechts und links neben dem einzigen Fenster befanden sich Bücherregale, auch diese bis zum Rand gefüllt. Bull nahm wahllos einen Band heraus und betrachtete den Umschlag. *The Jeweller's Directory of Gemstones.* An der anderen Wand stand ein Monster von einem Schreibtisch aus dunklem Holz mit drei Schubladen und zwei Unterschränken. Er überprüfte die Schubladen. Verschlossen. Gleiches galt für die Unterschränke. Immerhin ein Ort, an dem er beginnen konnte. In der Regel gab es einen Grund dafür, dass man einen Schrank oder eine Schublade abschloss. Er fasste in seine Jackentasche und zog ein kleines Set mit Dietrichen hervor; keine Standardausrüstung der Polizei, aber praktisch, wenn man keinen Durchsuchungsbefehl hatte und der Hausherr außerdem tot war.

Die Schubladen enthielten nur wenig Interessantes: zwei Armbanduhren der kostspieligen Sorte, einen Schlüssel für einen Mercedes (der in der Garage stand?), ein goldenes Schreibset, drei Sonnenbrillen, eine Platin-Kreditkarte von AmEx, einen Impfpass und einen Schachcomputer im Miniformat. Außerdem eine Ansammlung kleiner Notizbücher unterschiedlicher Fabrikation, aber alle mit einer Jahreszahl versehen. Das älteste stammte aus dem Jahr 1941, und wie Bull sah, hatte Krogh seine Tagebücher bis Mitte der fünfziger Jahre fortgeführt. Bull setzte sich auf den Schreibtischstuhl und fing mit dem ersten an. Ohne Scham tauchte er in Alexander Kroghs Leben ab, bewegte sich Seite um Seite weiter mit ihm, angefangen an einem Januartag im Jahr 1941, als sich der junge Mann zu Hause in Hvalstad in Asker befand:

Hvalstad, 12. Januar
Heute hat Quisling im Radio eine Rede gehalten. Vater und ich fanden sie beide sehr gut. Q hat den wahren Feind ausgemacht – die weltweite englische Despotie, die Norwegen in

den Krieg hineingezogen hat. Er sagt, dass Deutschland siegen wird, auch ohne Hilfe aus dem Norden, dass es aber dem Ehrgefühl der Norweger widerspricht, keinen Einsatz für unsere eigene Sicherheit und unser Schicksal zu leisten. »Die Kraft der Normannen ist in unseren norwegischen Herzen noch nicht versiegt«, sagte Q. Die Formulierung hat mir gefallen. Die Nasjonal Samling will Freiwillige für das Regiment Nordland beisteuern, und Vater hat ganz deutlich gemacht, dass ich mich anwerben lassen soll. Ich denke darüber nach.

Hvalstad, 14. Januar
Q's Rede war heute auf den Titelseiten der Zeitungen, was einen furchtbaren Streit zwischen Vater und Axel auslöste. Axel ist verblendet. Er sagt, dass jeder, der sich unter Deutschlands Fahne stellt, das Vaterland verrät. Ich habe mich aus der Diskussion herausgehalten, finde aber, dass Vater als Sieger daraus hervorgegangen ist. Das Spektakel endete damit, dass Axel die nötigsten Dinge einpackte und das Haus verließ.

Hvalstad, 30. Januar
Was für ein Tag! Das Hippodrom in Vinderen in Oslo war vollgepackt. Es müssen drei- bis viertausend von uns gewesen sein, außerdem deutsche Soldaten in Uniform. Die Atmosphäre war magisch, mit kraftvoller Musik (Wagner?) aus der Lautsprecheranlage und einem Großaufgebot an Prominenz: Q selbst, Reichskommissar Terboven, Polizeiminister Lie und – wir konnten kaum unseren Augen trauen – Reichsführer SS Heinrich Himmler in Person! Q, T und H haben gesprochen, die Stimmung im Saal war geradezu elektrisierend. Niemals habe ich solch ein Gemeinschaftsgefühl verspürt, das Gefühl, an etwas Edlem und Wichtigem teilzunehmen. »Jeder Mann, der uns folgt, trägt dazu bei, die Weltgeschichte zu verändern«, sagte H.

Ich, Alexander Krogh, wurde heute in das Regiment Nordland und die 5. SS-Division »Wiking« aufgenommen. »Meine Ehre heißt Treue«, stand auf dem Banner, das über uns hing, als wir den Eid abgelegt haben. Meine Ehre ist Treue. Mein Schicksal ist entschieden.

Bull stutzte. Kein Wort über den Bolschewismus, über diese Drohkulisse, die die meisten Frontkämpfer während dieses landesverräterischen Umsturzes und in den Jahren danach so gern aufgebaut hatten.

Er blätterte weiter und folgte dem jungen Mann in den Krieg. Die erste Etappe hatte Krogh mit dem Zug zu einem Übungslager in der österreichischen Stadt Graz geführt. Von dort aus war Alexander Krogh weiter zur Abteilungsausbildung in ein Militärlager außerhalb von Dresden geschickt worden. Kroghs Aufzeichnungen waren in unregelmäßigen Abständen erfolgt, mitunter waren sogar Wochen zwischen den einzelnen Tagebucheinträgen vergangen.

Heuberg, 12. März
Körperliches Training, das Blutgeschmack im Mund verursacht, endloser Drill und lange Märsche mit zwischenzeitlichen Übungen auf dem Schießstand. Habe ich schon wenig Schlaf und so gut wie keine Freizeit erwähnt? Viele meiner norwegischen Kameraden haben ihren Entschluss schon bitter bereut und werden von den deutschen Befehlshabenden hart rangenommen. Ich halte mich gut. Die Sprache fällt mir leicht, und ich kann schon einfache Unterhaltungen auf Deutsch führen.
Trotz der Versprechen, dass wir Norweger gemeinsam dienen werden, ist nun klargeworden, dass wir auf verschiedene Regimenter verteilt werden – vielleicht auch verschiedene Divisionen. Ich bin natürlich gepannt auf meinen nächsten Aufenthaltsort.

Heuberg, 24. März
Heute kam endlich die Antwort. Ich werde SS-Mann (einfacher Soldat) in der 3. SS-Panzergrenadierdivision »Totenkopf«! Ich weiß nicht, ob ich jubeln oder mir in die Hose machen soll. Die Division ist sagenumwoben und spielte eine besonders aktive Rolle während der Invasion letztes Jahr in Frankreich.

Neustettin, 5. April
Teile von »Totenkopf« wurden hierher nach Neustettin verlegt. Die Dinge sind besser geworden, aber ich habe hier bloß Gesellschaft von drei anderen Norwegern. Ansonsten besteht das Regiment aus Volksdeutschen, Belgiern, Schweden, Dänen, Schweizern und ein paar Esten. Die Tage sind entspannter als in Heuberg. Nur normales Exerzieren und Wachkommandos. Gestern wurde eine Kompanie Richtung Südwesten nach Berlin entsandt, angeblich um die Wachmannschaft in Sachsenhausen zu verstärken.

Neustettin, 29. April
Jetzt wird es Ernst! Es gibt Gerüchte, dass wir in den Osten sollen, um an einem größeren Manöver teilzunehmen. Das kann nur eines bedeuten: Russland und der Kampf gegen die Rote Armee.

Etwas widerwillig blätterte Bull weiter. Die Aufzeichnungen waren zwar interessant, aber das Stichwort in der Krogh-Sache lautete Frankreich. Im Sommer 1941 wurde Alexander Krogh zu einem winzigen Rädchen in der *Operation Barbarossa* – dem Feldzug der Nazis gegen Russland.

Kaunas, 23. Juni
Gestern überquerten wir den Fluss Neman und nahmen Alytus ein, ohne auf größeren Widerstand zu treffen. Es sieht so aus, als hätten wir die Russen völlig kalt erwischt. Die Roten

stehen unter Druck, auch aus der Luft, und unsere Heinkel und Junker haben einen Haufen russischer Flugzeuge ausradiert – die meisten davon noch auf dem Boden (!). Während ich das hier schreibe, stehen wir nur wenige Kilometer vor Kaunas, wo die Russen ihr Hauptquartier an der Nordwestfront haben.

Danzig, 29. Juni
Napoleons Schicksal wurde in Waterloo besiegelt. Meines wurde vor fünf Tagen in Kaunas besiegelt, in Form eines russischen Granatsplitters. Er hat meinen linken Schenkel aufgerissen, aber die Sanitätstruppe hat mich hinter die Linien und in Sicherheit gebracht. Jetzt liege ich in einem Militärkrankenhaus in Danzig und darf wohl sagen: Verfluchter Mist! Die gute Neuigkeit lautet, dass das Bein gerettet werden kann. Ich muss noch ein paar Tage hierbleiben, bevor ich nach Neustettin in die Krankenstube verlegt werden kann.

Es hatte eine Weile gedauert, die Verletzung auszukurieren. Kroghs Aufzeichnungen aus dem letzten Halbjahr 1941 waren äußerst spärlich: Rekonvaleszenz in Potsdam, südwestlich von Berlin; eine von Bitterkeit und Heimweh geprägte Zeit, in der er aber dennoch entschieden schien, sich loyal zu den Deutschen zu verhalten. Nachdem er zuerst mit einer unbedeutenden Medaille ausgezeichnet worden war, die den seltsamen Namen *Verwundetenabzeichen* trug, wurde Krogh gegen Ende des Jahres zum Dienst in Sachsenhausen abkommandiert. Die Auszeichnung zu tragen, unterließ er indes. »Das Letzte, was ich jetzt gebrauchen konnte, war ein Abzeichen, das mich an Kaunas erinnerte«, stand an einer Stelle in den Tagebüchern.

In Sachsenhausen war er befördert worden, zuerst zum SS-Sturmmann und danach zum SS-Rottenführer, was die Verantwortung für zwanzig Männer mit sich brachte. Trotz einiger dramatischer und aufsehenerregender Geschehnisse schien Krogh sich wohlzufühlen.

Oranienburg, 28. November
Die Juden, die das Gefangenenkontingent in Sachsenhausen früher dominierten, sind inzwischen durch Tausende von russischen Kriegsgefangenen ersetzt worden. Besonders einer sticht hervor: Jakow Dschugaschwili. Er ist niemand Geringerer als Stalins ältester Sohn! JD wird wesentlich besser behandelt als seine Landsmänner, aus dem einfachen Grund, dass die Deutschen hoffen, ihn gegen einen ihrer Generäle austauschen zu können, der sich in russischer Untersuchungshaft befindet.

Oranienburg, 13. Dezember
JD setzte heute dem geplanten Gefangenenaustausch ein jähes Ende, indem er sich mit Hilfe des elektrischen Zauns, der das Freigelände umgibt, das Leben nahm. Ein Grund mehr, für den deutschen General zu beten.

Oranienburg, 22. Dezember
Der Lagerkommandant, SS-Oberführer Loritz, ist offenbar in Weihnachtsstimmung. Er hat jetzt eine »Nackenschussanlage« mit beweglichen Krematoriumsöfen installiert. Damit sollen russische Kriegsgefangene hingerichtet werden. Es heißt, Berlin habe 18 000 den Tod befohlen, angeblich um Platz für neue Gefangene zu machen, die wöchentlich von der Ostfront hier ankommen.

Frühjahr 1942. Bull folgte Alexander Krogh bei seiner ersehnten Versetzung, und plötzlich stimmte die Landschaft mit der Karte überein: Limoges in Frankreich, wo Krogh der 4. SS-Polizei-Panzergrenadierdivision zugeordnet wurde.

Bull hielt ein paar Sekunden inne. Sein Handy vibrierte in der Jackentasche. Eine ihm unbekannte norwegische Nummer. Beute für die Mailbox. Hinter den geschlossenen Vorhängen hörte er die beiden spanischen Polizisten miteinander reden. Vielleicht sprachen sie über Spaniens Chancen bei der

Fußball-WM, oder sie fragten sich, was dieser etwas angeschlagene norwegische Polizist hinter dem Fenster wohl gerade trieb.

Er setzte seine Lektüre fort. Die ersten Eintragungen aus Frankreich waren nicht sonderlich interessant, weder für Bull noch für Alexander Krogh.

Limoges, 6. Mai
»Vom Regen in die Traufe«, heißt es für gewöhnlich. Auch in meinem Falle trifft das zu. Zwar entgehe ich dem Gestank der Krematorien in Sachsenhausen, aber Frankreich ist schlichtweg ereignislos! Das Land hat ja schon längst kapituliert, und der einzige Feind sind versprengte Gruppen der »Résistance« – der französischen Widerstandsbewegung. Hier lässt sich lediglich Jagd auf französische Frauen machen, doch im Gegensatz zu ihrer Regierung ergeben sie sich nicht so leicht.

Ein heißer Sommer und ein langer Herbst. Im Osten war die Schlacht um Stalingrad in vollem Gang, und die Aufzeichnungen ließen vermuten, dass Krogh das Schicksal seiner ehemaligen Frontkameraden in den Zeitungen und im Rundfunk verfolgte.

Limoges, 1. September
Die Luftwaffe hat die Stadt in Schutt und Asche gelegt und den Weg für unsere Bodenkräfte freigemacht. Es kann nur eine Frage von Wochen – vielleicht Tagen – sein, bis Stalingrad fällt. Dann ist Russland so gut wie gewonnen.

Ende Oktober ließ Kroghs Optimismus nach.

Limoges, 29. Oktober
Berlin hat die Roten offenbar unterschätzt, sowohl was militärische Kapazitäten als auch Kampfeswillen betrifft. Aus

Stalingrad wird von harten Kämpfen von Haus zu Haus berichtet. Luftangriffe sind somit ausgeschlossen, und das Ergebnis scheint unsicherer als je zuvor.

Die letzten Einträge aus dem 1942er-Tagebuch bezogen sich nur auf das Soldatenleben in Limoges. Außerdem hatte Krogh vermerkt, dass er einen Brief von seinem Bruder aus Oslo bekommen hatte.

Limoges, 3. Dezember
Heute Nachricht von Axel. Sämtliche Mitglieder der Familie Bernstein wurden verhaftet und nach Deutschland gebracht, zusammen mit Hunderten anderer norwegischer Juden. Axels Brief trieft nur so vor unausgesprochenen Vorwürfen, als sei ich persönlich an allem schuld.

Aus den Einträgen ging nicht hervor, welche Beziehung zwischen den Familien Krogh und Bernstein bestanden hatte. Waren sie Freunde gewesen? Geschäftspartner des Vaters? Nachbarn in Hvalstad?

Bull öffnete das dritte Buch: 1943. Die Zeitabstände zwischen den einzelnen Aufzeichnungen waren jetzt kürzer.

Limoges, 17. Januar
Seit gut zwei Jahren stecke ich in deutscher Uniform, und weniger als eine Woche habe ich mich an der Front aufgehalten! Ich habe um Versetzung zu einem Kampfbataillon gebeten, vorläufig ohne Antwort. Wenn nichts geschieht, werde ich meinen Kontrakt nicht über den nächsten Winter hinaus verlängern. In der Zwischenzeit soll meine Kompanie offenbar in eine kleinere Nachbarstadt verlegt werden.

Eymoutiers, 29. Januar
Eine neue Stadt. Wobei auf Eymoutiers wohl eher die Bezeichnung »Städtchen« zuträfe. Es wohnen kaum mehr als

zweitausend Seelen hier, aber es liegt hübsch, an einem Fluss und umgeben von Wald und Feldern. Gleichzeitig haben wir einen neuen Kompaniechef bekommen, einen SS-Obersturmführer Wittmann. W soll in der Schutzstaffel angeblich ein Wunderkind sein. Er ist nicht mehr als drei oder vier Jahre älter als ich, scheint aber in Ordnung zu sein.

Eymoutiers, 17. Februar
Gestern eine interessante Begegnung im Wirtshaus unten am Fluss. Monette … Sie ist in meinem Alter und arbeitet als Lehrerin. Hübsch, lustig und anscheinend ohne die Voreingenommenheit, auf die wir bei vielen französischen Frauen stoßen. Wir treffen uns Sonntag wieder, wenn wir beide frei haben. Wer weiß?

Eymoutiers, 23. Februar
W verdarb mir das geplante Stelldichein mit Monette. Die Kompanie hat Befehl erhalten, die jungen Männer des Départements zwecks Deportation nach Deutschland zusammenzutreiben. Die Industrie dort drüben braucht Arbeitskräfte, immer mehr Deutsche müssen Uniform tragen. Wir haben Zugang zu den Kirchenbüchern und den Registern im Rathaus und durchkämmen Eymoutiers und die Umgegend nach arbeitsfähigen Männern im Alter zwischen achtzehn und zweiundzwanzig.

Eymoutiers, 7. März
Gestern gehörte sie mir! Mir reicht dieser Eintrag, denn die Nacht hat sich für alle Zeiten in mein Gedächtnis eingebrannt.

Eymoutiers, 13. März
Gestern Nacht ein Schuss vor den Bug (oder vielleicht sollte ich besser Lokomotive sagen?). Zwei Stunden nach Mitternacht wurde die Eisenbahnbrücke über den Fluss gesprengt.

Kein Zweifel, dass die lokale Widerstandsbewegung dahintersteckt. W hat klaren Befehl erteilt, die Verantwortlichen um jeden Preis zu fassen.

Eymoutiers, 16. März
Endlich passiert etwas. In der Nacht zu Montag war ich Teil eines Sturmtrupps, der die Schuldigen auf einem Bauernhof außerhalb der Stadt aufgetrieben hat. Drei sind entkommen, zwei wurden im Kampf getötet, und W hat während des Verhörs einen sechsten erledigt. Die drei letzten wurden an Ort und Stelle aufgeknüpft, zusammen mit einem älteren Mann, dem der Bauernhof gehörte. Erst danach ist W über die Stränge geschlagen. Wir hatten eine Menge des Hausgebrannten getrunken, und W wollte »ein Exempel des Grauens« – wie er es nannte – statuieren. Die Toten sollten geschändet werden. Am Rücken. Mit dem Hakenkreuz. W sagte, sofern sich niemand freiwillig melde, um die Arbeit mit dem Messer durchzuführen, werde das Los gezogen. Aber einer – G – hat sich gemeldet. Ich muss schon sagen: Pfui Teufel! Es wurde eine schmutzige Angelegenheit. Der Junge, der dabei war, hat vermutlich überlebt, aber ich bin mir absolut nicht sicher.

Bull atmete langsam ein und ließ das Notizbuch sinken. Da war es also. Das Puzzleteilchen, das perfekt zu Capitán Delgados Geschichtsunterricht passte und Bulls Theorie weitgehend bestätigte.

Das Hakenkreuz.

Der böse Vetter des Lorraine-Kreuzes.

25

Mallorca und Eymoutiers
Montag, 5. Mai 2014

Aus Rücksichtnahme wählte er Moulins Nummer erst um 06.30 Uhr. Der Hauptkommissar antwortete mit schlaftrunkener Stimme, aber nachdem Bull seine Erklärung abgegeben hatte, wirkte er mit einem Mal hellwach.

»Eymoutiers ... Eymoutiers ... Wenn ich die Landkarte richtig im Kopf habe, dürfte das etwa sieben- bis achthundert Kilometer entfernt sein.«

»Das Risiko müssen wir eingehen«, sagte Bull. »Die Lunte beginnt zu brennen, Jean.«

Fünf Sekunden Stille am anderen Ende der Leitung, dann fasste Moulin einen Entschluss.

»Frau Großmaul im Justizministerium hat überaus deutlich zum Ausdruck gebracht, dass für den Fortgang der Sache keine Ressourcen gespart werden dürften«, konstatierte er. »Dann wollen wir doch mal sehen, wie sie eine Helikopter-Rechnung in Höhe von ein paar tausend Euro verdaut.«

Bull verzog angewidert das Gesicht. Er hatte die Höhenangst von seinem Vater geerbt, der außerdem hartnäckig behauptete, der Helikopter habe sich – seit Leonardo da Vinci Ende des 15. Jahrhunderts die sogenannte »Luftschraube« gezeichnet hatte – nur unwesentlich weiterentwickelt.

»Irgendwas Neues über Erik Jacobsen?«

»Nicht einen Ton. Dafür allerdings war seine bessere Hälfte mehrmals am Apparat. Sie versucht seit über 24 Stunden, ihren Mann telefonisch und per E-Mail zu erreichen – und Sie, Bull, versucht sie übrigens auch zu erreichen. Ich habe ihr gesagt, dass Sie beschäftigt seien, wir aber alles in unserer Macht Stehende täten, um ihn zu lokalisieren. Also Jacobsen – nicht Sie.

Ich stehe hier sozusagen mit flatterndem Rotor und erwarte Sie, sobald Sie in Nizza gelandet sind«, schloss der Hauptkommissar. »*Bon voyage*, mein Freund.«

Bull schaffte es nicht mehr, sich zu verabschieden, bevor die Verbindung unterbrochen wurde. Moulin hatte offenbar den Kessel angeheizt. Was Bull daran erinnerte, eine Tasse Kaffee zu trinken, bevor er sich auf den Rückweg zum Flughafen in Palma machte.

An der Sicherheitskontrolle landete er hinter einer Gruppe junger englischer Männer, die auch am frühen Morgen schon – oder noch – total betrunken waren und aus Stroh geflochtene Cowboyhüte sowie identische T-Shirts trugen, auf denen die lyrische Aufschrift *Forget fuckin' work – go fuck in Magaluf!* prangte. Einer von ihnen schenkte Bull einen herablassenden Blick, vermutlich um seine Abscheu gegenüber Männern im mittleren Alter zu demonstrieren, die sich nicht trauten, Badeshorts und Flipflops zu tragen, wenn sie ein Flugzeug bestiegen.

Nachdem er den Körperscanner passiert und die Zukunft Englands abgeschüttelt hatte, schickte er eine SMS an Émilie. Er freue sich auf das Abendessen, sei aber vor Dienstagabend wohl nicht zurück in Sainte-Maxime. Die Antwort ließ keine zwei Minuten auf sich warten:

Wir warten gespannt, sowohl ich als auch mein poulet ☺.

Bull las die Mitteilung dreimal. Was um Himmels willen war ein *poulet?* Google Translator: ein Hühnchen. Nun gut, warum nicht? Er ging weiter und kam zu einem gigantischen Tax-Free-Laden. Eine gute Gelegenheit, für Émilies Abendessen eine Flasche Wein zu erstehen. Auch wenn man Abstinenzler war, musste man schließlich nicht mit leeren Händen kommen.

Als das Flugzeug in Nizza landete, nahm Moulin ihn am Fuße der Gangway in Empfang. Ein Streifenwagen fuhr sie am Terminalgebäude entlang, durch ein automatisches Tor, vorbei an vier Hangars, die jeweils Platz für ein Fußballfeld boten, und schließlich in den Bereich des Flughafens, der privaten Flugzeugen vorbehalten war.

Am Rande stromlinienförmiger Gulfstreams und glänzender Falcons stand Moulins gecharterte Luftschraube parat. Bull bedachte den breitschultrigen Piloten mit einem freundlichen Nicken und einem Lächeln und hoffte darauf, dies würde den Mann dazu inspirieren, sich abseits von Luftlöchern, Vogelschwärmen oder Gott weiß was zu bewegen, das der Flugreise ein plötzliches Ende bereiten könnte.

»Sie haben vermutlich 'ne ganz schöne Tour hinter sich, *n'est-ce pas?*«, sagte Moulin durch den knatternden Lärm des Kolbenmotors.

»Wie man's nimmt«, erwiderte Bull und blickte bekümmert auf den Asphalt, der unter ihnen verschwand.

»Sie glauben also, dass Axel Krogh aufgrund eines Irrtums ermordet wurde?«

»Das ist vorläufig nur eine Theorie, aber so einiges deutet darauf hin. Es ist nicht unwahrscheinlich, dass der Mörder in Sainte-Maxime auf die Fotografie der beiden Brüder stieß, als er das Gemälde aus Kroghs Arbeitszimmer mitnahm, und somit auch die Möglichkeit erkannte, dass er den falschen Mann getötet hatte. Die Brüder waren einander äußerlich sehr ähnlich, und da Alex im Januar und Axel im Dezember desselben Jahres geboren wurden, kann der Täter schlicht und einfach die Namen verwechselt haben. Alex verbrachte die meiste Zeit seines Lebens im Ausland. Wenn der Mörder ursprünglich einen im Jahr 1923 geborenen Norweger mit Namen Alex Krogh gesucht hat, kann genau dadurch das Schicksal des jüngeren Bruders besiegelt worden sein.«

»In diesem Fall wäre der Mann also das Opfer eines Anagramms geworden«, sagte Moulin nachdenklich.

»Eines was bitte?«

»Wenn zwei Wörter sowohl dieselben Buchstaben als auch dieselbe Anzahl an Buchstaben enthalten, nur in anderer Reihenfolge, spricht man von einem Anagramm. *Amor* und *Roma*, zum Beispiel. Untrennbar aneinandergekettet – wie Brüder«, fügte der Hauptkommissar hinzu.

Unglaublich, was ausländische Polizisten so alles wussten, dachte Bull. Lorraine-Kreuz und Anagramm. Vermutlich hatten sie weniger Schultage als er geschwänzt.

»Ich hab hier übrigens noch eine Kleinigkeit für Sie«, sagte Moulin und schob die Hand in seine Reisetasche.

Bull musterte die Pistole und das Holster, die der andere ihm reichte.

»Das wird wohl nicht nötig sein, Jean.«

»Sagen Sie das nicht, *mon ami*. Nach Ihren Erlebnissen auf Mallorca würde ich – und sicher auch meine Vorgesetzten – wohl behaupten, dass das absolut angebracht ist. Dieses kleine Ding ist ein Wolf im Schafspelz. 9 mm Walther PPS, knapp 600 Gramm Gewicht, der Durchmesser des Laufs beträgt 3,2 Zoll. Braucht nicht viel mehr Platz als eine Zigarettenschachtel, aber schnallen Sie sie bitte aus Gründen der Diskretion an Ihr Bein.«

Bull zögerte. Er hatte noch nie einen Schuss auf einen Menschen abgegeben und hatte auch nicht die Absicht, hier in Frankreich darin zu debütieren.

»Ich hab's schon kapiert«, seufzte Moulin. »Sie gehören nicht in die Kategorie *triggerhappy*, aber lassen Sie mich es so ausdrücken: Wenn etwas mit Ihnen geschehen sollte und Paris Wind davon bekommt, dass Sie unbewaffnet waren, bin ich meinen Job los. Ein grauenhafter Gedanke, nicht wahr?«

»Nicht auszuhalten«, brummte Bull, zog ein Hosenbein hoch und befestigte die Waffe an seinem winterblassen Unterschenkel.

»Sieh mal einer an – passt perfekt«, sagte Moulin mit einem Lächeln.

»Wie eine Motorsäge in den Händen eines Hirnchirurgen.«

Geschickt wechselte Moulin das Thema.

»Während Sie verreist waren, hat übrigens nicht nur Cathrine Jacobsen versucht, Sie zu erreichen«, sagte er. »In einem Anfall von schlechtem Gewissen haben Axel Kroghs Anwälte in Oslo eine Firma – oder vielleicht auch einen pensionierten Safeknacker – beauftragt, den Tresor zu öffnen, in dem das Testament lag.«

Der Hauptkommissar gönnte sich eine kleine Kunstpause, die Bull schließlich verstehen ließ, dass der Kollege etwas Interessantes auf Lager hatte.

»Und?«, sagte er ungeduldig.

»Ella Krogh war annähernd die Alleinerbin – solange sie lebte.«

»Annähernd Alleinerbin?«

»Laut Anweisung im Testament war sie verpflichtet, ihre Mutter mit einhunderttausend norwegischen Kronen pro Monat zu unterstützen, solange Ingeborg Krogh lebte. Sofern Ella nicht in der Lage wäre, das Erbe anzutreten, sollte Axel Kroghs Ex-Frau einmalig die hübsche Summe von fünfzig Millionen Kronen ausbezahlt bekommen. Knapp sechs Millionen Euro, wie ich ausgerechnet habe.«

Bull ließ sich die Summe auf der Zunge zergehen.

»Das sollte wohl ausreichen«, sagte er.

»Eymoutiers«, erklärte der Pilot und zeigte durch die gewölbte Frontscheibe nach unten.

Bull streckte den Hals. Die Stadt war größer, als Kroghs Tagebuchaufzeichnungen vermuten ließen. Ein Fluss teilte sie in zwei Hälften und zog sich gewunden wie ein Wurm durch das umgebende Grün der Landschaft.

»Der Sportplatz auf der Südseite des Flusses, am Chemin des Barrys, nicht wahr?«, wandte sich der Pilot an Moulin.

»Richtig. Die Landung wurde von der Lokalbehörde genehmigt.«

Der Pilot beschrieb mit dem Helikopter eine leichte Linkskurve und nahm die Umgebung kurz in Augenschein, bevor er die Maschine weich auf dem kiesbedeckten Viereck aufsetzte. Am Rande des Sportplatzes, hinter einem der Fußballtore, wartete ein Streifenwagen der örtlichen Gendarmerie. Der junge Beamte salutierte, begrüßte die Neuankömmlinge per Handschlag und strahlte einen Ernst aus, der darauf hindeutete, dass mit einem Helikopter anreisende Mordermittler in Eymoutiers nicht zum Alltäglichen gehörten.

Moulin spähte zu Bull hinüber.

»Wo fangen wir an, *mon ami?*«

»Ein Gespräch mit jemandem, dem die lokale Kriegsgeschichte bekannt ist, wäre sicher nützlich«, entgegnete Bull.

Moulin wandte sich auf Französisch an den Gendarmen. Der junge Mann hörte aufmerksam zu und sagte dann etwas.

»Wir haben Glück«, konstatierte Moulin. »Die Stadt hat ein kleines *Musée de la Résistance*. Es wird von einem Gilles Ferrand geleitet, dem Sohn des Mannes, der das Museum nach dem Krieg gründete. Monsieur Ferrand spricht angeblich ganz gut Englisch.«

»Klingt, als wäre er unser Mann«, bestätigte Bull.

Ein paar Minuten später hielten sie an der Ecke eines hübschen dreistöckigen Stadthauses an, wo weiße und grüne Banner rechts und links vom Eingang verkündeten, was sich im Inneren befand. Über der Eingangstür hing die französische Trikolore an einer kurzen Fahnenstange, umgeben von Wimpeln, die an einem dünnen Drahtseil befestigt waren – die Flaggen von England, Dänemark, USA, Norwegen, Niederlande, Belgien und Russland sowie einige andere, die Bull auf die Schnelle keinen Ländern zuordnen konnte. Deutschland, Italien und Japan glänzten durch Abwesenheit, wobei man nur hoffen konnte, dass dies nicht aus rachgierigen, sondern aus symbolischen Motiven erfolgt war.

Am Empfang wurden sie von einer anämisch und streng aussehenden Frau in den Fünfzigern begrüßt, die auf Moulins Bitte zum Telefon griff und ihren Chef anrief. Dreißig Sekunden später stand Monsieur Ferrand vor ihnen. Er war kaum größer als eins sechzig, untersetzt wie eine englische Bulldogge und tadellos gekleidet in einen dunkelgrauen Blazer, mit Weste und

Hose in einem helleren Grauton. Der Haarwuchs auf seinem kugelrunden Schädel war äußerst spärlich, doch zum Ausgleich schmückte Ferrand sich mit einem prachtvollen Schnurrbart im Dalí-Stil, der über den Mundwinkeln wie zwei Büffelhörner in die Höhe ragte. Bull schätzte ihn auf irgendetwas zwischen sechzig und siebzig, doch die wachen braunen Augen hätten auch zu einem viel jüngeren Mann gehören können. Ferrand begrüßte sie freundlich, wies Moulins Dienstausweis mit einer abwehrenden Handbewegung zurück, schien sich dann aber plötzlich anders zu besinnen.

»*Pouvez-vous répétez votre nom, Monsieur?*«, sagte Ferrand und blickte Moulin an.

»Könnten wir vielleicht Englisch sprechen?«, fragte der Hauptkommissar seinerseits. »Mein Kollege hier kommt aus Norwegen.«

»Aber ja doch, selbstverständlich. Aber würden Sie mir bitte noch einmal Ihren Namen sagen?«

»*Commissaire* Jean Moulin, Monsieur.«

Ferrands fleischige Unterlippe sank eine Winzigkeit hinunter.

»Sie sind aber nicht verwandt mit … *dem* Jean Moulin?«

»Doch, allerdings«, gab Moulin mit kaum verhohlenem Stolz zurück. »Er war ein Cousin meines Vaters.«

Vor lauter Aufregung trippelte Ferrand auf der Stelle herum.

»Welche Ehre, Monsieur! Wenn es sich schickte, würde ich Ihre Hand küssen. Kaum zu fassen, ein Namensvetter und ein Verwandter des großen Moulin. Und ich habe nicht einmal ein Fläschchen Champagner auf Lager.«

»Sie sind sehr freundlich, Monsieur«, erwiderte Moulin und verbeugte sich. »Wir wären allerdings mehr als zufrieden, wenn Sie uns mit Ihrem Wissen über die Kriegsjahre in Eymoutiers weiterhelfen könnten.«

»Aber natürlich, mit dem größten Vergnügen. Möchten die Herrschaften einen allgemeinen Überblick, oder sind Sie an etwas ganz Speziellem interessiert?«

Mit einer Handbewegung überließ Moulin Bull das Wort.

»Soweit uns bekannt ist, haben deutsche Soldaten hier im März 1943 eine Razzia durchgeführt«, begann Bull. »Der Anlass dafür soll eine Sabotageaktion gewesen sein, die Sprengung einer Brücke. Gemäß unserer ... Quelle ist es infolge dieser Aktion auf einem Bauernhof außerhalb der Stadt zu einem Schusswechsel gekommen. Einige der französischen Saboteure konnten entkommen, andere wurden im Kampf getötet, und die vier übrigen wurden – laut Angaben unserer Quelle – an Ort und Stelle hingerichtet.«

Der Ausdruck auf Ferrands Gesicht hinterließ keinen Zweifel daran, dass ihm die Geschichte bekannt war.

»Das Massaker auf dem Gaillard-Hof«, bestätigte er mit düsterer Stimme. »Vielleicht der dunkelste Tag in der Geschichte Eymoutiers. Die Tragödie hat die Stadt nach dem Krieg noch jahrelang beschäftigt. Unser kleines Museum hat ihr sogar einen eigenen Raum geweiht. Wenn Sie mir bitte folgen möchten?«

Ferrand geleitete die Gäste durch ein kleines Labyrinth aus Zimmern verschiedener Größe, die, wie sie erfuhren, einst von einem wohlhabenden Getreidehändler bewohnt worden waren. Sie kamen an Schaufensterpuppen in voller SS-Montur vorbei, an Glasschränken, die verschiedene Waffen und Ausrüstungsgegenstände enthielten, an Schaukästen mit Exemplaren illegaler Zeitungen sowie an laminierten Leinwänden, auf denen Karten und alte Fotografien abgebildet waren – alles zusammen Bestandteile der Geschichte der Résistance: Hunderttausende französische Männer und Frauen, die sich geweigert hatten, das Vichy-Regime und dessen Kniefall vor Hitler anzuerkennen.

»Hier«, sagte Ferrand.

Der Raum, in den sie kamen, war ganz klein, knapp zwanzig Quadratmeter und fensterlos. Die Wände waren in einer tiefroten Farbe gestrichen, die im spärlichen Licht fast schwarz wirkte. In der Mitte des Raums war ein quadratischer Kasten montiert, der mit dunkelbraunem Leder bezogen war. An einer der Seiten befand sich eine Art Gedenktafel, die hinter einer

Plexiglasscheibe hing und von hinten beleuchtet war. Die Tafel wurde von zwei brennenden Kerzen flankiert, die Inschrift lautete ganz einfach:

† 15. März 1943 †

Darunter waren fotografische Porträts von sieben Männern abgedruckt, zusammen mit ihren Namen und einer kurzen Biographie jedes Einzelnen:

René Vaujour. Jacques Brigot. Paul Garcin. Maurice Molinard. Christian Broutin. Victor Ventoux. Santiago Gaillard.

An der Wand neben der Gedenktafel hing eine großformatige Fotografie des Bauernhauses, in dem das Massaker stattgefunden hatte; ein Foto, das laut Bildunterschrift im Sommer 1947 aufgenommen worden war. Das Bild war ziemlich grobkörnig, vermutlich weil man es stark vergrößert hatte. Rechts neben der Fotografie befand sich ein Text, der die Geschehnisse auf Französisch und Englisch erläuterte.

Bull fing an zu lesen. Im vierten Abschnitt tauchte es auf:

… der Hof, auf dem die Maquisards nach der Aktion Zuflucht suchten, wurde von dem 56-jährigen Santiago Gaillard bewohnt, einem Maler, der in früheren Zeiten dem Künstlerkreis um Henri Matisse und André Derain angehörte.

Gaillard und Matisse. Matisse und Munch. Munch an der Wand von Axel Kroghs Arbeitszimmer in Sainte-Maxime. Der Bruder Alexander in deutscher Uniform auf dem Gaillard-Hof im März 1943. Eine Linie oder ein Kreis? Ungeachtet dessen etwas, das sich angesichts der Umstände deutlich abzuzeichnen begann.

Nächste Wand. Zwei weitere Fotografien. Eine ältere Frau und ein junger Mann.

In memoriam
Louise Verlaque 1861–1943
Daniel Marin 1923–1943

Fernand räusperte sich.

»Diese beiden waren indirekt mit den Geschehnissen verknüpft«, sagte er mit gedämpfter Stimme. »Daniel Marin – einer der Maquisards – war verletzt und versteckte sich bei Madame Verlaque, als die Sabotageaktion durchgeführt wurde. Die Deutschen haben ihn aufgespürt, und wir vermuten, dass er gefoltert wurde, um das Versteck der anderen preiszugeben. Beide wurden von den Nazis umgebracht. Nachdem man sie zunächst misshandelt hatte, wurde Madame Verlaque am 16. März durch ein Erschießungskommando hingerichtet. Wir reden hier von einer liebenswerten älteren Dame von zweiundachtzig Jahren, die keiner Fliege etwas zuleide tun konnte. Es ist und wird mir immer vollkommen unbegreiflich sein, dass Menschen so etwas tun können, Krieg hin oder her.«

Weder Moulin noch Bull sagten etwas. Ferrands Seufzen benötigte keinen Kommentar.

Bull wandte sich an den Museumsdirektor.

»Laut unseren Informationen wurden die Opfer des Massakers in der Folge der Ermordung aufs gröbste geschändet«, sagte er. »Wissen Sie etwas darüber?«

Ferrand wirkte plötzlich angeschlagen, als hätte die Frage bei ihm einen akuten Anfall von Übelkeit verursacht.

»Darf ich fragen, in welchem Zusammenhang sich die Polizei für diese Details interessiert?«, erwiderte er und sah Moulin mit festem Blick an.

»Wir untersuchen drei Mordfälle, bei denen die Geschehnisse auf dem Gaillard-Hof möglicherweise relevant sein können«, entgegnete der Hauptkommissar diplomatisch. »Wir würden es sehr zu schätzen wissen, wenn Sie die Frage beantworten könnten, Monsieur.«

Ferrand seufzte abermals.

»Die Toten wurden mit einem Messer geschändet«, bestätigte er leise. »Das widerliche Symbol der Naziherrschaft, das Hakenkreuz.«

Um zu verhindern, dass Bull näher auf die Leichenschändung einging, schob Moulin blitzschnell eine weitere Frage nach.

»Aus dem Text an der Wand hier geht hervor, dass drei der Maquisards entkommen konnten. Vermutlich haben wir nicht so viel Glück, dass einer von ihnen heute noch lebt?«

Ferrand schüttelte den Kopf.

»Der letzte von ihnen – Georges Guingouin – starb 2005, fast dreiundneunzig Jahre alt. Die Schule von Eymoutiers ist nach ihm benannt. Guingouin war einer der Anführer der Maquisards, ein wahrer französischer Held, wenngleich nicht so sagenumwoben wie Ihr Vorfahre.«

»Demnach gibt es also keine Zeitzeugen mehr?«, warf Bull ein.

»Nicht auf unserer Seite. Was die deutschen Soldaten angeht, so habe ich verständlicherweise keine Ahnung. Die meisten waren vermutlich sehr jung, insofern ist es natürlich nicht ausgeschlossen, dass einer oder mehrere von ihnen noch leben. Was ich allerdings nicht hoffe, wenn ich das so sagen darf.«

»Was ist mit … dem Jungen, der angeblich in jener Nacht auf dem Bauernhof war?«, fragte Bull.

Ferrand lächelte betrübt.

»Sie sind erstaunlich gut informiert, meine Herren. Jetzt werde ich aber langsam wirklich neugierig, wer – oder was – ihre sogenannte Quelle ist.«

»Das dürfen wir Ihnen leider nicht verraten«, gab Moulin zurück. »Wir bedauern es sehr, Ihr Entgegenkommen mit solcher Heimlichtuerei vergelten zu müssen, aber das geschieht nur aus Rücksicht auf die Ermittlungen.«

Was hätten wir Polizisten wohl ohne diesen Spruch getan?, dachte Bull.

»Es stimmt, dass ein Kind beteiligt war«, sagte Ferrand. »Santiago Gaillards Sohn, der zwölfjährige Tigo. Wir haben ihn ganz bewusst aus unserer Dokumentation herausgelassen, zum Teil aus Rücksicht auf die Familie, und zum Teil, weil wir nichts über sein späteres Schicksal wissen.«

»Er hat also überlebt?«, fragte Bull.

»Der Junge hat überlebt, ja. Aber sowohl sein Körper als auch seine Seele haben großen Schaden genommen. Er und seine Mutter verließen Eymoutiers nur wenige Wochen nach dem Vorfall. Mein Vater hat unermüdlich versucht, sie nach dem Krieg aufzuspüren, aber ohne Erfolg. Wenn man es genau betrachtet, war Tigo möglicherweise das am meisten betroffene Opfer in jener Nacht. Wir können uns kaum vorstellen, was das arme Kind mit ansehen musste.«

»Und niemand hat auch nur eine Ahnung, wo die beiden hingegangen sein könnten?«

»Leider nicht. Es gab Gerüchte, dass sie die Grenze nach Spanien überschritten haben könnten – Santiago Gaillard hatte angeblich Verwandte in Katalonien, und zu diesem Zeitpunkt hatte Franco sein sprödes Verlöbnis mit Hitler bereits gelöst. Mein Vater hat auch diese Spur verfolgt, aber wie gesagt ohne Erfolg. Sie sind einfach verschwunden.«

Ferrand beendete seine Erläuterung und sank auf den lederüberzogenen kleinen Kasten. Niemand sagte etwas. Plötzlich musste Bull an die Worte seiner Großmutter denken, an einem längst vergangenen Sommerabend in der Küche in Nordirland, als er selbst noch ein kleiner Junge war: *Denk immer daran, Bogart – wenn alle schweigen, dann deshalb, weil ein Engel durchs Zimmer geht.*

Moulin brach das Schweigen.

»Auf dem Plakat da vorn wird Henri Matisse als ein Bekannter von Gaillard bezeichnet«, sagt er. »Was weiß man über ihre Verbindung?«

Ferrands Augen gewannen ihr Leuchten ein wenig zurück. Vermutlich war er erleichtert, über etwas anderes als Tod und Verstümmelung reden zu können.

»Eine ganze Menge sogar. Kurz gefasst hatte Gaillard Anfang des vorigen Jahrhunderts seine Lehrzeit bei Matisse, in einer Künstlergemeinschaft, zu der auch André Derain, Georges Rouault, Othon Friesz und andere Berühmtheiten gehörten. *Les fauves* haben sie sich genannt – ›die Wilden‹. Der Name bezog sich anscheinend auf die nahezu ungehemmte Verwendung starker Farben, eine Art aufrührerischer Kontrast zum Impressionismus. Gaillard trennte sich von den anderen, als er sich mit seiner damaligen Frau in Cotignac niederließ. Die Freundschaft zu den anderen muss allerdings auf festem Boden gestanden haben. Es wurde gesagt, dass Werke von mehreren der erwähnten Künstler an der Wand von Gaillards Wohnzimmer hingen.«

Bull streckte den Hals.

»Leider konnten sich jedoch weder Tigo Gaillard noch andere Verwandte in späterer Zeit an diesen Gemälden erfreuen«, seufzte der Museumsdirektor. »Die Nazis müssen sich bedient haben, bevor sie den Ort wieder verließen.«

26

Sainte-Maxime
Montag, 5. Mai, und Dienstag, 6. Mai 2014

Es war kurz vor einundzwanzig Uhr, als Raoul ihn vor dem Eingang des Les Palmiers absetzte. Moulin wollte die Nacht unter dem eigenen Dach in Marseille verbringen, nachdem er von seiner Frau angerufen worden war, die behauptet hatte, im Keller des Hauses eine Ratte »in der Größe des Yorkshire-Terriers unserer Nachbarn« gesehen zu haben. Auf Moulins Rückfrage, ob es sich bei dem Tier vielleicht um ebenjenen Hund handeln könne, hatte Madame Moulin einfach aufgelegt.

»Frauen …«, seufzte Moulin resigniert, als er sich von Bull verabschiedete.

Du ahnst ja nicht, wie viel Glück du hast, dachte Bull.

»Waidmannsheil, Jean«, sagte er. »Wir sehen uns morgen.«

»Ich bin um Punkt neun wieder da, keine Sekunde später!«, schwor Moulin, bevor die Autotür zuknallte.

In seinem Zimmer angekommen, blieb Bull lange unter der Dusche stehen und sah den Staub der Reise im Abflussrohr verschwinden. Ein Handtuch um die Taille gewickelt, nahm er sich eine Cola aus der Minibar und trat auf den kleinen Balkon. Der Himmel über der Bucht von Saint-Tropez zeigte eine schwache Purpurfärbung; die letzten Reste der blauen Stunde. Ein Gewirr aus Stimmen erreichte ihn von der Terrasse vor dem Hotel, lautes Lachen und klirrende Gläser, erwartungsvolle Hotelgäste auf dem Weg in die Nacht. Auf einem Balkon schräg unter ihm saß ein Mann in seinem Alter. Weißes, kurzärmeliges Hemd, dunkelblaue Shorts, Lesebrille an einer Schnur um den Hals. Auf dem Tisch vor ihm lag ein aufgeschlagenes Taschenbuch mit dem Buchrücken nach oben neben einem halbvollen Weinglas. Mit den Händen im Schoß saß der Mann zurückgelehnt auf seinem Stuhl. Bull konnte nur sein Profil sehen, nahm aber gleichzeitig einen Ausdruck totaler Ruhe und Zufriedenheit an ihm wahr. Woran mochte der Unbekannte wohl denken? An die Schönheit der Szene vor ihm? An die Erlebnisse des vergangenen Tages? An die Frau, die sich vielleicht hinter ihm im Zimmer befand? Ein fremdartiges Gefühl von Selbstmitleid überkam Bull.

Er sitzt dort, wo ich sitzen sollte.

Er trat vom Geländer zurück und ging wieder in sein kühles Zimmer. Auf dem Bett liegend, ließ er den Besuch in Eymoutiers Revue passieren. Ferrand hatte nicht bestätigen können, dass Santiago Gaillards Sammlung ein Gemälde von Edvard Munch beinhaltet hatte, doch Bulls Vorstellung vom Handlungsverlauf zeigte mittlerweile mehr als nur vage Konturen. In der schicksalhaften Nacht des Jahres 1943 war Alexander Krogh vermutlich der »Besitzer« jenes Porträts geworden, das mit der Ziffer 7 signiert war, ein Gemälde, das später an der Wand im Haus seines Bruders gelandet war – entweder als Geschenk oder als Ergebnis eines Handels zwischen den Brüdern. Siebzig Jahre danach hatte jemand das Bild gestohlen. Und danach die Quittung für die Hakenkreuze ausgestellt, mit denen die Opfer im Krieg verunstaltet worden waren, indem er Alexander Krogh das Symbol der Maquisards in den Rücken schnitt.

Wer war an diesem Tag in Deyá gewesen? Tigo Gaillard? Ein Mann, der über achtzig sein müsste. Nicht unmöglich. Manche Menschen dieses Alters sprangen mit einem Fallschirm aus einem Flugzeug oder nahmen am Birkebeiner-Skilanglauf teil. 2011 hatte die sechsundneunzigjährige Amanda Rice Stevenson in der amerikanischen Kleinstadt St. Augustine für Schlagzeilen gesorgt, als sie ihren Neffen mit einer 357er Magnum in die ewigen Jagdgründe schickte. Es gab anscheinend genügend rüstige Alte, die mit einer Schusswaffe oder einem scharfen Messer umgehen konnten, sofern ihr Motiv stark genug oder ihre Sinne hinreichend verwirrt waren.

Gab es andere Möglichkeiten? Zweifellos ja. Sieben französische Widerstandsmänner waren abgeschlachtet worden. In sieben Familien war ein Sohn, Bruder oder Vater von den Nazis ausgelöscht und danach geschändet worden. Konnten Hass und Rachgier über so lange Jahre am Leben erhalten werden? Bull dachte an Richard Torp. Wie lange würde er wohl diesen Mann hassen, der Frida und Anine getötet hatte? Lange. Jedenfalls für den Rest dieses beschissenen Lebens. Und die nächsten hundert dazu.

Tigo Gaillard war sozusagen der einleuchtende Kandidat. Das verschwundene Munch-Gemälde verstärkte diese Vermutung. Ferrands Vater hatte in den Jahren nach dem Krieg mehrmals versucht, Tigo und seine Mutter aufzuspüren, aber ohne Erfolg. Würde solch ein Versuch jetzt, fast siebzig Jahre später, etwas bewirken können? Bull zweifelte daran, auch wenn man heutige Technologie und digitalisierte Archive in Betracht zöge. Dennoch mussten sie es versuchen. Es war das Los jedes Mordermittlers, sich an Strohhalme zu klammern, mochten sie noch so dünn sein.

Und dann Ella Krogh. Wie passte sie in die Eymoutiers-Theorie? Oder war ihr Schicksal durch das Testament des Vaters besiegelt worden? Ingeborg Krogh hatte sich von ihrer Tochter nach der Scheidung offenbar verraten gefühlt, und fünfzig Millionen waren nicht eben ein Taschengeld. In diesem Fall wäre der Mord in Auftrag gegeben worden, und wenn Frau Kroghs Wahl auf einen erstklassigen Mann gefallen wäre, würde es schwer werden, ihn zu fassen. Professionelle Auftragskiller lösten sich in der Regel nach ihren Aufträgen einfach in Luft auf.

Erik Jacobsen. Auch er plötzlich spurlos verschwunden. Wie passte *er* in das Puzzle?

Ein paar Minuten später war Bogart Bull über der Grübelei eingeschlafen. Die halbleere Colaflasche stand auf seinem Nachttisch.

Frühstück auf dem Zimmer. Ein Luxus, den er sich nur selten gönnte. Gerade als er dabei war, sein Frühstücksei zu köpfen, klingelte das Telefon.

»Guten Morgen, Jean.«

»*Bonjour, mon ami.* Habe ich Sie geweckt?«

»Fast. Ich beschäftige mich gerade mit einem weichgekochten Ei. Wie ist die Jagd verlaufen?«

»Das Untier landete direkt in der Rattenfalle. Meine Frau hatte recht – es war ein richtig fetter Brocken.«

»Dann haben wir ja wenigstens etwas geschnappt.«

»Ich habe Neuigkeiten.«

»Gute, hoffentlich.«

»Erik Jacobsen. Er kam vor zehn Minuten hier in die Polizeiwache geschlendert.«

Bull legte den Eierlöffel auf dem Teller ab.

»Und was hatte er zu berichten?«

»Nicht viel, vorläufig. Er will mit niemand anderem als Ihnen reden.«

»Ich bin schon unterwegs«, sagte Bull und stand auf. »Lassen Sie ihn in der Zwischenzeit bloß nicht aus den Augen.«

Erik Jacobsen wirkte nicht so, als hätte er in den drei Tagen, in denen er vermisst wurde, akute Not gelitten. Wenn Bull sich nicht täuschte, war Jacobsen immer noch so angezogen wie vor seinem Verschwinden, und sein frisch rasiertes Gesicht hätte hervorragend zu einer Werbung für Hawaiian Tropic gepasst. Als Bull auf der Wache erschien, erhob sich der Konzernchef von seinem Stuhl und streckte mit leicht schuldbewusstem Lächeln die Hand aus.

»Schön, Sie wiederzusehen, Bull. Ich kann alles erklären, würde das aber am liebsten unter vier Augen tun.«

Jacobsen spähte zu Moulin. Der Hauptkommissar saß mit verschränkten Armen am Schreibtisch und musterte den Ausreißer mit düsterem Blick.

Bull konnte sich nicht zügeln.

»Dreistigkeit gehört anscheinend zu Ihrem Beruf oder wie? Hören Sie zu, Jacobsen, Hauptkommissar Moulin ist für diese Ermittlung verantwortlich und hat jedes Recht, die Erklärung über Ihr Abtauchen mit anzuhören. Auf *Englisch,* wenn ich bitten dürfte.«

Jacobsens sonnengebräuntes Gesicht wirkte plötzlich einen Hauch blasser.

»Meine Erklärung hat ... wie soll ich sagen? ... einen gewissen persönlichen Charakter. Es fiele mir leichter, mich zu öffnen, wenn wir das unter uns besprechen könnten.«

Nur mit Anstrengung konnte Bull sich beherrschen.

»Kann ich kurz mal draußen mit Ihnen reden, Jean?«

Moulin erhob sich, warf einen missbilligenden Blick auf Jacobsen und folgte Bull durch die Tür auf den Gang. Dreißig Sekunden später kam Bull allein zurück.

»Setzen Sie sich«, sagte er.

Jacobsen folgte der Aufforderung.

»Nun? Ich höre.«

Jacobsen beugte sich vor und faltete die Hände, als hocke er auf Knien in einem Beichtstuhl.

»Die meisten Menschen haben ein oder mehrere Laster, Bull. Drogen, Glücksspiel, Alkohol, Nikotin, übermäßige Geldverschwendung oder was auch immer. In meinem Fall sind es ... Frauen.«

Er hielt eine Sekunde inne, um zu sehen, wie der andere auf das intime Geständnis reagierte. Bull zuckte nicht mal mit den Wimpern.

»Dabei geht es gar nicht um die Eroberung allein«, fuhr Jacobsen fort. »Der körperliche Aspekt ist genauso wichtig. Ich brauche es, wie ein Junkie seinen täglichen Schuss oder ein Alkoholiker ...«

»Ich hab's kapiert«, fiel Bull ihm ins Wort. »Sie sind verrückt nach Frauen. Was hat das mit der Sache zu tun?«

»Eine ganze Menge sogar. Ich wurde doch in diesem Hotel in Saint-Tropez untergebracht ... Nun ja, am selben Nachmittag tauchte da ein anderer Gast auf, eine südländisch aussehende Frau von blendender Schönheit, die, wie ich, ihr Abendessen völlig allein einnehmen musste. Nach dem Essen habe ich sie auf ein Glas Champagner an meinen Tisch gebeten. Wie sich zeigte, war die Dame adeliger Herkunft, eine waschechte italienische Baronessa. Eine Baronessa ohne Baron, wie ich alsbald herausfand. Ihr Mann war neulich bei einem Unglück ums Leben gekommen. Die Baronessa hatte ursprünglich geplant, sich in Sainte-Maxime von dem Schock zu erholen, entschied sich aber anders, als sie genau inmitten der Tragödie um Ella dort auftauchte. Na, wie es dann so geht … wir haben uns unterhalten, aus einer Flasche Champagner wurden zwei, und der Abend wurde dann in ihrer Suite fortgesetzt, wo wir … Sie verstehen?«

»Ersparen Sie mir die Details. Ich frage Sie noch mal: Was hat das mit Ihrem Verschwinden zu tun? War die Baronessa auch Zauberkünstlerin?«

»Auf ihrem Gebiet – in der Tat. Ich hatte ja schon einige Frauen in meinem Leben, aber sie steht ganz oben auf dem Siegerpodest. Am nächsten Morgen hatte dann ein Rudel Journalisten von der Skandalpresse Claudias Aufenthaltsort herausgefunden, woraufhin sie sich gezwungen sah, abermals umzuziehen. Ein paar Freunde von ihr haben ein Chalet auf Korsika, und … langer Rede kurzer Sinn: Sie lud mich ein, und ich konnte der Versuchung nicht widerstehen. Gleichzeitig wusste ich natürlich, dass Sie niemals einverstanden gewesen wären, wenn ich darum gebeten hätte, ein paar Tage verreisen zu dürfen. Im Nachhinein tut es mir furchtbar leid, welche Probleme ich Ihnen dadurch verursacht habe.«

Na, aber sicher!, dachte Bull. Er hatte schon einige reuige Sünder erlebt, die meisten davon allerdings weitaus überzeugender als Jacobsen. Ein unzuverlässiger und durchtriebener Hurenbock mit drei Millionen Jahresgehalt. Die verfaulten Stützen der Gesellschaft.

»Ihnen ist hoffentlich klar, dass Ihre Frau versucht hat, Sie zu erreichen?«

Jacobsen nickte, wirkte aber weiterhin nicht sonderlich betreten.

»Ich habe die SIM-Karte zerstört. Ich weiß natürlich, dass Sie solche Spuren problemlos verfolgen können. Ich habe übrigens mittlerweile mit Cathrine Kontakt aufgenommen.«

»Ohne etwas über die Baronessa zu erzählen, nehme ich an?«

Jacobsen setzte ein schiefes Lächeln auf.

»Zweifellos entwickelt man nach einer Weile eine gewisse Routine beim Modifizieren der Wahrheit. Allerdings war es mir wichtig, Ihnen reinen Wein einzuschenken.«

»Überaus großzügig von Ihnen«, erwiderte Bull. »Und diese Baronessa kann Ihre Geschichte natürlich bestätigen?«

»Ich würde es sehr zu schätzen wissen, wenn man sie außen vor hielte.«

»Vergessen Sie's.«

Jacobsen richtete sich auf und legte die Hände flach auf den Schreibtisch.

»Dann … äh … dann kann ich aber wohl mindestens davon ausgehen, dass alles, was mit ihr zu tun hat, in den internen Berichten der Polizei verbleibt?«

»Sofern Sie nicht angeklagt werden, natürlich.«

»Angeklagt weswegen?«

»Sie haben die polizeiliche Auflage, in der Stadt zu bleiben, missachtet und dadurch eine Mordermittlung behindert. Das reicht. Mein Kollege Moulin wartet vermutlich draußen auf dem Gang und freut sich schon darauf, den Staatsanwalt in Marseille anzurufen. Wenn Sie Glück haben, kann ich es ihm ausreden.«

Jacobsen schwieg.

»Eine Frage, da wir schon von Ihren Erfolgen an der Damenfront sprechen«, sagte Bull. »Hatten Sie ein Verhältnis mit Ella Krogh Sars? Ich kann Ihnen nur raten, aufrichtig zu sein, Jacobsen. Sollte ich auch nur den geringsten Zweifel an Ihrer Antwort haben, werde ich Ihre nächste Umgebung – einschließlich Ihrer Frau – aufmischen, um die Wahrheit herauszufinden.«

Jacobsen wurde abermals etwas blasser.

»Herrgott!«, blaffte er. »Ist es denn unbedingt nötig, Cathrine mit hineinzuziehen?«

»Beantworten Sie die Frage.«

Bull konnte sehen, wie Jacobsen sich zusammenriss, um in den sauren Apfel zu beißen.

»Die Antwort ist ja.«

»Wann? Wie lange?«

»Ungefähr zwei Monate. Die Beziehung endete schon eine Weile, bevor sie anfing, sich mit Mikkel Sars zu treffen.«

»Was soll das heißen – eine Weile? Ein paar Tage? Ein Monat?«

»Drei oder vier Wochen vielleicht. So in etwa. Sie hat nicht lange gezögert, um sich dem Nächsten zuzuwenden.«

»Wer hat die Beziehung beendet? Ella?«

»Nein, ich. Oder präziser: Sie hat verlangt, ich solle mich zwischen ihr und meiner Ehe entscheiden. Also kann man durchaus sagen, dass sie die Entscheidung erzwungen hat.«

»Haben Sie den Mord an Ella in Auftrag gegeben?«

Jacobsen schien Bull mit aufrichtigem Unverständnis anzublicken. Oder er übertraf Mikkel Sars' Schauspielkünste bei weitem.

»In Auftrag gegeben?«

»Wir sind uns inzwischen ziemlich sicher, dass sowohl Ella als auch ihr Vater von einem Profikiller ermordet wurden.«

»Und was führt Sie zu dieser Annahme?«

»Antworten Sie doch bitte auf die Frage.«

Erik Jacobsen setzte ein trauriges Lächeln auf.

»Nein. Aber ich hätte mich durchaus dazu hinreißen lassen können, so einen Auftrag zu sponsern. Sofern die Strafe dafür nicht allzu groß gewesen wäre. Sie war ein zynischer und manipulierender Mensch. Punkt.«

Wieso glaube ich ihm?, dachte Bull. Reine Logik, vermutlich.

Wenn Erik Jacobsen hinter der Ermordung stünde, würde er sich ein Alibi für den entsprechenden Zeitpunkt besorgt haben und wäre nicht ziellos und allein am Rande Sainte-Maximes herumspaziert.

»Was passiert jetzt?«, fragte Jacobsen ängstlich. »Mit mir, meine ich.«

Bull zögerte die Antwort bewusst hinaus und hoffte, dass Jacobsen die Aussichten auf ein paar Tage in französischer Untersuchungshaft, Lichtjahre entfernt von Champagner und leichtfertigen Baronessen, einen Augenblick auskosten könnte.

»Ich rede mit Moulin«, sagte er schließlich. »Wenn er einverstanden ist, schicken wir Sie zurück nach Saint-Tropez ins Hotel. Dieses Mal ohne Pass, wohlgemerkt. Und mit einer Bewachung, die auf weit geöffnete Türen bestehen wird, sogar, wenn Sie aufs Klo wollen.«

Zehn Minuten später verließ Erik Jacobsen die Polizeiwache in Begleitung zweier uniformierter Beamter. Als sie aus der Tür traten, rief Moulin ihnen etwas auf Französisch nach. Dem Ton nach zu urteilen, handelte es sich um Anweisungen, die nicht unbedingt zu Jacobsens Vorteil waren.

»Ein ausgesucht selbstgefälliger Stutzer!«, schnaubte Moulin. »Kommen Sie wirklich aus demselben Land?«

»Ich bin zur Hälfte Ire«, erwiderte Bull lächelnd.

Moulin stand auf und öffnete ein Fenster, als fände er es nötig, nach Jacobsens Besuch die Büroräume zu lüften. Draußen war die Stadt schon wieder zum Leben erwacht. Das Sonnenlicht war schon ein Stück weit an den Fassaden hinuntergewandert und ergoss sich auf das Kopfsteinpflaster. Und die geschäftigen Ladenbesitzer öffneten die Türen für den bevorstehenden Strom kaufwilliger Touristen. Zwei Häuser weiter kurbelte eine grauhaarige Matrone eine Leine mit bunten Wäschestücken zum Trocknen quer über die Straße hinaus. Das laute Knallen einer Fehlzündung erscholl zwischen den Hauswänden, und eine derbe Männerstimme brüllte etwas, das Moulin zum Lächeln brachte. Die südländische Stimmung weckte in Bull plötzlich Wohlbehagen. Er hätte jetzt auch in seinem winzigen Büro in der Osloer Brynsallee sitzen können, mit Aussicht auf ein nichtssagendes Industriegebiet, oder auf dem Beifahrersitz eines zivilen Polizeiwagens, um goldbehängte Nigerianer zu beschatten, die Oslos Straßen mit ständig neuen Huren überfluteten.

Obwohl Eva Heiberg bei Bulls Ernennung vermutlich einen Hintergedanken gehegt hatte, musste er jetzt dankbar an sie denken.

Moulin hob mit fragender Miene die Kaffeekanne, und Bull zeigte mit Daumen und Zeigefinger eine Vierteltasse an.

»Was nun, *mon ami?*«, sagte Moulin und schenkte den Kaffee ein. »Tigo Gaillard?«

»Es ist einen Versuch wert, Jean. Allerdings reden wir hier von einem Sandkorn in der Sahara – falls der Mann überhaupt noch lebt. Ich schlage vor, Sie beraten sich mit Berthelot und fangen in Katalonien mit der Suche an. Ferrand hat ja erwähnt, dass Gaillard dort Verwandte hatte.«

Bull sah auf die Uhr und schluckte den Kaffee in zwei Zügen hinunter.

»Und Sie?«, fragte Moulin. »Zurück zu Ihrem weichgekochten Ei?«

»Ich dachte an einen kleinen Ausflug in die Rue Courbet.«

Moulin hob eine Augenbraue.

»Um *was* zu tun, wenn ich fragen darf?

»Um Tigo Gaillard zu suchen«, sagte Bull.

27

Bull drückte den Finger auf den glänzenden Klingelknopf. Nach ein paar Sekunden ertönte das Signal des elektronisch gesteuerten Türschlosses. Er passierte die Eingangsschleuse und trat auf den polierten Marmorfußboden. Die großen Geschäftsräume waren angenehm kühl und bildeten einen behaglichen Kontrast zu der beginnenden Hitze draußen auf der Straße. Er blickte umher. Leer. Keine Kunden, kein Enrique Lozano. Anfangs war Lozano interessant gewesen, weil er ein Teufelsanbeter war. Aber nachdem die Geschichte über Tigo Gaillard aufgetaucht war, gab es ganz andere Gründe, ihn näher in Augenschein zu nehmen.

»Willkommen zurück, Monsieur.«

Bull drehte sich um. Lozano. Welcher magischen Öllampe war er dieses Mal entstiegen?

Der Galerist war einfacher als beim ersten Besuch Bulls gekleidet, sofern ein blendend weißes T-Shirt und tiefschwarze Designerjeans als einfach bezeichnet werden konnten.

»Da Sie uns erneut mit einem Besuch beehren, Monsieur Bull, glaube ich langsam, dass Sie ernste Absichten hegen«, sagte Lorenzo gedehnt. »Haben Sie seit Ihrem letzten Besuch womöglich ein Objekt gesehen und drehen jetzt die Golddukaten um?«

Sprach er absichtlich in Rätseln? Bull konnte sich außerdem auch nicht erinnern, sich beim letzten Mal vorgestellt zu haben. Der Mann las anscheinend Zeitung. Oder hatte er sich aus anderen Gründen näher über Bull informiert?

»Als bescheiden bezahlter Polizist muss man jede einzelne Golddukate umdrehen, Lozano. Und was das Objekt betrifft, haben Sie zum Teil recht. Bei meinem ersten Besuch war ich ein wenig vor der Öffnungszeit hier und musste mich mit einem Blick durchs Schaufenster begnügen, während ich draußen darauf gewartet habe, dass Sie öffnen. Dabei konnte ich nicht umhin, einen älteren Herrn im Rollstuhl zu bemerken.«

Bull musterte den anderen aufmerksam. Sein Vorstoß hätte Erstaunen hervorrufen müssen, aber die Reaktion des Galeristen war eher wachsam. Sollte Enrique Lozano nach einem großen Coup trachten, würde der sicher nicht an den Pokertischen von Monte Carlo erfolgen.

»Das ist durchaus möglich, Monsieur. Mein Vater sitzt im Rollstuhl und schaut regelmäßig hier vorbei. Sagen Sie nicht, dass Sie gekommen sind, um *ihn* zu sprechen.«

»Ist er denn zu sprechen?«

»Weshalb fragen Sie?«

Lozano gab jeden Versuch auf, seine Abneigung zu verbergen.

»Ich hätte anlässlich der Krogh-Sache gern ein paar Worte mit ihm gewechselt.«

Lozano musterte ihn mit einem Blick, der irgendwo zwischen Überlegenheit und Spott angesiedelt war.

»Ich verstehe … Das Interesse an Kunst musste also den eher trivialen Teilen Ihres Daseins weichen. Aber was könnte denn mein alter kranker Vater in diesem Zusammenhang dazu beitragen?«

»Sie und Ihre Familie stammen ursprünglich aus Spanien, wenn ich richtig informiert bin?«

»Ist das eine Vernehmung, Bull?«

»Vorläufig ist das eine Unterhaltung, Lozano. Die formellen Vernehmungen erledigen wir unten in der Polizeiwache. Dahin dürfen Sie dann auch Ihren Rechtsanwalt bestellen, falls Sie das wünschen sollten.«

Die gute alte Drohkulisse zeigte auch dieses Mal Wirkung. Lozano saugte das Gift in die Zähne zurück und machte eine halbherzige Handbewegung zur Sitzgruppe. Sie nahmen Platz.

»Was wollen Sie wissen?«, fragte Lozano.

»Gehen wir mal chronologisch vor. Sie haben gelogen, als

Sie Ihr Verhältnis zu Axel Krogh heruntergespielt haben. Weshalb?«

»Nun, da Sie jetzt wissen, dass ich die Wahrheit hinsichtlich Krogh etwas verschoben habe, wissen Sie sicher auch, warum.«

»Ich würde es gern von Ihnen persönlich hören.«

Lozano verzog einen Mundwinkel.

»Krogh hat mich bei einer Kunsttransaktion über den Tisch gezogen. Ich möchte es mal so ausdrücken: Der Gewinn, der mir dabei entgangen ist, reicht mehr als genügend aus, um den Mann zu hassen. Da nun jemand den Mumm hatte, ihn zu beseitigen – jemand anderer als ich, wohlgemerkt –, schien es mir ratsam, den Grad unserer Bekanntschaft herabzustufen.«

Pfiffig formuliert, dachte Bull. Eines Kulturvermittlers würdig. Oder war die satanistische Bewegung avancierter, als er vermutete?

»Krogh wurde am besagten Mittwochabend irgendwann gegen elf Uhr ermordet«, sagte Bull. »Wo befanden Sie sich zu diesem Zeitpunkt?«

»Zu Hause bei meinem Vater. Wenn ich die Galerie schließe, schaue ich immer bei ihm vorbei. Seine Gesundheit lässt zu wünschen übrig, und bei den meisten Dingen benötigt er Hilfe.«

»Ich verstehe. Umso wichtiger wäre es für mich, mit Ihrem Vater zu sprechen, so dass er Ihre Aussage bestätigen kann. Ich gehe davon aus, dass sich das einrichten lässt?«

»Nicht unmittelbar, fürchte ich. Im Augenblick befindet er sich in einem Krankenhaus in Nizza, angeschlossen an ein Beatmungsgerät und weitere Maschinen. Mein Vater wurde mehrmals am Herzen operiert und leidet außerdem an einer fortgeschrittenen Lungenkrankheit. Er wurde am Freitag eingewiesen, und die Ärzte können nicht garantieren, dass er den Sturm dieses Mal übersteht.«

»Das tut mir leid zu hören«, sagte Bull. »Wie alt ist Ihr Vater?«

»Er wird Ende Juni dreiundachtzig. Hoffentlich, muss ich wohl hinzufügen.«

Bull rechnete im Kopf kurz nach. Es konnte ungefähr hinkommen.

»Ihre Familie kommt ursprünglich aus Spanien?«

»Madrid. Vater hat in den fünfziger Jahren die französische Staatsbürgerschaft angenommen. Er hatte genug vom Franco-Regime und dessen Bestrebungen, alle kulturellen Aktivitäten, die nicht mit Stierkampf oder Flamenco zu tun hatten, mit Zensur zu belegen.«

Madrid, dachte Bull. Das passte gar nicht, wobei Tigo Gaillard und seine Mutter sich natürlich anderswo als in Katalonien niedergelassen haben konnten.

»Sagt Ihnen der Name Gaillard etwas?«

Lozano verzog nicht eine Miene.

»Nein. Sollte er?«

Vielleicht nicht, wenn dein alter Vater einen neuen Namen angenommen hat, bevor du geboren wurdest, dachte Bull.

»Wahrscheinlich nicht«, erwiderte er versöhnlich. »Nur so ein Gedanke. Was für Schuhe benutzen Sie übrigens?«

»Wie bitte?«

»Ihre Schuhgröße«, präzisierte Bull.

»Was ist denn das für eine Frage?«

»Eine der Sorte, die unten in der Wache beantwortet werden kann.«

»42 oder 43, abhängig vom Fabrikat«, sagte Lozano. »Sonst noch etwas?«

»Der Name des Krankenhauses in Nizza wäre ganz nützlich.«

Bulls Forderung behagte Lozano überhaupt nicht, aber er schluckte es hinunter.

»Clinique Saint George«, murmelte er. »Aber vergessen Sie nicht, was ich Ihnen gesagt habe – er ist viel zu schwach, um Fragen zu beantworten, erst recht nicht solche von der Polizei.«

»Wenn seine Ärzte derselben Auffassung sind, werden wir das natürlich berücksichtigen«, erwiderte Bull. »Dann bedanke ich mich erst mal für das Gespräch. Nicht undenkbar, dass wir uns wiedersehen.«

Er erhob sich und ließ den Blick vielsagend durch den Raum wandern.

»So still heute hier? Fast hätte ich gesagt: *auch* heute. Dann wollen wir mal hoffen, dass der Besucherverkehr im Laufe des Sommers noch zunimmt.«

»Ich weiß Ihre Fürsorge sehr zu schätzen«, entgegnete Lozano säuerlich. »Aber lassen Sie sich unseretwegen nicht den Schlaf rauben, Monsieur. Ich kann Ihnen versichern, dass wir gut zurechtkommen.«

»Gewiss«, sagte Bull und nickte. »Der Ansturm ist sicher kaum zu bewältigen, wenn man erst mal einen oder zwei Cézannes verkauft hat. Schönen Tag noch, Lozano.«

Bull verließ die Galerie, ohne zu bemerken, dass sein Gruß erwidert wurde.

An der Rezeption im L'Empereur wurde Bull mitgeteilt, Ingeborg Krogh habe am Tag zuvor ausgecheckt, was bedeutete, dass sowohl die Lebenden als auch die Toten der Familie Krogh zurück in Oslo waren. Wenn er nun Frau Krogh im Hinblick auf Ellas Mörder dichter auf den Pelz rücken wollte, hatte er drei Möglichkeiten: Er konnte ihr in die Heimat folgen, er konnte es telefonisch probieren, oder er konnte die Arbeit einem seiner Kollegen in Oslo überlassen. Keine der Alternativen schien zum gegenwärtigen Zeitpunkt die richtige zu sein. Das Ganze musste warten.

Ein Kaffee, vielleicht? Moulin und Berthelot waren sicher vollauf damit beschäftigt, die Spur nach Katalonien zu verfolgen. Bull suchte sich ein Café in einer Seitenstraße des Hotels, wo es eine schattige Terrasse gab sowie Stühle, die so aussahen, als könne sein schmerzender Rücken sie aushalten. Wenn die Rückenprobleme nicht bald nachließen, müsste er wohl die

Operation über sich ergehen lassen, die sein Hausarzt ihm dringend angeraten hatte. Die MRT-Untersuchung hatte gezeigt, dass er einen Bandscheibenvorfall hatte, was der Arzt mit einem unheilverkündenden Kopfschütteln kommentierte, als er den Bericht des Röntgeninstituts las.

Die Kellnerin kam und nahm seine Bestellung auf. Schwarzer Kaffee und ein Croissant. *Avec ou sans chocolat, Monsieur?* Er entschied sich für eines mit Schokolade. Ein Laster durfte man sich schließlich gönnen, solange man sich von Alkohol und italienischen Baronessen fernhielt. Bull dachte an das bevorstehende Abendessen bei Émilie und überlegte, was es beinhalten könnte. Ein Hühnchen, den Ankündigungen nach zu urteilen. Eine gute Mahlzeit und ein nettes Gespräch. Abwechslung vom Alltag.

Kaffee und Backwerk wurden gebracht. Aus kleinen Lautsprechern an der Wand ertönte gedämpfte Musik. Ein klassisches Klavierstück. Bull hörte ein bisschen zu. Die Musik kam ihm seltsam bekannt vor, ohne dass er sagen konnte, wieso. Als die Kellnerin am Tisch vorbeikam, fragte er sie.

»*The music, Monsieur? Ah, oui! It's Chopin. Beautiful – eh?*« Sie lächelte und machte sich wieder an ihre Arbeit.

Natürlich. Chopin. Dasselbe Stück, das er von dem Glockenturm in … wie hieß der Ort …? Valldemossa? Aber da war noch etwas. Etwas, das sich irgendwo in seinem Unterbewusstsein formte. Etwas, das ihm wichtig schien. Das Croissant blieb unberührt auf dem Teller liegen, während er sein Inneres erforschte. Nichts. Schließlich gab er auf. Aus Erfahrung wusste er: Wenn er es erst einmal nicht weiter beachtete, würde es früher oder später an die Oberfläche kommen.

Hoffentlich früher.

Moulins Gesichtsausdruck machte es überflüssig, danach zu fragen, ob er und Berthelot weitergekommen waren.

»Bis jetzt rein gar nichts«, bestätigte der Hauptkommissar und wischte sich über die glänzende Stirn.

»Katalonien ist ja nicht gerade ein Fleckchen auf der Spanien-Karte. Fast acht Millionen Einwohner, davon eins Komma sechs in Barcelona.«

»Wie viele Leute haben wir eigentlich zur Verfügung?«, fragte Bull. »Beamte, meine ich.«

Moulin ließ sein Taschentuch sinken.

»Ein bisschen weniger als acht Millionen«, seufzte er. »Drei, um ganz genau zu sein, neben dem armen Berthelot. Wieso fragen Sie?«

»Ich sag's ja nur ungern, aber es könnte interessant sein, sich auch mal Madrid und die umliegenden Gebiete näher anzusehen.«

Moulin glotzte ihn an.

»*Madrid!* Sind Sie sich bewusst …«

Der Hauptkommissar hielt inne und schien nach einer passenden Beschreibung für den Umfang der spanischen Hauptstadt und der *umliegenden Gebiete* zu suchen.

»Wieso überhaupt Madrid?«, fragte er schließlich.

Bull gab ihm eine kurze Zusammenfassung des Gesprächs mit Enrique Lozano sowie darüber, was er über den Galeristen und dessen Familie wusste.

»Finden Sie das nicht etwas dünn, um darauf einen Verdacht aufzubauen?«, fragte Moulin mit unverhohlener Skepsis. »Ich habe ebenfalls Schuhgröße 42, und zufälligerweise auch eine Tante, die aus Sevilla stammt.«

»Aber Sie haben keinerlei Verbindung zur Krogh-Familie und außerdem – soweit ich weiß – auch keinen Vater, der im Alter von Tigo Gaillard ist. Zugegeben, Jean, es ist reichlich dünn, aber lassen Sie uns doch mal einen Augenblick mit dem Gedanken spielen: Lozano senior und Tigo Gaillard sind ein und dieselbe Person. Rein zufällig entdeckt er das Munch-Bild zu Hause bei Axel Krogh, vielleicht bei irgendeinem gesellschaftlichen Anlass in Kroghs Villa. Er erkennt das Bild wieder, ist natürlich emotional stark berührt, unternimmt aber erst mal nichts. Infolge seiner Entdeckung stellt er Nachforschungen über Axel – oder Alex, wenn Sie so wollen – Krogh an, ein im Jahr 1923 geborener Norweger, und findet heraus, dass der Mann während der Besatzung Frankreichs in deutscher Uniform Dienst getan hat. Er zählt zwei und zwei zusammen, und mit einem Mal hat Tigo Gaillard die Möglichkeit, zwei Fliegen mit einer Klappe zu schlagen. Er kann seinen Vater rächen und gleichzeitig das Bild in Besitz nehmen, das rechtmäßig ihm gehört. Allerdings steht er dann vor einem nicht unerheblichen praktischen Problem: Er ist körperlich nicht imstande, den Plan umzusetzen. Doch das ist sein Sohn, der den alten Vater vergöttert und sich außerdem von ebenjenem Krogh um einige Millionen Euro betrogen fühlt. Enrique Lozano dringt irgendwie in Kroghs Haus ein, tötet den alten Mann und nimmt das Bild an sich. Doch dann stellt er fest, dass der Vater die beiden Männer anscheinend verwechselt hat. Richtiges Bild, falscher Mann. Die Rache ist demnach nicht vollends ausgeführt, bevor nicht der ältere Bruder in Deyá ebenfalls ins Gras gebissen hat.«

Bull holte tief Luft. Moulin wirkte etwas betreten.

»Wir sollten die Ermittlung ruhen lassen und Clint Eastwood anrufen«, sagte er. »Er könnte Regie führen und den alten Tigo Gaillard spielen.«

»Warum nicht? Es sind schon genügend Filme gedreht worden, die auf nachweislich stattgefundenen Verbrechen basieren«, parierte Bull.

»Dünn«, wiederholte Moulin.

Der Hauptkommissar studierte aufmerksam den Kugelschreiber in seiner Hand und vermied es, Bull anzusehen.

»Okay«, sagte Bull versöhnlich. »Lassen Sie uns mit Enriques altem Vater und dem Namen Lozano beginnen. Das ist vielleicht einfacher, als in Madrid nach irgendwelchen Gaillards zu suchen.«

»Ich setze Caron und Tirard darauf an«, erwiderte Moulin.

Bull klopfte ihm aufmunternd auf die Schulter. *Dünn?*, dachte er. Es war verdammt noch mal sehr dünn. Aber das Einzige, was sie hatten.

28

Die Blumenverkäuferin sprach kein Englisch, wartete aber geduldig, während er sich umsah. Die Auswahl war ziemlich groß, was die Sache nicht eben leichter machte. Am besten Rosen. Alle Frauen liebten Rosen. Rote oder weiße.

Er entschied sich für fünf langstielige rote Exemplare. Die Frau nickte zustimmend und packte die Blumen in Seidenpapier und Cellophan ein. Als er sich umdrehte und auf die Tür zusteuerte, zwitscherte sie:

»*Bonne chance, Monsieur!*«

Bull stutzte. Das eine Jahr Schulfranzösisch hatte sich nicht besonders tief in sein Gedächtnis eingeprägt, aber bedeutete das nicht *Viel Glück?* Sie glaubte doch wohl nicht, dass er ... Er warf einen ängstlichen Blick auf die Blumen, deren rote Kronblätter über die Kante des Papiers hinausragten.

An der nächsten Straßenecke warf er sie in einen Mülleimer.

Mit der Weinflasche in der einen und keinem potenziellen Missverständnis in der anderen Hand lief er die steile Straße hinauf, die zur Buchhandlung führte. Émilies Wohnung lag in der Etage über dem Laden, eine blau gestrichene Haustür und daneben eine Klingelanlage: *Michelle et Émilie Thiery.* Für einen Augenblick ruhte sein Blick auf dem Namen des Kindes. Frida hatte darauf bestanden, das Türschild im Prost Hallingsvei auszutauschen, als Anine getauft worden war. Bull hatte es noch nicht übers Herz gebracht, es wieder abzuschrauben.

Er klingelte und wurde ohne Nachfrage eingelassen. Das Treppenhaus roch nach frischer Farbe, und auf jedem Absatz standen Blumen in blau glasierten Töpfen. Zweiter Stock. Ein weiteres Schild, das er nur für eine Sekunde wahrnahm, bevor die Tür aufgerissen wurde und sie vor ihm stand.

»Bogart, wie schön – kommen Sie rein!«

Sie zog ihn in den Flur, küsste ihn auf beide Wangen und

nahm ihm den Wein ab. Hinter ihr tauchte Michelle auf. Die roten Converses waren durch Pantoffel ersetzt worden, an denen der Kopf von Minnie-Maus über dem Spann aus dem rosa Plüsch hervorragte.

»*Bon soir, Monsieur.*«

Bull begrüßte sie so freundlich, wie er es vermochte. Das Mädchen sah, falls das überhaupt möglich war, seinem eigenen kleinen Engel heute *noch* ähnlicher. Nach einer Weile hatte er das Gefühl, sie schon viel zu lange anzustarren, wandte den Blick ab und reichte Émilie seine Jacke. Darunter trug er einen dünnen schwarzen Rollkragenpullover und reichlich Deodorant. Es würde schon gutgehen. Dem Duft aus der Küche nach zu urteilen, schien auch mit dem Hühnchen alles in Ordnung zu sein.

»Ich muss in der Küche noch etwas vorbereiten«, sagte Émilie. »Sie können mir Gesellschaft leisten. Ein Glas Wein vielleicht?«

Eine Sekunde zögerte er. Zum ersten Mal seit langer Zeit fiel es ihm schwer, abzulehnen.

»Am liebsten ein Glas Mineralwasser, falls Sie welches haben.«

»Selbstverständlich. Mit anderen Worten soll ich die hier also allein bewältigen?«, sagte sie scherzend und wedelte mit der Chablisflasche.

Bull bekam ein Wasser mit Eis und kletterte auf einen der Barhocker in der kleinen Essecke. Die Küche war schön eingerichtet. Geräumig, aber nicht aufdringlich modern. Schränke und Schubladen in Elfenbeinweiß, grauschwarze Fliesen auf dem Boden und ein Monster von einem Herd mit sechs Flammen. Während Émilie Kräuter zerkleinerte und Reis aus einem Sack schöpfte, der so groß war, dass ein ganzes indisches Dorf eine Woche lang davon hätte leben können, schmorte hinter der gläsernen Backofentür das Hühnchen in einer Form vor sich hin. Sie arbeitete mit schnellen, routinierten Bewegungen, unterbrochen nur von ein paar Schlucken

Wein und dem einen oder anderen Blick auf den Gast. Bull nippte an seinem Wasser und merkte, wie schön es war, hier zu sitzen, genau hier, und den alltäglichen Beschäftigungen dieser Frau im Pendelverkehr zwischen Arbeitsplatte, Kühlschrank und Herd zuzuschauen.

»Gibt's was Neues in Ihrem Fall?«, fragte Émilie über die Schulter hinweg.

Sie musste ihn zweimal fragen, bevor er aus seinem Zustand erwachte.

»Die Ermittlungen schreiten langsam voran«, sagte er. »Es gibt eine gewisse Bewegung, aber vorläufig noch keinen Durchbruch.«

Die Antwort war typisch für ihn. Sogar Frida hatte nur selten Details von Fällen erfahren, an denen er gearbeitet hatte. Es gab eine Art Diskretionskodex bei der Kripo, dem Bull auch in seinem Privatleben folgte.

Émilie schien es zu verstehen und stellte keine weiteren Fragen. Sie goss das Reiswasser ab, während gleichzeitig ein schwaches Piepsignal am Herd verkündete, dass das Hühnchen fertig war.

»Voilá«, sagte sie lächelnd. »Das muss jetzt noch fünf Minuten ruhen, und dann kann *Monsieur le Commissaire* gern sehen – oder kosten –, wozu eine berufstätige französische Hausfrau so taugt. Helfen Sie mir vielleicht, den Tisch zu decken?«

Es gab keinerlei Zweifel daran, wozu sie taugte. Bull konnte sich nicht erinnern, wann er zuletzt so gut und so viel gegessen hatte. Neben ihrer Rolle als Wirtin übernahm Émilie auch die Arbeit des Tisch-Dolmetschers, so dass Michelle an der Unterhaltung teilhaben konnte. Das Mädchen taute in Rekordzeit auf und bombardierte Bull mit Fragen. Wie viele Mörder hatte er verhaftet? (Einige.) Was war mit Bankräubern? (Zwei dürften es wohl gewesen sein.) Verdiente man gut als Polizist? (Nicht besonders.) Trug er eine Pistole? (Das konnte er mit gutem Gewissen verneinen, da Moulins kleine Walther im Safe des Hotelzimmers lag.) Hatte er Kinder? (Nein.) Woher stammte die Narbe an seiner Nase? (Hier versuchte Émilie, sie zurechtzuweisen, aber da Michelle demonstrativ auf ihre eigene Nase zeigte, verstand er die Frage und erwähnte einen Sturz vom Fahrrad.) Und schließlich – mochte er *Tiramisu*? (Er glaubte sich zu erinnern, dass die italienische Nachspeise mit Cognac durchtränkt war, sagte aber ja für den Fall, dass sie auf der Speisekarte stand.)

»Da haben Sie aber Glück!«, rief Michelle und strahlte. »Mama macht das beste Tiramisu auf der ganzen Welt.«

Als das weltbeste Tiramisu schließlich auf den Tisch kam, nahm Bull nur eine auffallend kleine Portion zu sich und spülte den Geschmack sorgfältig mit Wasser hinunter.

»Ich dachte, Sie mögen es gern?!«, sagte Michelle anklagend.

Bull klopfte sich auf den Bauch und erklärte, das phantastische Hühnchengericht habe ihn bereits mehr als satt gemacht. Nachdem das Dessert verspeist war, bat Michelle darum, vom Tisch aufstehen zu dürfen, bedankte sich höflich für das Essen und stapfte in ihr Zimmer, wo es sicher weitaus spannendere Dinge gab als einen Mann, der weder Fahrrad fahren noch Französisch sprechen konnte.

»Michelle ist nicht gerade für Schüchternheit bekannt«, sagte Émilie mit einem Lachen. »Aber sie mag Sie, Bogart – glauben Sie mir. Sorgen muss man sich erst machen, wenn sie ganz still wird. Wollen wir den Kaffee im Wohnzimmer nehmen?«

Er half ihr, den Tisch abzuräumen. An der Arbeitsplatte standen sie plötzlich so dicht nebeneinander, dass er den leichten Druck ihrer Hüfte spüren konnte und einen betörenden Duft von Eau de Cologne wahrnahm. Oder war es Shampoo? Bull stellte den Stapel mit Tellern ab, trat zur Seite und fragte nach der Toilette, die er strenggenommen gar nicht aufsuchen musste.

»Im Gang, erste Tür links. Der Schlüssel ist manchmal etwas tückisch, also schließen Sie besser nicht ab, wenn es nicht sein muss.«

Im Bad betrachtete er sein Gesicht im Spiegel. Stellte fest, dass der Elektroschock in Deyá weder die Tränensäcke noch die Sorgenfalten geglättet hatte. *Keine Gefahr, Bogart. Eine Frau wie sie wird von solch einem Gesicht nicht angezogen.* Um den Anschein zu wahren, betätigte er die Toilettenspülung und spritzte sich kaltes Wasser ins Gesicht, bevor er ins Wohnzimmer zurückging. Auch dieses war hübsch und angenehm eingerichtet, in einer stilsicheren Mischung aus alten und neuen Möbeln, Teppichen auf rohen, abgebeizten Dielenbrettern und genügend Büchern für lange, ausgiebige Lesestunden. Der Kaffee stand auf dem Tisch, und Émilie hatte sich in der einen Ecke eines dreisitzigen, cremefarbenen Sofas niedergelassen. Für einen Augenblick erwog er, einen der Sessel zu wählen, besann sich aber und nahm auf dem Sofa Platz; nicht zu nah, aber auch nicht zu weit entfernt.

Émilie schenkte den Kaffee ein und betrachtete Bull mit sanftem Ausdruck in den grünen Augen.

»Alles in Ordnung, Bogart?«

»Bestens«, log er. »Ich bin nach 48 Stunden Arbeit und zu wenig Schlaf nur ein bisschen erschöpft.«

»Das ist vermutlich typisch für den Alltag eines Ermittlers?«

Er bestätigte ihre Annahme. Kein Grund, das Dasein schönzufärben. In zwei oder drei Wochen würde er wieder am Kaffeeautomaten im Kripo-Gebäude in Oslo stehen. Oder in einer anderen europäischen Stadt, über die Leiche eines unglückseligen Norwegers gebeugt.

»Ich würde Sie gern etwas fragen«, sagte sie. »Eine Frage, die sich nur schwer vermeiden lässt, da wir nun mal hier sitzen.«

Er erwiderte ihren Blick.

»Bitte sehr.«

»Das ist ein Ehering an Ihrem Finger, oder?«

»Ist es.«

Sie nickte. Weder enttäuscht noch vorwurfsvoll. Nur freundlich.

»Sie ist tot«, sagte er.

Er konnte hören, wie sie nach Luft schnappte.

»*Mon dieu,* Bogart. Es tut mir leid …«

»Keine Ursache. Da war eine völlig legitime Frage … da wir nun mal hier sitzen.«

Sie schwieg und schien nach den richtigen Worten zu suchen. Den Worten, die in solchen Augenblicken nie richtig passen wollten.

»Es passierte im letzten Herbst«, sagte er. »Ein Verkehrsunfall. Frontalzusammenstoß bei hoher Geschwindigkeit. Es ist sehr schnell gegangen. Sie hat wahrscheinlich gar nichts mehr mitbekommen.«

»Wie schrecklich«, sagte sie leise.

Im Stillen war Bull dankbar für Michelles Frage, ob er Kinder hätte, und hoffte, das Émilie sich an die Antwort erinnerte. Noch mehr Verlegenheit und Sympathiebekundungen wollte er am liebsten vermeiden.

»Was ist mit Michelles Vater?«

Sie lächelte betrübt.

»Er lebt«, erwiderte sie. »Allerdings sein eigenes Leben. Als ich ihn kennenlernte, hat er ein Hotel auf Martinique geführt. Ich will mal so sagen: Sein Interesse ließ beträchtlich nach, als ihm klar wurde, dass ich schwanger war und nicht abtreiben wollte. Er hat niemals …«

Michelles Zimmertür öffnete sich, und die Kleine kam zum Vorschein.

»Je vais me coucher, maman.«

»Je viens, ma chérie.«

Émilie lächelte Bull zaghaft an und folgte der Tochter in ihr Zimmer. Nach zwei Minuten kam sie zurück.

»Sie würde Ihnen auch gern gute Nacht sagen.«

Bull zögerte einen Augenblick, stand dann aber auf.

Die Kleine lag unter der Bettdecke, das dunkelblonde Haar wie ein Fächer auf dem Kopfkissen verteilt. Vorsichtig setzte Bull sich auf die Bettkante. Der Blick des Kindes, der während des abendlichen Kreuzverhörs noch draufgängerisch gefunkelt hatte, war jetzt von einer gewissen Schüchternheit geprägt. Sie sprach leise, flüsterte beinahe, als wolle sie vermeiden, dass die Mutter sie hörte.

»Vous êtes gentil. Vous devriez en avoir des enfants.«

Er verstand die Wörter »nett« und »Kind«, ohne jedoch den Zusammenhang zu begreifen. Lächelte sie vorsichtig an, während er in Gedanken sein sparsames Vokabular durchforstete.

»Toi aussi, Michelle … très gentille.«

Offenbar zufrieden, erwiderte sie sein Lächeln. Bull erlebte den vertraulichen Augenblick wie einen beinahe körperlichen Schmerz. Eine andere Bettkante, ein anderer Engel. In einem anderen Leben.

»Bonne nuit, Michelle«, sagte er.

Sie setzte sich auf und wollte umarmt werden. Er beugte sich vor und berührte ihre seidenweiche Wange mit seiner.

»Bonne nuit, Bogart. Fermez la porte, s'il vous plaît.«

Während er die Tür behutsam schloss, winkte sie ihm zu.

Kurz vor halb zwölf brach Bull auf. Émilie brachte ihn zur Tür und half ihm in die Jacke. Als er sich wieder zu ihr drehte, hob sie die Hand und berührte seine Nase mit der Fingerspitze.

»Das war doch sicher kein Sturz vom Fahrrad, oder?«

»Nein«, sagte er. »Ich passe meine Antwort stets dem Alter des Fragestellers an.«

»Und wenn ich frage?«

»Dann sind Sie noch jung genug, um sich mit der Fahrradgeschichte abzufinden«, erwiderte er lächelnd.

Einen Moment lang sahen sie einander an.

»Wenn ich nicht so sittsam wäre, würde ich Sie bitten, hierzubleiben«, sagte sie.

»Glück für Sie. Ich wäre vermutlich unsittlich genug, um ja zu sagen.«

»Dann sollten wir uns darauf einigen, dass dies nicht der letzte Abend ist.«

»Beim nächsten Mal führe ich Sie aus. In dieser Stadt gibt's doch bestimmt eine bezahlbare Pizzeria.«

Sie lachte.

»Ich liebe Pizza. Warten Sie nicht zu lange mit der Einladung.«

Sie stellte sich auf die Zehenspitzen und küsste ihn ganz leicht auf den Mund.

»*Allez!* Jetzt verschwinden Sie besser, bevor der letzte Rest von Sittsamkeit entfleucht.«

Unten auf der Straße blieb er stehen und sah zu ihren Fenstern hinauf. Sie zeigte sich nicht, doch ihr Duft begleitete ihn bis zum Hotel.

Als er im Bad stand und sich die Zähne putzte, traf es ihn wie ein Knüppelschlag. Durch die geöffnete Balkontür konnte er die Kirchenglocken Mitternacht läuten hören, und beim neunten Schlag wusste er plötzlich, was er gehört hatte.

Und gesehen.

Die Perspektive, die sich vor ihm auftat, war so überwältigend, dass er sich auf den Klodeckel setzen musste. War das möglich? *Nein.* Und dennoch … Er stand auf und griff nach dem Handy, das auf der Ablage lag. Moulin antwortete nach dem dritten Signal.

»Sollte ein junger Mann wie Sie jetzt nicht im Bett liegen, *mon ami?* Ich bin hier im Büro gerade dabei zusammenzupacken … nach einer ergebnislosen Jagd nach spanischen Gespenstern.«

»Erinnern Sie sich an die kleine Plastikhülse, die ich Ihnen gegeben habe, Jean? Die ich bei Alexander Krogh gefunden habe?«

»Die Zigarrenhülse – *oui.*«

»Was haben die Techniker gesagt?«

»Ich habe den Bericht noch nicht bekommen, aber ich kann morgen früh gleich nachfragen.«

»Wie wär's mit sofort?«

Das Seufzen am anderen Ende der Leitung war unüberhörbar.

»Da muss ich Foucher anrufen. Er wird sich bestimmt sehr freuen, mitten in der Nacht mit jemandem reden zu dürfen.«

»Sie müssen außerdem noch jemanden anrufen – neben Foucher.«

»Hören Sie zu, *mon ami*. Es ist bereits nach Mitternacht. Wie wär's denn mit einem kleinen Update, bevor ich die Stellung als Ihr persönlicher Sekretär antrete?«

Bull fasste sich so kurz wie möglich.

»Ich melde mich bald wieder«, sagte Moulin und legte auf.

Es dauerte fünfzehn lange Minuten. Nachdem Moulin ausgeredet hatte, brauchte Bull ein paar Sekunden, um die Informationen zu verdauen. Dann legte er auf und zog sich wieder an.

29

Sainte-Maxime
Nacht zu Mittwoch, dem 7. Mai 2014

Sie schien nicht sonderlich erstaunt zu sein, als sie ihm in einem bodenlangen Morgenrock und mit abgeschminktem Gesicht die Tür öffnete. Ein unergründliches Lächeln, als hätte sie ihn erwartet.

»Du brauchst gar nicht so schuldbewusst zu gucken«, sagte Émilie lächelnd. »Hättest du dich nicht anders entschieden, hätte ich dich angerufen und gebeten zurückzukommen.«

Er entzog sich ihrem Versuch, ihn zu umarmen, und ging weiter ins Wohnzimmer. Hörte die Schritte ihrer nackten Füße, während sie ihm folgte.

»Bogart?«

Er blieb mitten im Zimmer stehen und drehte sich um.

»Wir wissen, wie«, sagte er leise. »Bleibt nur noch zu klären, *warum*.«

Sie sah ihn verständnislos an.

»Warum was?«

»Warum du Alexander Krogh getötet hast. Und nach allem zu urteilen auch seinen Bruder und seine Nichte.«

»Wovon redest du da?«, flüsterte sie.

Ihre Mimik war bewundernswert.

»Erinnerst du dich, was ich gesagt habe, als wir zu Mittag gegessen haben, Émilie? Dass die Kunst darin besteht, den großen Zusammenhang in den kleinen Details zu sehen?«

Sie sagte nichts. Wartete.

»Detail Nummer eins«, fuhr er fort. »Die Kirchenglocken in Valldemossa. Ich habe sie gehört, als ich am Sonntagmorgen durch das Dorf fuhr. Ein einzigartiges Glockenspiel. Es basiert auf einer Komposition von Frédéric Chopin, der einst in Valldemossa lebte. Mein Taxifahrer hat das Phänomen sogar freundlicherweise kommentiert. Schon da hatte ich das seltsame Gefühl, das Glockenspiel schon einmal gehört zu haben, aber es dauerte eine ganze Weile, bis ich schließlich wusste, wo. Ich hatte es am Telefon gehört, Émilie, und zwar als ich dich am Samstagnachmittag anrief und du dich darüber beschwert hast, wie schwierig es sei, in Marseille einen Parkplatz zu finden. Du warst nicht in Marseille, oder? Du warst in Valldemossa – auf dem Weg nach Deyá.«

Émilie hatte die Arme vor der Brust verschränkt, so, als sei ihr kalt. Ihr blasses Gesicht wirkte wie aus Stein gemeißelt.

»Bis dahin war das natürlich nur ein Hinweis«, sagte Bull. »Sicher sein konnte ich mir erst, als Moulin Kontakt zu Air France aufgenommen hat, die deine Flugreise bestätigen konnten. Wahrscheinlich wolltest du nicht das Risiko eingehen und einen falschen Namen benutzen, weil du wusstest, dass die Fluggesellschaft in den gegenwärtigen Terrorzeiten deinen Ausweis verlangen würde.«

»Und wenn ich auf Mallorca gewesen wäre?«, sagte sie tonlos.

»Gibt es irgendein Gesetz dagegen? Vielleicht habe ich ja einen heimlichen Liebhaber besucht und wollte deinen Fragen einfach nur ausweichen?«

»Das wäre natürlich eine Möglichkeit«, sagte er. »Deshalb wurde auch ein ganz anderes Detail so entscheidend: die Zigarrenhülse. Ein Stückchen Plastik, das ich in Kroghs Gästetoilette gefunden habe. Und wie sich gezeigt hat, handelt es sich dabei nicht um die Spitze einer Zigarrenhülse, sondern um die Spitze einer Hülse, die bei ganz bestimmten Tampons verwendet wird. Nebenbei bemerkt dieselbe Marke, die sich in deinem Badezimmer befindet. Ab diesem Punkt muss ich raten: Während des Aufenthalts im Casa Diamante hast du gemerkt, dass deine Menstruation einsetzte, und wolltest unbedingt vermeiden, möglicherweise irgendwo DNA-Spuren zu hinterlassen. Also bist du ins Bad gegangen, hast dann aber festgestellt, dass sich diese kleine, stramm sitzende Plastikhülse nur schwer mit Handschuhen an den Händen öffnen ließ. Vor einer halben Stunde konnte Moulin bestätigen, dass sich ein Fingerabdruck auf diesem kleinen Plastikrest befindet, ein Abdruck, der sich als schlagender Beweis entpuppen wird, sofern er zu dir gehört. Tut er das, Émilie?«

Sie entgegnete nichts.

»Wie schon gesagt bliebe dann nur noch eine Frage«, schloss Bull. »Warum? Warum hast du sie umgebracht, Émilie?«

»Sie hat sie nicht getötet, Monsieur Bull. Ich habe das getan.«

Die Stimme traf Bull wie ein Peitschenschlag.

»Rühren Sie sich bitte nicht«, befahl die Stimme. »Zu Ihrer Information: Ich richte gerade eine Pistole auf Ihren Rücken, natürlich mit Schalldämpfer ausgerüstet. Man möchte ja nicht den Nachtschlaf der Nachbarn stören.«

Bull lauschte den Schritten hinter sich. Langsam und leicht schleppend. Noch bevor der Mann in sein Blickfeld trat, wusste Bull, was er zu sehen bekäme. Der Alte war ungefähr so groß wie Bull und hielt sich aufrecht wie ein Gardesoldat. Oberhalb des Nackens und über den Ohren leuchtete ein Halbkranz aus kurz geschnittenen weißen Haaren. Stirn und Schädel des Mannes waren von blassen Leberflecken übersät, rechts und links unterhalb seiner Nasenwurzel verliefen tiefe Furchen zum Mundwinkel hinunter. Das faltige Gesicht wurde von einer auffallend großen Brille mit braunem Gestell dominiert, deren Gläser die klaren graugrünen Augen zu vergrößern schienen. Sein Blick war hellwach, dabei alles andere als feindlich, als hätte er gerade einem Fremden, der ihm ungefährlich vorkam, die Tür geöffnet.

Bull blickte auf die Pistole. Eine 9mm-Beretta, falls er sich nicht irrte. Ein größeres Kaliber als die Waffe, die Ella getötet hatte. Obwohl die Waffe mitsamt dem Schalldämpfer über ein Kilo wiegen musste, zitterte die Hand des Mannes nicht einmal ansatzweise.

»Monsieur Tigo Gaillard, nehme ich an?«, sagte Bull.

Der Alte lächelte schwach.

»Sie beeindrucken mich, Bull – das muss ich gestehen. Was Ihre Vermutung hinsichtlich meiner Identität betrifft, muss ich Sie allerdings enttäuschen. Der arme Tigo ist schon vor vielen Jahren gestorben.«

Sein Englisch war fast fehlerfrei, hatte jedoch einen deutlichen Akzent.

»Wenn Tigo Gaillard tot ist – wer sind dann Sie?«, fragte Bull.

»Wer ich bin, ist von keinerlei Interesse. Namen sind bloß Schall und Rauch. Es spielt kaum eine Rolle, dass Sie Bull heißen, aber es ist überhaupt nicht unwichtig, dass Sie Polizist sind. Ich selbst bin Buchhändler. Buchhändler und Nemesis in einer Person. Aber wenn Sie unbedingt einen Namen brauchen, dann können Sie mich Petit Jean nennen. Wie Tigo mich immer genannt hat. Der Einfachheit halber reicht auch Jean.«

»Dann kannten Sie Tigo Gaillard?«

»Mehr als das. Tigo und ich waren wie Brüder – Zwillingsbrüder mit verschiedenen Müttern. Wir wurden nur wenige Stunden nacheinander geboren, und fast zwölf Jahre haben wir so gut wie jeden Tag in der Gesellschaft des anderen verbracht.«

»Bis zum Massaker auf dem Gaillard-Hof im Jahr 1943«, sagte Bull mit leiser Stimme.

Der Ausdruck des Alten verhärtete sich.

»Ich sehe schon, Sie haben Ihre Hausaufgaben gemacht, Bull. Vielleicht habe ich Sie unterschätzt, trotz Ihres Rufs. Und vielleicht verdienen Sie es auch, die Geschichte von Tigo Gaillard zu hören, bevor Sie sterben.«

Émilie richtete sich im Sofa auf.

»Papa, er ist …«

»Das spielt keine Rolle«, unterbrach sie der Alte.

»Du kannst nicht …«

»Halt den Mund!«

Bull spähte zu Émilie hinüber, die wie ein gehorsamer Hund

dem Kommando folgte. Der Alte machte eine Bewegung mit der Pistole.

»Setzen Sie sich.«

Während der Pistolenlauf ihm wie eine Kompassnadel folgte, ging Bull zu einem der Sessel hinüber. Der alte Jean blieb stehen, ließ aber die Waffe sinken.

»Tigo Gaillard hat jene Nacht überlebt, aber der Tigo, den ich kannte, war gestorben. Nur wenige Tage nachdem er aus dem Krankenhaus entlassen wurde, verschwanden er und seine Mutter aus Eymoutiers. Er hat sich nicht einmal von mir verabschiedet. Sie hinterließen auch keine Adresse. Erst acht Jahre später sind wir uns wiederbegegnet. Aber da war es zu spät, Bull. Viel zu spät.«

»Sie haben ihn also gefunden?«, fragte Bull. Als erfahrener Polizist wusste er, wie wichtig es war, den anderen weiterreden zu lassen. Dann würde er nicht so schnell abdrücken. Außerdem ahnte Bull, wieso Jean so redselig war. Wenn ein Verbrechen nicht im Gehirn oder im Fleisch, sondern im Herzen wurzelte, bekam der Schuldige oft das Bedürfnis, seine Handlungen zu rechtfertigen.

»Tigo hat *mich* gefunden, Bull. Im Sommer 1951 landete ein Brief in meinem Briefkasten, abgestempelt in einer kleinen Stadt an der Costa Brava. Die Handschrift war kaum lesbar und der Text ziemlich unzusammenhängend. Aber es bestand kein Zweifel. Zwischen den Zeilen stand ein Hilferuf. Ich bin gleich am nächsten Tag losgefahren. Als ich da unten ankam, dauerte es zwei Tage, bis ich ihn aufgespürt hatte. Er wohnte in einem kleinen Zimmer am Hafen, ein Schweinestall, in den nicht mal die Ratten freiwillig eingezogen wären.«

Jean legte eine kleine Pause ein und schien mit den Geistern der Erinnerung zu kämpfen. Als er weitersprach, klang seine Stimme etwas fester.

»Ich habe Tigo Gaillard gefunden. Ein Wrack, das auf dem Fußboden lag. Unterernährt, völlig verdreckt und geprägt von jahrelangem Drogenmissbrauch. Alkohol, Opiate und Gott weiß was für Sachen, die er sich in dieser Zeit verabreicht hatte. Erst hat er versucht, mich zu verjagen, aber als er dann begriff, wer ich war, brach er weinend zusammen. Ich werde Sie nicht mit sentimentalen Details langweilen, Bull, aber die Tage, die dann folgten, waren einige der schönsten und traurigsten in meinem ganzen Leben. Ich ließ in dem Pensionszimmer, wo ich wohnte, ein zusätzliches Bett aufstellen, und nach einem heißen Bad und mit sauberen Sachen war Tigo beinahe wiederzuerkennen. *Beinahe.* Er brauchte Schnaps und Wein, um die Entzugserscheinungen auf Abstand zu halten, aber ich habe dafür gesorgt, dass er es mit dem Alkohol nicht übertrieb. Und dass er aß. Alles ging gut, bis zum vierten Abend. Wir saßen in einer Kneipe in der Nachbarschaft, haben eimerweise Wein getrunken und uns über die alten Tage unterhalten. Wir wurden beide ziemlich betrunken, tja, und dann kam es – er hat sich mir anvertraut. Er erzählte mir von jener Nacht, in der die Deutschen zum Gaillard-Hof kamen. Er berichtete davon, was sie mit seinem Vater und den anderen Maquisards getan hatten. Von den Bildern, die sie gestohlen hatten. Und von SS-Obersturmführer Otto Wittmann, den Tigo *lo malo,* das Böse schlechthin, nannte. Und schließlich erzählte er von dem Unsagbaren – dem, was Wittmann mit ihm getan hatte. Ich lasse auch hier die Details aus, Bull, aber Sie haben sicher schon genügend Schreckliches erlebt, um zu wissen, wovon ich rede. Vor lauter Scham hat er furchtbar geweint und wollte zurück in die Pension. Dort saßen wir dann mit unseren Weinflaschen auf dem Bett, und Tigo erzählte von seinem großen Traum. Er wollte Rache. Rache für ein zerstörtes Leben und für den Verlust eines Vaters, den er geliebt hatte. Tigo träumte davon, Otto Wittmann ausfindig zu machen, ihn zu töten und zu schänden, so wie Wittmann es mit seinem Vater getan hatte. Können Sie das verstehen, Bull, oder werden Sie mich jetzt darüber belehren, wie wichtig die Vergebung in einer zivilisierten Gesellschaft ist?«

»Ich kann Tigo Gaillard verstehen«, sagte Bull. »Was Ihre Rolle im Spiel angeht, so fällt es mir schwerer zu …«

Jean unterbrach ihn, indem er die Pistole anhob.

»Ich komme noch darauf«, sagte er. »Als Kinder sind Tigo und ich einen Pakt eingegangen. Ein Versprechen, immer für den anderen einzustehen, was immer auch das Schicksal bringen würde und welche Opfer erbracht werden müssten. Tigo hat sich an den Pakt erinnert und mich dann gebeten, ihm bei der Suche nach Wittmann zu helfen. Ich sagte ja, ohne mit der Wimper zu zucken. Wir waren zwanzig Jahre alt, Bull. Wir wollten tun, was die Gerechtigkeit erforderte, wir wollten es für Tigo tun, und wir wollten es gemeinsam tun.«

Ein wehmütiges Lächeln huschte über Jeans schmale Lippen.

»Wir tranken, um unseren Entschluss zu besiegeln, und im Laufe der Nacht wurde Tigo so voll, dass er weder reden noch aufrecht sitzen konnte. Am Ende sind wir dann einfach eingeschlafen.«

Das Lächeln verschwand, und der Alte schwieg einen Moment lang. Er schluckte, sein markanter Adamsapfel bewegte sich auf und ab.

»Als ich am nächsten Morgen wach wurde, lag er auf dem Rücken in seinem Bett. Tot. Der herbeigerufene Arzt stellte fest, dass er an seinem Erbrochenen erstickt war. Ich blieb den ganzen Tag und die folgende Nacht bei ihm sitzen. Zündete Kerzen für ihn an und weinte. Ich weinte, weil ich meinen Bruder zum zweiten Mal verloren und weil der Mörder Otto Wittmann ein weiteres unschuldiges Opfer auf dem Gewissen hatte, dieses Mal sogar, ohne einen Finger zu rühren.«

»Und somit war es an Ihnen, Rache zu üben?«

»Nicht sofort, aber ja – der Gedanke stellte sich natürlich nach einer Weile ein. Wenn Wittmann davonkäme, würde Tigo von allen verraten sein. Und da ich mit diesem Gedanken nicht leben konnte, musste Wittmann sterben.«

»Sie haben ihn also getötet?«

»Ich habe ihn getötet«, gestand Jean. »Die Amerikaner hatten Wittmann während der Befreiung Frankreichs im Jahr 1944 geschnappt, kurz bevor er untertauchen konnte. Er wurde wegen Kriegsverbrechen zu zwanzig Jahren Gefängnis verurteilt, aber wie viele andere von diesen Schweinen ließ man ihn nach ein paar Jahren wieder frei. Zum Glück war Wittmann allerdings so arrogant, dass er sich nicht mal die Mühe machte, nach der Entlassung eine neue Identität anzunehmen. Ich habe ihn dann in Darmstadt aufgespürt, der Stadt, in der er aufgewachsen war.«

Halt das Gespräch am Laufen, Bogart.

»Unter anderen Umständen hätte ich Ihnen zu dieser beeindruckenden Detektivarbeit sicher gratuliert«, sagte Bull. »Nicht schlecht für einen jungen Mann, noch dazu, da Wittmann wieder in Deutschland war.«

Das verhaltene Lob zauberte ein geradezu jungenhaftes Lächeln auf die Lippen des Alten.

»Das Schicksal kam mir zu Hilfe. Mein Vater starb im Winter 1953 und hinterließ mir ein Vermögen. Somit konnte ich all meine Zeit meinem Vorhaben widmen. In den Archiven der *Frankfurter Allgemeinen* fand ich nach und nach einige Artikel über Wittmann und andere SS-Offiziere, die nach Ansicht der Zeitung viel zu billig davongekommen waren. Der Rest war im Grunde ziemlich einfach.«

»Einschließlich, ihm das Leben zu nehmen?«

Jean schnaubte verächtlich.

»Wittmann zu töten fiel mir leichter, als eine Mücke auf meinem Handrücken zu erschlagen, Bull. Der Mann war das Böse *in persona*.«

Einen Augenblick lang blieb es still. Ein schwerer Atemzug von Émilie auf dem Sofa, so laut, dass Bull es hören konnte.

»Und sechzig Jahre später – die Brüder Krogh«, sagte er. »Aber warum haben Sie so lange gewartet. Und wieso ausgerechnet die beiden?«

Der Alte lächelte wieder, als freute er sich über seine eigenen Untaten.

»Krogh war der Letzte von sieben. In der vergeblichen Hoffnung, dass ich ihn am Leben lassen würde, hatte Wittmann mir in jener Nacht in Darmstadt alles gestanden. Er hatte ein ausgezeichnetes Gedächtnis und nannte mir die Namen all seiner Mitverschworenen. Was Krogh anbetraf, unterlief ihm allerdings ein Fehler. Er sagte, Krogh sei Schwede gewesen. Ich suchte dann in Stockholm weiter, aber in den Archiven gab es nichts, das mit seinen Angaben übereinstimmte. Erst viele Jahre später tauchte Krogh dann auf meinem Radarschirm auf. Die Verwechslung der Brüder war natürlich bedauernswert, aber wessen Lebenswerk ist schon frei von Fehlern und Missverständnissen?«

Bull versuchte, seine Fassungslosigkeit zu verbergen.

»Das heißt also, Sie haben alle sieben umgebracht?«

Jean nickte zur Bestätigung.

»Ich entwickelte eine Art Sammelleidenschaft. Bei Otto Wittmann fand ich das erste Bild – das von Matisse. Nummer eins in einer Serie von Gemälden, die rechtmäßig Tigo gehört hatten. Die anderen sechs Beteiligten hatten je eines der anderen. Krogh hatte das letzte, das mit einer 7 signiert war.«

»Und Ella Krogh Sars? Weshalb musste sie sterben?«

»Das müssen Sie andere fragen, Bull. Weswegen hätte ich sie töten sollen? Sie war ja nicht einmal die Tochter des richtigen Krogh. Ich hatte schon genug um die Ohren und sicherlich kein Interesse, in der Gegend herumzulaufen und unschuldige Menschen zu töten.«

Die Logik seiner Worte ließ Bull für einen Moment verstummen. Jean schien zum Ende kommen zu wollen. Er warf einen kurzen Blick auf die Uhr.

»Die Zeit fliegt dahin, *Commissaire Bull.* Ich bedaure, Ihrer strahlenden Karriere ein Ende setzen zu müssen, aber ich muss auch Rücksicht auf mein Kind und mein Enkelkind nehmen. Wenn Sie sich ruhig verhalten, mache ich es so sauber und schmerzfrei wie eben möglich.«

Jean hob die Beretta an und legte beide Hände um den Schaft. Émilies dünne Stimme durchschnitt die Stille.

»Nachdem er von hier weggegangen ist, hat er mit Moulin

gesprochen, Vater! Sie wissen, dass wir in Deyá waren. Die haben *meinen Fingerabdruck.*«

Der Alte sah seine Tochter mit leicht verwirrtem Ausdruck an. Bull zog das rechte Bein langsam zu sich heran. Moulins Holster mit der kleinen Walther brannte auf der Haut seines Unterschenkels. Jean richtete den Blick wieder auf Bull.

»So sieht's also aus?«, flüsterte er beinahe. »Ich fürchte allerdings, Ihre Vorsichtsmaßnahmen werden nicht viel nützen, Bull. Noch bevor der Tag anbricht und dieser Moulin anfängt, Sie zu vermissen, haben wir schon die Grenze nach Spanien überschritten. Der Weg von dort über das Meer nach Marokko ist nicht weit. Dort habe ich gute Verbindungen. *Bon voyage, Commissaire.*«

Das schwarze Auge der Pistolenmündung starrte Bull an. Hinter sich hörte er plötzlich das schwache Geräusch einer sich öffnenden Tür.

»Maman?«

Für eine kurze Sekunde störte die zarte Kinderstimme die Konzentration des Alten. In einer fließenden Bewegung zog Bull das rechte Hosenbein hoch, riss die Walther an sich und warf sich seitlich neben dem Sessel auf den Boden. Er sah Jean abdrücken und spürte etwas, das sich wie ein Schlangenbiss in die Seite anfühlte. Mit Émilies gellendem Schrei in den Ohren feuerte Bull zwei Schüsse ab. Der Alte stürzte zu Boden und ließ die Waffe fallen. Bull rappelte sich auf und sah Jeans Hand auf dem Fußboden nach der Pistole tasten. Mit einem Satz sprang er zu ihm und kickte die Waffe zur Seite. Jean lag auf dem Rücken. Bulls erster Schuss war danebengegangen, der andere hatte den alten Mann zwischen rechter Schulter und Halsgrube getroffen. Durch das hellgelbe Hemd, das sich zusehends mit Blut vollsaugte, sah Bull, dass das Projektil das Schlüsselbein durchschlagen hatte. Mit schmerzerfülltem Gesicht starrte der Alte zu ihm auf.

»Sie stecken voller Überraschungen, Bull. Émilie hat behauptet, sie seien unbewaffnet.«

Bull warf einen kurzen Blick zum Sofa. Wachsamkeit war jetzt überflüssig. Michelle klammerte sich weinend an ihre Mutter, während Émilie sie zu trösten versuchte. Er drehte sich wieder zu Jean.

»Meine Bewaffnung variiert ... abhängig davon, ob ich Hühnchen esse oder Mörder jage«, erwiderte Bull leise.

Jean verzog das Gesicht.

»Schade ...«, presste er zwischen zusammengebissenen Zähnen hervor. »Dann wären wir wohl am Ende.«

»Sie werden das überleben.«

»Überleben?«, fauchte Jean höhnisch. »Wozu? Um den Rest meines Lebens in einer acht Quadratmeter großen Zelle zu verbringen? Mit drei ungenießbaren Mahlzeiten pro Tag und einer Bibliothek voller Bücher, die ich schon gelesen habe?«

»Viele ältere Menschen haben es weitaus schlimmer, Jean.«

»Sie alle hatten verdient zu sterben, Bull – alle sieben. Sorgen Sie dafür, dass die Nachwelt davon erfährt.«

»Das können Sie doch selbst erzählen. Es wird sicher ein langwieriger Prozess.«

Jean rang sich ein Lächeln ab.

»Zur Abwechslung liegen Sie einmal falsch, *Commissaire*.«

Er schob seine sehnige linke Hand in die Hosentasche. Bull richtete die Walther auf seine Brust.

»Tun Sie das nicht!«

Jeans Hand schoss schnell wie der Blitz wieder hervor, und Bull hätte schon um Haaresbreite abgedrückt. Er starrte auf den Gegenstand, den der Alte in den Händen hielt. *Ein Taschenmesser?* Nein. Es war ein Rasiermesser. Das Licht der Deckenlampe ließ den polierten Perlmuttschaft schimmern. Jean blickte Bull gleichermaßen enttäuscht wie flehend an. Seine Stimme zitterte.

»Was stimmt nicht mit Ihnen, Mann? Schießen Sie, verdammt noch mal!«

»Ich schieße nicht auf Menschen, die mit einem Messer bewaffnet sind«, erwiderte Bull mit heiserer Stimme.

Abermals schnaubte der Alte verächtlich.

»Sie hätten Pastor werden sollen, Bull – und nicht Polizist.«

Mit der freien Hand klappte er das Messerblatt heraus. Der blanke Stahl glänzte leicht ölig. Mit der Spitze des Zeigefingers fuhr der Alte über das Perlmutt. Vom Gang her hörte Bull, dass jemand von draußen an die Tür hämmerte und irgendetwas auf Französisch rief.

»Das hier ist übrigens nicht irgendein Messer«, sagte Jean leise. »Sondern zurückeroberte Kriegsbeute aus Darmstadt.«

Er sah Bull an. Die graugrünen Augen waren hinter den Brillengläsern ganz groß und glänzend.

»Wir haben den Krieg gewonnen, Bull – Tigo und ich. Vergessen Sie das niemals.«

Dann schloss Sylvain Flaubert die Augen und schnitt sich mit Santiagos Messer die Kehle durch.

30

Saint-Raphaël
Donnerstagmorgen, 8. Mai 2014

Seine Träume waren ausgeblieben. Vielleicht aufgrund der schmerzstillenden Medikamente, vielleicht auch, weil die Stiche ihn zwangen, halbwegs auf der Seite zu liegen. Jeans Kugel hatte den äußersten Teil der Nierenrinde in Mitleidenschaft gezogen, doch der Arzt hatte Bull versichert, das Organ werde auch zukünftig seine Aufgaben erfüllen. Die Visite war in eine erregte Diskussion hinsichtlich des Zeitpunkts seiner Entlassung gemündet. Bull meinte, Donnerstagnachmittag sei der perfekte Moment. Der Arzt bestand auf Montagmorgen. Sie hatten sich auf Samstag geeinigt.

Hinter sich hörte Bull, dass die Tür geöffnet wurde. Er hob den kleinen Taschenspiegel, den er von einer der Krankenschwestern beschlagnahmt hatte, und entdeckte Jean Moulin.

»Jetzt sagen Sie bloß nicht, Sie hätten mir Blumen mitgebracht, Jean?«

»Keine Blumen, kein Konfekt. Bloß ein paar neue Informationen.«

Der Hauptkommissar trat um das Bett herum.

»Wie geht's Ihnen, *mon ami?*«

»Ausgezeichnet. Noch besser würde es allerdings gehen, wenn Sie den Arzt überreden könnten, mich zu entlassen.«

»Wir haben uns gerade eben auf dem Gang kurz unterhalten«, sagte Moulin. »Er schwört Stein und Bein, dass Sie der unkooperativste Patient sind, der ihm je untergekommen ist.«

»Meinetwegen. Und, was tut sich so? Außerhalb dieser desinfizierten Wände, meine ich.«

Moulin nahm auf einem der Stühle im Zimmer Platz.

»Wir haben zwei Vernehmungen von Émilie Thiery durchgeführt. Angesichts der Umstände wirkt die Dame ziemlich gefasst. Sie war sogar äußerst mitteilsam.«

»Wie geht's der Tochter?«, wollte Bull wissen.

»Sie bekommt jede Hilfe, die wir ihr geben können. Bis auf weiteres bleibt sie jetzt erst mal bei der Familie in der Etage über der Wohnung. Die sind anscheinend gute Freunde von Mademoiselle Thiery.«

Bull sah wieder die kleine Michelle im Nachthemd und mit Minnie-Maus-Pantoffeln vor sich. Die Welt war nicht immer ein geeigneter Ort für ein Kind.

»Und was sagt Mademoiselle Thiery?«, fragte er leise.

»Das ist kompliziert«, sagte der Hauptkommissar. »Sylvain Flaubert und seine damalige Frau adoptierten Émilie, als sie gerade ein Jahr alt war und sich in einem Kinderheim in Marseille befand. Zwei Jahre danach starb die Adoptivmutter, und seitdem war sie mit dem Vater allein. Sie behauptet, in einwandfreien Verhältnissen aufgewachsen zu sein. Was uns vermuten lässt, dass der Rachefeldzug des Vaters zu diesem Zeitpunkt bereits beendet war – bis auf die Brüder Krogh natürlich.«

Bull schwieg. Er dachte daran, wie sehr Émilie ihn an Frida erinnert hatte, und schämte sich dafür.

»Wenn man ihrer Aussage Glauben schenken möchte, wurde sie allerdings mehr oder weniger einer Gehirnwäsche unterzogen«, fuhr Moulin fort. »Schon als sie noch ein Kind war, soll der Vater so eine Art Heldenepos für sie ersonnen haben. Die Abenteuergeschichte über einen *Petit Jean,* der von der Jagd nach Hause kommt und entdeckt, dass eine Gruppe von räuberischen Landstreichern seine Eltern abgeschlachtet und seinen Bruder misshandelt haben, um danach mit dem Hab und Gut der Familie zu verschwinden. Die beiden Brüder reisen daraufhin auf einem Drachen um die Welt, spüren die Bösewichter auf und töten einen nach dem anderen. Das Mädchen war mehr als bereit, diese Legende und die kompromisslose Jagd der Brüder nach Gerechtigkeit zu verinnerlichen. Nachdem sie dann älter wurde, modernisierte Flaubert seine Geschichte. Aus den Landstreichern wurden blutrünstige Krieger aus Germanien, und der Drache wurde zu einem Flugzeug, das die Helden selbst steuerten. Als Émilie fast zwanzig war, erzählte ihr der Vater die Geschichte in ihrer wahren Form und ließ durchblicken, dass er die Hauptperson war, Petit Jean. So wurde er in den Augen der Tochter zu einem echten Helden und nicht zu dem Serienmörder, der er eigentlich war. Es hört sich alles ziemlich verrückt an, aber wenn man bedenkt, wie heutzutage Kinder von fundamentalistischen Gruppen beeinflusst werden, ist es nachvollziehbar.«

»Und danach? Nahm sie Tigos Platz in der Geschichte ein?«

»Nicht ganz, aber sie hatte sich ihm sozusagen verschworen. Flaubert erzählte ihr, dass es einen gab, der entkommen war – der ›Schwede‹ Krogh. Als Axel Krogh dann viele Jahre später in der Buchhandlung auftauchte und mit Kreditkarte bezahlte, ahnte Émilie natürlich einen möglichen Zusammenhang. Mit ihrem attraktiven Äußeren und einer Portion weiblicher List gelang es ihr, ganz dicht an den Schürzenjäger Krogh heranzukommen, und wurde kurz danach zu einem Besuch ins Maison Krogh eingeladen. Und dort entdeckte sie dann das Gemälde. Den Beweis, den sie und ihr Vater brauchten. Flaubert war mittlerweile dreiundachtzig. Zwar war er immer noch sehr agil für sein Alter und durchaus in der Lage zu töten, aber er brauchte Émilie, so dass sie in der Rolle des Angestellten der Sicherheitsfirma freie Bahn für ihn schaffen konnte. Sie hat übrigens auch das Stun Gun in Deyá auf Sie abgefeuert, *mon ami*, nachdem der Vater das Rasiermesser geschwungen hatte.

Bull musste daran denken, was Moulin gesagt hatte: *Mit ihrem attraktiven Äußeren und einer Portion weiblicher List.* Es war überhaupt nicht auszuschließen, dass er selbst …

Der Hauptkommissar fasste Bulls Gedanken in Worte.

»Flaubert begriff, dass sich der Mord an Axel Krogh von den früheren Morden unterschied. Zuvor war er einfach aus dem Nichts aufgetaucht und wieder darin verschwunden. Doch dieses Mal hatte das Opfer in derselben kleinen Stadt wie sie selbst gelebt, und somit konnte es auch jemanden geben, der von der Verbindung zwischen Krogh und Émilie wusste. Deshalb war es wichtig, so dicht wie möglich an die Ermittlungen heranzukommen und sich nicht darauf zu verlassen, was in den Zeitungen stand. Sie wurden ausgewählt, vermutlich weil Sie Ausländer sind und …«

»Ersparen Sie mir das, Jean.«

»Mademoiselle Thiery hat allerdings ausgesagt, Sie seien nicht sonderlich willig gewesen, sich in die Karten schauen zu lassen. Das spricht für Sie«, schloss Moulin.

Bull warf einen Blick durch das Fenster nach draußen. *Spricht für mich?* Er hatte sich wie ein naiver Amateur an der Nase herumführen lassen. Hatte sie wie ein Teenager aus der Ferne angehimmelt. War direkt in ihre Falle gelaufen, ohne etwas anderes wahrzunehmen als das mögliche Ende seiner Einsamkeit. Jämmerlich.

»Wir haben übrigens die Bilder gefunden«, sagte Moulin. »Alle sieben.«

Bull konzentrierte sich wieder auf die Gegenwart.

»Das Munch-Bild auch?«

Der Hauptkommissar nickte.

»Alexander Krogh hat das Gemälde seinem Bruder vermutlich verkauft – oder geschenkt. Möglicherweise in dem Versuch, sich von seinem schlechten Gewissen zu befreien. Die Bilder lagen in einem Kämmerchen in Flauberts Wohnung. Die wiederum direkt neben Mademoiselle Thierys Wohnung liegt, mit einer Verbindungstür. Deshalb gelang es ihm auch, Sie zu … überraschen.«

»Apropos«, sagte Bull. »Ich schulde Ihnen noch meinen Dank.«

Moulin lächelte. Er wusste, dass Bull auf die Waffe anspielte, die er ihm aufgezwungen hatte.

»Umgekehrt wird ein Schuh draus«, sagte der Hauptkommissar. »Sie waren es, der hier die Hauptlast getragen hat.«

»Etwas fehlt allerdings noch, Jean. Flaubert hat Ella nicht umgebracht.«

»Was macht Sie so sicher?«

»Zwei Dinge. Erstens hatte Flaubert nicht das geringste Motiv. Er war ein Rächer, aber kein Lustmörder. Und zweitens war für ihn das Rasiermesser ein Werkzeug von symbolischer Bedeutung.«

Moulin nickte nachdenklich.

»Das bedeutet dann wohl, dass wir noch immer eine Ratte im Keller haben, wie meine Frau es ausdrücken würde.«

»Und dass unsere Ermittlungen noch nicht abgeschlossen sind«, konstatierte Bull.

»Ganz Frankreich ist ein großer Keller, *mon ami*.«

»Ich bin mir nicht sicher, dass er sich in Frankreich aufhält. Sie haben schon relativ früh von der Möglichkeit gesprochen, dass wir es mit einem professionellen Killer zu tun haben. Ich glaube, Sie haben recht. Außerdem glaube ich, dass der Mord von Norwegen aus in Auftrag gegeben wurde. Und wenn das stimmt, ist es nicht unwahrscheinlich, dass sich der Täter dort befindet.«

Moulin sank etwas tiefer in seinen Sessel. So, als ob er ein Gebet spräche, richtete sich sein Blick nach oben auf die Decke.

»Ich hätte wie meine Vorfahren Offizier im Heer werden sollen«, sagte er. »Da weiß man wenigstens, in welchem Land der Feind steht.«

Er sah wieder zu Bull.

»Irgendeine Idee, wo wir in diesem Heuhaufen anfangen sollen, nach der Nadel zu suchen?«

»Der Vorteil daran, den Tag im Bett verbringen zu müssen, ist, dass man viel Zeit zum Nachdenken hat. Ich habe an die Überwachungskameras im L'Empereur gedacht. Die haben uns zwar nichts Konkretes über den Mann in Uniform verraten können, aber sie haben uns die Uniform gezeigt.«

Bull konnte sehen, wie Moulin sich konzentrierte und darauf hoffte, die Bemerkung entschlüsseln zu können, bevor sie ihm serviert wurde.

»Sie meinen … die ProGym-Uniform?«, sagte der Hauptkommissar und schien versucht, Zeit zu gewinnen.

»Die ProGym-Uniform«, bestätigte Bull. »Alles deutet ja darauf hin, dass der Täter die Verhältnisse im Hotel sondiert haben muss, bevor er sich die Uniform beschafft hat. Des weiteren ist es eher unwahrscheinlich, dass er das Risiko einging, eine Uniform von dem Ausrüstungshersteller zu kaufen oder zu stehlen. Er musste sich demnach einen neutralen Overall und einen kleinen Koffer beschaffen und danach jemanden damit beauftragen, das ProGym-Logo auf diese Dinge zu drucken.«

Bull hielt inne und ließ Moulin den Faden aufnehmen.

»Das heißt …«, begann der Hauptkommissar, »… falls wir den Betrieb oder den Laden finden, wo das durchgeführt wurde, finden wir vielleicht auch jemanden, der unserem Mann von Angesicht zu Angesicht gegenübergestanden hat.«

»Genau!«, sagte Bull und schnippte mit den Fingern, als wolle er Moulins Schlussfolgerung unterstreichen.

Der Franzose erhob sich langsam aus seinem Sessel und sah Bull mit einem Ausdruck an, als hätte er eines der großen Rätsel der Mathematik gelöst.

»Solche Läden gibt es an der Riviera zuhauf«, sagte er leise. »T-Shirts, Fußballtrikots und andere Kleidungsstücke, auf die Kunden sich ihre Logos drucken lassen. Wenn ich mich nicht irre, gibt es so einen auch hier in Sainte-Maxime.«

»Er wird wohl kaum ein Geschäft vor Ort ausgewählt haben. Wenn wir davon ausgehen, dass der Täter ein Profi ist, wird er sich eine Stadt ausgesucht haben, wo er problemlos in der Masse untertauchen konnte. Marseille – oder vielleicht Nizza.

Wir beginnen mit den beiden großen. Eine gute, altmodische Tür-zu-Tür-Befragung. Ich verständige die Kavallerie und lasse sie jeden Winkel in Nizza und Marseille durchforsten. Ich …«

»Sagten Sie … ›ich‹?«, fragte Moulin und blickte Bull unsicher an.

»Ich habe nicht vor, hier herumzuliegen und an die Decke zu starren, während Sie in Marseille auf Rattenjagd gehen«, fuhr Bull fort. »Wir arbeiten gemeinsam, Jean. Reden Sie mit dem Arzt. Sagen Sie ihm, was Sie wollen, aber sorgen Sie dafür, dass ich hier rauskomme. Wenn nicht heute, dann spätestens morgen früh – vor dem Frühstück.«

Moulin holte tief Luft und schien sein Veto einlegen zu wollen, doch angesichts von Bulls verärgertem Blick atmete er bloß seufzend aus.

»Ich werde mal sehen, was ich tun kann«, sagte er. »Ich bin in ein paar Minuten zurück.«

Der Hauptkommissar verließ das Zimmer. Bull streckte die Hand aus und zog die Schachtel mit den Schmerztabletten zu sich heran. Die Verletzung tat höllisch weh, aber solange die Fäden nicht platzten, war er arbeitsfähig. Würde der Plan sie weiterführen? Bull wagte kaum, sich das Gegenteil vorzustellen. Diese verfluchte Uniform war alles, was sie hatten.

Nach einer kleinen Ewigkeit kam Moulin zurück.

»Der Oberarzt war entzückt«, sagte er düster. »So entzückt, dass er seinen Schreiber auf den Tisch geknallt und verlangt hat, dass ich mit meiner Unterschrift die volle Verantwortung für diese frühzeitige Entlassung übernehme.«

»Ich fühle mich in Ihren Händen gleich viel sicherer als in seinen«, erwiderte Bull grinsend.

»Morgen früh um neun Uhr, *mon ami fou*. Ich werde Raoul bitten, den Kaffee mit etwas Morphium zu versetzen.«

Moulin schob die Hand in die Innentasche seines Jacketts und zog einen Umschlag hervor.

»Bevor ich es vergesse, Mademoiselle Thiery hat mich gebeten, Ihnen das zu geben.«

Bull starrte auf den Umschlag. Sogar auf zwei Armlängen Entfernung konnte er seinen handgeschriebenen Namen erkennen.

»Legen Sie ihn bitte auf den Nachttisch«, sagte er.

Moulin stand auf und erfüllte Bulls Bitte. Einen Augenblick lang fummelte er an der Bügelfalte eines seiner Hosenbeine herum und richtete den Blick dann wieder auf Bull.

»Versprechen Sie mir bitte, dem Personal hier für die restliche Zeit das Leben nicht zur Hölle zu machen. Irgendwann können hier mal Kollegen landen, die das Wohlwollen des Oberarztes brauchen.«

»Aber gewiss doch«, brummte Bull.

Nachdem Moulin gegangen war, blieb Bull eine Weile regungslos liegen und spürte wieder den dumpfen Schmerz der Wunde. Der Organspendeausweis, den Frida ihm im letzten Sommer besorgt hatte, benötigte vermutlich eine kleine Modifizierung. *Vorsicht! – nicht die rechte Niere,* oder so etwas. Sein Herz hatte er ohnehin Frida geschenkt. Für alle Zeiten – wie ihm jetzt schien. Er sah zum Nachttisch hinüber. Mit einer Kraftanstrengung wälzte er sich aus dem Bett, nahm den Umschlag und stapfte mit kurzen Schritten ins Bad. Das Gesicht im Spiegel starrte ihn an. Zwei Wochen Riviera und noch immer totenblass.

Ohne den Umschlag zu öffnen, zerriss er ihn in kleine Fetzen, warf alles in die Toilettenschüssel und betätigte den Abzug.

31

Marseille
Freitag, 9. Mai 2014

Marseille.

Die kleine, heruntergekommene Schwester von Paris. Um das Jahr 600 vor Christus von den Griechen gegründet, später von Julius Cäsar und seinem römischen Heer auf dem Weg nach Spanien belagert und besiegt. In heutiger Zeit ein ethnischer Schmelztiegel und eine sagenumwobene Hafenstadt, wo Tausende von norwegischen Seeleuten sich alles von Gonorrhoe über Nasenbeinbruch bis hin zu leeren Taschen nach einem allzu feuchtfröhlichen Landgang zugezogen hatten.

Während Raoul sie auf dem Weg zur A 55 durch das Stadtzentrum kutschierte, konnte Moulin sich nicht eines Kommentars über die Einwanderer in der Stadt enthalten.

»Griechen, Russen, Afrikaner, Türken, Asiaten ... Bald gibt es mehr Chinesen in Marseille als in Peking«, schnaubte er. »Ich bin durchaus ein Befürworter eines offenen Europas, Gott bewahre, aber *Chinesen?* Die größten Imperialisten der heutigen Zeit!«

Bull zog es vor, nicht zu antworten. Marseille war Jean Moulins Stadt. Im nächsten Augenblick gestand der Hauptkommissar ganz offen, dass das Bevölkerungswachstum ihn und seine Frau veranlasst hatte, sich etwas außerhalb der Stadt niederzulassen; laut Moulin »weit genug entfernt, um frei atmen zu können, und nah genug, um Madames Shoppinggelüste zu befriedigen«.

Zwanzig Minuten später erreichten sie L'Estaque, ein ehemaliges Fischerdorf, wo die Fischer inzwischen von den Bessergestellten des Distrikts sowie von Ausländern mit hinreichendem Vermögen für den Erwerb von Ferienwohnungen verdrängt wurden. Imperialismus im Miniformat, dachte Bull.

Der weiß gestrichene Bungalow der Familie Moulin krallte sich an die äußerste Spitze einer Felskuppe und bot Aussicht auf den kleinen Jachthafen und das Meer. Das Gebäude war nicht viel größer als Bulls eigenes Reihenhaus, doch dafür lagen alle Zimmer auf derselben Ebene. Trotz Bulls vorsichtiger, aber durchaus ernstgemeinter Einwände, hatte Moulin darauf bestanden, ihn im Gästezimmer des Hauses einzuquartieren, falls eine Übernachtung erforderlich sein sollte. Bull hatte sich geschlagen gegeben. Grundsätzlich zog er zwar Hotels vor, glaubte aber nicht, Moulins Gastfreundschaft länger als eine Nacht in Anspruch nehmen zu müssen. Außerdem war die Lösung nicht unpraktisch. Da fünf von Moulins Untergebenen die Straßen Marseilles nach Textildruckereien absuchten, war nicht abzusehen, wann es erforderlich sein würde, vor Ort zu erscheinen. Zweihundert Kilometer weiter östlich waren Berthelot und seine Kollegen gerade dabei, Nizza zu durchforsten.

Nachdem er die Reisetaschen aus dem Kofferraum geholt hatte, lehnte Raoul Moulins Einladung zum Mittagessen dankend ab und machte sich auf den Weg zurück ins Zentrum, wo seine hochschwangere Verlobte auf ihn wartete. Gerade als der Citroën wieder aus der Einfahrt hinausfuhr, wurde die Haustür geöffnet.

Unbewusst hatte sich Bull ein Bild von der Frau des Hauptkommissars gemacht; wahrscheinlich aufgrund der Episode mit der Ratte. Was hatte er erwartet? Eine jüngere Ausgabe von Gro Harlem Brundtland? Eine energische Frau mit leicht vorstehenden Zähnen und wachsamem Blick? Sein Bild wurde gründlich korrigiert. Madame Moulin erinnerte eher an die burmesische Aung San Suu Kyi, eine zierliche Frau mit sanften, klugen Augen, die ihr Haar im Nacken zu einem Knoten gebunden hatte. Bull wurde mit einem vorsichtigen Kuss auf seine beiden unrasierten Wangen bedacht und mit einem freundlichen *Bienvenu, Commissaire Bull* in Empfang genommen. Gleich darauf wechselte sie zu tadellosem Englisch und versicherte ihrem Gast, dass ihr Ehemann den norwegischen Kollegen in höchsten Tönen gelobt habe. »In den wenigen Momenten, in denen er es für angebracht hielt, einmal vorbeizuschauen«, fügte sie mit einem rätselhaften Lächeln hinzu.

Sie hatte einen Tisch auf der Terrasse gedeckt, unter einem marineblauen Sonnenschirm. Nachdem Bull ein Glas Wein abgelehnt hatte (ohne nach dem Grund dafür gefragt zu werden), bekam er eine Cola serviert, derweil alle darauf warteten, dass die von Madame Moulin zubereitete Bouillabaisse auf den Tisch kam. Während der Mahlzeit hielt Moulin einen engagierten Vortrag über die Geheimnisse des traditionsreichen Gerichts und leierte in einer Mischung aus Englisch und Französisch die Namen verschiedener Fischsorten, Schalentiere, Gewürze, Kräuter und Gemüsearten herunter. Dabei redete der Hauptkommissar so schnell, dass Bull Schwierigkeiten hatte, alles zu verfolgen. Außerdem waren seine Gedanken an einem anderen Ort. Die Fußsoldaten waren nun bereits seit einigen Stunden beschäftigt, ohne von sich hören zu lassen. Wenn sie jetzt nicht ins Ziel trafen, erhöhte sich das Risiko, dass Ellas Mörder untertauchte. Bull hatte etwas Derartiges schon zweimal zuvor erlebt, und die ungelösten Fälle suchten ihn noch immer in regelmäßigen Abständen heim. Er hatte sich selbst einzureden versucht, dass es der Gedanke an die Angehörigen war, der ihn dabei quälte, doch im tiefsten Inneren wusste er, dass dies eine Lüge war. In erster Linie war sein Selbstwertgefühl getroffen.

Bull hatte gerade den Löffel durch die Zuckerschicht einer Crème brûlée geschoben, als Moulins Handy klingelte. Der Hauptkommissar nahm das Gespräch entgegen und hörte ein paar Sekunden konzentriert zu. Sogar Bull konnte die vier französischen Wörter, die darauf folgten, problemlos deuten:

»Gut! … Wo? … Wir kommen.«

Moulin beendete das Gespräch und sah Bull an.

»Wir haben etwas, *mon ami*. Der Kaffee muss warten.«

Da Raoul mindestens eine halbe Stunde benötigt hätte, um wieder vor der Tür zu stehen, sparten sie sich den Anruf. Trotz der zwei Gläser Weißwein, die Moulin getrunken hatte, stürzte der Hauptkommissar in die Garage und kam in einem weißen Peugeot 508 wieder herausgefahren. Bull ließ sich auf den Beifahrersitz fallen.

Nachdem sie auf der Autobahn den ersten Streckenabschnitt problemlos hinter sich gebracht hatten, nahm der Verkehr erheblich zu, als sie abfuhren und sich dem Stadtzentrum näherten. Moulin aktivierte das Blaulicht, legte einen kleineren Gang ein und manövrierte im Slalom von einer Fahrspur zur anderen. In einer Kombination von Todesverachtung und beeindruckender Präzision fegte er mit eingeschalteter Sirene durch das Wirrwarr aus Fahrzeugen. Bull krallte sich am Sitzpolster fest und stemmte die Füße gegen die Gummimatte.

»Haben wir's so eilig?«, fragte er und spähte zu Moulin hinüber.

»Die Regeln sind klar, *mon ami*. Ohne Fleiß kein Preis. Andernfalls brauchten wir hier noch den ganzen Nachmittag.«

An der nächsten roten Ampel zwängte der Franzose den Wagen in eine Seitenstraße und schoss dann über zwei weitere Kreuzungen (dieses Mal bei Grün), bevor er gekonnt abbremste und langsam an ein paar fahrradfahrenden Kindern in gelben Warnwesten vorbeifuhr. Wieder eine neue Seitenstraße, eine enge Einbahnstraße – in korrekter Richtung. Das Straßenbild änderte sich langsam. Weniger Menschen auf den Gehsteigen, Graffiti an verschmutzten Fassaden, weder Parks noch Springbrunnen.

Eine letzte Linkskurve, dann waren sie da. Ein paar Meter weiter entfernt stand eine Frau und winkte ihnen zu.

»Meine Kollegin Dessay«, sagte Moulin. »Sie hat mich angerufen.«

Mit einem letzten Manöver quetschte Moulin den Wagen zwischen einen grünen Container und eine Reihe schräg geparkter Motorräder. Dessay war in Zivil, begrüßte Bull freundlich per Handschlag und erstattete Moulin einen mündlichen Bericht auf Französisch.

»Nummer acht«, sagte Moulin zu Bull und deutete auf eine verschlissene Markise, deren ursprünglich weiße Farbe unter Straßenstaub und Taubendreck kaum noch zu erkennen war. Der Name des Geschäfts ließ sich gerade noch ausmachen: *La Cave d'Impression*. Die an der Fensterscheibe angebrachten Buchstaben verkündeten, dass die »Höhle« auf Seidendruck spezialisiert war.

»Dessay hat angedeutet, dass der Inhaber – ein Monsieur Gonzi – möglicherweise nicht ganz nüchtern ist«, sagte Moulin leise. »Die gute Nachricht lautet, dass der Mann aus Malta stammt. Sein Englisch ist anscheinend so gut wie sein Französisch.«

Sie betraten die Höhle, ein erstaunlich geräumiges Ladenlokal von etwa 40 Quadratmetern. Die Wand hinter dem Tresen war mit drei untereinander angeordneten Reihen von T-Shirts geschmückt, und Monsieur Gonzi hatte jedes T-Shirt mit einem Buchstaben versehen – das Alphabet von A bis Z –, jeder in einer anderen Typografie. In dem gläsernen Ladentresen befanden sich unzählige Gegenstände, die erklären sollten, was die Firma alles bedrucken konnte: von Taschen bis hin zu Bowlingkugeln. Monsieur Gonzi stand halbwegs mit dem Rücken zu ihnen etwas weiter hinten im Laden, gestikulierte auf eine Art, die nur Südeuropäern vorbehalten ist, und redete auf einen jungen uniformierten Polizisten ein, der offenbar die Aufgabe hatte, zu verhindern, dass der Ladenbesitzer zu einer neuen Kneipenrunde aufbrach, bevor der Hauptkommissar eintraf. Der Beamte entdeckte Moulin und wirkte plötzlich sehr erleichtert.

Moulin begrüßte den jungen Polizisten und gab ihm zu verstehen, dass er an die frische Luft gehen und eine Pause machen sollte. Dann wandte sich Moulin an Gonzi, begrüßte auch ihn und stellte ihm Bull auf Englisch vor.

Obwohl Bull einen Hauch von Anis riechen konnte, schien

der Maltese nicht wirklich betrunken zu sein. Sein Alter lag irgendwo zwischen vierzig und fünfzig. Ein kleiner Mann, der dünn wie ein Pfeifenreiniger war, ansonsten aber gepflegter aussah, als man es von den meisten, die mitten am Tag schon Schnaps trinken, erwarten könnte. Er hatte ein fein geschnittenes, glatt rasiertes Gesicht mit einer Haut, um die ihn manche Frau beneidet hätte. Das Einzige, was den Gesamteindruck störte, war ein knallgelbes T-Shirt mit dem Motiv eines karikierten Stiers (Ferdinand?), der unter einer Palme lag und schlief, während eine Reihe von zunehmend größer werdenden Schnarch-Zs zu Monsieur Gonzis rechter Schulter aufstieg.

»Was kann ich für Sie tun?«, fragte der Maltese, ohne im Geringsten zu nuscheln. »Ihr Assistent meinte, das Stichwort sei ProGym?«

»Richtig«, erwiderte Moulin. »Wir interessieren uns für einen Kunden, der sich vor nicht allzu langer Zeit das ProGym-Logo auf einen schwarzen Overall und einen gleichfarbigen Koffer drucken ließ.«

»*Ah – oui.* Ich kann mich gut an ihn erinnern, nicht zuletzt, weil er mir das Dreifache dessen angeboten hat, was ich normalerweise für so einen Auftrag berechne.«

»Wieso das Dreifache?«, wollte Moulin wissen, doch Bull kannte die Antwort bereits.

»Weil er den Auftrag noch am selben Tag ausgeführt haben wollte«, sagte Gonzi. »Der Laden läuft gut, und für gewöhnlich bearbeite ich die Aufträge in der Reihenfolge ihres Bestelldatums.«

»Ich nehme an, er hat bar bezahlt?«, fragte Bull, wenngleich er im Innersten auch diese Antwort schon kannte.

»210 Euro«, bestätigte der Maltese zufrieden.

»Da Sie sich so gut an ihn erinnern, wissen Sie vielleicht auch noch, wie er ausgesehen hat?«, fragte Moulin.

»*Bien sûr.* Der Typ hatte eine Visage und eine Brieftasche, die man nicht so leicht vergisst.«

»Dann würde ich Sie bitten, uns zur Polizeiwache zu begleiten, damit ein Zeichner …«

Bull legte ihm eine Hand auf die Schulter.

»Das wird wohl nicht nötig sein, Jean.«

Er zeigte auf die oberste T-Shirt-Reihe an der Wand. Zwischen einem roten D und einem grünen E hing ein glänzendes Auge.

»Das Geschäft wird per Video überwacht?«, fragte Bull, an Gonzi gewandt.

Der Maltese breitete die Arme aus.

»Drei Überfälle in etwas über einem Jahr«, stöhnte er. »Oder, um präzise zu sein: zwei Überfälle und ein Einbruch. Nach dem letzten Vorfall hat mir die Versicherungsgesellschaft gedroht, keinen einzigen Euro mehr zu bezahlen, sofern ich keine Kamera installiere.«

»Und sie funktioniert?«, fragte Moulin.

»Aber natürlich. Wozu sollte sie sonst gut sein? Wie ich eben sagte, die Vers…«

»War die Kamera schon installiert, als der ProGym-Kunde hier war?«, unterbrach Bull.

»Die hängt da jetzt seit Neujahr«, bestätigte Gonzi und nickte. »Und nimmt rund um die Uhr auf. Das letzte Arschloch ist hier um drei Uhr nachts eingebrochen – in der Nacht zu Heiligabend!«

* * *

Ein paar Minuten später hockten sie vor Gonzis Computerbildschirm, während der Maltese mit dem Zeigefinger auf der Maus in der Zeit zurückspulte. Er hielt die Aufnahme an, als ein junger Mann auftauchte, der genauso dünn wie Gonzi war und eine Brille mit einem kräftigen Gestell trug.

»Da ist ja der Nerd«, murmelte er. »An ihn erinnere ich mich auch sehr gut. Er wollte fünf T-Shirts in verschiedenen Farben mit der Aufschrift *Vergiss Google – frag mich* haben. Ein Fall von leichter Selbstüberschätzung. Jedenfalls war er am Tag nach dem ProGym-Typen hier. Jetzt kommen wir der Sache schon näher.«

Bull und Moulin starrten weiterhin auf den Bildschirm und sahen sechs oder sieben andere Kunden im Stummfilmtempo den Laden betreten und wieder verlassen.

»Da!«, rief Gonzi.

Im eifrigen Bemühen, so dicht wie möglich an den Bildschirm heranzukommen, stießen die beiden Ermittler fast mit den Köpfen zusammen. Der Mann war schräg von der Seite zu sehen. Das Bild war ein wenig verzerrt, aber der Unbekannte hatte das Gesicht der Kamera zugewendet und trug weder Hut noch Mütze.

»Können Sie näher heranzoomen?«, fragte Moulin.

Gonzi tat, worum er gebeten wurde. Die Bildqualität verschlechterte sich, aber dafür war der Ausschnitt jetzt von Brusthöhe nach oben ausgerichtet. Der Bart, den sie bereits auf der Aufnahme vom L'Empereur gesehen hatten, war vielleicht etwas kürzer, aber unverkennbar. Auch das Gesicht war deutlich zu sehen. Hohe Wangenknochen und ein messerscharfer Nasenrücken unter einer schwarzen Mähne. Die Augen des Mannes waren weniger deutlich zu sehen, aber Bull spürte bereits das vertraute Zittern in seinem Inneren. Die Aufnahme würde ihnen helfen. Es war der Durchbruch, auf den sie gewartet hatten. Dies war der Mann, der Ella Krogh Sars mit zwei Nackenschüssen getötet hatte. Moulin sah zu Bull und lehnte sich zurück. Dann richtete er den Blick auf Gonzi.

»Wir müssen Ihren Computer leider mitnehmen, Monsieur Gonzi. Sobald wir eine Kopie der Aufnahmen angefertigt haben, erhalten Sie ihn natürlich zurück.«

»Und was soll ich der Versicherungsgesellschaft sagen, falls hier in der Zwischenzeit so ein Irrer mit einem Messer oder einer abgesägten Schrotflinte auftaucht?«

»Bewaffnete Polizeikräfte werden Ihren Laden bewachen. Rund um die Uhr, wenn Sie das wünschen.«

Gonzi wirkte alles andere als glücklich. Bewaffnete Polizisten seien in diesem Teil der Stadt nicht unbedingt ein passendes Aushängeschild, wandte er ein. Moulin hatte Verständnis.

»Dann vielleicht ein Beamter in Zivil, der draußen im Wagen sitzt?«, bot er an.

»Ein Zivilfahrzeug?«

»Aber natürlich.«

Die Augen des Maltesen leuchteten plötzlich auf.

»Wie sieht's denn eventuell mit einer kleinen Belohnung aus?«, fragte er vorsichtig.

»Nein«, gab Moulin zurück. »Aber Sie können davon ausgehen, dass es keine Steuerprüfung gibt. Jedenfalls nicht dieses Jahr.«

Sie nahmen den ausgefallenen Kaffee in Moulins Büro ein. Die *Gendarmerie nationale* erinnerte eher an ein hypermodernes Militärlager als an eine Polizeistation, aber Moulins Büro war recht gemütlich. Große Fensterflächen, eine hellblaue Sitzgruppe und ein Schreibtisch, der groß genug war, um darauf Tischtennis spielen zu können. Neben den üblichen Diplomen und anderen Papieren an der Wand stach eine Sache besonders hervor: ein gerahmtes Farbfoto; das Porträt eines dunkelhaarigen, etwa sechs oder sieben Jahre alten Jungen, elegant gekleidet in einen Blazer und mit einer Fliege. Moulin folgte Bulls Blick.

»Eric«, sagte er. »Unser Enkelkind.«

»Flotter Junge«, sagte Bull.

Der Hauptkommissar zögerte einen Augenblick. Dann kam es, ganz ruhig, als gestehe er eine Sünde:

»Das Bild wurde aufgenommen, bevor er … bevor wir ihn verloren haben. Er bekam Leukämie.«

Bull atmete tief durch die Nase ein.

»Das tut mir sehr leid zu hören, Jean.«

Moulin lächelte betrübt.

»Das erste Jahr war schrecklich. Wir haben kaum geschlafen,

und Juliette hat fast nur geweint. Aber die Zeit heilt alle Wunden. Inzwischen geht es einigermaßen.«

Bull schwieg. *Warum sage ich nichts?*, dachte er. *Um ihn zu schonen? Mich selbst? Wenn ich jetzt nicht über Anine reden kann, wann werde ich es dann je tun?*

Er nahm einen Schluck Kaffee.

»Die Kriminaltechnik arbeitet derzeit an der Qualität des Fotos«, sagte Moulin. »Sie wollten drei Stunden, ich hab ihnen zwei gegeben. Sobald sein Gesicht klar erkennbar ist, geben wir die Fahndung über Interpol raus.«

»Und über die Medien«, fügte Bull hinzu.

»Dazu brauchen wir die Genehmigung von den Juristen.«

»Na, bei dem Beweismaterial, das wir haben, dürfte das kein Problem sein.«

»Dieser Nerd-Typ bei Gonzi kann vielleicht so 'ne Art Laufbursche für den Mörder gewesen sein«, sagte Moulin. »Wie früher schon erwähnt: Bärte sind anscheinend weit verbreitet.«

»In dem Fall wäre er mitschuldig an einem Mord und war mit dem Täter in Kontakt.«

Moulin nickte, erhob sich mühsam aus seinem Sessel und trat ans Fenster. Hinter der frisch geputzten Scheibe strahlte ein wolkenloser Himmel über Marseille.

»Wie wär's mit einem kleinen Spaziergang im Park, *mon ami?* Etwas frische Großstadtluft, während wir auf die Ergebnisse warten.«

»Warum nicht«, entgegnete Bull.

Jede Verkürzung der Wartezeit war willkommen. Er folgte dem Hauptkommissar zur Tür. Sorgfältig vermied er, noch einmal zu dem Foto an der Wand zu blicken.

Als sie eine gute halbe Stunde danach zurückkamen, wartete der Fototechniker – ein junger Hipstertyp namens Benoît – mit dem Bild. Das Ergebnis war beeindruckend. Benoît musste einräumen, dass er eine Weile darüber gegrübelt hatte, wie er bestimmte Bereiche des Gesichts, beispielsweise die Augenpartie, am besten herausarbeiten konnte, aber dafür gab es nun ein fast perfektes Porträt. Er reichte Bull einen Papierausdruck, den dieser eingehend musterte. Eine V-förmige Narbe direkt unter dem Haaransatz auf der linken Stirnseite des Mannes. Ein paar weiße Haare, die an der Augenbraue auf derselben Seite aus den dunklen hervorwuchsen. Ein fingernagelgroßer Leberfleck auf der rechten Seite des Halses.

Bull stutzte. Irgendetwas kam ihm an dem Gesicht bekannt vor. Er durchforstete sein Gedächtnis, fand aber nichts. Möglicherweise erinnerte ihn der Typ an einen Taxifahrer, mit dem er mal gefahren war. Oder an einen Schauspieler in einem Film. Er betrachtete die dunklen Augen. Kalt, und dennoch mit einem deutlichen Zug von Entschlossenheit, Ruhe und … *Intelligenz?* Wenn man davon ausging, dass Benoît bei der Bearbeitung des Bildes nicht allzu viel Phantasie hatte walten lassen, war Bull sich einer Sache sicher: Dies war kein Durchschnittstyp, kein Mann, der für bescheidenen Lohn als Laufbursche für einen anderen auftrat.

»Das *Département international* hat das Foto bereits in Umlauf gebracht«, sagte Moulin. »Auch Oslo hat es bekommen, mit einem Memo an diese Eva Heiberg – genau, wie Sie es wollten. Die Justizabteilung hat ebenfalls grünes Licht für die Publikation in den Medien erteilt. Hier in Frankreich, wohlgemerkt. Jetzt müssen wir bloß noch abwarten.«

Bull verzog das Gesicht. Er hasste es, zu warten.

32

Sainte-Maxime
Freitagabend, 9. Mai 2014

Ein paar Minuten vor neun Uhr abends setzte Raoul ihn vor dem Eingang des Les Palmiers ab. Angesichts der Tatsache, dass die Suche in Marseille abgehakt war, hatte Bull das Angebot, in Moulins Gästezimmer zu übernachten, dankend abgelehnt. Wenn er nun schon mit den Händen im Schoß darauf warten sollte, dass jemand den Mann auf dem Foto identifizieren würde, wollte er dies lieber in aller Einsamkeit tun. Nachdem er geduscht und sich ein frisches Hemd angezogen hatte, merkte er, dass er furchtbar hungrig war. Eine Pizza oder vielleicht einen Hamburger? Es war schon eine Weile her, dass er ganz gewöhnliches, ungesundes Essen zu sich genommen hatte.

Er fand einen italienischen Schuppen, der drei Türen neben Enrique Lozanos Galerie lag. Tische und Stühle auf dem Gehsteig und ein Schild im Fenster, worauf die zweifelhafte Mitteilung stand, dass hier die *beste Pizza der Stadt* serviert werde. Die Hoffnung stirbt nie aus. Bull orderte eine *calzone* und dachte an Lozano. Obwohl der Satanist war, verspürte Bull eine gewisse Sympathie für den Mann. Lozano betrieb nach bestem Wissen und Gewissen eine Kunstgalerie und kümmerte sich obendrein um seinen kranken Vater. Es gab so einige Menschen, die Bull eher suspekt vorkamen.

Die dampfend heiße Pizza und ein Anruf von Eva Heiberg kamen gleichzeitig. Unter den gegebenen Umständen musste Bull sich zunächst um Heiberg kümmern.

»Guten Abend, Chefin«, sagte Bull gespannt.

Eva Heiberg verschwendete keine Zeit mit Höflichkeitsphrasen und kam gleich zur Sache.

»Wir konnten uns die Veröffentlichung des Fotos in den Medien ersparen, um ihn zu identifizieren«, begann sie. »Der Typ ist in unserem Strafregister aufgetaucht. Mit diversen Einträgen, nebenbei bemerkt. Sein Name lautet Matko Destanov. *Matko* – nicht Marco. Laut Strafregister müssten Sie ihm schon mal begegnet sein. Ein alter Fall aus dem Jahr 1998. Da waren Sie noch in der Abteilung für Gewaltverbrechen.«

Sie schwieg einen Augenblick lang und schien ihm die Gelegenheit geben zu wollen, sein Gedächtnis zu erforschen. Der Name sagte ihm nichts, aber Heibergs Bemerkung bestätigte das Gefühl, das er beim Betrachten des Fotos verspürt hatte.

»Irgendwo klingelt da was«, sagte er vage.

»Damals ging es um eine Razzia. Ein illegaler Spielclub unter der Regie der Balkan-Mafia«, fuhr Heiberg fort. »Destanov hat da vor Ort als eine Art Wachmann fungiert. Bei der Razzia wurden Waffen und ein größerer Geldbetrag beschlagnahmt.«

Langsam dämmerte es Bull. Die Osterhausgate an einem bitterkalten Wintertag, wenn er sich nicht irrte. Das übliche Chaos, als die Tür aufgesprengt wurde. Nur ein Mann, einer der jüngeren, hatte sich ganz ruhig verhalten. Als Bull ihm Handschellen anlegen wollte, hatte er die Pfoten ausgestreckt und ihn höhnisch angegrinst – mit einem nachsichtigen, ja fast amüsierten Ausdruck in den Augen.

Eine Minute vor fast zwanzig Jahren. Seitdem war Bull dem Kerl nie wieder begegnet, bevor Benoît das Foto mit dem Gesicht des Mannes auf Moulins Schreibtisch gelegt hatte.

»Destanov ist 39 Jahre alt, ursprünglich aus Bosnien, kam als junger Flüchtling nach Norwegen und hat 1996 die norwegische Staatsangehörigkeit angenommen«, erklärte Heiberg. »Sein Register ist so lang wie eine Märchensammlung und enthält alles von Autodiebstahl über Einbruch bis hin zu Drogenhandel und vorsätzlichem Mord. Das Opfer war übrigens ein vorbestrafter Krimineller, der anscheinend den falschen Menschen eine Menge Geld geschuldet hat. Destanov bekam 16 Jahre für den Mord, wurde aber nach etwas über neun Jahren aus dem Gefängnis entlassen ... am 20. Februar dieses Jahres.«

Heiberg betonte das Datum nachdrücklich.

»Und woraus?«, fragte Bull.

»Woraus was?«

»Welches Gefängnis?«

Am anderen Ende der Leitung blieb es still. Bull nahm an, dass sie die Unterlagen studierte.

»Haftanstalt Ringerike«, antwortete sie schließlich. »Sein Bild erscheint morgen in den Zeitungen. Es wird auch beim NRK und bei TV 2 veröffentlicht. Unsere Jungs für die Informantenkontakte versuchen gerade, etwas aus dem Milieu zu erfahren, aber bislang schütteln alle den Kopf und geben sich unwissend. Kommt einem fast so vor, als ob die meisten glauben, dass es keine gute Idee wäre, Destanov zu verpfeifen.«

Heiberg ließ ihre Worte eine Weile nachwirken und fuhr dann mit ihren Informationen fort.

»Um den Dienstweg einzuhalten, habe ich mich mit Ihrem Freund Moulin in Verbindung gesetzt. Während wir hier reden, telefoniert er gerade mit der bosnischen Polizei, für den Fall, dass Destanov es zweckdienlich findet, sich in die alte Heimat abzusetzen. Der Typ wird jetzt von Spitzbergen bis Tasmanien gejagt, Bull. Es ist nur eine Frage der Zeit, bis wir ihn schnappen.«

»Ich glaube, es gibt einen Hintermann«, sagte Bull. »Destanov war mit Sicherheit nur ein Werkzeug.«

»Moulin hat mir schon von Ihrer Theorie erzählt. Das heißt, dass Sie wohl nach Hause kommen sollten?«

Nach Hause. Plötzlich waren sie wieder da, direkt vor seinen Augen. Anine und Frida.

»Ja«, sagte er.

33

Akershus/Buskerud
Montag, 12. Mai 2014

Er begann den Montag mit einem frühen Besuch auf dem Friedhof. Dieses Mal redete er nicht laut mit ihnen, sondern stand bloß vor dem Grabstein und spürte den Verlust.

Die Zeit heilt alle Wunden, hatte Moulin gesagt. Vielleicht stimmte das wirklich. Bull dachte an Michelle Thiery. Daran, dass es schlimmer war, eine Tochter ohne Mutter zu sein, als ein Vater ohne Tochter. Bulls Frage, mit welcher Strafe Émilie im französischen Rechtssystem rechnen müsse, hatte Moulin nicht genau beantworten können. Falls die Verteidigung das Gericht davon überzeugen könnte, dass Émilie ihr ganzes Leben lang vom Vater beeinflusst worden war, würde sie möglicherweise mit zwei oder drei Jahren hinter Gittern davonkommen. Sollte sie hingegen ohne Berücksichtigung mildernder Umstände verurteilt werden, würde sie eine wesentlich längere Strafe absitzen müssen. Bull hatte sie in seinem Inneren nicht freigesprochen, hoffte aber wegen Michelle auf eine milde Strafe.

Mit einem letzten Blick auf die beiden Namen auf dem Grabstein wandte er sich um und ging. Als er zum Parkplatz kam, fischte er sein Handy aus der Jackentasche, um den Signalton wieder einzuschalten. Ein Anruf von Moulin war hereingekommen. Ein weiterer – sowie eine SMS – von Heiberg. Bull öffnete die Textmeldung:

Destanov gestern Nacht von der bosnischen Polizei festgenommen. Der Verdächtige verweigert vorläufig die Aussage. Frankreich will Antrag auf Auslieferung stellen. Wo suchen wir jetzt nach einem möglichen Auftraggeber? Rufen Sie mich an. EH

Bull las die SMS zweimal. Wo sollten sie anfangen? Solange es keine Hinweise aus dem Milieu gab, war die Frage nicht so einfach zu beantworten. Sie mussten mehr über Destanov erfahren, und dafür gab es nur einen logischen Ort, wohin sie sich wenden konnten: das Gefängnis in Ringerike, wo der Bosnier die letzten neun Jahre seines Lebens verbracht hatte.

Erst als er die Abbiegung nach Utøya passierte, wurde es ihm klar.

Um nach Tyristrand zu kommen, wo das Gefängnis lag, musste er über Steinssletta fahren.

Bull war nach dem Unglück nie wieder in der Nähe des Ortes gewesen, und einige lange Sekunden erwog er umzukehren. Er könnte auch den Umweg über Sylling und Vikersund fahren.

Mitten im Nes-Tunnel ließ er den Gedanken fallen. Erstens würde er sich für seinen Termin mit dem stellvertretenden Gefängnisdirektor um fast eine Stunde verspäten. Und zweitens war die E16 die einzig vernünftige Ausfallstraße in Richtung Gebirge und Westnorwegen. Früher oder später müsste er sich stellen. Besser, es jetzt hinter sich zu bringen, als darauf zu warten, dass er zusammen mit Kollegen in einem Dienstwagen an der Stelle vorbeikam.

Zehn Minuten später breitete sich Steinssletta vor ihm aus. Er zwang sich, ein normales Tempo beizubehalten. Nach ein paar Minuten schoss ihm ein riesiger Lastwagen dröhnend entgegen. Plötzlich kam ihm der absurde Gedanke, dass Richard Torp auf wundersame Weise aus seinem Koma erwacht war und nun am Steuer dieses Monsters saß. Bull betätigte den Blinker, fuhr rechts ran und brachte den Wagen zum Stehen. Als der Lastwagen an ihm vorbeidonnerte, schloss er die Augen.

Als er sie wieder öffnete, war das Schild genau vor ihm. Ein weißes Schild mit schwarzen Buchstaben und Zahlen: Holeveien 2011. Die Hausnummer verwies auf ein Privathaus, das am

Ende einer Stichstraße ein paar Meter rechts vor ihm lag. Er hatte das Schild schon einmal auf einem der Fotos gesehen, die die Polizei an der Unglücksstelle aufgenommen hatte. Weshalb ihm das aufgefallen war, wusste er nicht. Vielleicht weil die Jahreszahl ihn an die Tragödie auf Utøya erinnert hatte.

Hier war es passiert.

Er öffnete die Tür und stieg aus. Zwei Fahrzeuge brausten in Richtung Oslo an ihm vorbei. Dann lag die Straße völlig leer vor ihm. Er starrte auf den grauen Asphalt mit der durchgezogenen gelben Linie.

Genau hier.

Vor seinem geistigen Auge tauchten die Bilder wieder auf, alte Alpträume, vermischt mit neuen Phantasien. Er sah Anine, vor sich hin plaudernd, auf dem Weg zu etwas, das sie für ein neues Abenteuer hielt. Er sah Fridas Gesicht hinter der Frontscheibe, erstarrt in jenem Augenblick der unausweichlichen Katastrophe. Und er wusste mit nichts zu erschütternder Sicherheit, dass ihre Angst in jener Sekunde alles überstiegen hatte, was er selbst jemals durchgemacht hatte.

Das Geräusch von Schritten auf Kies riss ihn aus den grauenvollen Hirngespinsten. Auf zitternden Beinen drehte Bull sich um. Ein Mann in seinem Alter kam ihm von dem Haus im Holeveien 2011 entgegen. Vage konnte Bull sich an einen Satz aus dem Polizeibericht erinnern: *Der Erste, der zum Unfallort kam, war ein Nachbar, der in unmittelbarer Nähe wohnte.*

Der Mann blieb neben Bulls Wagen stehen und lächelte freundlich.

»Brauchen Sie Hilfe?«

Bull zögerte. Dieser Mann hatte es gesehen. Er hatte sie gesehen, nur Sekunden nachdem …

»Alles in Ordnung, besten Dank«, sagte er schnell. »Ich hab mich etwas schwindelig gefühlt und dachte, es wäre besser, anzuhalten und ein wenig frische Luft zu schnappen.«

»Gute Idee«, erwiderte der Mann. »Wir hatten hier in der Ebene schon ein paar hässliche Unfälle. Wirklich seltsam – sobald die Straße schnurgerade verläuft, glauben manche Menschen, ihre Autos führen auf Schienen.«

Bull murmelte irgendetwas zur Erwiderung.

»Im letzten Herbst gab es hier direkt vor der Einfahrt einen Frontalzusammenstoß«, fuhr der Mann fort. »Ich war gerade dabei, den oberen Teil der Giebelwand zu streichen. Es hat derart laut geknallt, dass ich fast von der Leiter gefallen wäre. Ganz abgesehen von dem Anblick, als ich hier zur Straße kam. Die beiden, die in dem kleineren Wagen gesessen haben, waren …«

Bull unterbrach seinen Redefluss mit einer Handbewegung.

»Tut mir leid, dass ich Sie unterbrechen muss, aber die Zeit läuft. Ich muss in einer halben Stunde im Gefängnis Ringerike sein, und irgendetwas sagt mir, dass die das dort nicht sonderlich zu schätzen wissen, wenn man zu spät kommt.«

Der energische Ausdruck des Mannes fiel in sich zusammen.

»Ach so«, sagte er furchtsam. »Na, dann wünsche ich Ihnen noch … eine gute Fahrt.«

Er nickte steif, drehte sich auf dem Absatz um und lief zurück zum Haus.

Die Haftanstalt Ringerike galt als das ausbruchsicherste Gefängnis des Landes. Allein der Anblick des Gebäudes schien diese Behauptung zu bestätigen. Die grauen Betonmauern, die das Gefängnisareal umsäumten, mussten an die zehn Meter hoch sein. Die äußere Sicherheitszone bestand aus Stacheldrahtabsperrungen und einem massiven Stahltor. Die eigentliche Toreinfahrt war mit einer Reihe von Überwachungskameras vollgepflastert sowie einem Schild, worauf stand, dass Foto- und Videoaufnahmen streng verboten seien.

Bull hielt an und öffnete das Seitenfenster. Aus dem Lautsprecher vor der Absperrung ertönte ein Krächzen:

»Ja?«

»Bogart Bull, Kriminalpolizei. Ich habe eine Verabredung mit Vizedirektor Henriksen.«

Stille. Offenbar wurde die Besucherliste überprüft.

»In Ordnung. Parken Sie und wenden Sie sich dann an die Wache am Haupteingang.«

Das Tor glitt auf. Bull rollte auf den spärlich besetzten Parkplatz. Am Eingang musste er hinter einer jungen Frau und einem sieben- oder achtjährigen Jungen warten. Niemand von ihnen schien sich sonderlich auf den Besuch zu freuen. Bull lächelte dem Jungen aufmunternd zu, der daraufhin seinen Zeigefinger in den Mund steckte.

Mutter und Sohn bekamen grünes Licht, und Bull reichte seinen Pass durch die Luke. Das sicherste Gefängnis Norwegens begnügte sich nicht mit Bankkarte oder Führerschein. Nachdem der Wachhabende das Gesicht auf dem Foto mit der Realität verglichen und das Dokument auf einer leuchtenden Glasplatte eingescannt hatte, ließ er Bull durch die erste Schleuse treten. Dahinter wartete ein Metalldetektor, gefolgt von einer Leibesvisitation. Bulls Handy, Schlüssel, Geldbörse und Armbanduhr wurden in einem Plastikkasten deponiert, den ein Beamter in Regal B verstaute. Dann ging Bull durch eine weitere Schleuse in einen Warteraum, wo Henriksen ihn abholen sollte.

Nicht mal eine Minute später stand der stellvertretende Direktor vor ihm. Militärisch kurz geschnittene Haare, braun gebrannt und mit dem Körperbau eines Turners, obwohl er die Fünfzig schon bei weitem überschritten haben musste. Bull schätzte, dass er dem Typus angehörte, der unabhängig von Wind und Wetter mit dem Fahrrad zur Arbeit kam – mit Schutzhelm, giftgrünem Trainingsoberteil und Mordlust im Blick.

»Sie sind also reingekommen«, sagte Henriksen lächelnd. »Das ist nämlich fast so schwer wie rauszukommen.«

Er streckte seine trockene, feste Hand aus, die Bull sich beeilte zu ergreifen.

»Sind Sie das erste Mal bei uns?«

»Ja, genau. Ist ja 'ne ziemlich beeindruckende Anlage.«

»Nur das Beste ist gut genug für die Schlimmsten«, erwiderte Henriksen und zwinkerte Bull kumpelhaft zu. »Wir gehen in mein Büro, eine Etage höher.«

Der sportliche Vizedirektor nahm immer zwei Treppenstufen auf einmal, und Bull dackelte hinterher. Henriksens Büro war recht geräumig, mit einer Einrichtung, die auch in einem Finanzkonzern an der Aker Brygge in Oslo als akzeptabel gegolten hätte. Weder Insassen noch Angestellten sollte es in Gefängnis-Norwegen an etwas mangeln.

Sie nahmen auf einer Sitzgruppe Platz. Kaffee und eine Schale mit Mandelplätzchen standen bereits auf dem Couchtisch. Henriksen schenkte ein und lehnte sich in dem lederbezogenen Sofa zurück.

»Es geht also um Matko Destanov. Darf ich fragen, in welchem Zusammenhang Sie an ihm interessiert sind?«

Bull biss etwas von einem Keks ab und nahm einen Schluck Kaffee. Frisch gebacken und frisch aufgebrüht, vermutlich direkt aus der Verwaltungskantine. Wie wurde man eigentlich Direktor in einem Gefängnis?

»Wir befinden uns noch in laufenden Ermittlungen«, sagte er. »Daher kann ich nicht so viel verraten, auch Ihnen leider nicht. Ich kann aber sagen, dass es um eine ernste Angelegenheit geht. Destanov sitzt derzeit in Untersuchungshaft. Ich hatte gehofft, dass Sie mir ein bisschen über ihn erzählen können.«

Henriksen seufzte laut, als hätte Destanov ihm permanent Kopfschmerzen bereitet.

»Destanov und ich kamen ungefähr gleichzeitig hierher«, begann er. »Eine meiner ersten Aufgaben war es, ein Gespräch mit ihm zu führen, in dem ich ihn über die Vor- und Nachteile dieser Haftanstalt informiert habe. Um es einfach auszudrücken, haben wir hier ganz klare Regeln. Für diejenigen, die sich nicht daran halten wollen, ist der Weg in die Isolationszelle recht kurz. Andererseits versuchen wir den Aufenthalt derjenigen Insassen, die unsere Regeln befolgen, möglichst human und produktiv zu gestalten. Destanov war schlau genug, um diese Philosophie zu verstehen, und hatte sich danach gerichtet.«

»In Ihren Augen war er also ein Musterinsasse?«

Henriksen verzog das Gesicht.

»Ich persönlich mag diesen Ausdruck nicht. Das klingt so, als wollten wir die Insassen zu einer homogenen Gruppe formen. Ich glaube an die Kraft des Individuums, oder anders ausgedrückt, ich glaube, dass unsere 160 Gefangenen hier genauso verschieden voneinander sind wie die Menschen außerhalb dieser Mauern. Einige sind hoch begabt, einige sind homosexuell, anderen mangelt es an sozialer Intelligenz, und wieder andere glauben an Gott oder träumen von einer Weltumsegelung. Das Einzige, das alle, die hier sitzen, gemeinsam haben, ist die Tatsache, dass sie ein oder mehrere gravierende Verbrechen begangen haben, wobei die Ursachen für diese Gesetzesverstöße auch wieder sehr vielfältig sind. Die wenigsten entscheiden sich ja dafür, Verbrecher zu werden, so wie Sie sich entschieden haben, Polizist zu werden, oder meine Frau Innenarchitektin. Eine kriminelle Laufbahn wurzelt oft in Umständen, die sich der Kontrolle des Einzelnen entziehen. Dinge wie die Nichterfüllung elementarer Bedürfnisse in der Kindheit, mangelnde Ressourcen in der Familie oder tragische Geschehnisse in der Jugend können die Betreffenden für das ganze Leben zeichnen.«

Bull wurde langsam klar, dass er Henriksen zunächst falsch eingeschätzt hatte. Er sah vielleicht wie ein harter Brocken aus und kam womöglich auch so rüber, aber offenbar war er kein Zyniker.

»Und Matko Destanov?«, fragte Bull. »Was ist mit ihm passiert?«

»Destanov war ein Opfer der von serbischen Spezialtruppen hinterlassenen Verwüstungen in Bosnien-Herzegowina in den neunziger Jahren. Seine ganze Familie wurde ausgelöscht – Eltern, zwei ältere Brüder und eine Zwillingsschwester. Dass

Matko überhaupt überlebt hat, war sicher purer Zufall. Im Herbst 1995, einige Monate nach dem Massaker von Srebrenica, kam er als unbegleiteter Flüchtling nach Norwegen. Es dauerte nicht lange, bis er sich unter den Ex-Jugoslawen die falschen Freunde aussuchte, die bloß auf leicht verdientes Geld im neuen Land spekulierten. Ich gehe davon aus, dass Sie seine Strafakte gesehen haben?«

Bull nickte. Er hatte den halben Sonntag damit verbracht, sich über die zweifelhafte Karriere des Bosniers zu informieren. Eine ziemlich umfassende Karriere, genau wie Heiberg angedeutet hatte.

»Destanov war gelehrig«, fuhr Henriksen fort. »Also stieg er schnell auf. Schon als Zwanzigjähriger benutzte ihn die Balkan-Mafia als Geldeintreiber. Geld aus Drogengeschäften, Geld aus illegalen Spielen, Kredite zu Wucherzinsen – der ganze Scheiß. 2001 geriet er nach der Ermordung eines Zuhälters ins Scheinwerferlicht der Polizei. Die Staatsanwaltschaft lehnte es allerdings ab, ihn anzuklagen, weil die Beweise viel zu mager waren. Erst vier Jahre danach bekamen sie ihn an den Haken. Der Mord, für den er verurteilt wurde, war eine Auftragsarbeit, eine simple Liquidation. Und sogar da wäre Destanov fast davongekommen, wenn es nicht eine eifersüchtige Ex-Geliebte gegeben hätte. Um die hat sich dann später Destanovs Auftraggeber gekümmert.«

»Sie meinen, sie wurde ermordet?«

»Fast. Soweit mir bekannt ist, verbrachte sie die nächsten drei Jahre im Krankenhaus Sunnaas, draußen in Nesodden. Dort werden Patienten behandelt, die infolge von Verletzungen oder Krankheiten massive körperliche Funktionsverluste erlitten haben.«

Bull stutzte. Henriksen war erstaunlich gut informiert. Wieso saß ein Gefängnisdirektor auf Informationen, die sich nicht einmal in den Archiven der Polizei finden ließen? Zum ersten Mal seit Beginn des Gesprächs wandte Henriksen den Blick von Bull ab und widmete sich seiner Kaffeetasse.

»Kann ich Ihnen ein kleines Geheimnis anvertrauen?«, fragte er plötzlich.

»Da Sie anscheinend schon dabei sind, bitte sehr.«

»Ich schreibe ein Buch.«

»Ein Buch?«, wiederholte Bull überrascht. »Über Destanov?«

»Auch. Aber eigentlich geht es darum, was ich zuvor schon erwähnt habe. Die Wurzel des Verbrechens. Der schwedische Autor Hjalmar Söderberg hat einen Roman mit dem Titel *Doktor Glas* geschrieben, und darin heißt es: *Man möchte geliebt werden, in Ermangelung dessen bewundert, in Ermangelung dessen gefürchtet, in Ermangelung dessen verabscheut und verachtet* … Ein Mörder oder Vergewaltiger kann ohne jeden Zweifel schuldig sein, aber wer trägt die eigentliche Schuld?«

Vor Bulls geistigem Auge erschien ein Bild von Richard Torp. Er schob es weg.

»Und Destanov war also bereit, an diesem Buchprojekt mitzuarbeiten?«

Henriksen zögerte einen Augenblick und nahm sich einen Keks aus der Schale.

»Er war dazu bereit – allerdings nur bis zu einem gewissen Punkt.«

»Die Entlassung?«

»Ein paar Monate früher. Er hatte Bibliotheksdienst und geriet mit einem vietnamesischen Mitgefangenen in Streit. Dieser Typ hatte eine improvisierte Stichwaffe eingesetzt. Destanov trug eine hässliche Verletzung davon, in deren Folge er auf die Krankenstation verlegt wurde. Neben der üblichen medizinischen Versorgung wurde er auch von unserer Psychologin betreut. Nach einer Weile kam ans Licht, dass die beiden eine Beziehung eingegangen waren – eine Beziehung der … etwas intimeren Art. Die Therapeutin war ein ganzes Stück älter als Destanov. Das Ganze war natürlich ein eklatanter Verstoß sowohl gegen die Vorschriften als auch gegen ethische Standards bei Ärzten. Am Ende mussten wir die Betreffende entlassen. Und Destanovs Reaktion darauf war der Abbruch der Zusammenarbeit.«

Bull hatte sich vorgebeugt und die Tasse auf den Tisch gestellt.

»Und wie hieß die Dame?«

Henriksens Blick wurde starr.

»Ich fürchte, ich unterliege der Schweigepflicht.«

»Falsch«, erwiderte Bull. »Die Psychologin kann sich eventuell dahinter verstecken, aber nicht Sie. Und Ihr oberster Arbeitgeber ist mit meinem identisch – das Justizministerium. Wenn Sie Zweifel haben, kann jemand von der Staatsanwaltschaft die schnellstens ausräumen. Ein Anruf dauert nur ein paar Minuten.«

Henriksen kapitulierte ohne weiteren Widerstand.

»Schon gut, Bull. Ich höre, was Sie sagen. Dürfte ich dann vielleicht auch um eine kleine Gefälligkeit bitten?«

»Was sollte das sein?«

»Mein Buch. Falls sich zeigen sollte, dass Destanov in die Geschichte verwickelt ist, die Sie da gerade bearbeiten, dann wäre ein späteres Gespräch mit ihm äußerst wertvoll für mich.«

Ein späteres Gespräch?, dachte Bull. Da würde er sicher nicht zu viel versprechen.

»Das lässt sich bestimmt einrichten«, sagte er.

34

Akershus
Freitag, 16. Mai 2014

Das Haus war eine alte Holzvilla im Schweizerstil und lag auf einer kleinen Felskuppe mit Aussicht auf den Fjord. Bull hatte den Wagen an einer Thujahecke auf der anderen Straßenseite geparkt, von wo aus er Haustür und Toreinfahrt im Blick behalten konnte.

Es regnete leicht. Er ließ die Scheibenwischer ein paarmal über die Frontscheibe flappen und überprüfte die Uhrzeit auf seinem Handy. Schon fast eine Stunde. Die Wartezeit war der Preis, den er bezahlen musste, um das Überraschungsmoment auf seiner Seite zu haben. Zwar war das Risiko, dass sie misstrauisch geworden wäre, sobald er sie um ein Treffen gebeten hätte, relativ gering, aber man konnte nie wissen. Seit Bulls Besuch im Gefängnis Ringerike hielten Zivilfahnder sie unter Beobachtung. In der Zwischenzeit hatten die französische und die bosnische Polizei auf Hochtouren gearbeitet. Moulin hatte zusammen mit dem Polizeipräsidenten in Marseille und den vorgesetzten Beamten im französischen Justizministerium das entscheidende Puzzleteilchen einfügen können.

Bull nippte an seinem kalten Kaffee im Pappbecher und ließ den Blick über die gepflegte Umgebung schweifen. Zwei Häuser neben ihrem war ein älterer Mann damit beschäftigt, die letzten Blätter wegzufegen, die sich erdreistet hatten, auf seinem Rasen zu überwintern. Etwas weiter unten an der Straße fuhr jemand einen blitzblanken Rolls-Royce rückwärts aus der Garage und nahm dann Kurs auf die Innenstadt.

Bull richtete seine Aufmerksamkeit wieder auf die Haustür und sah sie genau in diesem Augenblick mit einem Schirm in der Hand heraustreten. Wenn er sich nicht irrte, trug sie dasselbe Kostüm wie bei der letzten Begegnung. Ein eigenartiger Zufall, dachte Bull. Mit Sicherheit gehörte sie nicht dem Typus an, der nur eine Garnitur im Schrank hängen hatte.

Er ließ den Motor an, legte einen Gang ein und rollte die wenigen Meter bis zur Einfahrt hinunter, während er gleichzeitig das Seitenfenster öffnete.

»Guten Morgen«, sagte er, als sie das Tor hinter sich zuzog.

Unter dem aufgespannten Regenschirm drehte sie sich um. Es schien ein paar Sekunden zu dauern, bis sie ihn einordnen konnte.

»Bull? Aber, du meine Güte … Was tun Sie denn hier?«

»Ich war hier ganz in der Nähe und dachte, ich komme mal kurz vorbei und berichte Ihnen von den letzten Entwicklungen im Fall.«

Einigermaßen dicht an der Wahrheit, dachte Bull. Sie sah auf die Schmuckuhr an ihrem schmalen Handgelenk.

»Das kommt etwas überraschend«, erwiderte sie. »Ich habe eine Verabredung in der Stadt, und bei diesem Verkehr …«

»Es dauert nicht lange«, fuhr er fort und lächelte sie aufmunternd an. »Hüpfen Sie rein, sonst werden Sie noch ganz nass.«

Er machte eine Kopfbewegung in Richtung Beifahrersitz. Zögernd folgte sie seiner Aufforderung. Lief in einem Bogen um Bulls in die Jahre gekommenen Golf und schüttelte das Wasser vom Schirm ab, bevor sie die Tür öffnete und sich neben ihm niederließ.

»Sie hätten aber ebenso gut auch vorher anrufen können, Bull. Worum geht es denn?«

»Etwas Neues, wie gesagt – und etwas Altes. Ich hatte den Eindruck, dass hinsichtlich Ihrer Berufsbezeichnung eine kleine Verwirrung entstanden ist, als wir uns in Sainte-Maxime begegnet sind.«

Sie sah ihn verständnislos an.

»Wovon reden Sie?«

»Sie sagten, Sie seien Teilhaberin eines Ärztezentrums in

Oslo. Ich habe das dahingehend gedeutet, dass Sie Ärztin sind, aber wie sich zeigt, sind Sie Psychologin. Oder nicht?«

Cathrine Jacobsens Augen wurden ein wenig schmaler.

»Und?«, fragte sie.

»Wie sich außerdem zeigt, besteht diese Teilhaberschaft erst seit kurzer Zeit. Seit einem halben Jahr, um genau zu sein. Sie haben sich in die Klinik eingekauft, kurz nachdem Sie Ihre Arbeit in der Haftanstalt Ringerike beendet hatten.«

Jetzt war sie spürbar blasser geworden. Wortlos starrte sie aus dem Fenster nach draußen, wo der Regen stärker wurde.

»Sie mussten als Gefängnispsychologin aufhören, weil Sie eine etwas zu enge Bekanntschaft mit Matko Destanov eingegangen sind«, fuhr Bull fort. »Destanov wurde vor kurzer Zeit entlassen, nachdem er für einen Auftragsmord eine lange Strafe abgesessen hatte. Er war auch davor schon ähnlicher Verbrechen verdächtigt worden und befindet sich momentan in Untersuchungshaft. Die Franzosen werden ihn wegen Mordes an Ella Krogh Sars anklagen.«

Sie blieb immer noch stumm, woraufhin Bull seinen Monolog fortsetzte:

»Als mir Ihre Verbindung mit Destanov zu Ohren kam, habe ich mir erlaubt, Ihre persönlichen Finanzen unter die Lupe zu nehmen. Zwei Tage nach Ihrer Rückkehr aus Frankreich wurden umgerechnet 300 000 norwegische Kronen von einem Sparkonto, das auf Ihren Namen läuft, an eine Tierklinik in der bosnischen Stadt Banja Luka überwiesen. Diese Tierklinik wird von einer Frau namens Julijana Todorovic geführt. Mit Hilfe der bosnischen Polizei konnten wir nun herausfinden, dass diese Todorovic die Tante von Matko Destanov ist. Eine Verwandtschaft, die die ganze Geschichte ein wenig kompliziert für Sie macht.«

Cathrine Jacobsen drehte sich zu ihm um. Ihr Blick war erstaunlich fest.

»Es ist richtig, dass ich Matko Geld überwiesen habe«, sagte sie kühl. »Nach der Entlassung wollte er sein Leben als Verbrecher hinter sich lassen und nach Bosnien zurückkehren. Er sprach davon, ein ganz legales Unternehmen in Sarajevo zu gründen – ich glaube, es ging um einen Waschsalon –, und brauchte Hilfe, um auf die Beine zu kommen. Er fragte mich, ob ich ihm Geld leihen könne, und ich sagte ja. Wessen wollen Sie mich jetzt beschuldigen? Dass ich einem ehemaligen Freund geholfen habe, einem Menschen, dessen Leben schon als Kind zerstört wurde und der sich seitdem durch den Dreck wühlen musste?«

Eigentlich wünschte sich Bull, dass Cathrine Jacobsen die Wahrheit sagte. Von Henriksen hatte er die Geschichte über das Schicksal des jungen Matko während des Balkankrieges erfahren. Und Erik Jacobsen hatte zugegeben, seine Frau jahrelang systematisch betrogen zu haben.

Doch sie log. Deshalb musste Bull ihr auch davon berichten, dass Matko schließlich den Köder der französischen Staatsanwaltschaft geschluckt hatte: eine nicht unerhebliche Reduzierung des Strafmaßes sowie die Versicherung, die Strafe in einem norwegischen Gefängnis absitzen zu dürfen, im Austausch für eine schriftliche Erklärung, aus der hervorging, dass Cathrine Jacobsen die Auftraggeberin war.

Auf dem ganzen Weg von Bygdøy bis zum Kripo-Gebäude in der Brynsallee weinte sie.

Er ließ sie die traurigen Überreste ihres morgendlichen Makeups richten und führte sie dann in einen der Vernehmungsräume im Erdgeschoss. Entgegen aller Vorschriften bot er ihr eine Valium aus der kleinen Schachtel an, die er in seiner Schreibtischschublade verwahrte; ein Restbestand aus der ersten Zeit nach seiner eigenen Tragödie. Sie nahm die Pille dankend an, doch als Bull sie auf das Recht aufmerksam machte, einen Anwalt hinzuzuziehen, lehnte sie ab.

Er aktivierte das digitale Aufnahmegerät und erledigte die üblichen Formalitäten. Sie starrte lange auf das Gerät.

»Bull?«

Er blickte sie abwartend an.

»Können wir die Tonaufnahme nicht lassen?«

»Leider nicht.«

Sie nickte enttäuscht.

»Ich hatte gehofft, wir könnten hier eher eine Unterhaltung führen als ein Verhör abhalten«, sagte sie leise.

»Wieso?«

»Das werden Sie dann schon verstehen.«

Er drückte auf den Pausenknopf.

»Ich muss das Band laufen lassen, aber eine Unterhaltung ist mir auch recht. Womit möchten Sie anfangen?«

»Mit Ella«, erwiderte sie entschieden.

Record.

»Erzählen Sie mir von Ella Krogh Sars«, sagte er.

»Sie ... Einige Wochen nachdem Erik bei der Krogh-Gruppe angefangen hatte, wurde mir klar, dass er und Ella eine Beziehung hatten.«

»Sie meinen – über das Berufliche hinaus?«

»Ja.«

»Wie haben Sie das entdeckt?«

»Eine SMS. Erik war zu einem Abendessen mit Kunden ausgegangen und hatte sein Handy auf der Kommode im Flur vergessen. Ich hatte einen leichten Verdacht, und als ich ihren Namen auf dem Display sah, konnte ich mich nicht bremsen. Ich habe die Nachricht gelesen.«

Bull wartete auf die Fortsetzung. Cathrine Jacobsen schien das zu sein, was man hausintern als einen »Treibanker« bezeichnete.

»Okay«, sagte er geduldig. »Und was enthielt diese Nachricht?«

»Sie ließ keinen Zweifel daran, dass mein Mann und Ella sich nahestanden und dass das schon seit einer ganzen Weile so ging.«

»Haben Sie Ihren Mann deswegen zur Rede gestellt?«

»Nein ...«

»Wieso nicht?«

Sie sah ihn mit einem traurigen Lächeln an.

»Darf ich rauchen? Ich hab gesehen, dass da ein Aschenbecher steht.«

Er schob ihn ihr zu. Sie fischte eine Packung Mentholzigaretten aus der Tasche, nahm einen Glimmstengel heraus und entzündete ihn mit einem schmalen goldenen Feuerzeug. Nahm einen tiefen Zug, bevor sie fortfuhr.

»Ich habe natürlich daran gedacht, mit ihm zu reden, ließ den Gedanken nach einer Weile aber wieder fallen. Ich hatte gehofft, dass es einfach vorbeigeht. Es sah Erik überhaupt nicht ähnlich, untreu zu sein.«

Bull sagte nichts. Konnte man tatsächlich Psychologin sein und dabei seinen eigenen Ehegatten so verdammt falsch einschätzen?

»Außerdem war da diese Sache mit Matko«, fügte sie hinzu.

»Was meinen Sie?«

»Wir haben uns angefreundet, als er da in der Krankenstube lag. Trotz der Dinge, die er getan hatte, schien er mir ein netter Mensch zu sein.«

»Sie haben sich also an Erik gerächt, indem Sie etwas mit Destanov angefangen haben – ist das so zu verstehen?«

Sie errötete leicht.

»Es ist ein einziges Mal passiert. Leider wurden wir dabei beobachtet, und den Rest der Geschichte kennen Sie ja.«

»Dazu kommen wir noch, aber wir können das gern in der Reihenfolge besprechen, die Ihnen passt«, sagte er.

»Fahren Sie fort.«

»Kurze Zeit später begegnete Ella diesem abscheulichen Schauspieler. Sie haben schon nach ein paar Wochen geheiratet.«

Abermals hielt sie inne, als ob Ellas Heirat das gute Ende eines Märchens bedeutet hätte.

»Okay«, sagte Bull zum zweiten Mal.

»Ja, sie haben geheiratet und …«

»… Sie gingen davon aus, dass nun alles in Ordnung war?«

»So in der Art«, sagte sie leise.

Sie beugte sich vor und schlug ihre Zigarettenasche ab.

»Sagen Sie mir doch mal eines, Cathrine: Wenn Sie dachten, die Gefahr sei vorüber und das Leben wieder rosarot, warum haben Sie dann Destanov dafür bezahlt, sie umzubringen?«

Sie wandte den Blick ab und änderte ihre Sitzposition.

»Es war früh am Sonntagnachmittag …«

»Etwas lauter, bitte. Die Maschine kann Flüstern nicht aufzeichnen.«

Sie räusperte sich.

»Es war der Tag bevor ich von Sainte-Maxime wieder nach Hause fuhr. Mikkel war irgendwo Golf spielen und Erik war in der Apotheke. Ich blieb mit Ella auf der Hotelterrasse sitzen, was keine von uns beiden jetzt sonderlich toll fand. Es war bloß ein kleiner Funken, der unsere Unterhaltung explodieren ließ, eine sarkastische Bemerkung von Ella über mein Kleid. Manchmal habe auch ich einfach die Nase voll, Bull, und das Ganze entwickelte sich zu einem handfesten Streit. Es war …«

Cathrine Jacobsen unterbrach sich selbst mit einem langen Zug von ihrer Zigarette. Sie merkte nicht, dass etwas Asche auf ihren Schoß fiel und im grauen Stoff ihres Kostüms verschwand. Dann kam es.

»Da hat sie es gesagt.«

»Hat was gesagt?«

»Dass Mikkel bloß ein Zeitvertreib sei. Dass es Erik sei, den sie liebte und mir wegnehmen würde, wenn die Zeit reif wäre. Dass er ihr anvertraut habe, das Sexleben mit mir sei ein Trauerspiel, nicht zuletzt nachdem er Geschmack an einer *echten* Frau gefunden hätte, wie sie sich ausgedrückt hat. Dass er ihr versprochen habe, mich zu verlassen, sobald sie Mikkel losgeworden wäre, und dass sie ihm ihrerseits einen größeren Anteil an der Krogh-Gruppe versprochen habe, wenn sie die Gesellschaft erbte. Sie hat mich ausgelacht und mir Fotos gezeigt …«

Sie hielt inne und holte Luft.

»Fotos?«

Ihre Stimme zitterte.

»Fotos, die sie mit seinem Handy gemacht hatte, während er …«

Bull hob abwehrend die Hand. Seine Phantasie reichte aus, um sowohl ihr als auch sich selbst die peinlichen Details zu ersparen.

»Wir sind seit über zwanzig Jahren verheiratet und haben zwei Kinder«, flüsterte sie. »Ich konnte nicht tatenlos dabei zusehen, wie sie unsere Familie zerstörte. Und da kam mir Matko in den Sinn. Ich wusste ja, dass er Geld brauchte.«

»Und Sie – beziehungsweise Sie beide – hofften natürlich, dass wir eine Verbindung zwischen dem Mord an Ella und dem Mord an ihrem Vater vermuteten?«

Sie nickte.

»Das war die Idee.«

»Nun ja, Ella hat gelogen«, sagte Bull.

Cathrine Jacobsen starrte ihn verständnislos an.

»Wie meinen Sie das?«

»Ich meine damit, dass sie keine langfristigen Pläne mit Ihrem Mann hatte. Ella war fertig mit ihm.«

Cathrine Jacobsen stieß ein nervöses Lachen aus.

»Und woher wissen Sie das?«

»Aus dem einfachen Grund, dass sie ihm die Leitung der Krogh-Gruppe entzogen hat, und zwar an dem Tag, als Sie wieder abgereist sind. Wenn Ella eine Zukunft mit Erik Jacobsen ins Auge gefasst hätte, wäre es ja logischer gewesen, ihm eine Gehaltserhöhung anzubieten.«

»Soll das ein Witz sein?«

»Nicht im Geringsten, Cathrine.«

»Aber mein lieber Bull – seit er aus Frankreich zurückkam, ist Erik doch jeden Tag wie gewöhnlich zur Arbeit gegangen.«

»Sicher ein vernünftiger Schachzug. Die Kündigung ist mündlich erfolgt. Nach den Umständen zu urteilen, gab es zu dem Zeitpunkt, als Ella getötet wurde, nur zwei Personen, die von ihrer Entscheidung wussten: sie selbst und Erik Jacobsen. Er hat es mir am Tag danach erzählt. Ihr Mann rechnete vermutlich damit, dass die Krogh-Gruppe in dieser Hinsicht anderer Meinung wäre, und sah deshalb auch keine Veranlassung, Sie oder jemanden im Unternehmen über die kurze Arbeitslosigkeit in Kenntnis zu setzen.«

Cathrine Jacobsen wirkte bestürzt und suchte nach den passenden Worten.

»Aber ... aber warum hat Ella dann diese Dinge zu mir gesagt?«

Eine gute Frage, dachte Bull und musterte die am Boden zerstörte Cathrine Jacobsen, während er in Gedanken nach einer Antwort suchte. Ella Krogh Sars hatte es nicht nur an jeder Art von Empathie gemangelt. Sie war darüber hinaus ein durch und durch selbstsüchtiger Mensch gewesen, mit der reichlich verdrehten Ansicht, die Welt existiere für sie – und nur für sie. Ein Mensch, der sich nicht gescheut hatte, andere zu verletzen, sofern ihr das verweigert wurde, was sie als Selbstverständlichkeit betrachtete. Sowohl ihre Mutter als auch Erik Jacobsen hatten diese Erfahrung durchmachen müssen. Und zweifellos hatte es ihr Spaß gemacht, Cathrine Jacobsen zu quälen; die Rivalin dazu zu bringen, sich klein, beschämt und ängstlich zu fühlen.

Mitunter allerdings sorgt das Schicksal für einen Ausgleich in dem Chaos, das es erschafft. Am Ende war Ellas zynische Haltung gegenüber anderen Menschen beantwortet worden – mit einer Kleinkaliber-Pistole in den Händen des Bosniers Matko Destanov. Ella war das Opfer ihrer eigenen Unbarmherzigkeit geworden.

Auf dieselbe Weise wie die Männer, die Sylvain Flaubert getötet hatte.

HERBST

Oktober.

Der Monat, in dem die Blätter rot und golden leuchten, bevor sie schließlich wie Asche zu Boden sinken. Ein Herbst, in dem ein Hochdruckgebiet das nächste abgelöst und einen der schönsten Sommer seit Menschengedenken verlängert hatte.

Bull wachte in der Frühe auf und starrte an die Decke. Er war sich mehr als bewusst, welcher Tag es war.

Vor genau einem Jahr war er in demselben Bett aufgewacht, hatte sich auf die Seite gedreht und Fridas helle Locken betrachtet, die unter der weißen Bettdecke hervorlugten. Er hatte sich dicht an sie geschmiegt, seine Nase an ihren Nacken gedrückt und den Duft von Wärme und Liebe tief eingesogen. Ein paar Minuten war er so liegen geblieben, hatte die Sicherheit und das etwas undefinierbare Gefühl von Glück ausgekostet, bevor die Sieben-Uhr-Nachrichten aus dem Radiowecker ihn in den Alltag befördert hatten.

Nach Dusche und Rasur hatte er in der Küche Kaffee gekocht; schwarz für sich selbst und eine große Tasse mit einem Klecks heißer, geschlagener Milch für Frida. Während er sich angezogen hatte, war sie im Bett geblieben, und da die Zeit wie immer viel zu schnell verging, hatte es nur für einen schnellen Kuss und ein *Pass auf dich auf, Schatz* gereicht, bevor er losrennen musste. An der Treppe war er vor Anines Zimmer stehen geblieben. Eine Sekunde lang hatte er überlegt, zu ihr hineinzugehen, sich dann aber anders entschieden.

Die Kleine lag sicher noch im Tiefschlaf, eingerollt wie ein Murmeltier, und außerdem waren es nur drei Tage, bis er sie wiedersehen würde.

Ein Jahr. Bull wälzte sich aus dem leeren Bett und stapfte ins Bad. Über dem Waschbecken erblickte er seine eigene Gestalt im Spiegel. Plötzlich fiel ihm das Gespräch ein, das er am Abend zuvor mit sich selbst geführt hatte. Gespräch ...? Nun ja, vielleicht eher ein Monolog:

Morgen ist ein Jahr vergangen. Es reicht, Bull. Jetzt gibt es nur noch zwei Möglichkeiten: Verdammnis oder ein ordentliches Leben. Dazwischen gibt es nichts, nur den Limbo, eine sinnlose Existenz, wo die Tage in Trauer und Selbstmitleid verrinnen. Dazwischen nichts. Tod oder Leben. Zeit für eine Entscheidung. Du bist 42 Jahre alt. Und vielleicht stehen dir genauso viele Jahre noch bevor. Du kannst sie wegwerfen oder sie leben. Die Entscheidung liegt bei dir, aber überlege es dir genau.

Bis tief in die Nacht hatte er wach dagelegen. Hatte sich Fridas Gesicht auf dem Kissen neben sich vorgestellt und sie um Rat gefragt.

In den Jahren, die folgten, dachte er oft, dass es Frida gewesen war, die ihn in jener Oktobernacht zur Vernunft gebracht hatte.

Der Mann, der ihn an der Rezeption in Empfang nahm, sah aus wie die meisten Immobilienmakler – gut angezogen, gut situiert und mit einem Gesichtsausdruck, der pure Unschuld darstellen sollte. Sein Lächeln wirkte einen Tick zu herzlich, was sich allerdings in der Sekunde danach von selbst erklärte:

»Bogart? Bogart Bull? Du meine Güte – bist *du* das?«

Bull musste zugeben, dass er es war. Das Problem dabei war allerdings, dass er nicht die geringste Ahnung hatte, wer der andere war. Vielleicht ein ehemaliger Ganove, der nun eine legale Art gefunden hatte, um andere Menschen auszunehmen?

»Peter Lie«, sagte der Typ mit einem strahlenden Lächeln und schüttelte Bulls Hand. »Das Pult direkt vor dir, in der achten Klasse? Lysaker Schule?«

Langsam dämmerte es Bull. Auf seinem Nomadentreck durch die Wüste der Kindheit hatten er und sein Vater ein knappes Jahr in einer Souterrainwohnung in Stabekk gehaust, und Bull war zum fünften Mal der Neue in der Klasse gewesen. Er konnte sich vage daran erinnern, dass da so ein Knirps an dem Pult vor ihm gesessen hatte; vermutlich deswegen, weil der tatsächlich jedes Mal aufgezeigt hatte, wenn die Lehrerin eine Frage stellte.

Das war also Peter Lie. Er war kaum wiederzuerkennen, was allerdings nach fast dreißig Jahren auch nicht sonderlich erstaunlich wirkte.

»Aber ja, natürlich«, erwiderte Bull und schnippte mit den Fingern, wie um zu unterstreichen, dass die Erinnerung zurückgekommen war.

»Wir haben ja immer mal wieder etwas in der Zeitung über dich gelesen«, sagte Lie, als wollte er sich entschuldigen und ohne näher darauf einzugehen, um wen es sich bei »wir« handelte. »Und jetzt bist du also hier, Bogart – Teufel aber auch!«

»Jetzt bin ich hier«, bestätigte Bull und begriff, dass er das sachliche Gespräch möglichst schnell voranbringen musste, bevor er in ein *Weißt du noch …* oder *Wusstest du, dass …* hineingezogen wurde.

»Ich habe daran gedacht, mein Reihenhaus im Prost Hallingsvei zu verkaufen und mir etwas Einfaches zuzulegen«, sagte er. »Eine Wohnung vielleicht. Am liebsten einen Neubau, nicht zu groß und nicht zu weit weg von meinem jetzigen Haus.«

Peter Lie nickte mit väterlichem Gesichtsausdruck, der offenbar andeuten sollte, dass er für jedes Rätsel des Lebens mit einer Lösung aufwarten könne.

»Na, da kann ich dir auf jeden Fall etwas zeigen«, antwortete er.

Eine Dreiviertelstunde später verließ Bull das Büro mit einem Besichtigungstermin im Malerhaugvei in Ensjø für den darauffolgenden Mittwoch. Zwei nagelneue Wohnhäuser mit je zwölf Wohneinheiten. 70 Quadratmeter, zwei Schlafzimmer, Balkon und Tiefgarage mit direktem Liftzugang. Drei Komma acht Millionen. Nachdem Bull ihm eine relativ detaillierte Beschreibung seines Hauses gegeben hatte, war Lie der Ansicht gewesen, es solle wohl möglich sein, »irgendwo in der Nähe des Break-even-Points zu landen«. Was in der Realität bedeutete, dass er mit einem Verlust von drei- bis vierhunderttausend rechnen müsste, dachte Bull. Nun gut, damit könnte er leben. Frida und er waren klug genug gewesen, um eine Lebensversicherung abzuschließen.

Mit dem Autoschlüssel in der Hand blieb Bull einen Moment lang hinter dem Lenkrad sitzen und war ein wenig erstaunt über sich selbst. Ein neuer Job. Vielleicht auch bald eine neue Wohnung. Wie um sich zu bestätigen, dass er es war, der dort saß, warf er einen Blick auf sein Gesicht im Rückspiegel.

Das Handy klingelte. Jean Moulin. Bull spürte, dass ihn der Anblick des Namens auf dem Display heiter stimmte, und nahm den Anruf entgegen.

»Was für eine angenehme Überraschung, Jean.«

»Die Freude ist ganz meinerseits, *mon ami.* Wie ist das Leben am Nordpol?«

»Gar nicht mal so schlecht. Und selbst?«

»Ziemlich beschäftigt, könnte man sagen. Seit Sie abgereist sind, hat es sechs Morde in der Stadt gegeben. Wir könnten einen Mann wie Sie sehr gut gebrauchen. Wie wär's mit einem Umzug nach Marseille, *Commissaire Bull?*«

»Ich dachte, Sie hätten da schon genug Einwanderer.«

Der Hauptkommissar kicherte.

»Für Sie würden wir natürlich eine Ausnahme machen. Immerhin sind Sie kein Chinese.«

Einen Augenblick wurde es still in der Leitung, dann räusperte Moulin sich.

»Das Urteil ist gestern ergangen«, sagte er. »Mademoiselle Thierys Anwalt hat gewonnen. Sie bekommt zweieinhalb Jahre, mit der Option, Teile der Strafe zu Hause abzusitzen – mit einer elektronischen Fußfessel. Ich dachte, Sie würden das gern erfahren.«

Bull wusste nichts Rechtes zu erwidern, sagte aber dann: »Es freut mich für ihre Tochter.«

»Das dachte ich auch. Bei einem Mord gibt es oft mehrere Opfer als nur diejenigen, die das Leben verlieren, *n'est-ce pas?* Nun ja ... falls wir uns nicht vorher begegnen, kreuzen sich unsere Wege vielleicht beim nächsten Mal, wenn hier unten ein Norweger umgebracht wird. Es war mir ein Vergnügen, *mon ami.*«

»Ganz meinerseits, Jean. *Au revoir* – und grüßen Sie Juliette von mir.«

Er legte auf. Dann ließ er den Motor an, fuhr hinunter bis zum Grensevei und nahm Kurs auf den Friedhof.

* * *

Ungefähr zur selben Zeit passierte hoch oben auf dem Holmenkollen ein anderer Wagen ein massives Eisentor. Die weiße Steinvilla machte selbst in dieser vornehmen Umgebung einen stattlichen Eindruck. Der Wagen, ein neueres Audi-Modell, hielt am Rande des kleinen Rondells vor dem Haupteingang an, und der Fahrer stieg aus. Ein ernst wirkender Herr in den Fünfzigern, gekleidet, als wolle er zu einer Beerdigung, wenngleich er den Beruf des Mediziners ausübte und ein vielbeschäftigter Mann war. Ein wenig abwartend blieb er stehen und betrachtete das Haus vor ihm. Die Villa war im neoklassizistischen Stil erbaut, mit Säulen, Wandpfeilern und zwei geräumigen Stockwerken unter einem Walmdach mit halbkreisförmigen Dachfenstern. Er schüttelte sich kurz, knallte die Autotür zu und trat über das Kopfsteinpflaster auf die Haustür zu.

Der Klang der Türglocke entsprach der Architektur des Hauses; schwer und pompös. Nach einigen Sekunden öffnete die Dame des Hauses persönlich. Sie war auffallend schlicht gekleidet, von eher geringem Wuchs, strahlte dafür aber eine nahezu greifbare Autorität aus. Wenn er sich nicht irrte, musste die Frau schon über achtzig sein, doch ihr Blick und ihre Haltung waren einer Königin würdig.

»Guten Morgen, Doktor Calmeyer. So früh schon unterwegs?«

Er verneigte sich. Nicht zu tief, hoffte er.

»Die anderen sind bloß eine oder zwei Minuten hinter mir. Ich habe sie an der Ampel in Smestad aus den Augen verloren.«

»Nun ja«, sagte sie. »Dann können wir ja auch hier draußen warten. Trotz der Jahreszeit ist die Luft ja immer noch mild und angenehm.«

Sie sprach ein altmodisches Norwegisch, das direkt aus der Szene eines Ibsen-Stückes hätte stammen können. Calmeyer räusperte sich, um sicherzugehen, dass seine Stimme nicht versagte.

»Sind Sie sicher, dass das hier eine gute Lösung ist?«, fragte er vorsichtig. »Wie früher schon erwähnt, gibt es ja Orte, die ...«

»Ganz sicher, Doktor Calmeyer«, unterbrach sie ihn. »Ich habe nur noch einen einzigen nahen Verwandten. Zum Ausgleich dafür hat mir mein verstorbener Mann erhebliche Mittel hinterlassen. Um sein Wohlbefinden zu sichern, stehen rund um die Uhr alle erdenklichen Ressourcen zur Verfügung, und das mindestens im selben Maße, wie es an einem Ihrer ... Orte der Fall wäre.«

Eine leichte Verachtung war in ihren Worten nicht zu überhören.

Das Geräusch eines Automotors näherte sich, und Calmeyer drehte sich um. Ein weißer Minibus kam die Allee heraufgefahren und stoppte vor dem Eingang. Zwei Männer sprangen hinaus und eilten zur Rückseite des Wagens. Als die Hecktüren geöffnet wurden, kam eine dritte Person zum Vorschein, eine weiß gekleidete Frau mit einer schwarzen Wolljacke über der Uniform. Einer der Männer griff nach einem Handsteuergerät, das mit dem Inneren des Busses verbunden war. Das gleichmäßige Summen eines Elektromotors, das für einen kurzen Moment aussetzte, bevor die kostbare Fracht auf den Boden hinuntergelassen wurde. Die blasse, zusammengekrümmte Gestalt im Rollstuhl ließ Calmeyer unwillkürlich an den berühmten Physiker Stephen Hawking denken. Er warf einen verstohlenen Blick auf die Königin neben sich.

Ihr Blick war beim Anblick ihres Enkels ganz sanft geworden.

Richard Torp war nach Hause gekommen.